葵田谷 著

金色麦田

Guarding Lives with Lives

北京联合出版公司
Beijing United Publishing Co.,Ltd.

图书在版编目（CIP）数据

金色麦田 / 葵田谷著 . — 北京 ：北京联合出版公司，2019.7
ISBN 978-7-5596-3137-4

Ⅰ . ①金… Ⅱ . ①葵… Ⅲ . ①推理小说—作品集—中国—当代 Ⅳ . ① I247.5

中国版本图书馆 CIP 数据核字 (2019) 第 064813 号

金色麦田

作　　者：葵田谷
责任编辑：牛炜征
特约编辑：李　芳　丛龙艳
产品经理：刘云志

北京联合出版公司出版
（北京市西城区德外大街 83 号楼 9 层 100088）
北京联合天畅文化传播公司发行
天津光之彩印刷有限公司印刷 新华书店经销
字数 377 千字　880mm×1230mm　1/32　印张 14.25
2019 年 7 月第 1 版　2019 年 7 月第 1 次印刷
ISBN 978-7-5596-3137-4
定价：52.00 元

金色麦田

自序

这是一本有点怪的书，里面包含很多个故事，因为彼此之间没有相似之处，所以这本书也可以叫作故事集，但我更愿意叫它一本书。

除了您拿在手里的这本由四个故事组成的合集，还有一个单行本，只有一个故事，叫《月光森林》。所以，不问可知，这本书里的故事有长有短，但它们都是这本书的组成部分。今后也许这本书会变得更厚，因为还有几个故事在排队。如果大家喜欢，我会一直写下去。

去年8月，我去了一趟日本，刚好是写完最后一个故事的第二天动身的。为了在旅途中心无旁骛，出发前几天一刻不停地赶稿，时更百字的“手残党”居然一天敲出了一万个字。这本书能够在我踏足日本之前脱稿，实属奇迹。所以，原本只是一场纯粹的旅行，一下子却多了朝圣一类的意义。

在日本买了两本东野圭吾的原版小说，一本是《没有凶手的杀人夜》，另一本是《嫌疑人X的献身》，也是一本合集、一本单行本，都是64开本，小巧可爱，回来送给了朋友。本来想买《白夜行》，但可能是它篇幅太长的缘故，没有找到袖珍版本。

相信不少读者朋友会轻易地在我的这本书里找到马脚，看出端倪。我从不掩藏对前辈的向慕之情和对其拙劣的模仿。事实上，这本书中诸个风马牛不相及的故事之所以合称为一，自然是因为它们都共享同一个基本构想、同一个初衷。在网上看过这本书最初版本的读者朋友，自然对我的私心更加了解。而刚刚接触这本书的读者，我相信你们也一定能在里面找到故事之外特别的趣味。

顺带说说对国内原创悬疑小说的认知。所谓原创，不仅仅是向读者呈现前所未见的故事情节和人物形象，从某种意义上说，模仿并不妨碍进步，而更关键的是对固有思维的解构和视角的再选择。悬疑的实质是视角的选择。这几年，国内泛悬疑类型小说发展得很好，作者的成长和资本的青睐为整个市场注入了澎湃的活力，催生了众多设定出彩、阅读体验痛快的优秀作品。尤其是刑侦犯罪题材，连环命案、虐杀、分尸这些吸睛的元素天然地吸引流量。所以，一方面深深为赶上好时代而庆幸，另一方面，有时也不免为血浆太多而感惶恐和自省。我希望读者能在我的小说里看到其他可能性，为此给自己立下规矩：摒弃血腥和猎奇，不玩弄尸体；死者为大，哪怕要让他们死，也尽量让他们死得安详一些，仅仅使用逻辑和结构制造曲折，从而让人心生惊奇。这是我所期待达至的视角，也是这本书选择现在这种写法的初衷。希望大家能在这本书看到这些，也请大家监督我。

在我小时候，父母最忧心我的语文成绩，果不其然，我的高考命题作文不及格。后来写命题作文成为工作的日常，是为报应。但我天性喜欢造像，因为不懂画画，所以只能一直写。这本书里的故事，就有各种各样的像，因为是悬疑小说，所以都是幻象。

譬如《她的死》主要是造了爱情的幻象。结过婚的人都有造这种幻象的情结，但在我看来，哪怕是幻象，也生死相随，是很浪漫的。《名字》里有几个谎言的幻象，我很喜欢，因为说谎总是不好的，但是谎言的幻象负负得正。前面提到的《月光森林》里，幻象更多，最大的一个是你以为你在看两个人的故事。

还有一些像映照着我自己。这是另一点我私底下希望被某些读者朋友看到的东西。

有时会觉得，人间如镜，映照的都是人心的幻象。恶中有善，恨中有爱，绝望中有希望，因为反相的缘故，总体来说，后者大于前者。

最后要说，这本书有幸付梓，需要感谢许许多多朋友，以及家人无条件的支持。我的任性让他们累坏了。还有掌阅、联合读创等同人的辛勤付出，在此，不胜感激！

也要感谢自己的坚守，毕竟这是一个要求赤脚在钢丝上跳舞的年代。昨日刚在电影院的巨幕前看的《流浪地球》，对许多人来说可谓一偿夙愿，点燃信心。耳旁不禁传来华语类型文学的轰轰春雷，所以又要倍加珍惜这个年代。

诸君共勉。

葵田谷

2018年2月10日于广州

目　录

她的死

——动机杀人

事件之章
丈夫的证词

警官好。

我叫陈锐，陈旧的陈，锐利的锐，39 岁。我是死者朱凤儿的丈夫。

我的妻子是一名作家，我是她的编辑兼经纪人。我们夫妻共同创办了一家文化公司，有五个雇员，目前的主要业务是出版我妻子的作品。平日里，我在公司上班，妻子则在家里安心创作。我不开车，因为我妻子有时候要外出，车留给她用比较方便。

4 月 16 日下午 4 点半左右，我离开公司坐地铁回家。至于为什么会提前下班，没有特别的原因，本来就是自家开的公司。快到家的时候，我发现家里的钥匙和小区门禁卡落在办公室里了。我不知道妻子有没有外出，如果她不在家，我就进不了门，所以我拿出手机给她打电话。电话响了十几下，一直没有人接听。

我们小区住了上万户，没有门禁卡就不能进出。我只好走向门卫室，表示自己是业主，因为忘记带门禁卡，请求他们通融放行。我报出门牌号，门卫问我业主的名字，我说叫朱凤儿。这时候，一个上了年纪的小区保安走过来，他认得我，举起手向我打招呼。

“陈先生，又忘带卡了？”他笑着说，“你老婆不是让你把卡穿个洞和钥匙一起绑起来吗？”

有一回，我和妻子一同出门，也是忘了带门禁卡，妻子提醒我以后要把门禁卡和钥匙放在一起。那个保安可能听见了我们说的话。

“都忘带了……”我回答说。

“卡和钥匙都没带呀，你要小心了。”

那个保安大声笑起来，坦白地讲，我不知道他在开心什么。

我举步走在小区路上，我们家是I座18栋，在小区的最深处，步行大概要十五分钟。当我走完一半的路程时，有人在后面喊我，我回头，看见那个老保安和另外一个保安奔跑过来。我问他们怎么了，老保安大口大口地喘着气说，刚才有人打电话到小区管理处，说听到I座18栋601传来女人的呼救声。

“刚才你说，你住在I座18栋601？”另一个保安神情紧张地瞪着我。

我用力点头。

“那就快走呀！”

老保安一路拉着我跑，到我家楼下，那里已经来了一个保安，还有两个穿着居家服的女人，我认出她们是住在5楼和我家对门的邻居，但我叫不出她们的名字。

“什么情况？”老保安问道。

“不清楚呢，还没上去。”

“为什么不上去呀？”

“这不是等你嘛。”

先到的保安表情有点忸怩，看着很年轻。我想，他可能是因为害怕而不敢上去吧。

老保安转头问那两个女业主发生了什么事。

比较胖的那位，也就是住在我家对门的业主说，对面单位有个女人大声喊“救命”，还有东西掉到地上的声响。过了一阵子就没有声音了，她过去敲门，但是没有人回应。这时楼下的业主也听到声音开门出来看。两人一商量，连忙给管理处打电话。她们在等人来的时候越发觉得害怕，加上家里人都不在，所以跑到楼下来了。

“什么时候听到声音的？”老保安问。

“大概十五分钟之前。很可怕的叫声，简直像是从恐怖电影里发出来的。你们来得太慢了！”胖女士回答，另一位女士频频点头。

这时，胖女士认出了我，她大声说：“呀，陈先生，你回来了，赶紧上去看看朱小姐出了什么事！”

“快上去开门！”和老保安同来的年轻保安也开口催促。

我也急不可耐，抬脚想上楼，但是老保安拉住了我。

“等一下，你不是忘带家里钥匙了吗？”

“啊，是啊……”我几乎忘记了这件事。

“给你老婆打个电话。”

“什……什么……”那时，我有点六神无主，所以没反应过来。

“打你老婆手机，先把情况搞清楚。”

我想起刚才给妻子打电话没人接，心里更加担忧。我再次拨打妻子的电话，不祥的感觉越来越强烈。电话仍旧没有人接听。

老保安见电话打不通，一挥手，带着我们跑上 6 楼。众人在我家门前停下来，用力拍门，我也大声叫着我妻子的名字，但是房子里一片死寂。大家都看着我。我感到手足无措，不知道怎么办好。

“要不要撬锁？”老保安皱着眉头问我。

就在我不知道怎么回答的时候，有人在楼下喊“警察来了”。原来，管理处向社区里的派出所报了警。我松了口气。

来了两个警官，他们上来以后，问我还有谁有我家的门钥匙。我回答说我女儿有，但是她在学校寄宿，今天不回家。于是警官们也问我要不要撬锁，我连忙点头同意。一个警官给熟悉的开锁师傅打电话，我们在原地等候，我心里越发焦急。幸好，不到十分钟开锁师傅就到了。那个开锁师傅很有经验，片刻工夫就把门锁拆卸下来了。门一打开，警官们走在前面，我急忙跟在他们后面走进屋里。那时候，我觉得回的不是自己的家，倒像是到了一个陌生的地方。

一进门是客厅，一如平常，东西摆放得都很整齐。从左边走廊进去的第一间房，是我妻子的工作室，白天，她都会在里面写作。

我们走向那间工作室，我正想进去的时候，一个警官突然把我拦在外面。我用力推开他，向房间里面看，看见一个粉色的丝枕头丢在房间中间。那个枕头平时是放在靠窗的大飘台上的，妻子工作累了会躺在上面小憩一个小时。丝枕头旁边，一只美浓烧的陶瓷碟子摔成了碎片，地上散落着没吃完的松饼。另外，还有其他东西掉落在地上，如纸巾盒和妻子的笔记本电脑。然后，我看见一个女人仰面躺在地板上，她的脖子上缠着一根黑色的电源线，她的头朝着门口，脸上一片鲜红。我不知道那是不是血，虽然那片鲜红遮挡了她的样子，但是我依然能够辨认出妻子的容颜。

我大声叫着妻子的名字，想冲进房间，两个警官拦腰抱住了我。

如果我有过激的动作，真是对不起。在那个时候，我已经失去了思考的能力，也无法理解警方要保护现场的意图。

事实上，直到现在，我还是不能相信我的妻子死了。

疑惑之章

警察的调查手记

虽然警察必须依靠证据进行判断，但是老实说，我有强烈的直觉，死者的丈夫就是凶手。

他的证词很暧昧，言行也有诸多不自然的地方。抛开这些不说，还有几个疑点能够支持我的观点。

根据解剖的结果，死者朱凤儿死于 4 月 16 日下午 5 点至 6 点之间，因为尸体很快被发现，死亡时间应该毋庸置疑。死因是机械性窒息，考虑到尸体被发现时脖子上缠着一根电源线，脖子处的皮肤有和那根电源线纹理相吻合的勒痕，凶器也可以确定无疑。另外，死者脖子上的勒痕是一道一道的，有明显的位移，几乎形成片状；颈动脉内膜横行裂伤不严重，而皮肤和内脏的窒息征象明显，这显示死者在被外力勒住脖子的时候，可能经过一定程度的挣扎。从这些因素进行判断，基本可以排除死者自缢身亡的可能性。

也就是说，这是一起谋杀案。

事后证明，凶器是死者工作用的戴尔笔记本电脑的电源线。那台笔记本电脑摔在死者脚边，液晶显示屏有裂痕，另外，键盘的边缘有血迹。死者的左额角受到介于锐器和钝器之间的物体重击，流了很多血。合理的判断是，凶手举起笔记本电脑砸伤死者，然后顺手用电脑的电源线把死者勒死。在谋杀的过程中，死者曾经有所挣扎，所以在脖子上留下了一道一道的伤痕。

把笔记本电脑作为凶器，未免太欠考虑。如此看来，此案可以推断为突发、临时起意的谋杀。

另一件可以确定的事情是，死者家的门上了锁，因为死者的丈夫没有带钥匙，赶到现场的警员必须撬锁而入。同时，在死者被害的房间窗台上，发现了一些泥土。死者家在 6 楼，如果有人身手足够灵活，沿着水管一路爬上来，然后从窗台钻进房间，也不是不可能的事情。所以，一种可能的场景是，案犯从外面偷偷闯入，也许是个小偷，刚好死者那时候不在房间，所以他（她）跳进了房间。就在他（她）准备翻箱倒柜时，死者突然进来，并且开始大声呼喊。情急之下，案犯抄起桌子上的笔记本电脑袭击死者。死者被电脑的尖角击中额头，骤然失去了大部分的抵抗能力——这就是邻居们只听到短暂响声的原因。案犯担心行迹败露，就把笔记本电脑的电源线拔下来，紧紧勒住死者的脖子……然后，沿窗台原路逃走。

从现场直观来看，给人留下的印象就是这个样子。

如果没有以下几个疑点，这个印象也许是可信的，而现在，它只是个假象。

疑点一：死者所住的小区安保工作做得比较到位，业主进出需要门禁卡，外来人员则需要登记，所以哪怕是楼层不高的楼梯房，阳台和窗台也没有安装防盗栏杆。既然有这种管理机制，很难想象光天化日之下会有盗贼选择到这种小区里行窃。而且，既然是通过爬窗的方法闯入，肯定需要事先踩点，譬如，这家人什么时候不在，会不会被经过的路人看到。那么，只要稍加调查就会发现，死者白天是在家里工作的。会有小偷明知这一点，还硬着头皮下手吗？

疑点二：当作凶器使用的笔记本电脑上，只采集到死者和她丈夫的指纹，而电脑外壳的一个地方，有用布料擦拭过的痕迹。同时，在房间的其他地方，也没有找到来路不明的指纹。也就是说，闯入者“可能”把自己的指纹擦掉了。还有一件事，小区里安装的监控摄像头虽然没有覆盖所有的区域，而且其中不少存在故障问题，但是朝向死者家的窗户这边的两个摄像头工作状态都正常。然而，无论是不明身份人员闯入还是逃走的画面，都没有被拍到。倘若真有这么一号人物存在，他到底是从哪个监控的死角潜入死者家中的呢？行凶以后，又是如何巧妙地躲过摄像头，顺利逃走的呢？这实在让人惊叹！一个闯入者在行窃过程中错手杀了人，应该会十分惊慌吧，然而他不但记得把自己的指纹擦去，而且如隐形人一般来去无踪，难不成是可怕的飞天大盗？

疑点三：和疑点二相似，除了窗台上的泥污，房间里没有其他人入侵和逃离的痕迹。一般来说，既然有泥污，总能找到一个或者半个脚印，但是无论是死者家中还是楼房的外墙，一律干干净净的。由于这些泥污出现得很不正常，我特地拜托检验科的同事核查其来路，结果可谓出人意料。首先，这些泥污与楼房外面土壤的成分差异很大，化验结果显示那是一种叫草炭土的矿物质，通常作为名贵植物的营养土使用，产地在东北。所以，这些泥污不可能是案犯爬进窗台时从外面带进来的。其次，检验科的同事在死者家中的另一个地方发现了类似的泥土：一盆开得茂盛的蝴蝶兰的花盆里。这盆蝴蝶兰摆放在死者家的客厅里。客厅花盆里的泥土跑到了工作室的窗台上，当然可以有很多种解释，但是我觉得最为合理的只有一个：有人故意为之，目的是制造外人从窗台入侵的假象。

对上述情况进行总结，结论就显而易见了，也就是我前面所言：根本没有人从窗台或别的什么地方闯入，只是有人伪造了现场而已。这个伪造现场的人，才是真正的案犯。

那么，什么人会这么做呢？换言之，案犯应该符合什么特征？

第一，这个人能通过正常途径进入死者家里，也就是说，死者认识这个人。事实上，会特意擦去笔记本电脑上指纹的行为，也从侧面证明了案犯和死者是熟人。

第二，从房门上了锁这一点看，案犯在离开现场的时候，必须持有死者家的钥匙。从死者的丈夫口中证实，房门钥匙只有他、死者以及他们的女儿三个人有，而警方在死者手提包里发现了一个房门钥匙，住在寄宿学校的死者的女儿事后也表示自己的钥匙没有遗失。当然，不排除案犯通过别的什么途径配制了钥匙，所以，我建议最先关注那些本身就持有钥匙的人，这个建议得到了专案组的认可。

显然，死者的丈夫陈锐是最符合上述特征的人。

问题是，这个人具有确切的不在场证据。

根据死者两个女性邻居的证词，她们在下午 5 点 35 分左右听到对门的呼叫声，随即给小区管理处打了电话。管理处证实，电话的来电时间显示是 5 点 40 分。几乎是同一时间，陈锐出现在小区的东门口，因为忘记带小区的门禁卡，所以他走到门卫的值班室请求开门。从死者家步行至那个门口要十五分钟，使用电动车、自行车等交通工具也至少需要六七分钟。无论如何，人是没法瞬间移动的，也不可能一分为二。如果陈锐是凶手，他要怎么做到在家里行凶，又同时出现在另一个地方呢？

难道应该因此排除他的嫌疑吗？

我不这么认为。正相反，正是他在小区门口闪亮现身从而获得的不在场证据，加深了我对他的怀疑。

偏偏在那天忘记带门禁卡而向门卫搭话，搭话的时间又和邻居听到案犯行凶的时间几乎一致，不是太巧合了吗？要我说，更像是故意找时间证人的样子。

我随后从小区门卫口中得知，陈锐平时常走的门并非东门而是南门，因为南门无论是离他家还是地铁站都要近一些。

这个线索让我进一步确信自己的推理。

我认为，陈锐之所以选择一个平时不常走的门，是基于两点考虑：第一，如果从常走的门进入小区，那里的门卫可能因为认得他而直接放行，这样一来，他就没有机会登记房号和出入时间了；第二，陈锐在4月16日下午更早一点的时间——譬如5点刚过——就已经从南门进入了小区一次，他担心两次从同一个门进入小区，会引起门卫的注意。

我在暗示陈锐其实早就回过家？是的，我是这么认为的。陈锐声称他当天下午4点半离开他和死者创办的文化公司回家。事实上，根据两个雇员的证词，他们老板离开的准确时间是4点20分。从公司到家，坐地铁的话半个小时足矣。陈锐说自己5点30分才回到小区门口，本身就经不起推敲。

以此为线索，我调取了从小区南门至陈锐家之间区域的监控录像，果然有一个摄像头在4点55分捕捉到一个匆匆走过的身影，毫无疑问正是陈锐。

这个证据证实了我的猜想：陈锐其实在5点左右就回到了家，行凶之后，于5点30分再次跑到小区门口……是的，其实我真正要说的是，死者死于5点30分之前。

那么，那两位邻居听到的到底是什么声音呢？

考虑到是案犯临时起意制造的案件，案犯能采取的善后措施很有限，短时间里制造出来的不在场证据肯定有诸多漏洞。

我已经有了一个大胆而合理的推断，剩下的只要从物证房里把那个东西调出来，加以确认即可。一旦确认，陈锐就罪责难逃了。

我相信我的推断是正确的。根据陈锐的证词，他曾经给死者打过两次电话，这一举动成为他最致命的失误。

也许，我们马上就需要关心另一个问题了：老公杀老婆的动机是什么？

解决之章
丈夫的陈述

是的，朱凤儿是我杀的，我杀了自己的老婆。

整个过程和杜警官的推理一模一样。一切犹如他亲眼所见，实在让人敬佩。

事实上，看到他第一眼的时候我就已经有所觉悟。他看我的眼睛像一把利剑，把我心里藏着的秘密刺出一个个洞。我明白那些从儿童侦探小说里学来的小把戏迟早会被揭穿，只是没想到会这么快。当杜警官再次登门造访时，我就知道，一切都完了。

我问他为什么会怀疑我，他回答说“外人入侵”的现场太粗糙了，一看就是伪造的，而且我向门卫搭话的行为也太刻意。我想了想，确实如此。事情发生得太突然了，我在慌乱中根本无暇细想，到底应该采取何种行动才算合理。出于脱罪的目的，我一心想把现场布置成入室盗窃的样子，所以就地取材，将家里花盆中的泥土撒在窗台上。就像杜警官说的，这种程度的伪装只会不攻自破。只有泥土没有脚印是非常不自然的事，但是在这么紧迫的情况下，我到哪里找另一个人的脚印呢？指纹什么的也一样。其实，当时我也考虑到了这个细节：作为凶器的手提电脑上只有我和我老婆的指纹，不是非常可疑吗？所以，我用抹布把电脑擦了一下，伪装成凶手已经把指纹擦去的假象。

尽管如此，这些小伎俩到头来只是无用功，我太小瞧警方的侦查能力了。而且，我曾经两次进出小区，尤其是第一次回家的时候，根本没有考虑过隐藏这回事，监控录像又怎么会没有记录呢？唉，这么一想，我就觉得自己天真得可笑。

不过，我还是不死心地想问杜警官，他是如何看穿我的不在场证据的。杜警官说了两个字——“电话”。看见我一脸疑惑，他又补充道：“第二个电话。”我恍然大悟：果然是因为这件事。

我告诉警方，案发那天下午我曾经给我老婆打过两次电话。第一次是5点30分左右，也就是我和小区的门卫搭话之前。第二次是在我们家楼下，准备上楼之前，时间大概是5点50分。但是，警方肯定已经核实了，第二个电话是子虚乌有的。无论是我老婆手机还是电信公司的数据库里，都只有第一个电话的记录，而没有第二个的。

我说的情况和事实不符，也就是说，我撒了谎。

我为什么要这么做呢？坦率地说，这真是无奈之举。好几件事情都出乎我的意料。

为了和小区的门卫搭话，我谎称忘记带门禁卡，结果在平时并不常走的小区东门还是碰到了一个认识的保安。在和他交谈的过程中，我顺口说家里钥匙和门禁卡都忘带了。这句话导致了后面事态的失控。到我家楼下后，那个保安提醒说没有钥匙就进不去门，那时候我还觉得问题不大，等警察来了以后再进入现场，效果说不定更好一些。没想到，他却忽然让我打电话给我老婆。在那个场合下，我无法拒绝他的要求，但也不能真的打电话，所以只能假装为之，并且在警方问话时提供假的证词。

事实上，证词里我也没有说完整。在等待开锁师傅上门的时候，一个警官曾让我接着打电话，我实在不敢再打，所以推说已经打过好多次……无论如何，这件事，一定让警方——尤其是杜警官，对“电话”这一事物留了心，所以他们会发现我的诡计也就顺理成章了。

还需要我复述作案经过吗？我已经说了，和杜警官的推理如出一辙。

好吧，我从头说一遍。

4月16日下午，我从小区的南门进入，大概5点钟回到家。到家不久，我和我老婆发生了争执。因为一时冲动，我拎起书桌上的手提电脑砸向她。我老婆应声倒地，我看到她头上流出很多血，心想一不做二不休，就用连着手提电脑的电源线勒住她的脖子，等我回过神来时，发现她已经死了。

事已至此，后悔也于事无补，我必须在最短的时间里想出办法，逃脱警方的追查。首先是要伪造外贼入侵的现场，然后，我需要为自己制造一个不在场的证据。我可以偷偷溜出小区再折回来，让门卫或者保安作为我刚到家的时间证人，剩下的关键，就是要营造在那个时间点我老婆还活着的假象。

我想到的办法是用恐怖电影的片段模拟我老婆的呼喊声。其实，这个情节我以前在一本儿童侦探小说里看到过……你们想笑就笑吧，在当时的形势下，我也没有更多选择。

我迅速在网上搜索到了类似的视频，并且把声音部分剥离出来。别看我这个样子，好歹是文化公司的人，所以我编辑软件的水平还不错。另外，我不得不感慨互联网的便捷，只要输入“恐怖”这一关键词，无论是视频还是图片，要多少有多少。

声源有了，接下来要考虑的是播放设备和播放方式。与声源相比，后者才是计划成功与否的关键。

不能用电视机或者唱片机，如果警方发现这类设备一直开着，立刻就会识破其中的机关。也不能用定时播放的方式，比如闹钟什么的。有人听到呼叫声和我找到时间证人的时间最好差不多，定时设备容易出故障，而且万一有个什么状况，呼叫声响起时我还没能找到适合的时间证人，就白费心机了。

总之，定时的风险太高，必须用遥控的方式才能根据不同的状况加以控制。

而在现场能够利用的应急工具，就只有手机了。

首先，为了解决手机音量太小的问题，我用蓝牙将手机和家庭影院的音响连接起来。我老婆在家的时候，常用这种方式听音乐，所以不会引起怀疑。虽然在这种问题上吹牛不合时宜，不过，我家音响的效果真的不错，尤其是人声还原得很逼真，所以我有信心，对一段突如其来而且时间不长的录音，听到的人是难辨真假的。事实证明的确如此。我本来希望在警方调查的时候有邻居做证听到呼叫声就可以了，没想到会有人打电话给管理处，这只能说效果比预期的还要好。话说回来，住对门的那个女人，本来就是个大嘴巴，以前甚至到管理处投诉过我和老婆声音太大……

至于如何控制播放，我使用了"特定来电人铃声"这个办法。我把剪辑好的音频存储到我老婆手机里，并且作为我这个号码的来电铃声。也就是说，只要是我打来电话，这段录音就会立刻响起；而只要不是我打的电话，这段声音将无人听见。使用这个办法，不但可以灵活控制声音的播放时间，而且录音被其他人发现或者不小心打开的概率非常小，可以说再完美不过了。

可惜，这一切都被杜警官看破了。前面也说过了，在和小区的保安们一起上楼之前，我没法给我老婆打电话。因为那时候如果我拨打电话，惨叫声不就再次响起了吗？因为这个破绽，杜警官怀疑问题就出在我老婆的手机里。最后，他从我老婆的手机里找到了那段录音，从而宣布了我的死刑。

总之，当时我做完这些准备，就匆匆离开了家。这时候，我犯了一个错误——起码现在想来是一个错误——把家里的门锁上了。这个做法让我自己陷入了不利的境地。因为如果警方不采信“盗贼入侵”之说，首先就会怀疑持有钥匙、能够锁上房门的人。

其实，我完全可以把门带上就离开，为什么非锁门不可呢？因为我担心我走了以后，有人会推门走进我家而提前发现尸体，那样计划就会失败了。怎么解释这种心理呢？好比到楼下丢个垃圾，一般人还是会忍不住把家门锁上一样，虽然明知被人钻空子的概率微乎其微，但还是不放心。我当时就是这个心理。

同样是因为做贼心虚吧，我才会马上跑到小区门口为自己制造不在场证据。就像杜警官说的，这样做太刻意了，反而徒增别人的怀疑。现在想来，与其去找门卫搭话，还不如远远逃离现场的好……譬如，找个酒吧什么的喝上两杯，再打上一场架，这样就谁都记得我了……

也许，我是担心时间相隔太久，警方会对死亡时间产生怀疑吧。也可能是我想尽快回到现场，最好是尸体被发现时我能在那里……罪犯不是都有这种冲动吗，心里按捺不住想知道事态会怎样发展……我也说不清楚了。

以上就是我的陈述，其他没什么好说的了。

动机吗？没有什么特别的原因，只是一时冲动而已。

探究之章

警察的调查手记

逮捕陈锐已经整整四天了。

所有与犯罪行为相关的事实，他都一一承认，唯独犯罪动机的问题，这个人始终语焉不详。

据了解，陈锐和朱凤儿是大学时期的同班同学，两个人毕业后就结婚了，至今已经十六年。是什么原因让一个男人残忍杀害与自己风雨同舟十多年的结发妻子呢？

陈锐一直说是自己一时冲动，但到底是什么冲动呢？而且，虽然他认罪的态度看上去不错，但是我看不出他为自己的冲动表现出应有的悔恨。他的眼睛不时流露出茫然和痛苦，但并不是后悔。

但是，如果就陈锐和朱凤儿之间的潜在矛盾这一点而言，却并非无迹可寻。

专案组对他们的个人背景和财务状况展开调查，一个情况很快浮出水面：这对夫妇的地位处于极度不平衡的状态。

朱凤儿出生在书香世家，父亲是国际上享有盛名的水彩画大师，母亲是大学文学院的教授。相比之下，陈锐的家庭背景则要普通得多，父亲是市商务局下属事业单位的一般职工，母亲是民办幼儿园的保育员，并且在陈锐大学毕业之前都已退休。也就是说，陈锐和朱凤儿首先在家境上存在巨大的差距。不平衡还不仅仅这一方面。在陈锐和朱凤儿结婚后的第五年，朱凤儿的父母因为一场车祸双双殒命，朱凤儿一家一度陷入了债务危机，即便是这样，陈锐和朱凤儿在家中的地位也没有因此发生改变。原因在于，朱凤儿依旧是家里最重要的甚至是唯一的经济支柱。

朱凤儿是一个小有名气的职业作家，早在大学时代，她就以一部描写新时代女性自主奋斗的小说夺得了某个文学大赛的最佳新人奖，并借此出道。十多年发展下来，虽然称不上大红大紫，但她坚持倡导的女权主义观点，帮助她一直拥有数量稳定的读者群，有几本随笔和小说甚至差点跻身畅销书的行列。而她的丈夫陈锐，从结婚以后就一直作为她的专职编辑兼经纪人，所以，他们一家收入的高低，说完全取决于朱凤儿的书写得怎么样、卖得好不好也不为过。

当然，你可以说从商业运作的角度来看，经纪人功不可没。但根据认识陈锐的人描述，他作为经纪人的能力水平可谓相当有限：性格内向，不善于交际，而且行事懦弱，所以经常在谈判桌上败下阵来。他的那家文化公司与其说是他和他老婆共同创立的，还不如说他老婆是老板，而他只不过是个雇员。事实上，公司的股东也只写了朱凤儿一个人的名字，陈锐没有半点股份，他仅仅是朱凤儿的编辑，公司每月给他开出固定的工资。

除此以外，专案组还发现了更为离谱的事情。朱凤儿和陈锐在结婚之前就签订了协议：第一，划定婚前财产，各归各所有；第二，婚后双方财务独立，各类资产均根据登记者的名字确定所有权。经核查，这对夫妻拥有一家公司、三套房产、一辆车以及总计约 300 万元的现金和证券资产。其中，公司、房产以及各类证券，通通登记在朱凤儿名下，而陈锐名下只有一辆使用超过五年的沃尔沃轿车（平时主要由朱凤儿使用）。另外，陈锐的个人银行账户有 20 万元的存款。简单地说，如果陈锐和朱凤儿离婚，一辆二手车加 20 万元存款，就是他能分到的全部财产。

随着调查的深入，专案组不久又获得了一个震撼性的线索。朱凤儿生前曾立下遗嘱，死后其名下财产将全部捐赠给慈善组织，另外，她有一份大额的人寿保险，受益人写了女儿朱明姬的名字。也就是说，哪怕朱凤儿去世，陈锐依然得不到一分钱。

对了，这里需要更正一下：不是女儿，是养女。

陈锐和朱凤儿没有亲生儿女，朱明姬是他们在八年前收养的孤儿。这个女孩今年 13 岁，在外地一所寄宿学校上初一。案发当天，朱明姬和往常一样在学校上课、吃住，当天晚上警方赶到学校，告知她养母遇害的消息，她吓得说不出话来。而当几天后又听说养父作为嫌疑犯被捕，她更是当场晕厥。等恢复神志接受警方的询问时，她一边流泪一边不停地摇头。

"这是不可能的事情，你们一定搞错了！我爸和我妈都深深地爱着对方，你们根本不知道他们的感情有多深，也不知道我爸有多善良……"

虽然她不断重复着这句话，但于事无补，事实摆在眼前。

专案组根据调查和了解到的各种信息，拼凑出了这样的图像：很显然，陈锐和朱凤儿的夫妻关系是不平等的，很难想象双方能够一直和谐相处，或者说，在这种关系之下引发了矛盾和冲突，也是意料之中的事情。

专案组随后发现的两个事实，进一步巩固了这个观点。

第一，从陈锐的个人账簿中，发现了其参与外围赌博的记录。沿着这条线索追查，很快发现陈锐事实上早已债台高筑。他曾经从地下钱庄借了百万元巨款，并且在各种赌博中输多赢少，目前资金亏损的缺口接近 200 万元。

第二，陈锐表面看上去忠厚老实，其实在生活上有诸多不良嗜好，譬如酗酒。他有时会在大白天到酒吧喝得烂醉，到了晚上，再装模作样地回家。但这远不是最严重的。专案组从他电脑的一个隐藏文件夹里发现了大量儿童色情图片和影片，并且在其私人物品中找到一个形状怪异的打火机，造型是一个裸体的女童，出火口是女童的下体。经过追查，证实这个打火机来自东南亚某国一个非法组织，这个组织以提供未成年人色情服务而臭名昭著。而根据陈锐的签证记录，过去的一年他去过东南亚的那个国家三次。另外，朱凤儿一个闺密也向警方提供了线索，说，朱凤儿出事前一天晚上给她打过电话，说着说着就哭了起来。当好友追问发生了什么事时，朱凤儿始终不说，直到最后才在话头话尾透露，自己的丈夫有着不健康的怪癖，担心女儿会受到伤害……

为此，专案组尝试向朱明姬了解情况。一开始，问询的人员觉得难以开口而兜着圈子，被询问人完全摸不着头脑。到后来我们只好单刀直入。听到那个问题，小女孩立即脸色苍白，连连否认，眼神里充满了恐惧，然后就一言不发。当时我不在现场，但负责问话的同事事后告诉我，她从未见过一个孩子的脸上能呈现出那种死沉而绝望的神情。

结合掌握的所有信息，专案组认为本案的作案动机已经可以基本判定，现在就剩凶手自己坦白了。

我奉命再次与陈锐谈话。当我把搜查取得的各种证据资料摊在他面前时，嫌疑犯似乎强作镇定，但我看得出他的内心肯定受到了巨大的震动，这从他煞白如纸的脸色和颤抖的嘴唇上就能看出来。

他沉默了片刻，就在他准备开口的时候，发生了一件意想不到的事。嫌疑犯忽然按住胸口，神情非常痛苦。看他的样子，我甚至以为他偷藏毒药，服毒自尽了。

随后，陈锐戴着手铐被送到医院。第二天，上司告诉我，陈锐患上了一种严重的细菌性心脏病，心脏功能每天都在衰竭，而且没有治愈的方法。

也就是说，我们的嫌疑人身患绝症，命不久矣。

告白之章

丈夫的自白书

我全部承认，希望你们不要继续调查了。

尤其是我的女儿，请不要再去找她，拜托你们。

诚如你们所见，我的个人财务陷入了困境，我需要钱，但是那个女人毫不松口，这成为我杀死她的导火索。你们认为我是个穷凶极恶之徒也无所谓，不过，写自白书之前，我要澄清一点，我不是恋童癖，更不会伤害自己的孩子！

如果你们敢在这一点上做文章，或者对媒体透露出一丁点这样的意思，我就将之前承认的一切全部翻供。

你们都知道我的病，搞不好起诉的证据还没凑够，我就一命呜呼了。我是无所谓，不过估计你们上司的脸色不会好看。从这个角度说，你们的时间比我的更宝贵吧？

好了，以下是我的自白。

我和那个女人，是供养和被供养的关系。说我是那个被供养的人也可以，不过我也用男人的情义供养着她。

她是一个不能生育的女人，但我始终没有抛弃她，这就是我说的男人的情义。更何况，这十几年来，我付出的不见得就比她少。我确实是一事无成，还天天喝酒，但她除了每天待在黑屋子里敲字，也没做出什么轰轰烈烈的事情嘛。她的那些文章，顶多也就是骗骗涉世未深的少女或者深居简出的怨妇的眼泪。

上大学的时候，我和她是同班同学。虽然她因为漂亮又活泼而大受欢迎，但年轻时候的我也不乏吸引力。正所谓近水楼台先得月，我没花太多力气就把她钓到手了。如果你问我，这个女人优越的家境是不是我追求她的原因，我只能说那算是加分项。虽然我觉得当个乘龙快婿也不错，但那时候我好歹也是一个朝气蓬勃的青年，还没沦落到一心吃软饭的地步。话说回来，"富家女"这三个字，本身就会激起男人征服的欲望吧。

本来，事情的进展一切顺利。我们原本计划毕业后先找份工作，等经济基础稳定了再结婚，没想到她却怀孕了。这绝对是我计划之外的事情。朱凤儿这个人很单纯，对我也百依百顺，我没必要用这种下作的手段。

不用问就知道，这件事引起了朱凤儿父母的强烈反对，那些有钱人的嘴脸在那时候表露无遗。老头儿、老太太提出，如果我想和他们的女儿结婚，就要签订婚前协议。没错，就是你们看到的那份"不平等条约"。我知道他们打的是什么算盘，因为怕被征收遗产税，他们打算逐步将个人资产转移到独生女儿名下，但不想白白便宜我这个外人。

这实在太侮辱人了，我的耐心也是有限度的。但是朱凤儿离不开我，整天哭哭啼啼的。她对我说，她很抱歉，但能不能请我满足一次老人家的心意，结婚以后我们立即把协议作废，请我相信她。我思考再三，男人也应该能屈能伸，所以就答应了。我对朱凤儿说："夫妻应该彼此信任，我爱你，从没想过有一天会和你离婚，所以根本不在意财产的事。"听到这话，那个女人立刻傻乎乎地笑起来了。

然后我们就结婚了。坦白地讲，看着她大腹便便的样子我也于心不忍。

没想到，结婚后的第一个月，那个女人流产了。然后在医院做检查的时候才发现，她的免疫系统天生有某种基因缺陷，这次流产以后，能够再次怀孕的概率微乎其微。这件事给她造成了严重的打击，在这种情况下，我也不好天天催着她作废婚前协议。而且，前面也说过，我的老丈人打算像蚂蚁搬家一般将自己的财产转移给我们，他如果发现婚前协议作废，估计会不干吧，或者这种转移就会停止。所以，我只好耐着性子当个乖女婿。不管你们相不相信，在朱凤儿心情低落的时候，我可是不离不弃地陪在她身边呢。如果没有我，她指不定会变成什么样子。

我对娶了一个不能生育的女人这件事怎么看？心里肯定不爽呀，但我也有身为男人的准则，因为这种事情和女人离婚不符合这个准则。老实说吧，我对于生儿育女之事，也没多大执念。

总之，我和朱凤儿凑合着过日子，还算安稳。我和她很多时间都待在家里。不是我不想去工作，她一天到晚埋头写她的书，也不管卖得好不好，我只能牺牲自己的青春，为她料理各种杂事。这么说吧，靠着她爸妈在文化界的人情脉络，她的书卖得还是可以的。

所谓好日子也有到头的时候，两个“老鬼”说没就没了。这下，总算到资产清算的时候了。办完她父母的事以后，我向朱凤儿提出作废婚前协议，但她推说还有很多事情需要善后。过了几个月，我再次提出这个要求，没想到她还是托词拒绝。她笑着说：“夫妻应该彼此信任，我爱你，从没想过有一天会和你离婚，所以别在意财产的事。”

这是结婚之前我和她说过的话，现在她反过来对我说，我不免吓了一跳。这时候我才发现，这个女人似乎和以前不一样了。也许是因为长年写标榜女权主义的骗人文章，把自己也骗了进去，也可能是因为父母双亡的事实让她坚强起来了，总之，在那个女人身上，发生了类似蜕变的东西。她已经不是几年前那个天真、软弱，可以让我随意控制的女学生了。

但是，那个时候我还是没有产生足够的警惕。我老婆刚从他父母那里继承了大笔资产，这个时候和她撕破脸皮太不理智了。关键在于，那份婚前协议还牢牢握在她手里。我想等时机成熟再说，但一转眼就已经晚了。朱凤儿偷偷地将遗产变卖，然后转变成登记在自己名下的各种资产。当我发现这一点时，一切都已经无法挽回了。

后来我才知道，这是两个“老鬼”临死前教唆她干的。因为他们从心底认定车祸——就是刹车失灵，导致他们伤重身亡的那场意外——有人动了手脚，而动手脚的人是我。这真是天下最荒谬的事情，在他们生前我的言行也许有不妥当之处，但说我谋财害命也太有想象力了吧？最糟糕的是，我百口莫辩，因为要和我辩论的人已经入土了！

喂喂，你们不是要追问十几年前的事吧？

至于我老婆，我肯定她是不相信这件事的，只不过对父母遗命不得不从而已。另外，她也觉得由她来管理家庭财产更稳妥一些，女人不是都缺乏安全感吗？所以，你问我当我知道她把所有财产转移到自己名下时，我有没有跳起来，我想，吃惊是肯定的，但也不至于无法理解。

这么说吧——虽然直接说出来让人有点难堪：那些年下来，我已经习惯了被朱凤儿供养的生活。我懒得和她扯太多的事，只要日子舒服就行了。这就是所谓的“得过且过”吧。

不久，朱凤儿收养了一个女儿，又开了一家自己的公司，我只能亦步亦趋地跟在她后面。那个时候，我已经变得没有能力和那个女人讨价还价了。你要说我给男人丢脸也可以，但这是事实。这期间，我也做过很多绝地反击的努力，一旦有好的投资项目就尽力一搏，但每次都竹篮打水一场空，这换了谁都会灰心丧气！

你问我资金从哪里来？朱凤儿也没抠门儿到那个程度，我是这个家的一分子，属于我的那部分钱自然归我。别看我在公司没有股份，那是因为我需要钱在其他领域做投资，所以将股权折现了。

你们的想法和那个女人一样，她也认为自己已经仁至义尽，但如果你处在我的位置上想一想，就不会说出这样的话。没有男人能够忍受这种憋屈！我心里藏了火焰，一日比一日烧得厉害。也许她也看出来了，这让她感到害怕。这个愚蠢的女人选择了一个愚蠢的办法保护自己。

4 月 16 日那天，矛盾终于爆发了。

你们也知道，因为投资失败，我欠了一笔钱，资金周转不灵。所以，那天下午我回家找朱凤儿商量。我的想法是，都是为了这个家，有困难肯定是夫妻二人齐心协力解决。谁知道，那个女人断然拒绝，还说了很多自以为苦口婆心的话。她说请我回头，她会原谅我。我真是气不打一处来，明明在说投资款如何收回的事情，扯什么原谅不原谅呢？我说：“你是不是以为有那份婚前协议，我就不会和你离婚？”她说：“是的，离婚的话你会一无所有。”我大声说：“蠢女人，我可以杀了你呀！杀了你钱就都归我了，想想你的死鬼爸妈吧！”没想到，她摇了摇头，说：“杀了我也没用的，我已经立了遗嘱，死后把所有财产都捐出去。”

听到这句话，我心里的火焰一下子喷了出来。我用手提电脑把她砸倒在地，她头上流出了血，但没有晕过去。她一言不发地坐起来，眼睛直直地看着我。我再也按捺不住了，她看不起我，她以为我不敢杀了她，所以我扑过去，用电源线缠住她的脖子……

就像你们看到的，这些事不光彩，没什么值得说的。所以，一开始我没打算说出来，但是既然你们锲而不舍，我就当作故事告诉你们好了。

这就是我的作案动机，你们把它理解成一个男人捍卫尊严好了。

我当然感到后悔，但后悔也于事无补呀。而且，现在突然发现自己得了这样的病，也算是老天给的惩罚了。

警察的调查手记

过去之章（一）

5 月 14 日，我前往陈锐和朱凤儿曾经就读的公立 Z 大学。我到教务处调取了陈锐和朱凤儿学生时期的档案，用意在于了解哪些人曾经和他们同班或者同宿舍，然后我可以去找这些人问话。为了探究陈锐和朱凤儿之间的过去，这是我能想到的最直接的办法。

这之前，我已经找了陈锐和朱凤儿身边的各类人问过话，包括小区的保安、邻居、公司雇员、亲友、生意上的伙伴和对手，当然，还有他们的养女。无疑，他们提供了不少有用的资料，但这些资料只能覆盖最近十年的时间，更早的事情则无人知晓。然而，我认为要弄清楚陈锐和朱凤儿真正的关系，就必须潜回更久远的时代，直至他们相遇、相识之时，也就是他们上大学的时候。

要解释一下，上述行动都是基于我的个人判断而擅自开展的。专案组在一周前就已经决定结案。这也难怪，案犯已经招认，还亲手写下自白书，而且，无论是作案过程还是作案动机，都得到了各项证据的一一印证，还需要查什么呢？

“你还有什么不满意的？”当我提出还想找个别人问话时，上司的脸上挂满了不耐烦。其实我也说不出确切的理由：陈锐的不在场诡计已经被识破，他和朱凤儿的恩怨情仇也大白于天下，其中多个突破性的线索，更是由我亲自找出来的。专案组的工作效率得到各方的肯定，尤其是朱凤儿的忠实读者群体，甚至给警察局寄来了锦旗。而我更是受到媒体的追捧，被冠以“勇破奇案的神探”之名，风头一度盖过了上司（那面锦旗其实是给我的）。所以，正如上司所说，我还有什么不满意的呢？

但是，有个奇怪的念头在我脑海中挥之不去。事实上，早在逮捕陈锐的时候，我就有种误入歧途的感觉，只不过，因为那个设想太离奇，太超越常理，我只好将它置之一旁。然而，当我看到陈锐的自白书时，这种不安变得更加强烈。

我读了好几遍那份自白书，整理出以下疑点：

第一，自白者早在两周前就被捕了，他为什么一开始不把这些事情说出来，而非要等到警方拿出证据，才滔滔不绝呢？虽然说作案动机对定罪很重要，但是自白者自始至终也没有为自己做过无罪申辩，那么他有必要对作案动机三缄其口吗？事实上，他说的那些事虽然不光彩，但这种夫妻之间的战争也可谓司空见惯吧？

第二，细细读来，这份自白书全文有一种奇怪的不协调感。自白者的态度很飘忽，前后也有矛盾之处。虽然自白者看似站在一个自以为是的立场上，但陈述的内容与之恰恰相反：一方面每字、每句都在自我否定，与此同时，极力维护死者的形象。这么说吧，在我看来，自白者极力把自己描绘成一个贪婪、无耻而又愚蠢的丈夫，而把妻子写成一个历经苦难而逐渐成长，同时对无能的丈夫百般包容，只盼其浪子回头的新时代女性之典范。问题在于，这与自白者之前表现出的温文尔雅的形象相差太远了，而且，也和他身边的人对他的评价不符。难道他平时都在演戏吗？我倒是觉得他自白的那番话才更像演戏。

第三，在自白者陈述的事实里，有几个地方非常不合理。首先，陈锐如果一心想谋夺朱凤儿一家的财产，怎么会疏忽大意到让朱凤儿将父母的遗产全部变卖，然后转到自己名下呢？而且，在发现此事以后的十年间，他也没有采取任何补救措施，这未免太不可思议了。其次，根据自白者所言，他和朱凤儿的地位发生了根本性的转变，使他无力对抗。但是，这种转变到底是怎么发生的呢？朱凤儿为什么能突然占据优势呢？自白者对这部分的描述可谓语焉不详。事实上，根据专案组的调查，朱凤儿的书卖得并没有想象中的好，尤其在她父母去世以后，因为缺少了几个重要发行商的支持，销量更是每况愈下。后来，朱凤儿自掏腰包开了一家文化公司，专门出版自己的书，在内行人看来完全是自产自销的做法，当然，也可以理解成孤注一掷的无奈之举。总之，这几年来，那家文化公司一直惨淡经营着，已经到了难以为继的地步。在这种情况下，难以理解朱凤儿是依靠什么硬起腰杆的。最后，也是最不合情理的一点：一个身患不治之症、行将就木的人，会和老婆争夺财产甚至因此冲动杀人？按照自白者的说法，他是在案发之后才发现自己得病的，早知如此，他也不至于做出如此愚蠢的事了。然而，根据医生的诊断，自白者的病已经发展到了中晚期，他理应在更早的时间就察觉到了身体异常才对。

除了上述关于自白书的疑点，还有一件事让我很在意。事实上，我从一开始就产生的不安，就是因为这件事引发的。在案件发生以后陈锐的第一次陈述中，有某个细节给我留下了深刻的印象，这个印象极大地影响了我对陈锐和朱凤儿两人关系的判断。

虽然有点先入为主，但我始终认为，那个不经意间流露的细节才是真相。反过来说，陈锐所说的一切，都是谎言。

所以，我决定继续查下去。原本，我只打算把调查范围稍微扩大一点，这样做不至消耗上司太多的耐心，同时也好让我自己安心。然而，当我在偶然情况下发现了一件怪事后，我认为调查范围还要进一步扩大才行，尤其是调查的时间区间，必须追溯到更远的过去。

这件怪事是，十六年前，朱凤儿做过一次人流手术。注意了，是人流手术，不是胎儿自然流产。而且，手术的时间是 4 月 11 日，而她和陈锐结婚登记的时间则是 4 月 16 日。也就是说，朱凤儿是在把腹中胎儿打掉以后才和陈锐结婚的，这和陈锐“奉子成婚”的说法自相矛盾。还有一个细节，根据朱凤儿的诊断记录，她似乎早就知道自己存在基因缺陷，如果首次怀孕不成功，这辈子她将再没有机会当妈妈了。尽管如此，她还是选择亲手“杀死”自己的孩子。

这到底是怎么回事呢?

为了解开这个谜，我不但要找陈锐和朱凤儿身边的人，还要找到十六年前就认识他们、知道他们过去的人。

过去之章（二）

认识他们的人的证词

【李长林的证词】

不是吹牛，我在这个社区当了七年安保主管，虽然不能叫出每位业主的名字，但这个人是不是住在这里的、大概住在哪个区域，我看一眼就能说出来。

朱小姐一家就很熟啦。他们四年前搬进来，一家三口很幸福的样子。房子是朱小姐掏钱买的，这个我记得很清楚。登记业主信息的时候，她老公主动说，业主是朱小姐，写她一个人的名字就可以了。

为什么对朱小姐有印象？因为她人好呀，对人很热情，说话时会露出甜甜的笑容，哪怕是对我这种老男人也很温柔，逢年过节还会给我们包大大的红包。我知道她是写书的，有文化的人素质就是高。她走路的样子也很高贵。

她老公呀？没打过交道，那种人我怎么可能会和他来往？我不是因为他杀老婆谋财害命才这么说的，我早就知道他不是个东西。怎么说呢，总之，一看他就是靠女人吃饭的那种男人。平时，他老是跟在朱小姐屁股后面，要么一声不吭，要么唯唯诺诺，哪怕挨了骂也赔着笑，表面看上去很忠厚老实，实际上一肚子坏水。

大多时候是他活该挨骂的。他那个样子，任何人见了都有骂两句的冲动，朱小姐有时也是忍不住吧。反正我最看不起这种男人了。

他们家的女儿？我很少看到他们一家三口一起外出。听说那个孩子上的是寄宿学校，所以很少回家。

为什么说他们一家很幸福？我有说过吗？只是随口一说嘛，幸福的一家三口，一般都这么说的。难道不是吗？

哦，原来不是亲生女儿啊？这个我还真不知道。

【孟燕的证词】

警察先生，我什么都不知道，我们家马上就要搬走了。

这不是明摆着的事吗？对面死了人，还是老公杀老婆的狗血案子。当这家人的邻居真是倒霉透了。我现在担心我的房子能不能卖出去，唉！

我把我知道的全部告诉你，你以后不要再来了行不行？

那一家子都是奇葩，尤其是那个姓朱的老婆。虽然我不想用这样的词语，但她是个不折不扣的荡妇。实话和你说，当面看到她我会叫一声“朱小姐”，背后我从来都是叫她“婊子”。

我已经不止一次看到她把其他男人带到家里了，有时候大白天就开始干那事，而且发出地动山摇的声音。有一回，我实在看不下去了，所以打电话给管理处投诉。我只是想警告她一下，所以没说别的，只是说他们家发出了影响别人的噪声。没想到过了两天，反而是她老公过来敲门，说对不起，那天他们的声音太大了，实在过意不去。警察先生，你可以想象，当时我简直是惊得目瞪口呆。

那个女人，平时连小区的保安也勾勾搭搭的，我感觉她是在故意卖弄风骚。她老公明明什么都知道，但是一句话都不说，甚至要为她打掩护。天底下有这样的男人吗？不过，话说回来，我挺同情那个男人的。可能是因为他怕老婆，我从来没见过他和其他女人说话。

为什么之前没有告诉警方这些事？我可不想议论别人的家事。而且，案件刚发生的时候死者老公也不是嫌疑人，如果我把这些事告诉警察，不是平白无故给人家添麻烦吗？到后来他被抓，我就更不想多说什么了。如果他觉得有必要，他自己会说出来，如果他不想别人知道，却从我嘴里说了出来，这多不好呀。我想，没有男人愿意这种事情天下皆知吧。

你的意思是，他会不会被他老婆抓住了什么把柄？

我不知道，也许吧。还有一种可能性：他太爱那个女人了。

为什么这么说？直觉吧。有时候，你从一个男人看一个女人的眼神里就能感觉出来。

【潘瑞明的证词】

我说这些真的没问题吗？虽然这家公司眼看就要关门了，但是直到今天，陈总还在给我们发工资呢。我是说，他拜托公司的财务给我们发工资。

我始终觉得，肯定有什么事情搞错了。陈总怎么可能会是杀人凶手呢，而且是杀死自己的妻子？

他们夫妻俩的感情我不好评说，但是我对陈总这个人是有发言权的。他虽然话不多，但是很有修养，对每个人都客客气气，更重要的是，他心地很好。有一年春节，我买不到回老家的火车票，他知道以后把自己的车钥匙递给我，让我开他的车回家。我老家在邻省，开车的话七八个小时就能到。当时，我感动得说不出话来。虽然这是一家小公司，但是老板照顾雇员到这个程度，也实属罕见吧？但是，因为这件事，朱总对他发了很大的脾气，而且把那辆车没收了。是啊，就是那辆沃尔沃。从那时候起，陈总每天只能坐地铁上下班，而他一直没有告诉我这件事，我是很久以后才从别人那里听说的。

你说，这样的一个人，会做出谋财害命的事情吗？

嗯，他有时会喝一些酒，但是哪个男人没有一两个爱好呢？而且，陈总是为放松心情才去喝酒的吧？我是说，他心里有许多难受的事情，虽然他从不表现出来，但是我们都知道。他有时坐在办公室里，却看着窗外发呆，连钢笔掉到地上都不知道。还有一次，下着大雨，我在街上看见他没有打伞，独自一人在雨中行走，他的样子看上去太孤独了……

具体原因我也说不清，大概和朱总有关吧。和这样的老婆过日子应该挺辛苦的。

朱总是个怎么样的人？她很少来公司，不过我们都怕她。怎么说呢，人都不在了，这样说真的不太好……不不，她不骂我们，但是当着我们的面骂陈总。她有点神经质，她会笑眯眯地问我们："喂，那死鬼是不是又和女客户调情了？请帮我盯紧他。"然后又摸着女同事的头发说："你们陈总好爱护你们，连我都要忌妒了，年轻就是好呀。"虽然她说这些话的口气像是在开玩笑，但我们听了都觉得心里发毛。

"妻管严"？这是肯定的，朱总的控制欲很强。不过，可不仅仅是妻管严这么简单。她总是用各种方法折磨陈总。对，折磨。我感觉……她对陈总有一种莫名其妙的恨意。

哦，我见过他们的女儿。几年前，陈总带她来公司。陈总对人很和善，对女儿更是呵护备至。陈总很少开怀大笑，那次他带女儿来玩，是我们见到他笑容最多的一次。那个场景很温馨，我们心里都很高兴。有这么一个宝贝，两口子再大的矛盾也能迎刃而解吧。

收养的？不会吧，那个小女孩和朱总长得挺像呀。不过，收养一个和自己长得像的孩子也挺合理的。

【万艺艺的证词】

为什么现在又问起这件事呢？不是已经结案了吗？请你们快点判那

个男人死刑吧！

我说过了，我是“凤临朱阁贴吧”的版主，也是“凤儿读者同好会”的会长，所以和凤儿很熟悉，她给我打电话吐苦水有什么好奇怪的？

什么意思，什么叫我们很久没有见过面了？好朋友就必须天天腻在一起吗？凤儿是大忙人，我也一样，所以……你怎么知道我们没见过面？总之，我们平时都是电话联系的，还有在网上说话。

什么？查过我的电话和网站？你怎么能这样做？！这些都是个人隐私，警察就有这个权力吗？哪怕网站是公开的……凤儿偶尔会有留言呀，你没看见吗？哎呀，好啦好啦，我们也不常打电话行了吧？那天凤儿突然给我打电话我也挺意外的。

但是我怎么都没想到，那通电话竟成诀别了。

凤儿是个睿智的作家，她深知在最关键的时刻最值得信任的人是她最忠实的读者。虽然我们不常联系，但是我了解凤儿的一切！出道至今的十多年来，她经历了各种各样的人间疾苦，少年成名的惶然、父母的突然离世、女儿在腹中夭折、无情无义的商场争斗、精神和身体上的病痛，还有与丈夫的貌合神离……女人应该依靠什么活着，没有人比她更有资格阐述这个命题了。

这样的朱凤儿，却在电话那边哭了起来。她那时候有多无助呢？我真的不忍心细想。我现在只盼望那个杀千刀的男人血债血偿。唉，虽然凤儿呼吁女人要独立自强，尤其要警惕男人的甜言蜜语，但是她自己还是无可避免地掉进了一样的陷阱。头脑好、样子帅、嘴巴甜的男人果然是毒药。

咦？那个男人和凤儿在大学时代就认识吗？是大学同学？她老公不是金牌经纪人吗？我一直以为他们是在新人奖发布会上相识的。

凤儿的女儿？对呀，凤儿在电话里也提到，担心那个男人会伤害她女儿。你这么一说还真是有点奇怪，以前凤儿从来没提过她女儿的事情。

生病？哦，你说“精神和身体上的病痛”呀。我记得凤儿在一篇散记里写到过，你等等，我找找。在这里，是这样写的：“答应了去看病，所以就去了。然而，这频繁地、无穷无尽地去，身心比没去之前更疲惫，决定以后再也不去了。”

这篇文章是两年前写的，估计病早就好了吧。不过人都不在了，说这些有什么用？

【朱明姬的证词】

啊，你好！是不是事情弄清楚了，我爸爸什么时候能回来？

警察叔叔，求求你，请你把我爸爸放了，求求你了。

不要和我说对不起了！对不起有什么用？我不要对不起，把我的爸爸还给我！

你走，出去！请你出去！！

我不懂，我什么都不明白……

我已经说过很多遍了，爸爸不可能会杀死妈妈。他们也许会有不愉快的时候，但是有一点无论如何不会改变，那就是爸爸深爱着妈妈，他愿意为妈妈付出一切；而妈妈，永远离不开爸爸！是呀，妈妈也离不开爸爸，爸爸是她的全部，也是她的唯一。“失去他，我就失去一切了。”妈妈不止一次这样对我说。

我？什么我？什么意思？爸爸妈妈当然也爱我呀！

你，你太过分了……就因为我不是爸爸妈妈亲生的吗？

我是和爸爸更亲近一些，那又怎么样呢？女儿都喜欢爸爸呀。你又要说那些事吗？请你们适可而止好吗？

是呀，去孤儿院领养我的是爸爸。是呀，我去年就上寄宿学校了，妈妈说女孩子应该早日学会独立。学校在外地又怎么样呢？你到底要说什么呀？妈妈怎么可能会讨厌我，你好奇怪呀！你走，我不要看到你！

我妈妈没有看过医生，我什么都不会告诉你的！你出去！

真的吗？真的能帮助到爸爸？你不是在骗我吧？

那我告诉你吧……妈妈是吃过一段时间的药。

警察叔叔，你答应会放了我爸爸的，你答应过我了。

【欧阳左伦的证词】

你是哪位？是啊，我就是，什么事？

陈锐啊，当然记得呀，当年他可是睡在我下铺的兄弟！好多年没见过他了，他小子现在怎么样？

等等，你说你是警察？陈锐怎么了？看新闻的呀，“头条”什么的都看。我和他又不在一个城市，他到底怎么了？对了，他还和朱凤儿在一起吧？

什么，你再说一次！太荒谬了，这怎么可能呢？先不说那小子连虫子都不敢踩的性格，他就是杀光全世界的人，也不可能会动朱凤儿一根毫毛呀。

唉，不过也不好说，有时爱到极致就会生出疯狂。也可以想象，他和朱凤儿结婚有十几年了吧，可能是累了。别说一个人了，就是把一颗珍珠捧在手里，捧久了也要手酸呀。

这么说吧，朱凤儿是他一辈子最大的勇气。这句话是他亲口说的。

陈锐这种人，平时很安静，甚至有点呆，但是对认准的事就会坚持不懈，无论遇到什么困难都不退让。当然，我说的是上学时候的事情，不过，我认为人的本性是不会改变的。总之，他是我见过的心志最坚韧的人了。

你说他是彻头彻尾的一根筋也可以。

我没记错的话，陈锐是在大二和朱凤儿熟起来的。那年朱凤儿得了肺炎还是什么的，在医院住了两个月。陈锐作为班上的生活委员，为她办理了入院、休学之类的不少手续，还经常去医院探病。从那时候起，这家伙就一头扎进去了。

但是一开始，朱凤儿根本没把他放在眼里。要知道，这个女人可不简单，称为“校花”夸张了点，如果单论颜值，在我们学院能进前十吧，不过说是天之骄女绝对不为过。听说她爸妈都是文化界的大人物，她刚入学时还和校长吃过饭。而且，朱凤儿本身也能歌善舞，所以，这样的女孩子生活别提多么多姿多彩了。那个女人心高气傲，什么都要不输人前，印象中她谈过几个男朋友，都是学生会主席、开跑车的“富二代”之类的。你说我那个穷哥们儿能入人家法眼吗？

我也不知道他最后是如何取得胜利的，不过可以想象，大体用的就是精诚所至、金石为开的策略了。总之，大学四年间，朱凤儿换了一任又一任男朋友，我那哥们儿始终一心一意地对她。说不定，朱凤儿每次失恋都倒在他肩膀上哭泣，然后擦干眼泪继续找其他男人。没想到，毕业没多久，我们就听说他真的和朱凤儿结婚了。知道这个消息时，我们全宿舍的男生都大吃一惊！当然，也为他高兴。

奉子成婚？不大可能吧？陈锐在这方面很保守，而且，朱凤儿对他来说就像女神一样，我想，他舍不得做这样的事情。

话说回来，“草根”逆袭抱得美人归都是烂剧情，相比之下，我更好奇我家兄弟是怎么迷上朱凤儿这种女人的。他们完全是两个世界的人。

你是说陈锐贪恋朱凤儿的美色和财富？别开玩笑了，别把我兄弟看扁了。他可是一个脱离了低级趣味的超凡人物。早在上学的时候，他就创办了自己的公司，尽管当时规模有限，但是潜力不可限量。告诉你吧，曾经有一位真正的校花倒追他，学校舞蹈团的团长，九头身、A4腰，妖精一般的美人，但是他毫不动心。总之，不知道是从何而来的倔劲儿，他觉得自己对朱凤儿负有某种责任，需要守护她一辈子。

有一回，一帮兄弟去喝酒，他也喝多了，我趁机搂着他的肩膀，问他朱凤儿到底有什么好。他靠着墙，露出自嘲的微笑。虽然直到今天我都无法理解，但是我记住了他的话："美丽和苦难，是女人最让男人无法承受的事情。"

对了，如果你想知道朱凤儿的事，可以找窦小月。大学期间能和朱凤儿称得上交心的，就只有窦小月了。不过那个女人有点烦就是了。

【窦小月的证词】

我听说那件事了，欧阳给我打电话之前我就知道了。另外一个同学告诉我的，那个同学和凤儿在同一个城市，不过她和凤儿也有好多年不联系了。知道这个消息那天，我流了一晚上的眼泪。为凤儿、为陈锐，也为当年的我自己。往事涌上心头，就像决了堤一般。

我不知道凤儿这些年为什么很少联系大家。她虽然有点骄傲，但并不是冷漠无情的人。也许，她认为毕业以后自己发展得不够好吧，毕竟，她原本有着比我们都要高的起点。其实这大可不必，没有人会因为你赚得不够多、房子不够大而看不起老同学。

虽然分开多年了，不过，我想我还像以前一样了解凤儿。人的本性是不会改变的，尤其是凤儿这样个性鲜明的人。他们有深入骨髓、烙印在基因里的信仰。

别误会，我并不是说凤儿是个极端分子。

正相反，她是一个简单的人。和我们大多数人一样，她只是想追求幸福而已。虽然有些时候她看上去很尖刻，其实只是不肯迎合和将就罢了。在青春年少的时候，在时光可以大把消费的时候，我们不是一个样吗？

当然了，十几年后重新审视这一切，会得到与之相反的结论，但是年轻时候的我们是不具备这种智慧的。

对于爱情也是如此。凤儿每次都祈求遇见最完美的爱情，但每次都以失败告终。一般人随即放弃，她只是比一般人多坚持一点罢了。我想我是理解凤儿的。她具有成为卓越之人的一切基础条件，有权为自己的人生设定更高的目标。虽然这样说对不起陈锐，但是在自己最美丽的年华里，陈锐真的不能算是一个完美对象。而且，相识的过程也不够浪漫。凤儿和我说过，哪怕不是达官贵人，但最起码是在某个颁奖典礼上遇见的英俊的经纪人，才配得上郎才女貌式的浪漫。所以，我想我可以理解，凤儿为什么迟迟没有给陈锐机会。

应该说，如果不是后来发生了那件事，陈锐也许永远不会有机会。其实我不想说出这件事。不过已经过去了这么多年，人也不在了，既然你坚持要问……

当时，凤儿在执迷不悟中吃了很多苦头。每次失意，她都放浪形骸，甚至身心都受到伤害——我指的是实质性的伤害。大四的时候，她遭到了其中一任男友的施暴。不，称不上男友……嗯，她被强奸了。一次醉酒以后，一个外校的“富二代”把她带到酒店里，强行和她发生了性关系，而且，对方似乎还拍下了她的裸照。

报警？别开玩笑了，凤儿非常害怕别人知道这件事。出事以后，她每天如常地上课、下课，在同宿舍里和其他女生一样，只穿一条内裤盘着腿打牌。我是这件事的知情人之一，另外一个知情人就是陈锐了。其实，这件事凤儿对我也不打算说，她只给陈锐一个人打了电话，让他到酒店接她。陈锐听出不对劲儿，所以来找我。我和陈锐一起到酒店接她，事情就无法隐瞒了。我一直觉得，凤儿因为这件事而对我心存芥蒂，这也是毕业以后我们疏于联系的原因之一吧。

照片？你是说凤儿的裸照吗？我不知道。也许那只是为了防止受害者报警的恫吓吧，可能照片什么的本来就不存在。那个“富二代”后来没有再骚扰凤儿，陈锐去找过他一次，把事情摆平了。毕竟，那个人也就是图一时痛快，也不想把事情闹大了。

应该这么说，这件事大大地拉近了凤儿和陈锐的关系。女人经历了这种悲惨的遭遇，也只好放下身段了。不久，他们就结婚了。但是，包括我在内，凤儿没有请班上任何一个同学参加她的婚礼，倒是请了隔壁学院一个叫米露的女生。我大概能猜到其中原因，这个女生是学校舞蹈团的团长，听说对陈锐抱有好感。嗯，就是这个意思，没必要说得更直白了。

陈锐和凤儿的婚姻，我其实并不看好。为什么？他们的关系太危险了，就像走钢丝一般，但不是分崩离析的危险，正相反，他们的关系太过紧密。

密度太高的星球就会变成黑洞，不是吗？

再告诉你一件事吧。

有一年，学校已经放假了，宿舍里只剩下我和凤儿，而那天我也出了门。凤儿不知道因为什么事忽然想见陈锐，但陈锐在外面开了一家小公司，有事要办，不能马上回来。结果，你知道凤儿做了什么事吗？“不着急，我等你回来。”她在电话里这么和陈锐说，然后，她坐在洗手间里，用裁纸刀割开了自己的手腕。

真相之章

警察和死者丈夫的对答

【杜学弧的话】

身体状况怎么样？是吗？真是遗憾。无论如何，希望你能好好治疗。

你似乎很不愿意见到我。

你一定在想，案子都已经结了，这个警察为什么还要三番五次地跑来找我呢？

我知道你在担心什么，但是很抱歉，事情看来不能如你所愿了。你有你的立场，而我也有作为一个警察的立场，这一点请你理解。

我的语气听上去像是知道了什么似的？是的，我都知道了，全部的事情。我并不是虚张声势，我已经找到了决定性的证据。

我想问你，4 月 16 日下午，你第一次回到家是什么时间？5 点钟是吧？我知道在你口供里有，监控录像也有记录，我只是想确认一下而已。那么，你在杀死你妻子以后，是什么时间离开的呢？5 点 20 分？考虑到你 5 点 30 分过一些已经出现在小区的门口，哪怕是使用电动车等交通工具，你离开家的时间最晚也不会超过 5 点 25 分吧？

也就是说，从 5 点到 5 点 25 分，你在短短 25 分钟的时间里完成了杀人、清理和伪造现场、制作呼救声音文件等工作。

我不是说这不可能做到，只能说你手脚挺快的，而且，作为一次临时起意的犯罪，你几乎是在一瞬间就想到了对策，这真是让人叹服呢。

什么意思？我的意思是，如果这不是一次突发犯罪，而是早有预谋的呢？

事实上，在第一次看到案发现场的时候，我就有一种不协调之感。不是伪造现场的问题，入室盗窃的痕迹是伪造的，这一点很容易就能看出来。我觉得不协调的是凶器。我不是指手提电脑本身，而是电源线。对，手提电脑的电源线，那才是置死者于死地的凶器。

我所疑惑的事情是，凶手为什么一定要用电源线勒死死者呢？虽然说因为是临时起意，凶器只好就地取材，但是相比于电源线，现场明明有更称手的“工具”呀，而且，那个“工具”就在触手可及之处。应该说，那个“工具”和电源线一样，都和手提电脑连在一起。

是的，就是鼠标线。

同样是线体、同样随手可得，为什么选择电源线而不是鼠标线呢？我实际操作了一下，那台手提电脑的电源线又粗又硬，比想象中要难弯曲，用来勒住人的脖子很费劲。相比之下，细长的鼠标线就方便多了。纤细的线体能够紧紧勒住受害人的脖子，不但能造成呼吸障碍，而且会猛烈压迫颈动脉，从而导致反射性心跳停止……这就是很多勒杀案的凶手偏好用细绳索的原因。

由此，我不禁产生了这样的怀疑：是不是有什么原因迫使凶手非用电源线不可呢？

当然了，你可以解释，在紧迫的情形下，你根本无暇思考这些事，不过是随手拿起什么就用什么罢了。但是，警察就是那种稍微觉得有一点不对劲儿都要刨根问底的家伙。刚才我就说了，我已经找到了决定性的证据。我请鉴定科的同事对那条电源线进行了更仔细的检查，结果发现上面确实有一些不寻常的刮痕。以此为线索，我们很快在死者家中的某个地方发现了对应的痕迹。

是的，我们在死者工作室窗台的栏杆上找到了一些黑色的纤维，检验证明正是从那条电源线的外皮剥落的。

你已经明白我在说什么了吧？所以，请说出事实的真相，拜托了。

你决定保持沉默吗？唉，这样我会很为难的……

这样吧，我和你说说我之所以往这个方向上怀疑的原因吧，也就是说，你在什么地方露出了破绽。

我记得一个作家说过，要让读者了解一个人物，与其直接说明陈述，不如配上动作和台词，让读者自己去构建人物的形象。这就是文学上所谓的“性格描写”吧。侦查工作上也有一项叫作“侧写”的技术，大致是通过对目标人物的具体言行进行分析，从而推断出这个人的内心和情感，以及他可能的行为模式。

我扯远了是吧？其实，我想说的是，一个人说出来的话、做出来的事，最能代表他真实的状态。你向警方提供过几份证词吧，那些都是从你口中说出的话，所以我从中看到了你真实的样子。确切来说，是你的第一份证词，也就是你作为嫌疑犯之前所说的话，让我在脑海里形成了对你的印象。这个印象至今未变。

你说第一份证词是假的？嗯，这是毋庸置疑的。那时候，你为了给自己脱罪，编造了事件的经过，那份证词可谓假话连篇。然而，在通篇的谎言里，有一个细节却是真的。你在不经意间流露了一个语言习惯，这个习惯恰恰代表了真实的你。

你想不起你说过了什么吧？事实上，如果不是因为我又看了一次笔录，我也会对你说的那句话一掠而过的，但一旦诉诸文字，那个词语就特别引人注意。

我来念一下这句话吧：“我用力推开他，向房间里面看，看见一个粉色的丝枕头丢在房间中间。”当我看到这个地方的时候，眉头就皱了一下，“丝枕头”是个什么东西？我去问做笔录的同事，是不是写错字了。同事回答说“绝对无误”，不信可以听录音。我又跑到证物科调出你的谈话录音重新听了一遍，确实如此，你说的就是“丝枕头”这个词。事实上，在后面的陈述中，你又说了一次“丝枕头”。

一开始，我也以为丝枕头是一种常见货，只是自己孤陋寡闻罢了。但是，当我向多位女性询问丝枕头是什么东西时，她们无一不侧头想了好久，最后说，最大的可能就是所谓的丝绸枕头或者蚕丝枕头了。这下子，我才总算搞明白了：丝枕头确实就是蚕丝枕头，但是，极少有人会这样称呼它。应该说，一般人在陈述的时候，只会说看到一个枕头丢在地上，而不会说什么丝枕头。但是，你脱口而出了这么一个词，而且从你两次说到这个词来看，并不是口误。

这说明什么呢？我觉得只有一个答案：你老婆经常这样说，或者你自己经常这样说，说着说着就养成习惯了。如此一来，起码有一点是可以确定的：这个枕头具有某种特别的意义，不是一件随随便便的东西。我当时就有一个猜测：这个枕头怕是你送给你妻子的礼物吧。

我可不是一个异想天开的人，警察会通过调查求证自己的猜想。事实上，我没花多大力气就证实了这件事。因为那个粉红色的蚕丝枕头十分昂贵，全市只有几个特约门店在售，通过枕头上的产品标签，就能查询到具体地点。我到那家门店打听，没想到，销售小姐居然清楚地记得你。这个枕头是一个月前售出的，当时你向销售人员进行了详细的咨询。

“那位先生想给妻子挑选一个能够保护秀发的丝枕头。他说，我妻子的头发很脆弱，一碰就会断。”那位销售小姐如此复述，然后，她又补充说，“真是一位体贴的丈夫，他的妻子好幸福。”

对她的话，我也深有同感。我当时就觉得，这真是一件贴心的礼物！

请你不要再说“这是为了讨好她，好让她把钱给我”之类的话了，居心叵测之徒只会送项链、挎包之类的东西。会送丝枕头的人，就只有深爱着自己妻子的丈夫了。

没错，我是说你对朱凤儿有深厚的感情。确认这件事情后，我的另外一个疑惑也迎刃而解了。案发以后为什么你要刻意跑到门卫值班室呢？如果只是为了找时间证人，跑到更远的地方不是更有利于证明自己的清白吗？当初我也问过你这个问题，但是你没有正面回应。现在我想明白了，其实理由很简单：你想尽快回到死去的妻子身边，你不舍得她孤零零地一直躺在地板上。

我说得没错吧？

其实，与你之前的证词相比，你的自白书才是最大的谎言。你在那份自白书里，把自己描绘成一个薄情的男人，而事实恰恰相反。那么，问题就来了。一个深爱自己妻子的男人，为什么却要置妻子于死地呢？

是的，就是作案动机的问题。

你在自白书中所述的杀人动机，显然是个谎言，你为什么要这么做呢？真正的作案动机又是什么？

这个时候，那个一直在我心底潜伏的奇怪念头再次跳了出来：我们是不是一开始，并且从根本上就误入歧途了呢？如果事实和我们看到的一切完全相反呢？

你很清楚我指的是什么吧？我是说，在这次的案件里，受害者和侵害者是颠倒的。

正是基于这个怀疑，我才会去考究凶器——那根手提电脑电源线的来龙去脉，并且在最后找到确切的证据。

除了刚才所说的证据以外，还有一些证人的证词也能起到辅证的作用。我和你的女儿谈过话，她证实朱凤儿两年前得了某种病，并且吃过一段时间的药。我查了你妻子的医疗记录，没找到对应的病历，但查到了药物的采购记录。你妻子看的应该是私人医生吧，因为她不想让别人知道她得了这种病。但是因为治疗所需的药物是处方药，所以药物采购记录是隐藏不住的。这种药物的名字叫帕罗西汀，是用来治疗重度抑郁症的。

是的，你的妻子患有严重的抑郁症。虽然最近两年她停止了服药，但是并不代表她的病已经好了。

事实上，朱凤儿早在年轻时就出现了这种病的苗头。窦小月告诉我，没错，就是你妻子大学时期的好友窦小月。她告诉我，在上大学的时候，朱凤儿有过自杀的举动，或者说，是假意自杀，目的是刺激你。

4 月 16 日那天，在你们结婚十六年的纪念日，你妻子做了同样的事情吧？只不过，这一次她抱着更深的恶意就是了。

她设下了一个圈套，迫使你成为杀人凶手。

是的，这是个可怕的诡计。为了达到折磨你的目的，她甚至利用了自己的生命。在这件杀人命案里，死者才是实施侵害的那个人。天底下居然有这么匪夷所思的事情，一开始我也感到无法相信。但事实证明，只有这样的结论，才能把所有的疑点串联起来。

你为什么要在自己的自白书里编造一个弥天大谎呢？无非是为了掩饰你杀死你妻子的真正动机而已。

至于这个动机是什么，我已经知道了。

你是为了你的女儿，对不对？

你看上去很惊慌。这证明我猜对了。

是的，我仅仅是猜测。虽然我做了大量的调查，而且相信自己的推理与事实八九不离十，但是关于你女儿的部分还是知道得不详细。现在，你的表情已经告诉了我答案。

但是，为什么你深爱的人却对你心怀怨恨，甚至不惜搭上自己的性命，也要摧毁你的人生呢？对于这一点，坦率地讲，我没有十足的把握。我希望由你自己说出来。

请打起精神！如果你仍然坚持不肯说话，那我就告诉你我所知道的一切。从我找到窦小月问话这件事来看，你应该知道什么都瞒不住了。

首先我要说，你和朱凤儿并非奉子成婚。朱凤儿在和你结婚之前，把肚子里的孩子打掉了。而且，她因为患有某种基因缺陷的疾病，从此再也无法生育。我相信你对这件事很清楚，但是你还是坚持要娶她。我的推测是，朱凤儿这么做是为了报复你，因为你手上掌握了一些她非常在意的东西，而你用这些东西要挟她委身于你。然而，对于她的报复行为，你不为所动，因为她肚子里的孩子根本不是你的，所以你一点也不在乎……

好吧，你让我住嘴，我就不说了。你终于要把事情说出来了吗？

很抱歉，我说了和事实不符的话。我是故意这样做的，如果不这样做，你就不肯开口。

【陈锐的话】

不，杜警官，你并没有说和事实不符的话。你说的都是真相，你把一切都看透了。

我做了极其卑鄙的事情，所以我妻子恨了我一辈子。是我毁了她的人生。

只不过，对那件事我是在乎的。我是指我妻子堕胎这件事。那个孩子不是别人的，而是我的亲生骨肉。我妻子的报复很成功，这件事让我痛苦至今，我相信，直到我死去，这种痛苦也不会消失。所以，相比之下，这次，也就是我妻子最后一次对我的报复，反而算不上什么了。

我想，你已经知道大四那年我妻子遭到外校男生强暴那件事。你也应该知道，她的情绪本来就不稳定，那件事发生以后，她的精神状态更是到了崩溃的边缘。她说，她再也找不到结婚的人了，这一生将一个人孤单老去。所以，我向她求婚。但是，和很多次我说会照顾她一辈子的时候一样，她只是望着我冷冷地发笑，笑得我无地自容。我知道她并不爱我，但是我不想她继续伤害自己。当然，这都是借口。那时候，我看着她的笑容，一瞬间感到无比屈辱，进而生出了占有她的欲望。这种欲望比以前的任何时候都要强烈。

我对她说，我去找过那个人，并且把照片全部拿回来了。我说的这句话，一半是真的，一半是谎言。我确实去找过那个外校男生，用我的方法让他受到了惩罚，并且屈服。但是，我没有拿到那些照片。那个人说拍了我妻子的裸照，只是恐吓的话而已。事实上，那天晚上他也喝多了，而且根本没有实施偷拍的工具。毕竟，那个时候并没有能够随时随地拍照的手机。这件事我之前就告诉过我妻子，但是她不相信。这时候，我说我把照片拿了回来，她的脸一下子变得煞白。“真的有照片吗？”她问我。我回答“是”。“快点给我！”她抓住我的手。我说，已经烧掉了。“底片呢？”“也销毁了，”我说，“没有人会知道这件事，你可以放心，所以，我们结婚吧。”我重复了一次这句话。她愣了一下，听出了我话中的意思。她睁大眼睛看着我，我几乎就要犹豫了。这十几年来，我时常会想，当时，哪怕我把眼睛移开一点点，也许所有的事情都会变得不一样。但是，我直直地回望了她，没有一丝闪躲。实在很讽刺，在那之前，我从来没有用这么坚定的眼神看过她，而当我这么做的时候，做的却是一件卑鄙无耻的事情。

过了一些时间，我妻子来找我，对我说，和她结婚可以，但是她父母提出来，我们要签订婚前协议。我说：“可以，我爱你，从没想过有一天会和你离婚，所以根本不在意财产的事。”她点点头，然后说：“还有一件事要告诉你，我怀孕了，是那个男人的孩子。”我呆了一下，但还是说：“我不介意。”她说：“那好，我准备一下，三天后找你。”三天后，她脸色苍白地站在我门前。她说：“我去堕胎了，从今以后，再也无法怀孕，你还要和我结婚吗？”我抱住她，大声说：“我一定要娶你，无论如何我都要娶你！”我妻子在我怀里哭了。

当时，我以为她流下的是动情的眼泪，很久以后我才明白，她哭，是因为她心里有一些东西死去了。她答应嫁给我，意味着她的青春、幻想和希望都一一破灭了。

而且，在她心里种下了充满恨意的种子。这就是我自己造的孽。

我们结婚的事，我只给一个叫米露的女生发了请柬。那个女孩长得很漂亮，以前向我表白过。我想，这样的安排会符合我妻子的心意。她可以向她的父母以及亲友们介绍："那是我们学校舞蹈团的团长，以前追求过我老公……"

但是，整场婚礼，我妻子一言不发。回到家中，她和我做爱，没有做任何安全措施。结束后，她对我说："我今天是安全期，我是两个月前的同一天被强奸的。"一开始，我不明白她在说什么，但很快我就感到浑身冰冷。她没有怀上那个强奸她的人的孩子，那么她打掉的孩子是谁的呢？我惊恐地看着她的眼睛，她点点头。

我和我妻子结婚之前发生过性关系。她在寂寞的时候会找我，而我无法拒绝。那天晚上，我终于感觉到她对我的恨意有多深。她杀死了我和她的孩子，无论是过去、现在还是将来，唯一的孩子。这是她对自己委曲求全的抗议，也是对我的报复。

我们之间畸形、艰难的婚姻就这样开始了。结婚以后，我好几次尝试和她解释，那些让她心怀恐惧的照片并不存在，当初我向她求婚，也并没有以此作为威胁的意思。我以为，随着时间的推移，一切会慢慢好起来。然而，事与愿违，我妻子对我的恨意非但没有消退，反而日益加深。

自从认识我以后，我妻子的人生就一直在走下坡路。

初入校园时，她有着让人羡慕的光环，结果，被抛弃，被强奸，然后被迫和一个一穷二白的男人结婚，到头来所有的光环荡然无存。然而，那仅仅是苦难的开端。结婚几年后，我妻子的父母在一场交通事故中去世，留下了一大笔债务。没错，是债务。因为投资失败，他们实际上早就破产了。保险公司甚至认为是他们自己在刹车上动了手脚，制造出意外车祸，从而骗取人寿保险金。因为证据不足，最后法庭没有采信保险公司的一面之词，保险金到底是给付了。但是，在保险公司的调查过程中，却牵连出我妻子的父母生前秘密将有关资产转移到我妻子名下的事实。一下子，各路债权人闻风而至，全部堵在了我们家门口。我们又一次被告上法庭，经过好几年的周旋，才得以以“协助债权人进行债务重组”为条件进行庭外和解。我卖掉了自己在大学时期就创立的公司，然后又多方融资，得到一笔流动资金偿还了债务，我妻子父母留给她的部分资产以及保险公司支付的保险金则得以保留。我们用这些钱买了几套房子。那时候，因为缺乏发行方的支持，我妻子的书已经没有人愿意出版了，所以我们用剩下的钱投资了一家文化公司，自己为自己出版。尽管如此，我妻子的创作之路始终没有大的起色。各种厄运耗尽了她的心力，只剩下野蛮的力量在心里生长，她再也无法写出动人的文章了。

可以想象，在那些苦闷的日子里，我妻子身心备受煎熬，抑郁症也日益严重。她认为，是我给她带来了所有的苦难。如果不是因为我，她会过上完全不一样的人生。其实，我自己也这么觉得。所以，债务危机结束以后，我将我们所有的财产都登记在我妻子名下，然后向她提出了离婚。我心里充满愧疚，我以为唯一能补偿的方式是还给她自由。但是，我搞错了。当我提出离婚时，她发出歇斯底里的尖叫声。她说:“你夺走了我的一切，然后要把我抛弃是吗？”我吓坏了，我抱紧她，任由她在我手臂和脸上抓出血痕。平静下来后，她说:“我只剩你一个亲人了，你要离开我吗？”我说:“我永远都不会离开你，永远都不会。”

在那个瞬间，我真正、完全认可了我妻子的话。一切都是我的错，是我毁了她的人生。为此，我需要用我的一生来赎罪。

但是，杜警官，也许你认识许多这样的犯人。他们犯了错误，受到了惩罚，但却毫不悔改，他们又继续犯错，直到万劫不复的地步。我就是这样的人。虽然我有了以一生赎罪的觉悟，但是依旧不停地做出一些蠢事，到最后一切都无法挽回。

和妻子结婚八年后，我到孤儿院领养了一个女孩。嗯，就是明姬。我这样做的本意，是为了挽救我和我妻子岌岌可危的婚姻。当然，我不否认，也是出于私心。我很喜欢小孩，当年，我妻子就是因为知道这一点，才把肚子里的孩子打掉的——这件一时冲动的事情是我一辈子的遗憾，我以为对于我妻子来说也是。所以，我收养明姬，希望能弥补这个遗憾。明姬和我妻子长得很像，我第一次见到她时，就觉得这是一种天意。我把那个孩子带到家里见我妻子，我妻子也呆住了。不，你想错了，我妻子也很喜欢她，甚至让那个孩子改成她的姓氏。若非如此，我们也不可能得到这个孩子的收养权。事实上，明姬刚到我们家里来的那几年，我们也有过和一般家庭一样的快乐和幸福。那段时间，我甚至一度以为，所有的阴霾都终将散开。

但是，随着明姬一天天长大，情况发生了变化。

我渐渐发现，每当我对明姬表现出爱护之情，妻子的脸色就会阴沉下来，随后几天，她会找各种借口，好好地训斥女儿一番。她对明姬的照看也少了耐心，三个人一起出行的机会也越来越少。明姬慢慢长大，无论在神情举止还是衣着打扮上，她都喜欢模仿她的妈妈。她这么做，一方面是源于天性，另一方面她也希望借此吸引妈妈的注意，好让妈妈更爱她。但是，她的这些举动增加了我妻子的反感。

尽管如此，我们一家人依旧生活在同一屋檐下，小心翼翼地维持着生活的平衡。我尽量避免在妻子面前表现出对女儿的溺爱，而是板起一副严父的面孔。而我妻子，也终于在我的劝告下看了精神科医生，开始接受抗抑郁药物的治疗。但是，在明姬 12 岁那年，也就是一年多前，因为一件事情，情况发生了恶化。这一次，一切都分崩离析了。

那是一个误会，而事情的起因是我犯的错。如果说，之前我做的各种事情尚且情有可原，那么，这一次，我犯的错误是不可饶恕的。

我出轨了，对方是一家出版社的负责人，算是公司的客户。她是个有夫之妇，比我稍微年长一些，有着年长女性的包容和温柔。有一次她看到我喝醉了酒的落魄样子，就过来陪我喝酒，当天晚上我们发生了关系。从那之后，我们保持了一段时间的交往。然而，这种事情终究无法密不透风。有一次我在公司外面和她打电话，我妻子突然从后面拍我的肩膀，我完全没有料到她会到公司来，一下子呆住了。她问我在给谁打电话，慌乱之中，我撒了谎。

可能你已经猜到了。是的，我说在给女儿打电话。用情人的语气和女儿说话，虽然有奇怪的地方，但这是我能想到的唯一的托词。当时，我害怕极了，与其他事情相比，出轨这件事是我对我妻子最不能说的秘密。我知道，她无法承受我的背叛。

我妻子什么都没说就走了。晚上吃饭的时候，她突然问女儿，："你爸爸今天给你打电话了？""是啊，爸爸每天都会给我打电话。"明姬点点头。"你爸经常说很想抱你吗？""当然啦，我也很想抱爸爸。"我女儿笑着说。

听到女儿第一句回答时，我不禁松了口气，女儿在有意无意之中为我打了掩护，我以为过关了。但是，当听到女儿第二句话时，我心底却涌起了不祥的感觉，而且，越想越觉得可怕。我不知道我妻子会怎么理解女儿这句话的意思。果然，一天晚上，我妻子提出要将女儿送到外地的寄宿学校。虽然早有所料，但我还是无法相信，明姬还太小。但是，当我看到妻子冰冷的眼神时，我感到浑身发凉。我想起了十几年前她打掉肚子里的孩子时的样子……所以，我答应了她。去年春天，我把女儿远远地送走了。

从那时候开始，这个家就已经名存实亡了。我的妻子不再服用抗抑郁的药，精神状态陷入极度不稳定的状态。她做了许多故意折磨我的事情，然后又对我的逆来顺受大发脾气。对此，我束手无策。我和我妻子就像坐在一辆路轨已经被破坏的列车上，我只能呆呆地看着列车驶向悬崖。

让我觉得痛苦的事情是，我发觉我对妻子的愧疚在渐渐消失，我和她的灵魂都已经腐朽了。但是，我对女儿的愧疚与日俱增。我们把自己毁灭了，但是那个女孩是无辜的。她是我们的女儿，她是我的女儿。

其实，对于明姬而言，远远离开也许是最好的安排。我也是一个无可救药的人。当列车即将到达毁灭的终点时，我又一次做了愚蠢的决定。

两个月前，我察觉到自己生病了。当确认自己患上了不治之症，将不久于人世时，我虽然犹豫再三，但还是决定将这件事告诉妻子。我对她说：“对不起，我不能遵守承诺了，我原本打算永远不离开你，但现在我没有办法做到了。”我妻子听到这个消息，表现得很平静，她说：“你知道的吧，失去你，我就失去一切了。”我忍不住哭起来，我妻子也哭了，我们跪在地上相互拥抱在一起。我说：“把明姬接回来吧，最后的时间我想一家人在一起。”我妻子立即停住了啜泣，她怔怔地看了我一眼，然后用力把我推开。我知道自己又做错了，但那时候我也没想到，这句话就是压毁一切的最后一根稻草。

之后的日子里，我的妻子几乎不和我说话。虽然我们依然睡在一张床上，但我不知道她在想什么。她每天都出门，我也不知道她在做什么。和过去的十几年一样，我束手无策，无力改变任何事情，只能等待我妻子最后的判决。

就这样，到了 4 月 16 日。

那天下午，我妻子给我打电话，请我回家一趟。是的，她用了个“请”字。我明白这一天终于来了。4 月 16 日是我们的结婚纪念日。到那天为止，我和我妻子在一起生活了整整十六年。我知道那天将是我们婚姻的终点，但是我猜不透我妻子会做出什么事。

我匆忙离开公司赶回家，走进工作室，看见妻子背靠窗台坐在地板上。她并拢双脚，垂直伸向前方，脖子上缠了一圈黑色的绳索，绳索的另一头，绑住窗台最顶端的栏杆。我走近一看，那根黑色的绳索原来是手提电脑的电源线。

杜警官，你说得没错，凶手有着非用电源线不可的原因。因为鼠标线的长度不足以围住人的脖子，然后再绑在窗台的栏杆上，而只有电源线才可以。至于为什么不用其他绳索，而一定要选用随手可得的电源线，这是我妻子计划的一部分。她要把自己的死设计为一场临时起意的谋杀。杜警官，你一定明白这个诡计的奥妙在哪里，我继续说下去就一清二楚了。

那个粉红色的丝枕头，就在妻子的手边。这个引起你怀疑的枕头，是我告诉妻子我得了绝症那天送给她的，她抱着那个枕头哭泣，直至我说想把女儿接回来为止……那个枕头丢在地板上，枕头的上面，平放着三份资料。我拿起来，第一份是遗嘱，妻子到律师事务所立下了字据，死后将所有个人财产捐赠给国外的一个慈善基金；第二份是一本人寿保险合同，受益人是我们的女儿朱明娅；第三份是一本薄薄的笔记本，第一页写着："陈锐，再见。我是被杀死的，明白吗？"

那一瞬间，我还不能领会我妻子计划的全貌，但是我立即明白了两份文件以及笔记本上那句话的含义。她散尽了所有的财产，而我则身无分文，所以，当我也在不久的将来离开人世时，我们的女儿只能得到一笔钱——我妻子的人寿保险金。但是，根据保险合同的约定，在一种情况下，保险公司可以拒绝支付这笔钱：投保人故意剥夺自己的生命。也就是说，如果有人知道我妻子是自杀的，我的女儿就一无所有了。

十多年前，我妻子的父母因为车祸去世时，保险公司就以怀疑被保险人自杀为由拒绝理赔。这件事一定给我妻子留下了深刻的印象，所以她才会想出这样的计划。

不能让这样的事情发生！这是我当时唯一能想到的。

我环顾了一下周围，发现房间里很凌乱，地板上有摔碎的碟子，窗台上还有一些泥印子。我翻看笔记本，那里还记载了其他的内容。我妻子在里面做了说明，如何把现场伪造成盗窃犯入室行凶的样子。而且，她还教我如何为自己制造不在场证据，从而洗脱嫌疑。她在笔记本里写道：“我的手机里，录制了一段呼喊尖叫的音频……”是的，这些都是妻子一早就准备好的。杜警官，你也察觉到了，我回到家的时候已经 5 点钟，我根本没有足够的时间进行策划和布置。

我把妻子的遗嘱和人寿保单放进房间的抽屉里，并且带走了那本笔记本。后面的事情，我也根据妻子的指引一一执行。当我发现这些全部是我妻子计划的一部分时，我已经“泥足深陷”了。那些伪造现场和不在场证据的手法，其实都经不起推敲，警方稍作调查就能看破，到那时候，我将成为杀死自己妻子的嫌疑犯而被逮捕。这就是我妻子的计划。

我妻子写了许多年的文字，她深刻地洞悉人性的弱点。她要让我成为杀人犯，为她的死负责，但是如果从一开始就暴露这一点，哪怕是我也会产生抗拒的念头吧。所以，她谎称所有的布置只是为了掩盖她自杀这一点，而希望我能置身事外。虽然我心底也觉得不妥，但是当时我根本无法细想，只能按照她的安排步步前行。到我反应过来时，已经锒铛入狱了。我妻子相信，到了那个时候，我一定会放弃挣扎的，因为我太爱我的女儿了。明姬是个孤儿，我和我妻子都死去以后，她在这个世界上将没有一个人可以依靠，她要如何生存下去呢？所以，那笔保险金是攸关生死的。这也是我唯一可以留给她的东西，哪怕背上杀妻的罪名，我也在所不惜。

相信你也猜到了，赌博账簿和嫖宿幼女的“证据”，也是我妻子的安排。考虑到要将我妻子的书在国外市场推广，我今年去东南亚做过几次调研。因为本来就是没有把握的事情，我也没对外多说，我妻子利用的就是这一点。这些年，我和我妻子的公司一直经营得不好，加上当年偿还我妻子的父母债务时借下的钱，亏欠的资金有 100 多万元。我妻子可能还从外面多借了一些钱，然后把这些欠款全部转变成赌债。

她这么做，一方面是为了拖垮家里的经济，迫使我无法留给女儿抚养费，而只能接受她的“安排”；另一方面则是为我准备好杀人的动机。

她希望从我口中说出她想要听到的动机——其实，这才是她策划这场以生命为代价的恶作剧的真正目的。由于她所做的这些安排，我事先并不知情，所以一开始，我根本无法和警方说出自己的作案动机。直到你们把“证据”放在我的面前，我才知道我妻子要我怎么说。

准确来说，在杀人动机上，我妻子给了我两个选择。

第一个选择，是谋财害命。这十多年来，她一直很在意自己对我的依赖，这让她感到屈辱。她想证明，其实是我在依赖她。所以，她要我向世人承认，我和她之间，她才是供养者，而我是一个被女人供养着的社会寄生虫。

第二个选择，是因为特殊癖好被揭穿而恼怒杀人。她认为我对明姬抱有超越了父女关系的感情，所以她要我成为一个恋童癖。话说回来，她知道我是不会选择第二个动机的，她这么做，仅仅是为了表达对我、对明姬的恨意。

对了，杜警官，说到这里，我突然有点担心，你不会以为我妻子是自杀而死的吧？如果我说错了，我向你道歉。我相信警方的专业性，我知道你们不会搞错的。但是我必须再强调一次：我妻子是被谋杀的，是我亲手杀死了我妻子。

我知道依靠现代的法医鉴定，很容易就能分辨自缢和谋杀，譬如根据勒痕、判断用力的角度什么的。所以，我解开绑在栏杆上的电源线，把她放下来以后，先用手提电脑击打了她的额头，然后，我用电源线死死勒住她的脖子。在这个过程中，我的妻子发出了微弱的声音。那时候，如果我松开手，并且马上进行抢救，也许她能活下来。但是我没有这么做，相反，我更用力地勒紧手中的绳子，直到我妻子一动不动。其实，我妻子是算准我回家的时间才把自己的身体悬空的。在这件事情上，她同样留给我两个选择：一个是杀死她，陪她一起上路，并且为女儿留下生存下去的钱；另一个是救活她，然后等待下一场恶作剧。

我选择了前者，我知道她也是这么希望的。以上就是我妻子最后的恶作剧的全貌。

虽然这个玩笑充满恶意，但是坦率地说，我并不生气。说到底，她舍弃自己的生命，并且让我成为杀死她的那个人，只是希望和我生死相随而已。我们的人生羁绊在一起，包括死亡也不例外。当明白这一点时，我心里反而觉得很高兴。我本来就将不久于人世了，至于个人的名声，我从来就不在意。这么一想，连同对过去那些日子、那些事情的追悔之情，也随之消失。

杜警官，你知道我和我妻子的羁绊是怎么开始的吗？

十九年前的一天，我骑着自行车，在学校门外遇见因为身体不适而坐在路边的她。我用自行车载她去医院，但是在中途发生碰撞，她摔了下来。到医院以后，医生诊断她得了急性肺疝病，需要动手术治疗。在住院的第二天，她的第一任男朋友向她提出了分手。那个男生是一家上市公司老总的独生子，他告诉我的妻子，他的父亲不允许儿子与一个身体欠佳的女人交往。因为这件事，我的妻子在很长一段时间里伤心、失意，甚至一直无法痊愈。

那个富家公子说的话是真有其事，抑或仅仅是一种提出分手的借口，已经说不清了。我妻子从我的自行车后座摔下来的那一下，对她的病情是不是造成了更严重的影响，也同样说不清了。不过，这应该就是我妻子对我的恨意的开端吧。

而我，则从那时候起爱上了她。

在夜深人静的医院病房里，女孩独自一人坐在窗边流泪，窗外的月亮又大又亮，这个情景深深地烙印在楼外看见一切的男孩的脑海里。美丽和苦难，是女人最让男人无法承受的事情。从此以后，我暗自下定决心，要守护那个女孩一辈子。你别误会，那不仅仅是因为责任，而是那个晚上的画面，在我的心里留下了让人心碎同时又无比美丽的痕迹。

好多年来，我也无数次怀疑自己当初这个决定的正确性，并为之痛苦不已。但是现在，我可以说出“我并不后悔”这句话了。

唯一让我不放心的，只有明姬。

杜警官，尽管是不情之请，但是我还是要拜托你。请不要让保险公司认定我是为了取得保险金而杀人的，你可以在法庭上尽全力为我女儿争取权益吗？

【杜学弧的话】

我要向你道歉，我欺骗了你的女儿。

我答应她会证明你的清白，还你自由之身。其实，我明知这是不可能的。但是为了让她配合调查，我撒了谎。这是一种卑劣的行为。

对此，我应当谢罪的。

请你去接受法律的制裁吧。你谋杀了自己的妻子，但这件事与你女儿无关。

名字

——私密的情感

选择

事情发生前，是不是毫无预感，对这一点我无法给出确切的答案。

毕竟，黄绢的人生从一开始就不太平。只不过，当电话铃声响起的时候，她确实还在睡觉。

1997年香港回归，而对于黄绢来说，比这更让她心潮起伏的事情还有很多。那一年，黄绢36岁，在一家俱乐部当迎客部长。那家俱乐部开在高档酒店里面，所以黄绢对外会说自己在酒店上班。她倒不是畏惧人言，只不过说起来简单明了一些。那时候，她带着两个孩子，一个上高中一年级，另一个上初中二年级，填写各类表格或者被面对面问及职业的场景还是很多的。

很多年以后，她不无遗憾地告诉我——虽然“后悔”一类的字眼，几乎从不出现在她的字典里——其实前一天晚上，她两点就下班了。下班以后，一个相熟的客人约她去吃夜宵，同行的还有新来公司的几个女孩。本来她没打算答应，但是因为不想让年轻女孩抢了风头，所以故意提起包走在最前面。小酌几杯，回到家，天色已经大亮。她回家以后没有换鞋，而是穿着高跟鞋“嗒嗒嗒”地走进房间，直接爬到床上蒙头大睡。文成走进她的房间和她说“记得去琴行拿琴”时，她也没有抬头。文成将拖鞋放在她的床尾，然后就出门了。

她告诉我这件事，是在我向她求婚的时候。因为我也带着一个女儿，年龄和文成相仿。黄绢认为，如果我真的打算娶她，她有义务说明她是个什么样的人，或者说，曾经是个什么样的人。当然，还有一个原因——对这件事我本来就是知情人。

那天给她打电话的人就是我。

从部队转业以后，我先后当过公寓楼保安、消防器材推销员以及保险公司的公估师，后来和朋友合伙开了一家专注于安保领域的劳务派遣公司。在顶峰时期，挂靠在我们公司的退伍军人超过 1000 人。不过，和父母亲用来教育少不更事的孩子的那些耳熟能详的案例一样，我不久就经历了被诈骗、破产以及妻离子散等人生憾事。

创业失败后，我参加过职业培训的函授班，后来考了几个工程监理方面的资质证书。和黄绢的人生发生交集的几年前，我在一个建设中的游乐园谋到一份关于安全监督的差事。那个游乐园名叫奇幻森林乐园，是一个本土的主题游乐园，首期投资就超过 200 亿元，落成开业的时候，连副省长都来了。工程竣工后，我留了下来，并逐步被提拔为乐园的安全主管。这是一个级别不低的职务，所以事故发生以后，乐园的高层委派我全权处理，他们觉得这足以展示作为一家知名企业的社会担当，以及对苦主最大的诚意。

当然了，我想和大家分享的并不是我自己的事，而是黄绢和她的孩子们的故事。但是，讲故事的人，有时会忍不住说上几件关于自己的事，算是一种善意的搭便车吧。

说回预感这件事。

如果你要批评黄绢太过麻痹大意，那么我提出反对。在部队的时候，我有一个战友时常向我们吹嘘他有一项特异功能。只要他在脑海里预想某一件事情，这件事情就绝不会发生。哪怕发生了类似的事情，但细节部分也会与他预想的大不一样。他还把这项“超能力”取名为“谬想大法”，并解释“谬”并非“荒谬”，而是“相反”之意。一开始，我们觉得没有比这更无价值的能力了。但是他活用了这种能力，将之用于趋利避害。譬如说，担心要跑5公里武装越野，他就极力想象教官往队伍前面一站，然后宣布开跑的可憎模样，以及他背着20公斤的行军包，像蛤蟆一样爬上某座山包的情景。或者是女友来探班之前，他将让人失望的各种场景全部预想一遍，在脑海中模仿女友的神情语气：“唉，我刚好来那个了”“不会吧，这就完了呀”“你得好好考虑一下我们的未来”……你别说，实践证明，他的“特异功能”是真有其事，而且在某些时候也发挥了作用。因为他坚持每天睡觉前都要默默想象一遍紧急集合，我们连队真的比其他连队少吃了不少苦头。但是，棋差一着的情况也很多。譬如，上面说到的武装越野，那兄弟发功的结果会演变为：教官通过无线广播来宣布跑步，跑的时候背的不是20公斤的背包，而是一挺80式通用机枪加2000发子弹，跑的路线则改成一条持续上坡的公路。还有来探班的女友第一句话是“我怀孕了”……

我的这位战友兄弟退伍后，因为识人不善加入了一个传销组织，后来又鬼使神差地混到这个组织的高层，并且真的赚了不少钱。几年前，他在睡梦中突然心肌梗死，毫无知觉地与世长辞了。这些场景，他自然都没能预先在脑海中滚动一遍。

我想说的就是这么一回事。霉运最喜欢偷袭，它总是在我们预想不到的地方跳出来，对我们自以为是地采取的各种准备措施予以嘲笑。虽然我们都明白危险和悲剧的必然性，但从来都无法预知它的具体样子。

1997年5月18日那天，乐园的第三期工程刚完成阶段性检测，我中午吃了赛百味的汉堡，然后打算下午请假去女儿的学校开家长会，怎么会想到会有两个孩子掉进隔离区的工程竖井里，身体被钢筋扎出几个血洞呢？

这句话放在黄绢身上同样适用。文成8岁就能打扫全屋的卫生，11岁学会给自己、弟弟以及妈妈做饭。事故发生的时候，他还差三个月就16岁了。虽然带着一个天天爬墙摸蛋的弟弟，但偷偷翻过围栏，跑到施工现场的事情，怎么看都觉得不可思议吧？

“那天是那孩子的生日，他要到游乐园玩，我却说我要上班。所以，变成哥哥带他去……‘记得去琴行拿琴’，文成就留下了这句话。”

黄绢和我说这件事的时候，面容平静如水，但我知道，过去的十几年，她每天都在寻求内心的救赎。

我还记得在东华医院急救中心门口第一次看到她时的情形。她没有穿高跟鞋，但由于职业习惯的驱使，出门前，还是涂了一点点口红，并且戴着大大的太阳眼镜。我迎上去喊她的时候，她立刻镇定地停住脚步。

“是黄文成的妈妈吧？我叫林牧人，刚才给你打过电话……”

也许是因为我在电话里没有透露详情，那位母亲首先露出的是戒备的神情。

“你怎么知道是我？”

“这……你儿子的钱包里放着你的照片。”

“戴着太阳眼镜也能认出来吗？”

“是的，因为工作的关系，我对辨认人脸有一定的自信。”

“那为什么没有认出弟弟？”

“什么？”

“你在电话里说，不知道那两个孩子是兄弟。我儿子钱包里的照片，是我们母子三人的合照，为什么你认得我，却认不得弟弟呢？”

我不怕向你承认，那个涂着淡淡口红、盛气凌人的单亲妈妈，从一开始就给我的心脏来了重重的一击。而当我的回答打消她的戒心以后，她又用恰到好处的力度，将自己的手掌搭在我的手臂上。这个动作准确地传递着女性的柔弱，以及对对方的信任。虽然我很清楚，那是在俱乐部上班的女孩的招牌动作，但一瞬间我还是感到心跳加快。

后来，我有更多的机会领教黄绢复杂的人生经历，以及她从中练就的勇敢。我也一度被她弄得灰头土脸。譬如，在事故赔偿的问题上，乐园高层的态度发生过好几次变化，尤其是听到要进行昂贵的心脏移植手术这个消息的时候。乐园本来想通过我向苦主摊牌，那两个孩子是擅自爬过围栏才进入建筑工地的，乐园在这件事上并无过失。但是，这个意见最后没有说成。那时候，媒体虽然不如今日强大，但对某一特定事件进行发酵的力量仍然不容小觑。“单亲妈妈”“哥哥陪弟弟过生日”“乐园变成盲井”等关键词本身就具备足够的话题性，而且，刚刚完成阶段性检测就发生事故这个事实，也让乐园一方陷入被动。有一家以刁钻刻薄出名的报社，还以此为切入点，抨击有关部门开了太多绿灯，并且质疑乐园的基建工程多次转包，严重侵害劳工的合法权益。在这种情形下，乐园聘请的公关团队只得实施化危为机的操作，除了每天往病房送鲜花和水果，还安排了最好的医院、医生和护理……

当然，因为这件事，我差点丢了工作。后来黄绢告诉我，那家报社的责任编辑，是她一个姐妹的入幕之宾。对撰写文章的记者，也做了精心的打点。她心里对我感到过意不去，但说实话，不用对她说出那些冷酷的话，我才是松了一口气。

事实上，自打第一次和她见面，我就预感自己会沦陷，当然不仅仅是因为她有着和她的辞令同样咄咄逼人的美貌。

“那张照片里，只有两个人。”

当时，我如此回答。一瞬间，她的眼睛里一闪而过茫然、不安和疲惫的光，然后轻轻搭着我的手臂。

后来，当我知道她惶恐的缘由时，我的人生已经和黄绢还有她的两个孩子紧紧捆绑在一起。

刚才我又提到了“预感”这个词，如果你还记得这个词的话……多年以来，我时常会想起那位在睡梦中安详去世的战友，曾经平躺在军队坚硬、冰冷的床板上，双目紧闭，眉头拧结，口中念念有词的滑稽样子。某一日我恍然明白，其实，那是一种祈祷。虽然我们无法摆脱厄运的不期而至，但是，心中仍然抱有对美好事物的期待，因为美好的事物也同样会不期而至。

所以，预感并不重要，在现实面前做出选择才重要。

如果说，只能选择一个场景跨越时空，在我和黄绢一生的回忆里永不褪色，我想，就是我和她一同站在主刀医生的办公室里，被冰冷的 X 光照片和人体骨架模型组成的丛林环绕的那个时刻。那位医生冷静地完成他的陈述，然后提出问题。

“这么说你应该明白了吧，情况刻不容缓。一个需要切除肝脏，另一个则是心脏。两个孩子，你选择哪一个？”

奇妙的事情

我一生中遇到的奇妙之事并不多。开公司的时候，有一回，一个老板请我和我的搭档出海钓鱼，我的搭档钓上来了一条通体翠绿、透明并且长了一张老人脸的怪鱼，让人啧啧称奇。还有一次，我在街角看到一只黑色的又瘦又长的腊肠犬，我和它相向而行，当我走过两个红绿灯以后，居然在另一条街看上到了一只一样的狗，无论是颜色还是体态都一模一样！除此以外，我想不起来还亲身经历过什么可称为“超自然现象”的事件。

但是，发生在黄绢以及她的两个孩子身上的事情非常神奇，甚至可以说是一个奇迹。因为和他们相遇，我也见证了这个奇迹。

大家可能都听说过“器官记忆”一类的秘闻，一些文献甚至言之凿凿。根据美国亚利桑那州大学一名叫作盖里·希瓦兹的教授研究统计，至少 10% 的人体主要器官移植患者——包括心脏、肺脏、肾和肝脏移植患者，都会或多或少“继承”器官捐赠者的性格和爱好，甚至是记忆。这名教授认为，大脑不是唯一有记忆功能的器官，人体所有主要器官都拥有某种“细胞记忆”功能，当它们被移植到其他人身上后，器官携带的记忆也就从一个人身上转移到另一个人身上。除了大脑以外，其中又以心脏存储记忆能力最强。

这样的案例很多，而且说得都有鼻子有眼。譬如英国《每日邮报》曾经报道过，澳大利亚一名接受心脏移植手术的男子术后变得爱吃汉堡和薯条，而汉堡和薯条正是这颗心脏的原主人—— 一个18岁少年——最爱的食品。还有一名7岁的美国小女孩移植了一名10岁小女孩的心脏，后者是在几天前被人残忍谋杀的。这名7岁女孩在接受换心手术后，不但性格大变，而且频频做自己被人谋杀的噩梦。小女孩对梦中凶手的样子进行了精确的描述，最终美国警方依靠她提供的“线索”，竟然一举逮住了那名残忍谋杀10岁女孩的凶手！

黄绢告诉我，她还看到过一则更为神奇的换心故事，涉及精神感应。器官捐赠者是一个死于交通事故的18岁男孩，叫保罗。接受捐赠者的是一个患有心脏内膜炎的18岁女孩，叫丹尼。不可思议的是，保罗和丹尼生前从不相识，但却存在一种神秘的精神联系。保罗是一个音乐爱好者，父母在他死后清理他的房间时，找到了一首由他撰写的歌曲，名为《丹尼，我的心脏是你的》。似乎，他很早就预见了自己的死亡以及将心脏捐献给丹尼的场景。另外，接受器官移植的丹尼说，在很久以前她就意识到了保罗的存在。她以前从未弹过乐器，但是移植保罗的心脏后，她开始喜欢音乐，还参加了吉他课程。她能感到音符在她的心中，和保罗的心脏一同跳动。在许多个夜晚她侧耳聆听，能听见保罗对她的轻唱……

正因为有这些现成的案例，再加上兄弟姐妹之间本身就存在超自然精神感应的传闻更多（美国阿拉巴马州的一个小男孩，甚至可以与死去的孪生兄弟进行心灵交流），这成了黄绢最终接受“灵魂转移”这件事的基础。

“妈，琴拿了吗？那是给弟弟的生日礼物。”

黄绢告诉我，虽然整个过程延续了几个月，但那个孩子苏醒以后说的第一句话，就足以给她带来无法言表的震撼。

“我眼前蓦然浮现那个场景：在一望无际的金色里，姐姐突然松开我的手，一边笑一边钻进比我们都要高的麦田深处。”黄绢说，“完全猝不及防。”

我觉得我可以理解她那一刹那的心境，被喜悦包围，然后一种巨大的不安又从心底浮起。

我应该提过，事故发生的那天恰好是弟弟的生日。早在一个月前，文成就为酷爱摇滚乐的弟弟张罗了一份大礼：皇后乐队[①]吉他手布莱恩·梅的御用吉他，琴头标还有布莱恩·梅的签名。为了给弟弟制造惊喜，文成一直将之寄放在琴行里。那天是星期天，文成原本打算自己去琴行取琴，然后在晚餐时交到弟弟手中。但是，因为弟弟嚷着要去游乐园玩，所以他只能拜托他的妈妈去跑一趟。

因为后来发生了那场事故，那把吉他被遗忘在琴行里很长时间。哪怕是出院以后，黄绢也无暇顾及此事——也可能是故意回避。后来，那把吉他还是文成自己拿回来了。或者说，是文成“借用”弟弟的身体完成了这件事。

黄绢花了几个月的时间才接受“兄弟间灵魂转移”之说，准确而言，是取得了兄长心脏的弟弟，在苏醒以后，身体却寄居着兄长的灵魂。也就是说，弟弟肉身得以存活，但这个肉身却向他妈妈呼喊：“我是哥哥，我没有死去。”

听上去够奇妙吧。但是，我想，你能够想象，这样的事情，对于一个母亲来说肯定是一个头两个大，而且一开始又是多么地痛苦。

据弟弟（具有弟弟躯体的那个人）说，很长一段时间里，他只觉得昏昏沉沉，对于掉进工程竖井、在生死边缘挣扎以及接受手术等过程，完全没有印象。后来，他听见妈妈在床边喊着弟弟的名字，他才恢复了

① 英国著名摇滚乐队，1971 年成立，乐队的全球唱片销量超过 2 亿张。

意识。这个孩子拥有无比敏锐和缜密的心灵，其中一个重要证据就是，当他告诉黄绢自己是文成而后者感到困惑不已时，他立刻拉住妈妈的手，阻止她起身喊医生。

“妈妈，你听我说。”他声音微弱，手也没多少力气，但是语气相当坚定。

“我当然会听你说，但是现在还是先找医生过来吧！”

“不要叫别人过来，他们会把我送进精神病院的。”

“别说傻话，怎么会呢？只要进行适当的治疗——”

“治疗……妈妈，这是一种病吗？”

“嗯，我也不知道……”

“好吧，如果这是一种怪病，吃吃药或动手术就可以让弟弟恢复意识的话，我一定会毫不犹豫地接受治疗……哪怕我的意识就此消失也无所谓。”

这句话犹如定身符咒，立刻让黄绢动弹不得，哑口无言。而在随后的很长时间里——几个月，甚至几年，哪怕是像黄绢这般具有独立思维能力的女性，也感觉自己掉进了一个悲喜难辨、不知所措的梦境。

你一定可以理解，孩子出院以后，黄绢为什么依旧没有响应弟弟的声明。她认定这是一个恶作剧，一个典型的属于弟弟的恶作剧。

黄绢家的两个孩子，无论在饮食口味还是品格、天赋上都相差甚远。譬如，哥哥和妈妈都喜欢吃冻成雪糕状的榴梿，而弟弟闻到那股猫屎味就要干呕；弟弟 3 岁就敢爬双杠，而哥哥到了 6 岁还学不会拍皮球。而从“乖孩子”的标准来看，和哥哥相反，弟弟从小就不让人省心。那个孩子只比文成小两岁，但行为幼稚得多。当文成肩负起买菜、做饭、洗衣服等家务的时候，他正在游戏机室偷店家抽屉里的钱，在巷子里和两三个男生扭打成一团，或者用弹弓向街对面的狼狗射铁砂子。他经常逃学，满城市到处跑，无论是学校的老师还是他的母亲和兄长都不知道其所在。有一回，他彻夜未归，黄绢以为他掉进哪条河里淹死了。这时候，一个同事打来电话，说在她上班的酒店附近找到了那个孩子—— 一头的血，看上去刚刚被人闷了一棍……就是这样一个会跑到夜店街惹是生非的不到 14 岁的愣头儿青。那个时候，黄绢可谓伤透了脑筋。

因为不相信弟弟说的话，她坚持要那个孩子在他自己的学校、自己的班级上学，尽管那个孩子不停地抱怨班上的同学他一个都不认识，而老师教的课他早就学过了。

“那么，我需要再考一次高中吗？”那个孩子无奈地说。

“别说胡话，你什么时候考过高中？你从初中一年级开始，数学考试就没有拿过 30 分以上吧？”

“妈妈，那是弟弟……”

“你现在是黄文成是吗？既然如此，你就考及格给我看看。”

虽然黄绢嘴上这么说，但其实心里底气不足。因为那个孩子从苏醒那天起，原本的样子就全然消失了，无论是举手投足、谈吐用词还是日常的行为，全部变成了他哥哥黄文成的模样。更关键的是，他坚持宣称自己就是文成，并且列举了很多只有文成才会知道的事情。

“6 岁换牙那年，我有几颗牙掉不下来，是请旧屋楼下的奶奶帮忙拔的。因为那时候妈妈没有经验，又怕我会疼。妈妈很要强，不准我把这件事告诉别人。后来给弟弟拔牙，妈妈就亲自操刀了。

“小学三年级的时候，我有一次考试作弊，是语文考试。交卷以后，我发现有一道选择题答错了。因为很想拿到 100 分，我在做课间操的时候偷偷溜进老师的办公室，把那道题目改正过来。但是因为用了不同颜色的圆珠笔，被老师一眼发现了。妈妈唯一一次因为我的事被叫到学校去，就是因为那件事。

“初二下学期，我喜欢上了隔壁班的一个女同学，她会弹钢琴，叫田晶晶——事实上，我现在也喜欢她。

“中考结束那天，妈妈带我去吃麦当劳。是新开的店，那是我第二次吃麦当劳。我要了一个双层汉堡，还有两个麦旋风。但那次弟弟没去……”

…………

从那个孩子口中说出的每件事，都勾起黄绢深深的回忆，其中有一些已经记不清楚细节了，有一些则恍如昨日。也许是为了佐证这些事情弟弟不会知情，他故意挑选了那些黄绢和文成单独相处的时光。很多人说，母亲对长子和次子在感情上是有区别的。这一点在黄绢这里则更微妙一些。小时候，她带两个孩子过马路，弟弟会紧紧拉住她的手，甚至是扯住她的衣角；哥哥却老是挣脱，所以她会把哥哥的手抓得更紧一些。等他们长大一些，哥哥会反过来握住她的手，就像在扶一个老奶奶过马路，弟弟则一个人吊儿郎当地走在后头……

文成已经死了。在最初的那些日子里，黄绢几乎每一天都会告诉自己。但是，眼前的事实让她不断颠覆自己。从伤愈之日起，那个孩子就自觉地做起了以往由哥哥负责的家务。他竭尽全力，让那个家维持原来的样子。把拖鞋放在宿醉的妈妈的床尾，移动电话插上电源并调为振动模式，早餐放在饭桌上用防蝇罩盖好，留下“冰箱里有新鲜牛奶”的字条；如果黄绢换衣服，他就把脏衣服放进洗衣机，选择烘干模式……

那个孩子日复一日地做着这些事情，最后导致了黄绢的爆发。死去的儿子的影子无处不在，这让黄绢无法忍受。所以，如果当她回到家，发现晚餐已经准备好了，她会连碗带碟摔在地上，大声叫喊。

“味道一点都不像，而且很咸。别干这些事了，你学得一点都不像！”

遇到这种情况，那个孩子总是默默地捡起地上的东西，然后回到自己的房间。

有一天，黄绢起床后发现烟盒空了，她烦躁地到处找烟，最后下意识地打开厨房的壁柜，看见那里放着一整条沙龙牌的薄荷香烟。下一秒钟，她弯下身体，慢慢向下滑，最后坐在厨房的地板上。黄绢很讨厌在想抽烟的时候手头没有烟，所以不知道从什么时候起，文成总会在壁柜里放一条她喜欢抽的烟，作为储备。那个瞬间，黄绢心里某个部分破裂开来，暖流如注，让她感到既甜蜜又痛苦。

那件事之后，她没法再以歇斯底里的态度对待儿子了。但是，当那个孩子在厨房里忙东忙西时，她还是会念叨。

“有时间做这些还不如去看书，落下的课你确定能补回来？看来你是不想初中毕业了。”

然而那个孩子的学习成绩像爬竹竿一样往上攀升。两三个月后，他各个科目的成绩就从“吊车尾”变成了名列前茅。按照那个孩子的说法，初中课本他忘得差不多了，所以一开始并不适应，但有关的知识点一旦通过系统复习而唤醒后，就会发现比高中的课程轻松太多。

就像我前面说的，在关于中考的问题上，黄绢虽然嘴上不饶人，但心里对儿子抱有期待。结果不出所料，1998 年的夏天，在那场可怕的事故发生一年以后，那个孩子以年级第二名的成绩考上了本市最好的高中。收到录取通知书那天，黄绢抱着她的儿子失声痛哭，哭得整个人都要融化了。

在其中一个孩子失去生命以后，这是她第一次完全放纵自己的情感。

我需要说明一下，在中考之前，黄绢就已经接受“那个孩子是文成”这件事了。

这中间有很多波折，我刚才也举过例子。黄绢告诉我，除了香烟事件以外，让她下定决心的决定性事情还有两件：一件是“打架事件”，另一件是“女友事件”。

儿子重返学校上学的第三个月，有一天学校老师来电话，说他和别人打架了。黄绢说，刚接到这个电话时，她心里有种如释重负的感觉。对于弟弟来说，打架就是家常便饭。所以，当她坐在老师办公室里，听孩子的班主任—— 一个留着板寸头的男老师发牢骚时，心情却很放松。

“太可惜了，我以为他会向好的方向发展的。”那个老师边说边摇头，仿佛从冰箱里端出昨天剩下的肉汤，本来以为还能吃，结果发现变味了。

“男孩子，我觉得能保持活力也挺好的。”黄绢用和以往差不多的口吻回答。

“嗯，这一点我也认同，何况那个孩子遭遇过那样的意外。当妈妈的辛苦了！”那个男老师以一种讨好的语气说。根据黄绢的说法，他是个好人，对问题学生也能平等看待，当然，希望借此拉近和这个学生的年轻妈妈之间的距离，也是其中一部分原因。

就在黄绢准备告辞时，那位老师补充道：“话说回来，受了这么重的伤，身体还是会受到影响的。”就是这句话让黄绢的心开始变沉。

“你说什么？”

“嗯，怎么说呢……以前都是他追着别人打，但这次他被修理得很惨。”

随后，黄绢看到自己儿子时，心情更沉重了。老师喊那个孩子进来，他从门背后慢慢挪步子。黄绢告诉我，她惊讶的不是他鼻青脸肿的惨状，而是他耷拉着脑袋、一副欲哭无泪的神情。那个神情她以前从未见过。太窝囊了，那绝对不是他——黄绢这样评价。如果是那个孩子，就算被人用铁棍敲破脑袋也不会哼半声的。

“你干什么了，为什么要打架？”回家以后，黄绢问他。

“就是想打不行吗？”

黄绢反手打了那孩子一个耳光，但打完以后她的手停在了半空中。因为那个孩子满眼泪水地盯着她，露出怨恨的表情。她从不害怕这种表情，那个孩子以前不知挨过她多少次揍，也不知道有多少次挨完揍后用怨恨的眼神看着她。但这一次有点不一样。他的神情、他的样貌、他的眼睛，看上去都既陌生又熟悉。为什么呢？因为文成的样子在他身上重叠着。

那个孩子的泪水滚落下来。

“你要我当弟弟，那我就当弟弟吧。”

如果说香烟事件让黄绢心中的堤坝出现裂痕，打架事件则是打穿了一个空洞。黄绢每次回忆至此，都会情绪翻滚。许多年以后，当她真正了解那个孩子当时的心境时，更是感到一种无比厚重的情感包裹全身。但她说不清这种情感是什么，忧伤、愧疚、感动，还是兼而有之？

我想，换了我也一样。

最后让黄绢的情绪决堤的是一个叫田晶晶的女生。

1997 年冬天的一个星期天，黄绢说去做头发，然后就出门了。从美容院出来，她远远看到儿子和一个女孩子牵着手，从街对面一家电影院离开。对于孩子谈恋爱这种事情，黄绢一向持宽松、顺其自然的态度。但那一次，她生出了一探究竟的冲动。因为那个女孩子比黄绢儿子高一个头，这引起了她的注意，而当她仔细打量，很快发现原来她认识那个女孩。田晶晶，大家应该还记得这个名字。她是一个市政府公务员的女儿，会弹钢琴和跳舞，文成从初中二年级就开始和她交往，而且把她的照片给黄绢看过。

黄绢跑过马路，跟在儿子和他的女友身后。那两个孩子都穿着明亮的羽绒服，他们没有使用交通工具，一路牵手步行，穿过繁华的街道、喧哗的水果市场以及废弃不用而长出杂草的铁轨，一直走到天边出现晚霞。最后，他们在市政府宿舍大院前停下脚步，呵出寒冷的空气，然后轻轻接吻。

可能你会觉得，好几个小时跟踪在自己孩子身后的行为很不妥当。但是，假如你是那个孩子的母亲，就能理解她的做法了。

黄绢说，那是她一辈子见过的最温情、最纯净的吻。在看到这个吻之前，她曾经考虑过事后去找那个女孩一问究竟，但看到这个吻以后，她觉得没必要。没有什么比那个吻更能说明问题。如果两个人没有长久的相知和真挚的感情，是不会那样接吻的。

黄绢心中的堤坝被冲开了。她明白，文成确确实实回来了。她需要承认这个事实。而她的另一个孩子将以他兄长的名义陪伴在她的身边。

那天回到家，她走进房间，然后又走出来，大声发问："文成，我的钥匙去哪儿了？"

这就是这个关于换心的奇妙故事的开端。

一矢中的的惩罚

“文成，我的钥匙去哪儿了？”

从1997年冬天到2012年秋天，一共十五年的时光里，黄绢喊着那个孩子的名字，和他生活在一起。直到那个孩子带着他的乐队在全国各地巡回演出，娶了漂亮的妻子，最后他妈妈离开他的人生。

在人的一生中，需要做很多的选择。有一些选择是真正的选择，而另外一些其实是因为别无他法。有一些选择无非冰激凌要香草味的还是草莓味的，而另外一些则关乎你一辈子的着落，而且会影响到其他人；还有一些选择就像一条锁链，当你做出了其中一个，就意味着需要继续选择下去。很多人喜欢在事后问自己，对于当初的选择会不会感到后悔；也有些人因为意志坚定，从来不追问自己。所以，我也从来没有问过黄绢同样的问题。但是，哪怕意志再坚定的人，也不免会有惶恐和无助之时，进而陷入自我否定的困境。或者觉得，有一些选择，本来就是上天对自己的惩罚。

在文成回来的头几年里，黄绢也时常陷入这样的困境。应该说，和那个孩子生活在同一屋檐下的十五年，总是或多或少有一些坎坷。譬如，一开始为那个孩子的身份而感到疑惑和苦恼；等到在心里建立起“原来活下来的是文成，死去的是弟弟”这个信念，另一种愧疚之情又溢满了心间。

与此同时，一个不得不面对的难题也接踵而至。

有好几次，在一种舒适和谐、适合打开话匣子的气氛中——例如，在餐桌前，母子分吃完一大盘冰镇榴梿，又说了一个刚从学校听回来的笑话；或者是看完电影，搭着肩膀边聊边走回家的路上——那个孩子会抬起头，然后欲言又止。

妈妈是怎么选择的？

黄绢深深明白，那个孩子总有一天会将这个问题问出口。每当凝视他的脸——那张比他稚气、不属于他的脸，黄绢心中就会微微战栗。而这种战栗，在1998年秋天，当黄绢偶然在那个孩子书包里发现图书馆的借书卡时，更是骤然扩大。

那天，学校举办的一场文艺演出刚结束，高一新生参加完活动回家，突然接到学校来的电话，说一个顾问老师把钱包连同身份证落在诗歌社了，得负责保管钥匙的他回去开门。因为电话来得急，那个孩子把书包丢在沙发上就出门了。黄绢看到书包有几个泥印子，看来是在学校搞活动时弄脏了。黄绢对待家务就像其他女人对蟑螂一样讨厌，那个孩子一直都是自己收拾房间，衣裤、袜子也是自己洗。上高中以后，可能因为学业越来越繁重，那个孩子渐渐有点疏于打理。所以，黄绢下意识地把书包捡起来，心里想着偶尔帮孩子洗洗书包也是可以的，当她把书包清空，并且翻开夹层的时候，那张市图书馆的借书卡就掉了出来。

借书卡背面写着几本书的名字，从时间上看是最近借的。一本是《器官移植内科学》，一本是《世界重要器官移植案例大全》，还有一本是《器官移植的伦理学问题》。

骤然间黄绢感到一阵眩晕。那三本书，黄绢看过其中一本。在

1997 年的夏天，黄绢也到市图书馆借过《世界重要器官移植案例大全》这本书，而且用铅笔在上面画过线。本来她是想做笔记的，但是专门找一个本子，一边阅读一边工工整整地做笔记，这样的事情黄绢实在不适应。所以她就随手在书上面写写画画了。

到现在黄绢还记得，自己在书中画了重点线的那些内容，包括器官配型、免疫排斥、术后护理等问题，以及关于各个重要器官移植成功率的统计数字。其中，肝脏移植患者的长期生存率是 70%~85%；心脏移植则是 48%~63%。

那孩子在那本书上，会不会看到那些画线的痕迹呢？

黄绢把书、笔等东西，连同借书卡，全部放回儿子的书包里，然后给我打了个电话。

对了，那时候，我已经和黄绢以及她的孩子有了不错的交情。一开始，我是代表奇幻森林乐园向他们母子俩嘘寒问暖，在那个孩子出院以后也经常到他们家里造访；到后来，我就完全代表自己去做这些事了。当然了，那时候我并不知道“灵魂转移”这件事，我也不管那个孩子叫文成。黄绢向我敞开心扉，是很多年以后的事情。

当时黄绢给我打电话，原因是我是她选择的知情人。因为器官移植手术费用不菲，那个孩子的换心手术还是在国外实施的，黄绢无法拒绝作为医疗费用承担方代表的我，参与某些重要的决策事项。可以说，包括手术方案，我也有一部分发言权。

“那个孩子最近有没有找过你？”

“有。”我老实回答。前几天那个孩子跑到我办公室。那时我就有预感，黄绢早晚会问我这件事。

“他找你干什么？”

“就是问了我一些关于手术的问题。”

“你告诉他什么了？”

“没什么，我只是告诉他，他妈妈做了很艰难但是最正确的选择。”

我说，“我觉得你应该告诉他实情，那孩子会理解的，毕竟他哥哥那时候的情况——”

“你少掺和！”黄绢迅速打断了我，“林牧人，不要以为我答应和你吃饭，你就可以多管闲事……你什么都不懂。”

黄绢说得对，我什么都不懂。那时候，我根本不知道黄绢要进行解释说明的对象是另一个人。

对不起，妈妈原本没想救你的，妈妈想救的是弟弟，没想到阴差阳错醒过来的却是你，这真是太幸运了。这样的话，换了哪个妈妈都说不出口吧？

但是，哪怕我知道这一点，在我知晓全部的真相之前，也是无法明白黄绢开不了口的真正原因的。

事实上，我连那个孩子提问的真正原因也不知道。

1997 年 5 月 31 日，我出席了黄文成的葬礼。周年忌日的时候，黄绢和那个孩子前去扫墓，我也厚颜地跟着去了。一年前的同一天，那个孩子刚做完心脏移植手术，躺在美国芝加哥一家私立医院的监护室里。所以，那次扫墓是他第一次看到“自己”的墓碑。

我一个人站在远处，看见他对着墓碑低语，15 岁的身体虽然比一年前高了一些，但依旧显得瘦小。而且，在不停地颤抖。他的母亲站在他身后，扶着他的肩膀，同时不时警惕地向我这边看来，防范我偷听那个孩子说的话。但是，不久，那个孩子就连他妈妈也支开了。他和黄绢说了什么，后者默默走开，剩下他一个人蹲在墓碑前，继续喃喃自语个不停。

他向自己告别了，黄绢后来告诉我那个孩子说了什么。但直至多年以后，我才完全理解这句话的意思。黄绢也是。

那天，天上飘着小雨，草地和空气都很湿润。我看见那个孩子的嘴唇微微张开，有一个嘴型重复了很多遍，水滴从他的发鬓流下来。

“对不起。”

从嘴型上看，我想，起码包含这几个字。

在很长一段时间里，弟弟是黄绢和她存活的儿子追忆的对象。

有一天，黄绢和儿子并肩走在回家的路上。那是一段斜坡，黄绢家在斜坡顶端。这个斜坡之所以存在，是因为河边修葺了堤路，地势要比城市的另一边高出十几米。许多年以前，斜坡的中心原本有一根白色的笔直的柱子，上面顶着一口四方形的大钟。每到整点，敲钟的声音能让全城人都听见。后来钟旧了，政府予以拆除，然后在坡脚的百货商店楼顶安装了一只同样是四方形的电子钟。那只钟更大、更响，但是因为城市也变大了，全城人一同倾听钟声感知时间流逝的日子也成了历史。

斜坡一度成为成衣批发市场，后来改建成步行街。到 20 世纪 90 年代又恢复了行车，但是因为路基窄，也通不了几辆车。住在坡上的居民大多喜欢走路，道路两旁有各种各样的店铺，卖手工艺品和土特产，还有当地小吃，规模不大，但字号都很老。和那些不断变迁的人与事一样，黄绢和她的两个孩子最初也不住在这里，1997 年初，因为原来住的房子面临拆迁，他们才搬到这条街道上。

那天，黄绢母子俩路过一家当铺。那家当铺开在一棵大榕树下，斜对着位于坡顶的他们的家。因为太阳很大，他们走在树荫底下，所以经过当铺的门前。黄绢想起好久没来这家当铺了。刚搬到这里时，因为房租比以前住的地方贵，有一段时间黄绢经济十分拮据，所以光顾过这家当铺几次。黄绢停下脚步。

“对了，这家店的疯狗呢？好像很久没见过了。”

这家当铺原来养了一只黑色的狼狗，和店主人的性情刚好相反：后者很冷酷，前者则很疯狂。那只狗一只眼睛有白内障，喜欢翻着白眼，露出满口黄牙。黄绢有一次去当一只手镯，因为价格的问题和店主吵了两句，那只看门犬立刻扑上来，在她小腿上毫不留情地咬了一口。在那个年代，社会管理没那么讲究，那只狗经常在街上窜来窜去，狗的主人也不拴链子。

“妈，你不知道吗？那只狗去年就死了。”儿子说。

“哦，怎么死的？”

“过马路的时候，被车撞死了。你知道的，它的眼睛本来就不好使，再加上弟弟用弹弓打瞎了另外一只。”

黄绢闻言望了那家当铺一眼，门庭紧闭，如往日一样散发着冰冷的气息，但因为少了那只狗的咆哮声，起码没以前那么让人发怵了。她没有说话，举步向前走。那个孩子跟上来，似乎思考着什么，忽然低声说：“妈，弟弟打那只狗，不是因为要捣蛋……”

“你是说他想给我报仇？”

“不，是保护你。我听说狗，如果咬过人，就会记住那个人的气味。但是如果两只眼睛都看不清，它就没法持恶逞凶了。”

黄绢沉默着，她的儿子忽然停下了脚步。

“啊，忘记买胡萝卜了。”

“算了，今天吃芦笋吧。”

黄绢继续向前走，但她发现那孩子没有动。

“怎么了？”

“弟弟应该会不高兴吧，我用他的嘴和胃吃胡萝卜，他最讨厌胡萝卜的味道了。还有榴梿……”

黄绢呆住了，她看见泪水从儿子的脸上簌簌落下。

“我霸占了弟弟的身体。妈妈，是我杀死了弟弟吗？都是因为我赖着不走，弟弟才会回不来的。”

黄绢告诉我，虽然已经过去了好长时间，但她还是不习惯从弟弟那张脸上看到眼泪。那时候，她只感到浑身颤抖，并且在心里叫喊：“不对啊，杀死那个孩子的人是我。”

其实，黄绢对承认回家的孩子是文成抱有抗拒之心，而且觉得自己跌入了不真实的梦境，皆有原因。“那个孩子是我杀死的”，她从心底认定，那是因为上天对她的呼唤做出回应而带来的结果。

后来，很长一段时间里，那个孩子时常一点点地说着弟弟的事情：“妈妈，弟弟和那几个孩子打架，也是因为他们乱说话……”“妈妈，你记得吗，一起上街的时候，弟弟总是一个人走在后面，有一次逮着了一个想对你钱包下手的小偷……”

很多年后，黄绢的头枕在我的肩膀上，苦笑着说：“那个孩子的惩罚每次都一矢中的呢。”

照片

现在，我们要说一下照片的事了。

黄绢说，具体时间记不清楚了，不过应该是在那场事故发生的前一两天，她就已经发现了照片的问题。她偶然看到了照片，不排除是那个孩子故意让她看到的。

母子三人的合照，妈妈居中，一边一个，搂着哥哥和弟弟的脖子。黄绢咧嘴大笑，哥哥微微露齿，弟弟则是一脸不情愿的样子。照片一共冲洗了三张，妈妈、哥哥和弟弟一人一张。哥哥那张放在钱包里，文成会把身份证和各种卡片井井有条地放在钱包里，随身携带。妈妈那张放在化妆台前的相框里，黄绢不喜欢随身带着儿子的照片，如果有人看到肯定要问来问去。弟弟那张放在一本书里面，他当作书签用，偶尔会拿出来看一眼。

三张照片，黄绢在事故发生之前看到的是弟弟那张。

很多人都说，那个孩子不但长得像她，而且性格也与她一模一样。黄绢会把自己的房间锁上，那个孩子也跟她学。不过，无论是弟弟还是文成的房间，在他们10岁以后，黄绢从来没有私自进去过。那天，黄绢看到有几本漫画书随意地丢在沙发上，不用问便可知是弟弟的。她本来懒得收拾，但是因为那几本书妨碍到她看电视，所以她捡起来丢到一边，那张照片就从书的夹缝里掉了出来。

照片原本是长方形，现在少了一截，变成了正方形。三个人的合照，弟弟那部分被剪掉了，变成只有妈妈和哥哥的合影。黄绢把照片夹回漫画书里，当作没看见。

事故发生以后，黄绢在哥哥带血的钱包里找到了一张一模一样的照片，被剪去一截，三人照变成了两人照。这一次，她忍不住把照片从钱包里抽出来，偷偷丢掉了。

儿子伤愈回家后，问妈妈有没有看到他钱包里的照片，黄绢回答，没看到。儿子欲言又止，黄绢觉得他肯定早已发现了那张照片被弟弟剪过。黄绢想，如果不是自己的房间总带锁，弟弟说不定连她持有的照片也会剪去一截。

那个孩子太像她了，尤其是刚烈的性格与她如出一辙。

除了儿子问她的那一次，黄绢后来再也没提过这张照片。黄绢这个人，该怎么说呢，她很强势，大多时候看来非常坚强，但是对一些事情从不愿意直接面对，并寻求解决之道。你要说她慵懒也好，害怕也好。总之，她也有别人所不知道的软弱。

很早以前，她就发现弟弟在调查什么，她也猜到那个孩子在调查什么。这件事并非毫无迹象。譬如，她有几个老同事告诉她，弟弟跑去找她们，孜孜不倦地追问十几年前的事。不过，那些老同事最多也不过与黄绢认识十年，黄绢总觉得事情不会露馅儿。她很担心，但还是抱着侥幸的心理。直到她看到那张照片时，才确认了那个孩子的心思。

但是，她还是选择一言不发。也许是因为那时候，她还需要一些时间下定决心——可是上天没有给她充足的时间。几天以后，那场事故改变了一切。

事故发生以后，她也考虑过将这件事永远藏于心底。但是，事情始终避无可避，那个孩子所实施的惩罚又一次命中目标。如果说黄绢终于承认自己为一件事感到后悔，我想，应该就是这件了。

事情变得避无可避，其实和我有关。

1999 年年底，接近年终盘点的时候，我所在的公司，也就是奇幻森林乐园，接受了一个由国家审计总局统筹部署、各地审计局交叉执行的现场检查，审计区间为最近三年。两年前那场事故，使得公司在财务报表列支了一笔金额不小的营业外费用，检查组在仔细审查各项资料以后提出，关于事故的情况报告有一个重要瑕疵：对事故的成因没有详加说明。具体来说就是那两个孩子为什么会钻进乐园第三期工程的基建现场，这个问题没人能回答上来。

"唉，就是两个小孩一时贪玩，谈不上什么原因。我们主要考虑的是人道主义……"公司财务老总皱眉作答，但检查组的工作人员不依不饶。

"既然如此，我们只能出具'若干重要决策事项没有深入研讨'的意见了。"

在此情况下，公司只好再次到苦主家问话，对当时的情况予以补充了解。这个任务，自然落在我的头上。

我带着一本 A4 打印纸大小的谈话记录簿和一个助理，去找黄绢母子俩。

"抱歉了，就是走一个形式，你说已经记不清即可。"趁我的助理上厕所，我偷偷支招儿。

那时候，事故已经过去两年多，黄绢母子俩的生活渐渐趋于平静，慢慢地接受了对方，我实在不愿再次搅乱他们的心湖。

但诚如我所说，有些事情如果不直面并寻求解决方案，终究会以某种形式影响你的人生。这就是人们常说的，人生的每件事都是伏笔。

被问话的时候，那个孩子听从我的建议，表示由于所受创伤太重，对当时的情形已经记不清了。但是，当我们完成任务离开，他们母子俩坐在饭桌前时，那个孩子忽然放下了筷子。

“妈，你从来没问过我呢……”

“嗯？问什么？”

“我和弟弟为什么要爬进工地，你不想知道原因吗？”

“有什么好问的？是你弟弟又突发奇想了吧？”

黄绢心里自然有一种警惕，但是她没有表现出来。那个时候，她还无法将那场事故和那张照片联系起来。

“其实，那天弟弟不是要去游乐场玩，他想带我去看一样东西。”那个孩子尽量用平静的语调说，“那里——我是说游乐园围起来的大片荒地，我们以前住的家不是在里面吗？”

听到这里，黄绢心头开始抖动，她很想阻止儿子往下说，但是开不了口。就在她犹豫的那一刻，那个孩子就全部说出来了。

“弟弟之前溜进过那里，他说我们以前租的房子还没拆，但是被锁起来了。他说趴在窗台上，能看到里面七零八落的家具，每一件都能叫出名字。墙上，我们用来量身高的长颈鹿贴纸也还在。在我们搬走以后，那座房子应该没住过人，不过在上锁之前，工地工人或者附近的流浪汉可能进去过，所以东西被翻得很乱。弟弟说，冰箱已经被搬走了，地板上有大印子，那里散落了几张照片。他想带我去看的就是那几张照片。但是，那天我们刚爬过围栏就被人发现了。一个工地工人手里握住又粗又长的铁镐，一边大吼大叫一边跑向我们。我拉住弟弟的手使劲向前跑……妈，都是我的错，我吓坏了……如果不是因为我惊慌失措地乱跑、乱撞，就不会——”

“好了，这些不说了！”黄绢摆手，打断了儿子的话。然后，她静默了几秒钟，终于问道：“那几张……是什么照片？”

“我没有见到，但弟弟说是你的照片——年轻时的照片。”

果然如此，黄绢在心中重重叹息。为了避免被两个孩子看到，那些照片她一早就藏了起来，但是不舍得丢掉。到了搬家的时候，因为年代久远，她也忘记了带走，结果却以这种方式被那个孩子发现了——这就是所谓的天意吧！一瞬间，一种钻心的疼痛随之而至。如果自己能早点向那个孩子坦白，告诉他真相，那个孩子就不会东奔西跑，并且为此丢了性命吧？

她沉浸在这种痛苦的拷问之中，儿子的声音却继续传来。

“妈妈是不是参加过香港的选美比赛？弟弟说，在照片里妈妈穿着泳装，背景挂着选美赛事的横幅，上面有时间和地点……其实，后来我用图书馆的电脑在网上进行了查询，1983 年 3 月，香港举办过一场选美比赛，有个叫黄斌斌的参赛选手，长得很像妈妈……”

“那个就是我。”黄绢冷淡地回答。

那个孩子张开嘴巴：“真的是妈妈吗？但是，时间是 1983 年 3 月哦！你的肚子……弟弟的生日不是 5 月 18 日吗？”

黄绢没有搭话，她知道，到了这个份儿上，再隐瞒也无济于事。只不过，关于文成以及黄绫的部分，她依旧没下定和盘托出的决心。

“妈妈，这是怎么回事呢？弟弟说，有一次他在妈妈上班的酒店碰到妈妈以前的……朋友。那个人听说妈妈有两个儿子，立刻大笑起来，他说，妈妈生了我以后，曾经做过……结扎手术……弟弟当场和那个人打了起来，但是遭到了那个人和他同伴的围攻，最后被打破了头。妈妈，你记得吗，就是我们找弟弟找了好久那次……”

尽管儿子焦急陈述，但是他的妈妈只是仰头上望，心里想着另一件事。原来如此，那个孩子原来是这样发现的，还为此挨打……

因为未婚生子，一度恨透自己的人生，到医院做了绝育手术，却依旧过着堕落不堪的生活……惭愧犹如汹涌的潮水，让黄绢陷入对往昔的追忆中，所以，尽管那个孩子问了好几次，她仍然无动于衷。最后，那个孩子大声叫起来。

“妈妈，弟弟不是你亲生的吗？因为我无论如何都不肯相信，弟弟才会拉我去看那些照片呀！”

黄绢恍然回神，她呆了一下，嘴唇颤抖，但最后冷酷地回答：

“是，那个孩子是我捡回来的。”

自己的人生

坦率地说，我不清楚黄绢母子俩是如何背负着各种悬而未决的难题，磕磕碰碰又相互搀扶着向前继续自己的人生的。他们两个人形同一体，都那样地固执和坚毅，那样地脆弱和刚强。不过，我想，那次危机大概发挥了不少的作用。在2000年世纪之交的夏天，和那个闷热难当、蝉虫嘶鸣的天气一样，许多矛盾已经积累到了一触即发的地步，这个时候，那个孩子突然的入院反而成了缓冲和转机。

那一年，那个孩子读高中三年级。一天深夜，他从钻心的绞痛中醒来。他咬紧牙关滚来滚去，嘴唇一开始被咬得通红，进而失去了血色。虽然他一声不吭，但是床板的响声最终让黄绢推门而入。黄绢给我打电话，我开车把他们母子俩送往医院。一路上，那个孩子几度休克，黄绢发狂叫喊，不断用手拍打儿子的脸，好不容易才把他唤醒。她一会儿喊哥哥的名字，一会儿又喊弟弟的名字，当时不明真相的我，简直以为这个单亲妈妈因为救子心切而陷入了神志不清的状态。我从未见过那个样子的黄绢，以后也再没见过。

经过诊断，那个孩子患上了感染性心内膜炎。医生说，不排除是因为长期服用抗排斥药物、免疫系统功能降低而引发的病症。文成两兄弟的基因配型十分完美，术后几年都没有出现过严重的排异问题，但硫唑嘌呤、雷帕鸣[①]一类的药还是没少吃。

在医院住了半个月，病情终于得到了控制，那个孩子瘦了一大圈，胸腹则肿胀难消。我去探望他的时候，他极力展现平日的笑容，但我还是能从他眉宇间看见因为突如其来的死亡阴影而留下的痕迹：变得胆怯，但也对生命更加敬畏。毕竟，上一次意外因为事出突然，他对生死的感知还比较模糊，而这次却经历了真正的生存的挣扎。他那原本刚硬如铁甚至超出他年龄段的心智，经此一役柔化了。

或者说，我觉得他终于慢慢承认自己还是个孩子，并且能够坦然地以孩子的身份过自己的生活。

那个孩子出院的前一天，黄绢在病房里收拾东西。那个孩子坐在床上，忽然轻轻叫了一声。

“妈妈……”

“怎么了，没有不舒服吧？”黄绢柔声说。

“我一直没有谢谢他呢。”

“谢谢谁？”

“……弟弟。他把心脏——不，身体给了我，让我活了下来。”那个孩子喃喃说，“刚入院的时候，我觉得也许是到时候了。我占据了他的身体，所以他现在提出抗议了。我应该把身体还给他，对吧？而且，妈妈也是这样想的。”

“傻瓜，你在胡说什么！你又要开始说这样的话了吗？你们两个都是我最爱的人，只要有生存的机会，你就给我好好地活下去。”

“嗯，我已经想明白了。所以，我现在只想说声谢谢他。妈，我觉得能活着真好。”

---

① 免疫抑制药物。

黄绢静默了片刻，抬起头说："那就珍惜这段来之不易的生命，好好过你自己的人生。"

千禧年来临以后，那个孩子更积极地投入自己的人生了，也不再时常问黄绢奇怪的问题了。母子俩的关系变得缓和，矛盾渐渐远去，生活的甜蜜一圈圈地弥散。黄绢辞掉了俱乐部的工作，花更多的时间陪伴自己的孩子。除了看电影，他们还会一起到菜市场买菜，到旱冰场溜冰、去唱卡拉 OK。有的时候，黄绢甚至会亲自下厨，端上来一盘荤素难辨的黑暗料理。黄绢开始正式和我交往，幸运的是，对此那个孩子也十分赞同。我有一个比他大一岁的女儿，周末的时候，我们会一同开车出去郊游。在开满不知名的五颜六色的野花的山坡上，铺开洁白的野餐布，用背囊或者石头压住四角，中间摆上三明治、凉面、甜酱和水果。

我也问过黄绢几次，为什么在紧急入院的那天晚上，她会同时呼喊哥哥和弟弟的名字。但黄绢始终没有回答。

"时候还没到，再等等吧。"

她每次都这么说，然后嘴角微微翘起。当她决定告诉我的时候，已经是那个孩子大学退学以后的事情了。

新世纪的第二年春天，到了填报大学志愿的时候，那孩子考虑再三，然后郑重地对黄绢宣布：

"妈妈，我想去北京念书。"

"哦，很好呀。成绩没问题吧？"

"没问题的，几次模拟考试成绩都比重点线高，而且我有信心。"

"那就考呗，学费我会准备好的。"

"妈……但是不能在你身边照顾你了。"

"我什么时候需要你来照顾了？"黄绢停顿了一下，她按捺着胸间的情绪，"何况，有你林叔叔在啦。你是很乖巧，但是萱萱也不比你差多少。"

萱萱是我女儿的名字。说到最大的幸运，应该是我家千金对黄绢出人意料的认可。尽管黄绢看上去不好相处，而且有时衣着过分时髦，但我的女儿从她身上看到了比她亲生母亲更多、更藏而不露的责任、道德和母爱。

黄绢的话，在一定程度上打消了那个孩子的顾虑。但是他对母亲的牵挂没有丝毫减少。而且，在他大学二年级，黄绢病倒的时候，他对自己选择远走高飞的决定感到极大的愧疚。前一天夜里接到我的电话，第二天他就带着女朋友坐飞机赶了回来。

“喂，你以为我活不长啦，还专门把媳妇儿带回来。”黄绢靠在垫得高高的枕头上，不以为然地哂道。

那时候，她刚口服完氟达拉滨[①]，眼皮有点水肿，医生要她躺下来，她却坚持坐着。本来按照医疗计划，她应该采取静脉注射的，但是考虑到反应会更大，她说开口服药就行了，输液什么的等那个孩子走了再说。

“得了，当年我难产时都没输过液。”黄绢不耐烦地把医生打发走。但我知道她说的这话言不由衷。她有没有输过液不好说，但她肯定输过血。她生文成时大出血，如果当时不是医院血库的特种血刚好够，她根本不能看到她的孩子长大成人。

黄绢患上的是一种慢性淋巴细胞白血病，淋巴细胞比例一度飙升到 90%，而血小板则低至五个单位，这种病和家族遗传有关，所幸发现得早。黄绢在她公司组织的一次常规体检中发现血液指标异常，而她本身并无太大感觉，所以一直保持满不在乎的态度。她做了两个疗程的化疗，病情得到了较好的控制，她就出了院。之后的日子，她经常说那是个骗子病。

“不痛不痒，但天天要吃高价药，药还得放在冰箱里，比大班冰皮月饼还金贵。”

虽然她嘴上这么说，但实际情况并不尽然。黄绢体重减了 20 斤，

---

① 一种抗肿瘤药物，用于治疗慢性淋巴细胞白血病。

那是她本来体重的五分之一。原本她是个圆脸美女，现在脸颊向里收缩，像做了削骨手术。头发掉得不算多，但又干又灰，缺乏光泽。大概一个月一次，她睡醒过来会发现眼睛肿得无法睁开。如果被蚊子咬了，红包要一星期才消失。那一年，黄绢 42 岁，本来她驻颜有术，谁也说不准她的年龄，但生病以后，她就确确实实地成为一个脸色发黄的中年女子了。

那个孩子在医院里陪了他妈妈一周，不过因为黄绢行动自如，加上我和林萱都在，最后他就回去了。走的前一天，他陪黄绢在医院楼下散步。那天阳光很好，草地也看上去比平时更绿。黄绢脸色苍白，但是精神还不错。

走近一个凉亭时，那个孩子忽然像变魔法一般，不知从哪里掏出两块精美的榴梿蛋糕。

"啧啧！"黄绢眼睛一亮，"有一套呀。"

那个孩子咧嘴笑着："今天突然想起，好久没和妈妈一起吃榴梿蛋糕了。我们到那边吃吧。"

黄绢像个小姑娘似的嘟起嘴，发出沮丧的声音。

"吃个鬼呀，医生说了，我这病不能吃榴梿，血热。"

"啊，这样子吗？但是你最喜欢……"

"那也没办法，保命要紧。"黄绢挽着儿子的手臂，一边走一边说，"反正以后不能和你吃榴梿了，蛋糕、雪糕，总之，都不行。你想吃只能自己吃。不过你回来得也少。"

那个孩子低着头，默不作声。黄绢忽然哈了一声。

"喂，那个女孩是给我过目的吧？样子还凑合啦。"

她说的是她儿子带回来的那个女生，那个女生待了三天，然后先回去了。我应该向大家说明一下，那个孩子在高三下学期就和那个叫田晶晶的女孩分手了。那个女孩比他大两届，当时已经在上大学二年级。他们分开也是情理之中的事情。

因为妈妈的表达总给人不祥的感觉，那个孩子本来想躲开这个话题，但是黄绢那天似乎来了兴致，不停地问东问西。

“是艺校生吧？你别胡扯，我看人很准的。”

“嗯，是隔壁民族学院舞蹈系的。”

“之前干吗吞吞吐吐的，还说是同学？”

“怕你不喜欢嘛。”

“哈，我为什么会不喜欢？找一个和你妈一样漂亮的女生我就不喜欢啦？还是说，文质彬彬的黄文成，就不能找一个学跳舞的？你妈可是很酷的人啊。”

儿子腼腆地笑了，甚至有一瞬间笑容有些恣意，但随即又恢复了腼腆。

“她跳的是街舞，而且是乐队的主唱。”

“真的假的？我说你配得上人家吗？你现在能把《太阳像个大南瓜》从头唱完吗？”

“今年我参加学校的合唱团了！”那个孩子倔强地噘嘴，“另外，我报了一个吉他班。老师说我只是没有经过训练，一旦开窍了——”

“得了，黄文成有几个音乐细胞我还不清楚？”黄绢哈哈大笑起来，她笑得很开心，连头上的白发都一根根跳动，“你弟弟以前常说‘搞音乐需要特殊的小脑结构，但我哥彻底就没有小脑这个部分’。”

那个孩子虽然没有涨红脸，但是抿住嘴一言不发。黄绢见状，就止住笑。

“钱够不？”她说。

“嗯？够呀。”

“不是说报了学习班吗，买琴什么的也要花钱吧？”

“差不多啦，入门的吉他也就一两百元。”

“买什么入门的，你弟弟 13 岁我就给他买 3000 块的电吉他了，还是纪念版的。”

“妈，那个琴是我掏的钱，我足足攒了两年的零花钱。而且，那是弟弟 14 岁生日。”

说到这里，两人都静默了一会儿。想起来，他们已经好久没有提起过弟弟了。

“喂，要不用那把琴吧。”黄绢说，“一直挂在书房吧？虽然放了这么多年，估计还能用——毕竟是好几千块的东西呢。”

“但是，是电吉他，我又不会。而且……这样好吗？”

“也是，电子的东西放几年十有八九会坏吧。”

“就是啊……”

“不过，不试试就不会知道。等我回去拿出来，能用的话也给我省钱了。”

“不用啦！”那个孩子喊了一声。

“呃，怎么了？”

“那个……妈妈没这么快出院吧？我回家看看好了，能用的话我就带走。”

“可以呀。不过，谁说我没这么快出院？”

那个孩子没说话，低着头思考什么。黄绢本来挽着他的手臂，这时抽回手，在儿子背后用力捶了两下。

“嘿，打起精神呀。如果决定用他的琴，就得加油！”

那个孩子被他妈捶得够呛，他咳嗽了两声，然后脸上浮现出严肃和下定决心的表情。

“妈，我想，没问题的。小脑什么的也没有问题，因为这是弟弟的身体。”

“嗯，正是如此。”

“妈……”那个孩子停顿了一下，“我想发掘这个身体的潜力，你说弟弟会赞成吗？”

“何止赞成，简直要喜出望外。”

黄绢点头同意，一抹红晕掠过她苍白的脸。

那个孩子说到做到。

大二下学期，他参加了学校的攀岩协会，每天坚持跑 10 公里，用手指做 200 个俯卧撑，手掌上满是老茧。到了大三，他报了空手道训练班，用一年的时间考到黑带第二段位，可以用手刀一口气击破十块瓦片。他一度加盟他女朋友的乐队，后来两人因为就谁担任主唱的问题发生争执，两人分了手。随后，那个孩子组建自己的乐队，还挖过来原来乐队的一个键盘手。他前女友的新男友来找他麻烦，两人半夜约在学校操场，赤裸上身打了一架。两人打到一半，听见有人喊救命，原来一个女孩掉进学校的荷花池里了。两人停手，不约而同地跳下水。夜里的荷花池一片乌黑，风划过田田的荷叶发出旗帜飘扬一样的响声。两人合力把那个女孩救了上来。那个孩子给落水的女孩做人工呼吸，女孩一口水吐在他的脸上。他大声说："好好活着不好吗？为什么要自寻短见？"女孩的同伴从池塘的另一边跑过来，气喘吁吁地摆手："不是不是，她喝多了，不小心掉了下去。"后来，那个女孩答应当他的女朋友，一当就是八年，直到嫁给他……

当然，把这些事情全部告诉他妈妈，花了那个孩子很长的时间，一点一点地，注意着节奏。事实上，最初他只是想去远方，并没有具体的计划。和同龄的孩子一样，他单纯地认为离家越远，身心就越自由，而对于他来说，这份自由又是如此宝贵，如此让人向往。然而，当独立自主的求学生活启动以后，那个孩子在黑白无常而又五光十色的生命中取得了更加辩证、更加深刻的思考，并最终蜕变成蝶。他穿过迷雾和茫然，找到了某种方向，进而下定更大的决心。

"那个孩子把琴带走了，我想，他不会再犹豫了。"

2003 年春天，黄绢做完第一个化疗疗程后对我说。那时候，我知道她心潮澎湃，同时也莫名忧伤。

1997 年年底，当那个孩子身体恢复以后，她把原本打算送给弟弟的吉他从琴行取了回来。其后，那把琴一直放在弟弟房间。当黄绢接受那个孩子是文成以后，那个孩子从自己的房间搬进了哥哥的房间。弟弟的房间一直保持原状。黄绢对那个孩子说："随便你住哪个房间，每周一、三、五住一间，二、四、六住另外一间也行，你现在既是弟弟，也是哥哥，把对方那一份也活下来吧。"但那个孩子一直住在哥哥的房间里，吉他则挂在弟弟的床头。

之前我也说过，黄绢从来不会随便进两个孩子的房间。有一天她进去了。那是2000年文成患上感染性心内膜炎的时候。儿子出院前夕，她在家里打扫卫生，把挂在墙上的吉他取了下来。琴袋子很干净，没有灰尘。那个孩子一直认真保管着这把琴吧，黄绢一边想，一边拉开琴袋，将电吉他拿出来。在一种特殊而说不出道理的情绪驱使下，黄绢将吉他接上电源，弹拨起来。两个孩子都不知道他们的妈妈会弹琴。而事实上，20世纪70年代末，黄绢曾经在香港的酒吧当过驻唱歌手。当时，黄绢只有十七八岁，她坚决拒绝走她父亲——一个老派的音乐教授，给她和她的姐姐安排的专业化的发展道路，但当独自一人流落街头时，她还是只得依靠这门技艺谋生。生下文成以后，她就再也没有碰过乐器了。

每一根手指都感到酥麻，使不上力，而且很疼。果然不行了呢。黄绢吸了口气，继续按压琴弦，这次，琴发出了声音。她微微闭目，将指尖的疼痛排出脑海，回想往昔接受的训练，C和弦、F和弦、Dm和弦……感觉慢慢找回来了，琴声越发流畅和响亮，音乐的旋律在房间里流淌……忽然，她猛然按住琴把，停下来。一种疑惑升上心头：音阶很正！可是，这是为什么呢？长年放置的琴，琴弦明明是会松弛的。

黄绢放下琴，找出电话簿，然后给出售这把琴的琴行打了个电话。

"是啊，那个孩子差不多每周都来，练上一小时就走。"

听到这个回答，黄绢默默地把琴装进琴袋，重新挂回床头。

道路

黄绢从来没有想过要左右她的孩子的人生，虽然有时候，她也会陷入一种矛盾和恐慌。她会回想和反省自己的人生，如果当初按照父亲设计的路走，生活是不是会更理想一些？但当她想起自己的两个儿子，想起和他们度过的点滴时光，就会立刻把这个念头排除。

读大四之前，那个孩子打算退学，他打来长途电话，问黄绢的意见。高三填报志愿的时候，为了让妈妈更安心，他报考了一所财经大学的财务与投资管理专业。总体来说，那所大学的学科设置很综合，但是，那个孩子一心想要的东西还是不在其中。

“喂，将来你想干什么我不管你，但就剩一年了，难道不能坚持一下吗？”这一次，就连黄绢也嘀咕起来。

但是，那个孩子的口气也很强硬。

“不是坚持不坚持的问题，而是看准了目标就必须言行一致。或者说，这是另外一种方式的坚持。经济学里面有一个术语叫‘沉没成本’，您明白吗？”

“不明白呀，你妈高中没毕业就辍学了，然后 19 岁就有了你。”

“哎呀，您怎么扯到这上面去了……总之，就是现在有我想做并且觉得能做好的事情，而且必须全力投入。”

“你要做什么事呢？”

“迟一些告诉您好吗？现在还不到时候。眼前有一个机会，请您相信我的判断。”

“你说的那些事，不能一边读书一边做吗？”

“我说了需要全力以赴，不能再耽误时间了。请您在我的退学申请上面签名就好了。”

“什么耽误时间？你有什么好急的？你不说清楚我不会点头的。”

“我想让妈妈在有生之年看到我成功呀！”那个孩子在电话那头大声说。

话一出口，电话两边都沉默下来。那个孩子是慌了神，但心中又有一种不愿立刻道歉的倔强；黄绢则是想到了其他。

过了片刻，那个孩子开口道：“妈，我不是——”但他还没说完，黄绢就把电话挂了。

我想，那天晚上那个孩子一定很沮丧，他以为他妈妈生他气了。但真实情况并非如此。那句话让黄绢想到了许多东西。她的心结，那个孩子的心结。她丝毫没有生气，而是感到歉疚和微微的苦涩。

虽然这几年，每天一粒氟达拉滨有效地控制住了她的病情，随诊的医生也每次都说，十年以上的生存案例比比皆是。但黄绢的身体在加速衰老是事实，而且，谁能保证这种病会不会什么时候突然复发呢？所以，无论是黄绢、那个孩子还是我，其实都在心里做好了某种准备。因为相互陪伴的日子不会无穷无尽，所以每一天都需要加倍珍惜。

从大学退学以后，那个孩子带着他的乐队和一家唱片公司签了合约，但是经过一年的时间，乐队连一首单曲也没有做出来。他们参加过一些电台的节目，但没人能记住他们的名字。此后，他解散了乐队，又过了两年如蝉的幼虫一般的蛰伏生活。那几年，他几乎没有回过家，也不肯告诉黄绢他在做什么。有一年冬天，我去北京出差，在后海的酒吧碰见了他。他请我吃饭，喝了酒以后眼圈就红了。

“林叔，不是我妈让你来找我的吧？”

回到他住的地下室时，他问我。我说，不是。他又问起黄绢的身体情况，我又违心作答，一切都好。其实，那几年黄绢入院了两次，她在一本杂志上看到一家酒吧的介绍以及儿子在里面驻唱的样子，所以让我来寻访。

“再给我一年时间，拜托你照顾我妈可以吗？”

因为喝多了劣质啤酒，那个孩子睁着通红的眼睛，用发狠的声音说。

“当然。”我说，“你妈托我转述，坚持是极其重要的品质。”

他的眼眶又红起来，但是始终没有流下眼泪。几年前，黄绢对他说过，不习惯从弟弟那张脸上看到流泪的样子，从那以后他就再没哭过。

临走的时候，我轻描淡写地说：“对了，刚好有份工作，不知道你有没有兴趣。北京的奇幻森林乐园下个月开始营业，开幕那几天我们需要三到五支乐队轮流驻唱。一周时间，如果效果理想，也许可以争取到长期合同。”

那个孩子摇摇头：“谢了，但我不想依靠林叔叔的关系。”

“随便你。”我耸耸肩，“不过，接受帮助也是一种成熟。人和人之间，本来就是依靠互相帮助才得以生存下去的吧？”

我指了指自己心脏的位置，那个孩子立刻呆住了。

后来，那个孩子接受了我提供的工作，并且以此为契机重建了自己的乐队。对了，我想我应该明确一下时间，那是2007年的冬天，他们在一个能容纳万人的大广场上尽情演唱，那天，天空飘着小雪花，但那几个小伙子几乎光着膀子上阵。入夜时分，一大排像火箭发射器般的探照灯，配合骤然升空的烟火，现场气氛非常热烈。黄绢也悄悄去看了。

那个孩子没问过我他妈妈会不会来，我也一句没提。但我站在舞台后面，能感觉到舞台上用力嘶吼的他与很远很远台下的妈妈眼神发生了神奇的交会，就像多年以来他们之间一种不言自明的默契。

一周的助演结束以后，那个孩子没有和我们公司签长期合同。有一家经纪公司相中他的乐队，虽然提出了较为苛刻的条件，但是从结果来看，还是以承认这班年轻人的潜质为基础的。大约经过半年的酝酿，那个孩子和他的乐队正式出道，之后较为稳定地发展了几年，慢慢积累了人气和实力，后来得到了全国巡演的机会。

2007 年在北京奇幻森林乐园，是黄绢唯一一次在现场观看儿子的演出。母子俩的眼神交会也唯其一次。那个孩子开始巡回表演以后，她因为健康状况，再也没有去看过。不过，我想，仅有的那次眼神交会所传达的信息已经足够。那个孩子所需要的肯定，在那个瞬间，已经在他妈妈的呼喊声中清楚地听见了。

金色麦田

生命就是一场连锁效应，这种说法确实不假。

本来，黄绢和她儿了的故事已近尾声。尽管还有许多问题悬而未决，但是那个孩子的人生已经步入正轨，黄绢的身体虽然时好时坏，但她心境平静，无忧无愁，谁又有意愿并且舍得再次撕开口子，去窥探所谓的真相呢？

因为我对很多内情也不是很了解，黄绢总是说一些，保留一些——对我来说，她一直是一个带有神秘色彩的女人——所以，如果不是因为后来发生了那件事，我将没有足够的信息向大家完整讲述这个故事了。

或者说，正是因为后来发生了那件事，黄绢才会答应我的求婚，并且原原本本地告诉我故事的始末，然后，我才能将之变换为文字，呈现给大家。

如果你问我，这件事的发生，有没有让整个故事变得更美好，我想，是这样的。

2011 年夏季，因为那个孩子的乐队在全国走红，引发了这件事，或者说，引来了那个人。

一个骄阳似火的日子，黄绢正在郊外的一家疗养院疗养。她躺在床上，看着窗外绿色的山峦，桌子上放着以她儿子的大头照为封面的杂志。当有老友来看她并且取笑她的时候，她会痛快地承认自己老了，也像其他老女人一样，天天爱看自己儿子的照片。

这时候，一个人迈着稳健的步子走进她的房间。那个人穿着笔直的西装，身材高大，脸色红润，胡子和头发修剪得整整齐齐，但都已经花白了。那是个鹤发童颜的老人。

坦率地讲，我很难准确地想象黄绢看到那个人时的反应，虽然她告诉我这件事时尽量表现得云淡风轻，但她越是如此，我越能感觉到她内心的激动。

那时候，黄绢想挣扎着从床上坐起来，但那个男人走过去，轻轻按住了她。然后，他用洪钟般的嗓音说道："搞什么呀，你想又一次让白发人送黑发人吗？"

那个人是黄绢的父亲，自从在长女的葬礼结束后分别，她们父女已经将近三十年不曾相见。

黄绢紧紧盯着那位不速之客，呼吸急促，说不出话来。那个老人见状，深深叹了口气，然后拿起桌子上的杂志。

"这就是那个孩子吧？"

黄绢渐渐平静下来，她严肃地说："你怎么会在这里？"

"唉，当然是因为看到了这个孩子。"

"你怎么会见到他的？"

"想不见到也不行呀，到处都是他的广告和照片，商场里、电视上，还有公交车……哪怕是我这种不关注时尚的老家伙，也无法视而不见。"老人将杂志放回原处，慢慢说，"何况，看一眼就能认出来。他和你，不，和你姐姐长得一模一样。"

二十八年前，黄绢参加完她姐姐的葬礼，当天夜里从香港回到了内地。本来她想出国，但是钱不够，何况身边带着两个孩子，也难以漂洋过海。

“我为什么要逃跑呢？”黄绢自问自答，“因为我愧对所有人，而且也不想把那个孩子交给他。”

黄绢祖上是新加坡华人，20 世纪 50 年代，她的父亲只身来到香港，娶了当地一位名模，然后在香港定居。但是黄绢和她的孪生姐姐黄绫不是出生于香港。黄绢的父亲在内地当过一段时间客座教授，黄绫、黄绢两姐妹就是在那个时期出生的。

“推开门就能看到一大片金色的麦田。当然了，不是一年四季都是金色，但现在回想起来，却只记得金色的样子。”

黄绢如此向我诉说。

“小时候，我们很喜欢在麦田里玩。我喜欢玩捉迷藏，但是黄绫每次都不同意，我俩个儿都小，一转眼就会看不见对方。奔跑的时候，她总是拉着我的手。有时她跑在前面，一头钻进麦田里，但是当她发现我会看不见她，就会马上跑出来，重新拉住我的手。她就是这么麻烦的一个人，坦白说，我一点都不领情。仅仅有一次，她松开了我的手。具体是什么原因我记不清了，可能是那天她完整地弹了《哦，苏珊娜》而得到爸爸的表扬，也可能是妈妈答应晚上给我们讲狮子山的传说，总之，她那天情绪高涨，有点兴奋过头。她欢笑着向前奔跑，因为跑得太急的缘故，她突然松开我的手，然后消失在无边无际的金色的海浪之中。我无论如何都找不到她了……”

“后来呢？”我问。

“没什么后来。快到吃饭的时候，我们都跑出来了，在家门前撞在一起。但是，黄绫两个眼睛都红了，抱着我不肯撒手，还不停地说对不起。”

“那你呢？”

“我？我才不会那么煽情。”黄绢轻哼了一声，吸了口烟。

告诉我这件事时，她已经 50 岁了。她那一如既往的不屑一顾的神情，现在通过皱纹来展现，也变得温柔和慈祥起来。

“坦率地讲，姐姐松开我的手并且在我眼前消失的一瞬间，我高兴得不行，心想，终于摆脱那个烦人的家伙了。”黄绢微微抬头，额头的皱纹舒展，她吐出烟圈，“不过，下一秒钟我就陷入了巨大的不安。”

“政治运动”开始不久，黄绢一家人返回香港。17 岁那年，黄绢从高中辍学，离家出走，但一直在香港。直到她离开香港，和两个孩子回到内地，定居在以种植稻谷为主的南方。她心中牵挂着那片金色的麦田，但始终没有机会回去。

“你其实很依赖她吧？”

听到我的话，黄绢笑起来。

“是啊，虽然嘴上不承认，但是我最依赖她了。”

我也笑了，我很高兴她能够把一切说出来。

“所以啊，”黄绢又抽了一口烟，“1997 年那个孩子醒来的时候，听到他说出的第一句话，我脑子里立刻蹦出来麦田的场景。”

“那个孩子问你有没有去琴行取琴？”

“是啊，一副哥哥的口吻。我救活的明明是弟弟，但是那个人开口就说：‘妈，琴拿了吗？给弟弟的生日礼物。’真是吓死我了。”

“那时候，你是想起了你姐？”

“嗯，觉得对不起她嘛。把人家的孩子搞丢了，真是没有办法……”

黄绢的父亲——那位儒雅又强势的老教授，在疗养院和黄绢聊了两个小时，然后回去了。

两人聊了什么，黄绢没有详说；聊的结果如何，她也从不加评价。不过，我想，他们父女俩应该是和解了。因为黄绢最后嘀咕了一句：“我的香港身份证不知道有没有过期。”

黄绢的母亲在十年前就已去世，老头子膝下无其他儿女，孤苦伶仃地过了好些年独居生活，直到两年前才续弦。他早已退休，偶尔会在爵士酒吧里客串表演，除了有风湿病和高血压，身体总体还不错。二十多年来，对于有没有找过她这个叛逆的女儿这件事，老教授一句没提，黄绢也一句没提，现在找着了即可。往后，黄绢会不会带着那个孩子去香港看望外公，或者老人家会不会趁着腿脚还灵便时常到内地来走走，我想，都不重要。重要的是，他们彼此知道对方就在那里，并且过着安静的生活。

“他见过那个孩子了吧？”我问黄绢。

“对啊，是那个孩子告诉他我在这里的。”

“那么，那个孩子都知道了？”

“嗯，也可能很早以前就知道了。你要知道，他早就不是孩子了，而且比谁都能干，当年的事情也并非无迹可寻。他只是不告诉我他知道而已。”

“你也一样啊，一直没告诉他你知道他的事。你们两个人，一直保守着对方的秘密。”

黄绢望向窗外，露出了微笑。

黄绢疗养的地方在山脚下，打开门或者推开窗，就能看见连绵不绝的葱绿的群山。不知道那景色是不是能让她想起心中的麦田，但我确实时常看到她望着远处露出微笑。

那家疗养院隶属一个提供休闲、医疗、养老等综合服务的集团，投资方是保险公司。山的另一头是个墓园，这一点被不少人指责，还真是生前、死后一条龙服务了。但是黄绢觉得无所谓，一来那座山占地面积大得很，二来文成就葬在那个墓园，如此在心理上又觉得近。

2012 年 4 月里的一天，黄绢的身体状态好了一些，连躲了半个月猫猫的太阳也难得露出了脸，我陪她四处走走，她就提出到墓园去。扫墓的高峰时间已经过了，墓园就像从圣诞节跳转到年头开市，一下子冷清下来。黄绢挽着我的手，沿着草坪中间用鹅卵石铺成的小路，向一片整齐的白色墓碑走去。这个墓园本来是国营的，后来被那个由保险公司开的综合服务集团收购，进行了全面的改造，环境好得像个公园。

一阵风吹来，黄绢按住帽子，微微眯起眼睛。因为头发掉了一半，而且越发灰白，所以她出门总会戴上一顶粉红色的礼帽。她抬起头时，也停下了脚步。她看到儿子的墓碑前站着一个年轻的女子，虽然只看到背影，但却觉得很熟悉。很快她想起来，她曾经紧紧跟在那个背影后面好几个小时，难怪会印象深刻。

我也认出来了，那个女孩（此时已是少妇）我见过一两次，是文成的初恋女友——田晶晶。

我望向黄绢，但她没有看我。她似乎吸了一口气，然后迈开步子向前走去。她走得又稳又快，如果不能理解她的心情，别人会以为她打算跑到人家身后把人家吓一跳呢。

还有三四米远的时候，田晶晶回过头来，露出惊讶的神情。

"嘿，小姑娘，还认得我吗？"黄绢主动打招呼道。

"啊，黄阿姨，好久不见……"女孩挤出笑容，但有点手足无措，手一会儿放在前面，一会儿又背在后面。

"来看文成吗？真是有心的孩子。"

"是的，啊，不是……"田晶晶低下头，不知如何应对。

"对了，你结婚了吗？"黄绢大大咧咧地问。

"哦，嗯，去年结了。"

"太可惜了，早知道我应该叫那个孩子……"黄绢看到我皱着眉头盯着她，就没说下去，她也觉得开那样的玩笑有点太过了。

"阿姨，不打扰你们了，我先走了。您要保重身体！"

田晶晶点头致意，然后从我和黄绢身边走过去。

"稍等一下。"黄绢叫住她。

"怎……怎么了？"女孩回头。

"谢谢你啦。"

"哦，没什么的……"

"不，我衷心地谢谢你。"黄绢向那个女孩鞠了个躬，"还有那个孩子。你们让文成多陪了我十五年。你们都是好孩子。"

那个女孩直直地愣住了，然后，我看见女孩的眼眶里噙满了泪水。

秘密

十多年来，黄绢和那个孩子彼此保守着对方的秘密。他们有一种独特的默契和固执，哪怕心知肚明，却坚持缄口不语。

有一天，我去疗养院看黄绢，黄绢突然说想吃榴梿蛋糕，想了想又说，还是买一整只榴梿吧。

“好久好久没吃了，干脆吃个过瘾。我喜欢放进冰箱里冻起来，辛苦你跑一趟哈。”黄绢笑嘻嘻地对我说。

“我没什么，但你不是不能吃榴梿吗？”

“谁说的？”

“你说的呀，你说医生说榴梿容易引起血热，对你的病不好。”

“哎呀，无所谓的啦。”

“我记得最初确诊的时候，你可是言之凿凿哦，还惨兮兮地和那孩子说‘以后妈妈不能和你一起吃榴梿大餐了’。”

“哦，你说那个呀，我骗他的啦。”

“骗他？为什么？”

“你不知道吗？那个孩子最讨厌榴梿的气味了。”

我不由得呆住了。

黄绢笑着说：“想起来，那家伙可是硬着头皮陪我吃了好几年臭猫屎呢。只要一想起他在心里眉头紧锁，两眼一闭往嘴里咽的样子，我就忍不住要笑。对了，还有胡萝卜。”

原来如此。

我一直认为，秘密是一种情绪。一些事情不能为人所知，总是有原因的。既成的事实，却又因为某种原因不能为人所知，所以，秘密在其形成之时就凝聚了一种矛盾的情绪。这样的情绪，有时充满恐慌，有时充满憎恨，有时充满委屈，有时充满爱意……

黄绢是什么时候知道那个孩子在假装是文成的呢？

她说她也记不清了，确认这件事，是她发现那个孩子一直在偷偷练琴；至于起疑心是什么时候，她侧头想了想：“对了，说起来和你有关系。”

“和我有关系？”

“那份事故报告。”黄绢说，“做了情况补充那份，你给我看过的。除了问那个孩子，你还询问了工地工人吧？就是拿着大铁铲在后面追他们的那个人。”

“嗯，那个人很早就被公司辞退了，后来我费了不少功夫才找到他，又费了很大的功夫从他嘴里问出当时的情形。他很害怕要承担责任，他就是个建筑工人……抱歉，我没能让他来当面向你道歉。”

“唉，现在还说这个干什么。总之，因为他说的情况和那个孩子说的有出入，让我开始觉得那个孩子在说谎。”

“有出入？”

“那个工人说，他之所以会去追赶那两个孩子，是因为事故发生的前几天，其中一个孩子就偷偷溜进过工地，还把他推倒在地，害他狠狠摔了一跤——所以那天他看见那个孩子，才会气上心头。而那个孩子认出了他，所以慌忙逃跑。然后，另一个孩子因为脚滑了一下……”

“是这样的。那个孩子又是怎么说的呢？”

“他说，他因为惊慌，拉着弟弟的手乱跑，结果把两个人都掉进了竖井里。”

“没错呀……稍等一下，我有点混淆了。我明白了，他说的是文成因为慌张……”

“嗯，问题就出在谁该承担责任这件事上。”

“这么说，那个孩子把责任推卸给他哥哥了？”

黄绢摇摇头：“不是的。那个孩子也许顽劣得很，但绝不是一个会推卸责任的人。你要理解他，当时他是以文成的身份说这番话的呀，所以需要承担责任的人正是他自己。他之所以说谎，正是因为不想推卸责任。他想我狠狠骂他、打他。他想以生者的名义承担这份罪过和由此带来的后果，而不是让一个死者去承担。”

我点点头，然后又问：“但是，如果他本身就是文成呢？当时你不也已经完全相信了吗，为什么又会产生怀疑呢？”

“如果他是文成，就无法解释他为什么要说谎呀。”

“呃……因为想为弟弟脱罪，所以把责任揽到自己身上，这样的理由成立吗？”

“在逻辑上是说不通的。如果他真是文成，实事求是地把事情说出来就好了。”

我想了想，确实如此。

“你很厉害呀！”我由衷地叹道，“头脑太清醒了。如果换了是我，根本就转不过弯来。”

“不是啦，其实我依靠的不过是察言观色而已。”黄绢淡淡地回答，“我也是当妈的人，我不见得每次都能分辨孩子有没有说谎，但是我能分辨他们说谎时不同的样子。文成是不会在这种事情上说谎的，或者说，如果他说谎了，那个结结巴巴的样子我一眼就能看出来。他是个很糟糕的说谎者。能够镇定自若、装模作样地说鬼话的，只有那个孩子才办得到。”

黄绢停顿了一下，嘴角露出笑容。

“所以说，厉害的是那个孩子啦，”黄绢说，“不但聪明，而且意志坚定。为了让我相信他是文成，那家伙吃了不少苦头呢。”

我想我非常认可黄绢的话。要知道，黄绢可不是会轻易上当受骗的人，但是那个孩子每次都能准确地抓住别人的软肋：模仿哥哥的做法，往橱柜里放一条沙龙牌的香烟；故意在学校打输架，然后装出委屈无助的模样……还有就是找田晶晶帮忙。

话说回来，那个孩子是怎么说服哥哥的女朋友，同意和他一起演戏的呢，何况戏中还有接吻的情节？不过，那个孩子有办法就是了。

还有一件事：他又是怎么知道那些理应只有黄绢和文成才知道的事情的呢？这是一个谜。也许从小到大，那个敏锐又敏感得如松鼠的孩子，一直在旁边默默地、细心地观察着。我想，这也并非无迹可寻。一家人去逛街时，那个孩子会双手插兜里，吊儿郎当地走在妈妈和哥哥身后，然后时刻警惕着偷偷接近的扒手。妈妈被醉酒的客人骚扰，他会尾随妈妈上下班，甚至和别人打架。妈妈被狼狗咬伤，他第二天就把那条狗的眼睛办了……

他总是站在远处守望，然后给自己贴上“顽劣”的标签。

但是，任何人都有忍不住一吐为快的时候。病愈的前几年，他时常以文成的身份，说着弟弟的事迹，一方面抱着报复之心，另一方面也是希望妈妈能够更加靠近他的世界吧。

2012 年 5 月，那个孩子从国外演出回来，告诉黄绢他定在 8 月结婚。

那时林萱已经出嫁，我和黄绢住在一起。他们一家原本住的在斜坡顶上的房子，几年前已经退租了。本来以为里面满满都是回忆，搬走的时候会挺让人不舍，结果，黄绢喊了个搬家公司，半天时间就把事情办完了。那时候，黄绢的身体还硬朗，她穿着白色 T 恤和牛仔裤，把衣服的下摆和头发都扎起来，叉着腰指挥工人干这干那。中间休息的时候，她给每一个工人发烟，然后和他们一起坐在空空的窗台上抽烟。

因为房子不够大，所以那个孩子和他的未婚妻回家里吃饭，晚上则住在酒店里。那天傍晚，林萱约了自己的准弟妹去购物，吃完饭，那个孩子问妈妈要不要出去散步。

“你负责推轮椅我就去，要我走路我不干。”黄绢伸着懒腰说。

“那还用说。”那个孩子笑起来。

“你要不要去？”黄绢瞄着我。

我举起手：“别管我，我约了人喝茶。”

“我就喜欢你自觉这一点。”黄绢哧哧地笑着。

春夏交替时节，太阳下山后，空气还算凉快。黄绢舒舒服服地坐在轮椅上，让她儿子推着，一路沿着新修的环城绿道向前走。不久，两人看到一大片灯火，以及高高耸立的广告招牌。那个招牌五彩缤纷，上面画着狼、黑豹、棕熊、猩猩、巨蟒、老虎以及身穿兽皮的小男孩，写着“奇幻森林乐园”几个大字。

乐园经过十几年的发展，规模更大了，而且在全国各个主要城市都开设了新园区，还投资成立了影视制作公司，俨然成了一个娱乐帝国。我作为公司的中层，薪水也算可观，和黄绢结婚时，我本来想买一套大一点的房子，这样孩子回来会有地方住，但是黄绢执意说不要。

“房子大了不温馨，我们两个人，够住就行了。”黄绢说，“何况，别让那小子以为我们老惦记着他。”

这时，母子俩在乐园门口停下来。

“喂，你是故意推我来这里的吧？”黄绢露出促狭的笑。

“没有啊，不是沿着绿道走嘛，走着走着就到了。”

那个孩子倒没有说谎。政府为了支持乐园发展，这些年修了很多条直达门口的公路，地铁站的出口也紧靠其边，所以，环城绿道也刚好经过那里。

“既然来了，去我们旧家那边看看吧。”

黄绢坐在轮椅上，像皇太后一样指挥着方向。那个孩子推着她走下绿道，绕着乐园的外圈，向东边慢慢走去。一条笔直宽阔的园区路，路旁种着高大的哨兵般的乔木，一大排延伸了几公里长。乔木后面能看见一片平坦的绿荫地，是一个高尔夫球场。母子俩走近，发现紧贴乔木的后面拉着铁丝网。

那个孩子停下脚步，思索了一会儿，然后掏出手机，伸手搂住母亲的脖子。

“干吗呢？”他妈妈发问。

“和你拍个照。”

“突然拍什么照？”

“没什么……就是突然想拍一张……”

母子俩自拍完合影，那个孩子收起手机，黄绢似笑非笑地望着他。那个孩子被看得不自在，只得伸手向前指了指。

“那边就是以前我们住的地方。”那个孩子说，“不过看来过不去了。”

“还有你过不去的地方？爬过去不就得了？”

“那妈你怎么办？”那个孩子笑道。

“把我丢在这里就行，你爬过去拍几张照片，回来给我看。”

“你开玩笑的吧？”

“不行吗？你以前不是经常爬来爬去的吗？什么栏杆都拦不住你。”

“咳，我已经不是小孩子——”

忽然，那孩子似乎意识到了什么，停止了说话。他低下头，默不作声。

“你现在的身手，不是比以前更厉害吗？”黄绢若无其事地继续说。

“妈……”

“嗯？”

那个孩子静默了一下，似乎在积聚力量和决心，然后开口。

“那时候，我不该拉上哥哥一起的……”

“可不是？你又不是不知道你哥没多少小脑，拉着他爬栏杆、跳井盖，你也不嫌累。”

“我……对不——”

“打住，别说这个词。”黄绢迅速打断他，“别对我说，不然我们俩还得你对我说、我对你说，说个没完没了。”

“哪里会……”那个孩子喃喃低语，但是不敢反驳。

“另外，如果是对你哥说，你也早就说过了。”黄绢说完，也静默下来。过了一会儿，她向高尔夫球场的方向举起手指：“你现在还想知道在那里埋着什么东西吗？”

那个孩子摇摇头：“没必要。”

“哦，对了，你见过你外公，他应该都告诉你了。”

“不，外公没说。他说：‘还是让你妈决定要不要告诉你……’不过，我大概能猜到……”

“是吧，那么，不想听细节了？”

“不想了。有些秘密，让它们埋起来就好，埋在那片绿色的草地下面。妈，真的不要紧。”

“唉，那可惜了，本来打算让你用你的秘密来交换的。”

“别损我了，哪里需要交换，你早就知道呀。”那个孩子苦笑着，然后又低下头。

“妈……”

“想问我什么时候发现的？”

“嗯。”

“不告诉你，免得打击你的自尊心。除非你告诉我你是什么时候知道我知道的。”

“在北京表演的时候呀。2007 年冬天，你到北京奇幻森林乐园看我演出的时候，我看到你在台下了。”

“啊，你看见了？是因为我举了一个大大的荧光牌子吗？我和你说，那个牌子呀，是入场的时候你的哪个粉丝硬塞给我的，所以并不代表——”

“不，我听见你说什么了。”

黄绢呆了一下，她坐在轮椅上转过头来，惊讶地看着她的儿子。

“喂，那时候我们隔了有几百米吧？”

那个孩子用力点头。

“嗯，但是我听见了，因为你是喊出来的。”

名字

后来，黄绢还是把所有的事情都告诉那个孩子了。只不过，她没有亲口说，而是留了一封信。

那封信，也不知道她是什么时候写好的。因为2012年秋天，从病情突然恶化到抢救无效，中间不过三五天的时间。而且，那时候她已经半睡半醒，不大可能提笔写字。但是，收拾她留在医院的衣物时，那封信就平躺在病床旁边的抽屉里。由此推测，黄绢可能不想让别人认为她是早早写好了信，所以在入院的时候偷偷带在身上，然后放进抽屉。

坦率地讲，有时我不是很理解黄绢这种思想上的包袱，对那个孩子也是。不过，我想，也许是因为他们两个人的情感，都过于厚重吧。

黄绢的葬礼上来了好多人，当然主要是因为那个孩子的关系。好多人我以前只在电视上见过，那次则看到了真人。仪式结束以后，那个孩子在原地站了很久。所有人都上前和他握手，然后逐一离开。最后只剩下我一人。

停了一会儿，那个孩子用略带沙哑的声音说："林叔叔，我是不是又做错了？”

“什么做错了？”我问道。

“喊来一大群无聊的人，妈妈估计会不屑一顾吧？我呀，无论怎么长大，都始终是那个跟在妈妈和哥哥后面的屁小孩吧？一筒鼻涕，满心渴望得到肯定。”

我没有搭话。那个孩子需要的不是别人的指手画脚，他只是想在母亲的墓前，把内心的话说出来而已。

“林叔叔，你知道我为什么要假装成哥哥吗？是因为我想变成他吗？变成一个品学兼优，受妈妈钟爱的好孩子？其实不是的，我只是想对妈妈进行报复而已。”

“你可以不告诉我的，我走开一下也可以。”

“不不，是你的话，一点问题都没有。何况，我也不习惯一个人自言自语。”那个孩子苦笑了一下。

我点点头，露出倾听的神情。那个孩子感激地看了我一眼。

“我听见妈妈对哥哥说的话了。”那个孩子吸了一口气，说，“1997年，准备动手术的前一天晚上，妈妈来到我和哥哥的病房里。我想，那时候我和哥哥身上一定都插满了各种各样的管子，双目紧闭，一动不动。虽然医生说我们两个人都在深度的昏迷之中，但其实某些时刻，我的意识是清醒的。我也不知道这是为什么，也许是奇迹吧，就和十年之后我在北京的舞台上能听见妈妈的呼喊声一样。总之，我总是能听见她的声音。所以，我听见妈妈对哥哥说的话了。妈妈跪在哥哥的床前——我猜的——一开始轻声呼唤，然后声音渐渐变大，她一定是哭着说的……”

我知道黄绢说了什么话，黄绢告诉过我。但这时候，我自然会把说出来的机会留给那个孩子。

“‘文成——’”那个孩子说道，“妈妈喊着哥哥的名字——‘你是我唯一的儿子，你是我的全部，对不起，我应该选择救你的，对不起，我应该救你才对……’唉，她一连说了好几次，我想听不见都不行。林叔叔，你知道吧？就在事故发生的前几天，我刚刚发现自己不是妈妈的亲生儿子。因为这件事，我甚至把自己从一家人的合照中剪去……”

黄绢的养子苦笑了一下：“所以，醒过来以后，我决心要报复。你可能会说，既然要报复，不是更应该以弟弟的身份活着吗？但是，这样就没意思了。你知道的，我的性格从小就那么刁钻。我偏偏要装成哥哥。她不是更想要哥哥活着吗，那我就把哥哥还给她。看着一个以我的身体活着的黄文成在她眼前走来走去，她会更加不安吧？我可不愿意看到妈妈因为失去哥哥而愁眉苦脸的样子，这让我更不能忍受……唉，好吧，我承认，其实我想知道的是，妈妈失去我以后会作何反应。所以，我时常在她面前提起‘弟弟’的各种事情。以哥哥的身份说自己的事，就没有顾虑了。我想让妈妈记住我，记住顽劣的儿子也有乖巧的一面，从而感到后悔……这就是我的报复。”

我想起黄绢说过的话：“那个孩子对我的惩罚，每次都一矢中的。”

“但是，后来你改变主意了。”我说。

“是啊，这样的恶作剧做了一段时间，我就后悔了。”那个孩子露出思索的神情，“是从什么时候开始的呢？大概是哥哥的周年忌那时吧。我看着他的墓碑，忽然发觉自己做了极其恶劣、无法饶恕的事情。是我的鲁莽害死了他，然后又毫不知耻地接受人家的心脏，得以活下来。在这种情况下，不但不抱着愧疚和感恩之心，居然变着法子羞辱自己的母亲和死去的兄长，简直可恶至极。那天，我把妈妈支开以后，对着哥哥的墓碑说了无数次对不起。”

“那么……”

“为什么我还要继续装下去吗？”

“是啊。”

“因为我不知道该怎么退场了，开弓没有回头箭呀。”那个孩子又苦笑起来，“你知道我考上高中的时候，妈妈抱着我哭了很久吗？”

我点点头。我以前就和诸位说过，那是黄绢在失去了一个儿子以后，第一次也是唯一一次完全放纵自己的情感。那时候，她深信回来的孩子是哥哥、失去的是弟弟。那个孩子以全年级第二的成绩，考上了省重点高中。当黄绢捧住那张奇迹般的录取通知书时，一瞬间情绪就决堤了。

“让妈妈再失去一次哥哥这种事，我无论如何都没有勇气去做。真是进退两难呀，所以只能继续装下去了。”

“你从那时起，就下定决心要以文成的身份一直陪伴你妈吧？”

“嗯，我知道哥哥对妈妈来说太重要了。我想，那就将错就错吧。毕竟我的心脏是他给的，由我代替他陪着妈妈，也算是完成了他的心愿。”

“所以，报复变成报恩了？”

“哪里是报恩，应该说是赎罪吧，从一开始就是因为我的任性……”

那个孩子摇着头，席地坐下来。我也陪着他坐下来，面对黄绢的墓碑，坐在绿草地上。周围一个人都没有，秋风习习，空气甜爽，真是适合诉说和怀念的时光。

“只不过，把自己伪装成另外一个人，比想象中的还要累呢。”那个孩子惨然一笑，“除了要硬着头皮吃榴梿和胡萝卜，更糟糕的是不能听皇后乐队的唱片，也不能碰吉他和放声歌唱。很快我发现，自己根本坚持不下来。”

“所以，你妈才会叫你好好过你自己的人生。”

“是啊，这是高三我出院时妈妈和我说的话。她要我珍惜这段来之不易的生命。不知道为什么，那一次心脏突然出毛病，比我和哥哥一同掉进竖井的时候，更让我深刻地感受到活着的宝贵。说来也奇怪，自从那次心内膜炎好了以后，我的身体再也没有出过问题。原来，我以为是哥哥的心脏提出了抗议，后来才发现，其实那是哥哥在提醒我：‘喂喂，在使用我心脏的那个笨弟弟，请你好好生活好吗？’所以，出院以后，我一方面继续以哥哥的身份陪伴妈妈，但与此同时，也积极回应自己的内心。我既是黄文成，也是我自己。我能做、想做的那些事情，绝不能用哥哥作为借口而放弃，不然哥哥也会无法安息的。”

“嗯，我记得你从出院以后就变了。”

那个孩子笑了笑：“不会太明显吧？那些事情我都是偷偷去做的。完全放开了手脚，应该是上大学以后，但是一开始也瞒着妈妈。现在想来挺滑稽的，我担心被妈妈察觉，所以偷偷摸摸，但其实妈妈早就知道。妈妈说了好几次暗示我的话，譬如，让我好好过自己的人生；让我把哥哥送给我的琴带走，尽管去用，等等。我却傻乎乎地继续伪装……话说回来，她到底是怎么发现的呢？我一直以为自己隐藏得不错。”

“就是因为你哥送给你的琴。她发现那把琴的琴弦没有松，所以知道了你偷偷去琴行练琴的事。”我回答道。

“噢……”那个孩子低低呼了一声，“难怪大二回来的时候，妈妈刻意让我带走那把琴。对了，甚至用上激将法，说我毫无音乐细胞……这么说，她很早就知道了……”

“就是你住院的时候，你妈给你收拾房间时发现的。你妈以前从来不进你的房间，所以你疏忽大意了吧。”

“又是因为那次心脏病吗？”那个孩子低头沉默，“果然是他干的呢。”

“他？”

“哥哥呀！一定是他出手了，给我当头棒喝；同时，告诉妈妈我的秘密。这么一来，我就可以无牵无挂了……”

我看到那个孩子的眼眶略显湿润。但很快，他又恢复了镇定。

“对了，林叔叔，你知道的吧，”那个孩子继续说，“在那之前，我一直浑浑噩噩的，有一部分原因，是因为对有些事我还是无法释怀……或者说是疑惑不解，因为忍不住想去查探究竟，所以老是惹妈妈不高兴呢。”

“你是说你妈是怎么做选择这件事？”

“是啊。妈妈为什么要选择救我呢？明明哥哥才是她的亲生儿子，她最爱的又是哥哥……而且，换心手术的风险不是比换肝脏更高吗？医生没有道理不提出应该救哥哥的专业意见——我是百思不得其解。”

“那是因为——”

那孩子摆摆手：“林叔叔，你不用说，现在我都知道了。”

“你妈留给你的信里面说了？”

“嗯……”那个孩子顿了一下，“不过，其实我很早就知道了。中学的时候我还小，找不到好办法去调查。上大学以后，我以撰写学术研究报告的名义，给芝加哥大学普利兹克医学院的华路文·季文南丹教授发了一封邮件。你记得那个教授吗？”

我点头说记得。那个教授是芝加哥大学医学中心的心胸外科主任，曾经参加过上千例心脏移植手术，也包括那个孩子的。事实上，当时和对方联系和预约的人就是我。

“那个教授给你回信了？”

“是啊，外国人都很朴实。何况，对那个案例他印象很深，两兄弟之间器官互换，而且只能救其中一个……他支持妈妈当时的选择。因为他的回信，我大概把所有事情串联了起来。当然了，那时候我还想不到我妈妈——我是指我亲生妈妈——是怎么回事。我一度以为我是个试管婴儿，哈——直到后来我找到外公。”

“你找到你外公？不是他找到你的吗？”

“是我找到他的。妈妈年轻时参加过香港的选美比赛，根据这条线索，要找到她过往的足迹并不难。”

“但是你外公说……”

“我让他别告诉妈妈是我去找他的。”那个孩子有点腼腆地笑了笑，那一瞬间，文成的影子似乎又重新回到他的身上，“怎么说呢，其实我去找外公，并不是要打听真相。收到季文南丹教授的邮件以后，我决定就此打住。只是，后来当我偶然知道外公还健在时，我很希望他和妈妈能见上一面……”

我沉默了一会儿，然后说：“看来，黄绢没必要给你留那封信。所有事情你早就知道了。”

“不。”那个孩子淡淡地笑着，“对我来说，那封信很重要。林叔叔，回头我把那封信给你看，你看了就明白了。”

你可能已经发现，组成这个故事的素材，有一些是黄绢告诉我的，有一些是那个孩子告诉我的，有一些是我亲身经历的。还有一些，黄绢和那孩子说得都不详细，我也不在现场，所以只能通过合理的推测予以补全。因为素材很零散，我获得它们的时间又前后不一，所以，这个故事讲得有点颠三倒四、七零八落的，希望大家可以谅解。

不过，你可能也会发现，我在素材的挑选上是很严肃的。在这个故事中记录的每件事情、每个片段，对于黄绢母子俩来说，都具有类似里程碑的意义。

最后，黄绢留给了那个孩子一封信，后者把那封信拿给我看，现在我将它呈现给诸位。

喂，对不起啊！这句话别和我抢，反正我已经不在了，所以你抢不过我。

至于为什么要说对不起，我想最重要的一点是，当初还是应该把你交给你外公抚养。这样虽然你的生活可能会比较无趣，但起码你不会长成一个顽劣固执的孩子。

只不过，你那一根筋的性格，和我一样。要说我们不是母子俩，打死都没有人会相信吧？坦率地讲，我很喜欢你！如果你一定要问我，你和文成，我更爱哪一个，我会说更爱你。当然，我也很爱很爱文成。但是，我从来不相信所谓母子之爱是与生俱来的。人和人之间，无论何种感情都不会从天而降，而是一个积累的过程。

你比你哥多陪了我十几年，所以肯定更占优势。

所以，对不起归对不起，如果让我重新选择一次，我还是会抱着你跑掉的。

哎，你别急着反驳我，我也知道这样的逻辑有问题。那时候你才刚出生，和我哪有什么感情积累呢……

好吧，我直接承认得了：当初把你抱走，不是因为你长了一张粉嘟嘟的圆脸和长睫毛的眼睛，也不是我未卜先知地知道你后来会养成和我一样的坏脾气……而是因为文成。

你呀，是他的救命药。我把你抱走，是要拿你去炼丹。

我要救文成，那时候，我脑海里只有这一件事情。当然啦，如果把你交给你外公，我想你外公也不至于会对文成不管不顾。但与之相随的更大的风险是，我会同时失去你和文成。对这一点我无论如何不能接受，所以我只好带着你们两个人一起逃跑。

这些年，让你们两个人都受苦了！我给你们鞠躬，衷心地说声对不起。

别觉得不好意思。我前面就说了，我不相信什么伟大的母爱之说。我和你们之间，没有绝对的义务，也没有绝对的权利。我只是真心喜欢你们而已——我因为喜欢你们而让你们受苦，当然要对你们说对不起。

对了，把你带走还有一个原因。因为我姐姐，也就是你亲生母亲，说好要把你给我。她在合上眼睛之前，拉住我的手说：“太好了，我把他生下来了，现在交给你。”真过分呀，说的仿佛是休假前交接工作……不过，我很感谢她，她为我付出了太多，不，是一切。真要问谁是我最亲最爱的人，你和文成都要靠边站，她才是。

估计你已经知道了：我姐之所以会怀上你，是为了我，为了帮助我救文成。

别沮丧啦。每个人来到世上都有意义，很多人找寻了一辈子，就是为了找到这个意义。你从出生就已经有一个使命，很多人羡慕都来不及呢，虽然要在后背上狠狠扎一针，但又不会要你的命。你是男子汉，别娇滴滴的。

我知道，无论是何种情况，你都愿意救你哥的性命，对吧？

不过，我这个人就是话说得好听……其实我一直不敢告诉你这件事。喂，其实你不是我的儿子，你是个药引子，这样的话我始终开不了口。如果我一早告诉你真相，你就不会跑到旧屋东翻西翻了吧，那场事故也就……算了，不提这些了。我也不想对不起、对不起地说个没完……

只不过，有一件事我还是要说：你哥得病，责任也在我。

我的基因有缺陷。如果不是因为我一意孤行要把他生下来，他也不会从我这里遗传到病痛。最后，我和他患上同样的病，并且同样因此离开人间，我想，这是冥冥中的天意。

你哥是病死的。这一点你不会提出异议吧？

相信你也早已知晓我选择将他的心脏放进你身体里的原因。

当你们兄弟俩同时躺在治疗室的病床上，医生将你们两人的数据拿给我看，让我拍板决定的时候，文成各方面的指标都比你更适合实施移植手术，唯独血小板略有异常。那个长着鹰钩鼻的老外大夫问我文成过去的身体状况，我只能支吾应对。其实，你哥的病到底有没有复发，当时并不明确，如果是正常的身体检查，自然需要进一步的观察。但是那时候，你和你哥都没有更多的时间。所以，那个老外大夫一句持保留意见，把选择权丢给我，实在太狡猾了……只不过，那时候我已经做好了决定。

你已经救过你哥一次，这次，理应轮到他救你了。

你得谢谢你哥，我也是。我想，他是故意的，刚好在那个时刻把自己的血液搅浑，而不是之前和之后。他舍身救你，而我，也不用陷入如何选择的更大的痛苦。

听明白了吧，你哥因病而死。他在离世之前，顺便救了你的命。记好了，不是你夺取了他的生命——所以，不要再耿耿于怀。

对了，你还要谢谢一个人，那就是你的亲生母亲。

我生文成的时候大出血，但是我命硬，挺过来了。可惜你的母亲没那么幸运。我们一家的血统都怪怪的。她告诉我她怀孕的时候，我就明确地警告过她。但她和我，还有你，都一样固执。

你和文成没有父亲，这个事你就别费心了。提供你们基因另一半的精子，我和你妈都不过是找一个过客借的。那时候，我在一家酒吧唱歌，那个人来过几次捧我的场，仅此而已。后来，我根本不知道他去了哪里。但是你妈找到了他。

其实，早在文成一岁的时候，上天就给他判了死刑。但是你妈和你，共同用异于常人的执念，让他在这个世界上多活了三十年。你妈找到那个男人，然后挺着肚子来见我，对我说："我把子宫借你一用，这是你的孩子，流着和文成完全一样的血。"坦白地讲，当时我吓得脸色发青。据我所知，你妈在那之前，甚至没有过男人……

现在你明白了吧？我和我姐，是世界上联系得最紧密的两个人。所以，你和你哥也一样。

你是我和我孪生姐姐共同的儿子，你有两个妈妈。但我再说一次，你没有父亲，别想东想西的……

唉，其实那个人二十年前已经在帮派的械斗中死了。

再告诉你个事吧。

我很早就离家出走了。19岁那年，发现自己怀孕以后，我回家找你外公，他扇了我一巴掌。因为这一巴掌，我赌气把你哥生了下来。所以，你不必长吁短叹。从被无良的妈妈硬拉到世上这一点而言，你哥比你可怜得多。生下文成以后，我得了严重的抑郁症。这么多年过去了，我也不想给自己找借口，但我的确恐慌，恨透了那个浑身浴血的自己。我去做了结扎手术，找了很多男人。但到最后我还是感到绝望。所以，我往浴池里放了半缸水，准备割开自己的手腕。在那之前，我往牛奶瓶里加入安眠药，送到你哥的嘴边。他一动不动地看着我，我把奶瓶塞进他的嘴，他吐了出来。我再次塞进去，他又吐了出来。我下定决心，哪怕他大哭大闹，也要把牛奶灌进去——这时，你哥的小手舞动起来，大剌剌抓向我的乳房。“妈……”他低低地试探性地叫了一声，然后开始放肆地喊，“妈——妈妈！”

那时候，文成刚满七个月，那是他第一次叫我……

喂，现在，你明白你哥为什么对我来说很重要了吧？就比你重要一点点。谁让他救过我的命呢？你就别忌妒啦。

最后，允许你妈嗟叹一下自己。

文成生病以后，你妈妈为了救他，怀上了你。而我，为了筹到手术费，参加选美比赛，接拍广告。如果不是因为你妈妈撒手不管，也许我早就成为大明星了。然而，命运就是这么奇妙，它取走一些，又给予另外一些。总体来说，我有两个儿子，此生足矣。

孩子，记住了，这个世界上，没什么事情值得后悔。煽情的话我不会说，不过，一直以来，你做得很棒！

就这样吧，今后要继续加油。

诚如大家所知，今年是2017年，距离我的妻子黄绢离世已经五年。我时常会想起1997年在东华医院急救中心门口初遇黄绢时的情形。那时候的她，带着宿醉的容颜、戒备的姿态，哪怕听说孩子出了事，也依旧身穿盔甲。你要说她冷漠无情大概也不为过。她有满身的缺点和弱点，并且不是一个称职的母亲，而她从不掩饰这一点。不过，我想，这本来就是一个关于成长的故事。那个孩子成长了，黄绢成长了，我也成长了。为什么时至今日，我会突然把这个故事写下来呢？那是因为最近，我去看了一场那个孩子的演唱会，现场的场景一直在我心中萦绕。我那日渐慵懒的身体和精神，在那天晚上被某种炽热所驱动，所以决定拿起笔来。

一个月前，北京的奇幻森林乐园迎来了建园十周年的纪念庆典。今年北方的冬天来得比往昔更早，气温迅速坠落至冰点，接连降了几场大雪。庆典活动由公司的华北区企划部负责，当企划部的老总为如何确保活动效果而伤透脑筋之际，他的一个女下属灵光一闪，提出了一个绝佳的对策。

“那个乐队今年刚好也是出道十周年！不，不是刚好，十年前，他们就是在我们乐园的开园仪式里演出，然后成功出道的。”

“哪个乐队？”

“就是那个乐队呀！”

后来，华北区的老总给我打了电话，让我帮忙联系。那个孩子的乐队档期很满，他们很担心约不到。我跟那个孩子说了一下，他立刻答应下来。

“太巧了，林叔叔，和我的想法不谋而合。”那个孩子笑着说。

活动当天，出动了大量的警力。那个孩子的经纪公司和我们公司达成了联合宣传的协议，但从实际情况来看，我们公司的风头几乎全被盖了过去。那天，乐园的各个角落都有那个乐队的横幅和海报，画着大大的“10”字。幸好那些宣传画都使用了乐园的森林背景，包括那个孩子在内的乐队成员则赤裸上身、围着兽皮，和背景画面和谐统一，否则企划部的老总估计要嘀咕了。演唱会是晚上 8 点正式开场，从下午 3 点开始，一拨又一拨的粉丝团、后援会以及各大娱乐频道的外勤组，占据了乐园各个主干道，连乐园每日必备的重头戏——动物大巡游都被迫提前结束了。

虽然事情是华北区办的，但考虑到这次活动兹事体大，在总部任职的我也作为特别顾问被派到了现场。华北区的老总在指挥部里找到我，大力拍我的肩膀。

“太厉害了，没想到是这种级别的人气！到现在我都不敢相信，那个天王居然会是你的继子。”

“没问题吧？我估计今天来乐园玩的普通游客体验不会很好。”我平淡地说。

“问题？老林，说到这个你就外行了。真正的公关阵地不在现场，而在媒体和网络上。今天的效果，简直不能更好了。”

到了晚上 7 点钟，北方冬日的天空已经全黑下来。但以乐园中心舞台为圆心，半径一公里范围内的天幕，却笼罩着一层橙色。在那片橙色的光芒里，慢慢开始降下白絮。初时，我以为这么凑巧天降小雪，后来才有人告诉我，那是人造雪，目的是还原十年前那个晚上的气氛。

我心里泛起某种情绪。我和副手打了个招呼，把事务交给他，然后一个人溜到舞台的入口。后援会的义工把守着各个检票口，安保人员也没有办法，只得由着他们取代了自己的工作。我凭票入场，立刻被一个年轻女孩塞过来一簇荧光棒和能发出“啪啪”声的塑料手掌。我正准备走开，又有一个年纪稍大的姑娘跑过来。

“你的票是在最前排吗？”

我点头称是。

“麻烦你举这个好吗？”那个女孩递给我一个大牌子，上面贴满了荧光大字和心形图案，“大叔，你够高，拜托了！”

我捧着那些道具走到贵宾区，本来想坐下来，但看到所有人都站着，我也站着。灯光渐暗，我感到自己被一片挥舞着的星光所包围。忽然，周围发出巨大的尖叫声，舞台中心的火焰腾空而起。我看到那个孩子和他的同伴赤裸着上身一跃而上。观众一瞬间进入疯狂的状态。在强劲的音乐中，我看见他们集体跳起来，摇曳身体，整齐地挥手，口中忘情地呼喊着。

我看了看手中的牌子，上面写着“我爱你”以及乐队的名字——

"斌乐团"。

我看到其他人的牌子，有的写着乐队键盘手的名字，有的写着鼓手的名字……当然还有主唱也就是那个孩子的名字。

我脑海中自然地浮现出那个场景。十年前，黄绢也是在细雪飘飞的夜晚，身处同样的热烈海洋之中吧。也许当时人数没这么多，但是那些包围着她的年轻的面孔，肯定也和现在一样，如痴如醉地喊叫着同样的语句。所以，她也同声高喊起来。

"黄武成——"

她用尽全力呼喊那个孩子的名字。

"你做得很棒！"

我想，有一个瞬间，四周一定全然安静了下来。那道声波穿越遥远的距离和漫长的时光，准确无误地传递到了那个孩子的心间。

假面

——别墅『杀人』事件

序幕

“那是我从小的梦想。”姚盼说。她在说这句话时双眼发亮。

“我并不反对，你喜欢就好。”

罗加半个身子陷在酒吧的转椅里，不置可否地撇撇嘴，他正准备继续说些什么，孙明玉举起手打断他。一个电话进来了，孙明玉拿起手机接听，他脸上原本相当轻松的表情发生了变化。

姚盼和罗加都露出关注的神情。

孙明玉放下电话。

“什么事？”罗加停止转动椅子。

“跟我走一趟。”孙明玉朝他的下属抬了抬下巴。

“来活儿了？”

“有一具尸体。”刑警队长淡淡地说。

停尸间里安安静静，一点声音都没有。尤其是穿过那条狭长的走廊时，大理石地板似乎连人的脚步声都能吸走。罗加每次到这里来，都会习惯性地拍拍自己的脸颊，这能让自己清醒一些，而且听见“啪啪”的响声，可以确认自己的听力并没有问题。

今天安静的程度更甚，简直到了死寂的地步。当然，这是一种错觉。原因是现在已经是凌晨两点钟，除了昏昏欲睡的门卫，整栋建筑物里空无一人。

一个穿着白袍的验尸官站在走廊的尽头，他留着满脸的络腮胡子，白袍看上去洗了太多次，有点发黄。大胡子瞥了两个警察一眼，因为都是熟人，握手打招呼什么的一律免了。他无声地招了招手，推开旁边那间停尸间的门。孙明玉和罗加举步走进去。

大胡子验尸官走到一大排铁柜子前面，伸手握住其中一个把手。罗加想往鼻子上抹薄荷膏，他的老大拍拍他的肩膀，示意他没必要。

尖锐又低沉的金属碰击声响起，验尸官将一张钢制的床拖出来。等冰凉的白雾散去，两名警察走向前。

一个年轻的女子，双眼闭合，睫毛很长。因为冷藏过的关系，她的皮肤看上去比一般人白皙。女子的神态十分安详，但是头以一种奇怪的角度侧向一旁。哪怕是不具备医学知识的人也能看出来，她的脖子被折断了。

她侧转的脸颊上有一块红印子，不知道是胎记还是某种伤疤。

罗加吸了口气。

“是挺像的，连疤痕都像。上次那个女孩，是左眼角有一道伤疤吧？”

“右眼。”验尸官开口说。

“不知道身份吗？”孙明玉问。

验尸官摇摇头：“如果没人来认，照例三天后处理。”

“又一个吗？”罗加苦恼地皱了皱眉。

刑警队长直直地竖起两个手指。

看见这个动作，大胡子验尸官一言不发地转过头。

第一幕 舞台

1

停车后，笑匠向黄色的笑脸图章呵一口气，然后用戴着手套的手掌擦了一下。

这次总不至于沾上血吧？

他一边在心里自嘲地想，一边将那个圆圆的、稚气十足的图章别在胸前。

笑匠开的是一辆向别人借来的捷达小轿车，虽然车很旧，但是好在皮实，刚才为了抄近路，从树林中间横穿过去，磕磕碰碰的也不心疼。

驶上山路的时候，他心里就禁不住想，不会是个与世隔绝的地方吧？七个陌生人的临时聚会，场地坐落在荒山野岭的一栋房子里，简直就是暴风雪山庄。幸好穿过树林不久，熟悉的沥青马路又现身了。山路虽然不宽，但十分平整和干净，看来保养得很好。再转过一个岔路口，零星能看到一些别墅。那些别墅都建在半山腰上，大部分黑灯瞎火，只有少数亮着灯，和傍晚的余光相互辉映。

笑匠这时才发现，这里只是有钱人的度假区而已。

按照导航的指引，不一会儿他就抵达了目的地。虽说是在城市的郊外，但目的地的门牌号清晰无误，是个花点时间就能找着的地方。非要找些值得担忧的事情，那就是眼前这栋别墅比先前看到的都要气派，坐落的地方也更加独立，而附近的其他别墅，都看不到有人入住。

还有一点，从刚才开始，天边就隐约传来沉闷的雷声。事实上，天气预报说今天有雨，下午天色也确实变得阴沉，让人分不清太阳到底下山了没有，但是雨一直没下。

哪怕下大雨，在这片区域，也不至于发生道路封闭一类的事吧？

笑匠看了一下手表，6 点 28 分。因为阴天的关系，周围都已经陷入了黑暗之中。但是因为前面的大房子灯火通明，停在旁边的几辆车可以看得清清楚楚，算上他自己这辆，不多不少，一共是七辆。这个地方乘坐公交车恐怕很难到达，如果大家是各自前来的话，应该到齐了。

不，这里的屋主应该有两辆车，那么还有人比他晚到也是有可能的。

请柬上写的集合时间是 6 点，但是这样的聚会，所有人都准时到场的概率可谓微乎其微。笑匠一向是个守时的人，哪怕自己只是作为候补人员——直到今天上午才接到通知，他还是尽量赶了过来，甚至为了节约时间而冒险走小路。

总之，他不希望自己成为最后到的那个。

随请柬一同快递过来的，还有一整套行头，包括笑脸图标、眼罩、胡子、皮带、紧身衣、手套、靴子，甚至有发胶和雪茄烟，就差一排子弹和来复枪了。

笑匠翻下挡风玻璃上面的镜子，又整理了一下打满发胶的头发，以及用不干胶贴在嘴唇上的两撇胡子，露出洁白的牙齿贼兮兮地笑了一下。

真像个强盗，他又自嘲地笑起来。话说回来，笑匠本来就是个强盗。

他下车，先绕着建筑物走了一圈。别墅有三层，一面靠路，两面靠山，还有一面外延出广阔的花园。为防盗起见，花园的边缘围着高耸的铁栅栏，栅栏顶向外翻转，尖端的倒钩如鲜花般盛开。

啧啧，正好嘛。

笑匠把八字形的黑色眼罩戴上，大步走向那座独栋大房子。

2

出来开门的是一个瘦高的男人，额头上戴着明晃晃的头箍，披着银色的胸甲和帅气的披风，四十多岁的年纪，虽然道具略显粗糙，形象也有差距，笑匠还是一眼就把他认出来了。

“嘿，法老王好。”

屋主人露出惊喜而满意的神情，但随即装模作样地露出深沉的样子，连笑容都是一带而过。

“笑匠也到了！”他朝屋里喊了一声，然后做出请的姿势。笑匠觉得他学得实在不像，皱着眉笑起来。

“笑匠应该笑得更豪迈一些。”法老王欣然说。主人看上去阅历丰富，而且很有涵养，带着新到的客人从玄关慢步走进会客厅。

会客厅少说有一百平方米，但摆设不多。左侧一圈高背沙发，中间放一张黑色石料做的茶几，看着就像一块从黄金海岸搬回来的磐石。茶几上摆着精美的糕点。右侧是纵向到顶、横向到边的巨大电视柜，中间的空格挂着一台索尼液晶电视机，看大小应该在 70 英寸以上。客厅中轴线靠里的部分还有更大的空间，通过吧台进行分隔，摆着咖啡机、休闲沙发，还有娱乐用的台球桌。右侧开放，通向其他功能区，并且建有一道台阶宽大的回旋楼梯，可以登上其他楼层。高背沙发的后面是落地玻璃门，外面就是阳台和花园。因为天黑的缘故，只隐约看到外面有花有树，但从刚才在外面的丈量来看，那花园得有几百平方米。

靠近阳台的位置还有一扇较为低矮的门，看上去是储物间或者工人房。

这时，客厅里共有四个人。两个坐在沙发上聊天，其中一个戴着猫头鹰样式的头盔和潜水镜一样的墨镜，一身碳素灰色的盔甲，不知道的人会以为他是山寨版的蝙蝠侠；另一个用黑布蒙面，脖子和腰间都围着粗麻绳，显得身材壮实，而且还有一件领子又宽又高的披风放在手边，如果把那件披风披上，就活脱一个中世纪给人行绞刑的刽子手。第三个靠着吧台自斟自饮，他更加魁梧，赤裸上身，露出健美选手一样的胸大肌，但是与身材相比略小的脸上眼睛周围涂了一圈白色，额头则用蓝色水彩笔画了个圆圈，显得相当滑稽。最后一个人抱着手，独自坐在咖啡机旁边的休闲沙发上——黑风衣、黑手套、黑礼帽，戴着一个超大号袜子样的头套，头套是灰白色的，但是上面有奇怪的墨迹图案。

当笑匠背着背包走进客厅时，这四个人都向他看过来。法老王也微笑着看他，有意让他自己认人。

笑匠咧嘴大笑，故意用轻佻的声调逐个人数过去。他指着猫头鹰版本的蝙蝠侠："夜枭，我打 75 分，你能做个旋转落地的动作我就加 5 分。"

夜枭略带腼腆地笑了笑："我能穿着这身塑料走路就不错了。"

笑匠指着脖子上挂绳子的刽子手："兜帽判官不是民兵吗？我明白了，搞个布袋和麻绳，比较省钱对吧？当然，那件披风看着不错。"

兜帽判官重重哼了一声，没有搭话。

笑匠又指着吧台旁边的壮汉："别告诉我你是曼哈顿博士，拜托多涂点蓝色行不行？起码把脸涂上呀。”说罢大笑不已。

曼哈顿博士猛然站起，连吧椅都差点掀翻。他满脸似乎要爆发的恼怒，盯住拿他开涮的人。过了一阵，他坐回椅子上，低沉地说：“因为太麻烦了。”

笑匠若无其事地面向第四个人。

“罗夏最像。”他一边笑，一边向坐在角落的人走去，“不过呢，这身衣服是最好找的，而且把自己包得严严实实也不容易看出破绽。”

笑匠走到罗夏面前，向对方伸出手。但那人抱着手，下巴侧转一边，连看都不看他一眼。

法老王跟过来，哈哈大笑道：“我也觉得罗夏最像，不单是装扮，连性格也饰演得好。从进门到现在，这家伙一句话都没说过。”

“是吗？”笑匠讶然说，“我还以为罗夏是个话痨呢。”

“罗夏爱絮絮叨叨地写日记，但是不爱说话。”夜枭从沙发上转过身说。

“你说得对，不过也可能另有原因。”

笑匠一边说，一边把手伸向罗夏的肩膀。那人本能地向后缩，但是因为坐在沙发上，也无处可躲。他警惕地仰望，笑匠轻轻触碰他的肩膀，从上面捡起一根长长的头发。

法老王盯着那根头发，露出惊奇的神情。他看看一动不动的罗夏，又看看笑匠。

“别看我，我只是瞎猜的。”笑匠摊开手，“只不过，人家总不会一个晚上紧闭双唇吧。”

罗夏霍然站起，头套上形状古怪的墨迹随着身体的移动，也像有生命一样发生微妙的变化。他身材不高，但严密的风衣让人看不出他身体的特征。

“我是女的，有什么问题吗？”罗夏开口说话，她的声线很细，而且因为带着情绪，显得有点尖锐。

客厅里的其他男人都望过来，露出惊诧的表情。夜枭甚至从沙发上站起来，摇摇摆摆走到酒吧旁边，但似乎考虑到礼貌，没有进一步靠近。

“是不是要把我赶出去？”

罗夏面向法老王，尖声说话。她故意挺起胸，将女性的线条展示出来。

“怎么会……”屋主人急急摆手，“只是大家都没想到，在网络上表现活跃的你原来是个女孩子。”法老王又转向笑匠：“你是怎么发现的？太让人吃惊了，她来了这么久，我们都没有看出来。”

笑匠嘻嘻笑道：“没来多久吧？你们6点钟才集合，没发现也没什么。”

曼哈顿博士立刻虎起脸：“你的意思是自己的眼力比我们高吗？”

笑匠还没来得及回应，就听有人从远处发出奇怪的笑声。

“我感兴趣的是为什么一个女孩子要扮成男人，而且是在明知会被拆穿的情况下。”

说话的人是兜帽判官，他坐在高背沙发上，漫不经心地跷着腿。因为他提出了这个问题，大家的目光又落回罗夏身上。

虽然看不到女孩脸上的表情，但她的肢体语言明显传递着局促不安。

“不为什么，我喜欢罗夏，他是个英雄。”

“一个五短身材的英雄。”兜帽判官嘲讽说。

曼哈顿博士点头接茬：“我明白了，因为罗夏这个角色本来就身材矮小，所以由女孩子装扮比较适合。”

“老哥，你的逻辑有问题吧？”兜帽判官毫不领情地讥笑道，“我的问题不是谁来扮演罗夏更适合，而是一个女的干吗要扮成男人。要扮成哪个人，不是我们各自决定的吗？”

笑匠举起手：“我是被指派的，我是个替补。”

法老王做了个表示歉意的手势:“那是因为担心你临时找不到适合的道具，只有笑匠的衣服是现成的，所以……”

“原来你不是我们认识的笑匠，难怪那个豆芽身材和衣服完全配不上。”

兜帽判官报了笑匠取笑他的一箭之仇，他的架势看上去像要向每个人开炮。

“喂，你还没说她为什么要扮成罗夏。”曼哈顿博士闷声说。

“因为丝鬼呀。”兜帽判官从喉咙里发出“咯咯”的笑声，用浮夸的声调说，“丝鬼在网络上一直很高调，而且你们刚才也看到了，人家可是个货真价实的尤物。所以这个小女孩不敢献丑了。”

“你什么意思？”一直没有发声的夜枭皱眉道。

“这不是明摆着？扮女英雄需要穿紧身衣，所以只好扮成男的。把自己包得严严实实，肯定是脸蛋儿和身材都见不得人。”

“你的话有点过分吧？”

“不信你让她摘下头套看看，保证吓你一大跳。”

“要摘你自己先摘。”

夜枭刚才和兜帽判官都坐在沙发上，似乎聊得不错，但是现在成了扯架对象。法老王出来打圆场:“大家别乱了规则，我们说好聚会的时候不摘下装束的。”

但是兜帽判官不肯休战，他又发出“咯咯”的不善的笑声，从沙发上站起来，向罗夏走过去。

“那外套总可以脱下来吧，看看身材怎么样总可以吧？”

罗夏面具上的黑色墨迹跟随她的心情呈现扭曲的图案。她似乎忍耐到了极限，看见兜帽判官走向自己，立刻扭身跑开。为了脱离被几个男人围住的困境，她三步并作两步跑出阳台，钻进花园里。

“喂，外面黑乎乎的，小姑娘不害怕吗？”

兜帽判官大声取笑，想跟在她身后。夜枭拦在他前面，曼哈顿博士也靠过来。兜帽判官和他们对峙。

“好了，请适可而止。”法老王沉声说，他的声音很平静，但是隐含威严。

“啧，不就是开个玩笑嘛。”

兜帽判官咂了咂嘴，走回沙发那边，跷脚躺下来。夜枭显然不想再和他说话，一个人走开。法老王拉住他，轻声说：“麻烦你去看看罗夏，眼看要下雨了。”

夜枭点点头，迈步走出阳台。曼哈顿博士见状，坐回吧椅上继续喝他的酒。

见气氛转好，笑匠把背包丢在休闲沙发上，凑近法老王问：“丝鬼也来了？”

主人家的脸上没有浮现一点因为客人的争吵而尴尬的痕迹，他微笑起来。

“她比你早到十分钟，刚去房间还没下来。是不是想念你的旧情人？”

笑匠呆了一下，随后不禁哑然失笑。

在《守望者》[①]里面，笑匠和丝鬼可是有一腿的。

① 《守望者》，美国漫画家阿兰•摩尔1986年创作的经典作品，被《时代周刊》评选为“1923年至今百部最佳英文小说”之一，并获得“雨果奖”，2009年拍摄成同名电影。笑匠、丝鬼、法老王等均为故事中的超级英雄。

3

“作为《守望者》的共同爱好者，诚挚邀请您参加我们的聚会！”

墨绿色的请柬上，留着聚会的时间和地点。除此以外，还有一封说明情况的信函。

“抱歉邀请来得比较晚，事情是这样的：有一位亲密的朋友临时因故要缺席我们今天晚上的聚会，他早已精心准备好全套的装束，不能一作展示可谓遗憾甚深。阁下在‘雨果’发表过关于《守望者》的评论长文，文风凶狠、观点精辟，我们那位朋友极力推荐。如果您能代替他参加本次聚会，想必他会非常欣喜，我们也会非常欣喜。为表诚意，附上绵薄旅费。”

收到请柬、信函、服装以及装满钱的纸袋子时，笑匠觉得对方办事还挺周全的。事实上，接到电话以后没多久他就做了决定。他看中的当然不是那份“绵薄”的酬劳，他在心里酝酿着一些更大的兴趣。何况，因为找工作不顺利，最近他也有点无所事事。

“由于邪恶势力肆意蔓延，一群具有超群实力的正义之士挺身而出，他们戴着面具，身着奇装异服，与各种坏蛋展开较量。”

赴约之前，笑匠还特地查了一下《守望者》的资料。他确实在一个名为“雨果”的电影论坛发表过影评，但那是几年前的事情，而且他不过是对《守望者》这部电影指手画脚了一番，对于阿兰·摩尔的原作则知之甚少。当看到那段低龄化的介绍文案后，笑匠感到啼笑皆非。如果遇到看一半留一半、容易头脑发热的读者，说不定会连颁发“雨果奖”的评委都一并讥笑。只不过，“奇装异服”这个词倒是用得不错。譬如，拿布袋子照头蒙这种简单粗暴的做法，在超级英雄圈子里也是少见的。对扮演这样的角色感兴趣的人，估计也有某种特殊情怀吧。

“这么说，人都到齐了？”

笑匠向主人家发问，后者点点头。

“法老王、笑匠、罗夏、夜枭、曼哈顿博士、丝鬼，还有兜帽判官，今天的聚会一共七个人。”

“但是门外停的车不够哦，有人是一道来的吗？”

法老王微微一怔：“你观察得真仔细呀！丝鬼是从市里打计程车过来的。”

“这么偏的地方也有司机接单，早知道我也打车好了。”

“也许美女有特殊待遇。”

“那也是——不好意思，就我一个人迟到了。”

“怎么能怪你呢？你是今天上午才收到请柬的吧，能赏脸前来大家都高兴坏了。对了，还没来得及说一句：很荣幸认识你！”主人家伸出手。

笑匠和他握手，发现对方的手十分温暖，而且手劲儿不是一般的大。握完手，法老王变魔法般掏出一根雪茄，但是笑匠摆了摆手。

“我口袋里有，但我不抽烟。”

“唉，那太可惜了，笑匠居然不抽烟。”

“说到这事，我顶替的那位是谁啊？他认识我？”笑匠问。

“他在‘雨果’的 ID 叫 V8，听过吗？他向我们推荐了你。”

“不认识，”笑匠摇摇头，“你们几个人很熟吗？”

“我们都是在‘雨果’认识的，因为聊得来，自己建了一个群，不过见面还是第一次。回头我把你拉到群里。”

“原来如此，在网络相识的好友在现实世界碰面，总会发生始料不及的情况吧？”

笑匠斜眼望向沙发那头，兜帽判官正躺在沙发上闭目养神，没有一点动静，不知道是不是睡着了。

法老王听出了他的弦外之音，但依旧保持着镇定自若的笑容，他略略压低声音：“是啊，没想到罗夏会是个女孩子，兜帽判官看上去也让人头疼——不过，网络和现实有别，这也是有心理准备之事。”

笑匠用一种狡猾的眼神望着屋主人，摸摸自己的假胡子。

“可以再问个问题吗？”

“当然可以呀。”

“守望者不是只有六名成员吗，兜帽判官不属于守望者吧？”

“你说得对，兜帽判官是民兵，不过民兵也算守望者的前身。毕竟，人家想选哪个角色是他的自由——对了，笑匠和兜帽判官大大地干过一架[①]，难怪你这么在意他。”

法老王以开玩笑的方式岔开了话题。

“是啊，我可被他修理惨了。”

笑匠打个哈哈，没有追问。他抽空看了一眼表，已经快7点了。

“能带我参观一下吗？”

“当然，真是失礼了。”主人家拍拍自己额头，开始上前带路。

一楼的布局已大体掌握，除了眼下所处的客厅，还有一间会客室，以及厨房、餐厅、浴室等功能区。酒吧和阳台之间有个杂物间，钥匙就插在门锁上。笑匠瞄了一眼，有七八平方米，没有窗户，也没有太多杂物。

笑匠想走出花园，法老王拍了拍他的肩膀。

“我的花园里种满了玫瑰，但是白天更适合观赏。我们明天再看吧。”

主人家一边说，一边使眼色。笑匠想起夜枭和罗夏还在花园里，明

① 指《守望者》中的情节。

白了对方的意思。

“你的花园有多大？”笑匠问。

“足够玩捉迷藏的。”法老王俏皮地眨眨眼。

两人退回来，笑匠又问：“房间都在楼上吗？有多少间？”

“除了我自己的房间，还有六间客房，刚好够。”屋主人微笑，“我们到二楼去吧，你还没放行李呢。”

笑匠走到休闲沙发旁，准备拿背包，却看见曼哈顿博士站在那里，手正伸向他的背包。

“光着身子觉得冷，要找衣服穿吗？”

花脸大汉吓得差点跳起来，他先是露出尴尬的神情，然后急忙把脸拉下来。

“你别搞错了，我只是帮你把鬼鬼祟祟的人赶走而已。”

“谁是鬼鬼祟祟的人呢？”

“还有谁，当然是戴麻包袋的吊死鬼。”

“兜帽判官？”

笑匠扭头望了一下，刚才还躺在沙发上的兜帽判官不见了人影。

“刚才他过来翻你的包，我把他赶走了。”

曼哈顿博士叉着腰说，他的模样太滑稽了，让人一时间都分辨不出他说的是真话还是假话。

“他现在去哪儿了？”

“不知道，可能上楼了吧。”

笑匠心想，这个兜帽判官怕是个麻烦。同时想到一个可能性，他望向法老王。

“丝鬼是不是在楼上？”

法老王闻言愣了一下，随即也皱起眉头：“他不会胡来吧？我们上去看看。”说罢，在前面领路。

但两人还没走上楼梯，一阵银铃般的笑声从楼上传来。

“有人演错角色了吧？”

笑匠抬头，看见一个身穿黄色紧身衣的女人从楼梯上走下来。那个女人身材妖娆，戴着褐色的披肩假发，红唇如烈焰，化着烟熏妆。似乎为了进一步彰显身材曲线和美貌，她双手叉腰，小幅扭动，高跟鞋在台阶上敲出节奏明快的声响。

“你是丝鬼？”笑匠咧嘴笑起来。

“我都在房间等你半天了。”丝鬼千娇百媚地横了他一眼，一步步走到楼下来。

主人家微笑着问：“你看到兜帽判官了吗？”

“没看到。”丝鬼有点没好气地说，“笑匠没来，兜帽判官也没来。”

在《守望者》里有这么一段，笑匠潜入丝鬼的房间，企图对她实施侵犯，然后兜帽判官赶到，将逞凶者狠狠教训了一顿。现在，意图不轨的人变成了兜帽判官，笑匠则打算英雄救美，所以丝鬼之前才会有“演错角色”一说。

“什么时候开饭呢？女英雄都要饿死了。”

似乎为了说明刚才自己一扭一摆的样子只是一种演绎，丝鬼又换上调皮的笑容。她相貌出众，性格也外向，轻易就能获得一箩筐男人的好感。笑匠心想，兜帽判官说罗夏因为自卑之心而扮成男装，从而避免与丝鬼正面交锋，这样的解释倒也说得通。

“已经在山下的饭店订了餐，7 点半能送到。”主人家回答说。

“吃外卖吗？”

“不好意思了，平时我一个人住，对自己的厨艺没有信心。那边有蛋糕，你要不要先垫垫肚子？”法老王指了指茶几上摆放的点心。

“这个无所谓。”丝鬼伸着懒腰走进会客厅，虽然嘴上这么说，但还是一手拿起蛋糕，塞进嘴里，“你们都在干什么呢？”

“夜枭和罗夏去幽会了。”曼哈顿博士没头没脑地说。

“幽会？两个男人？什么情况？”丝鬼停止咀嚼蛋糕，像听到了天大的秘闻，睁大眼睛四处张望。

法老王解释道："原来罗夏是个女孩子，我们也是刚知道。"

丝鬼脸上掠过"好戏落空"的失望，但随即又现出欣喜的表情。

"不是开玩笑的吧？刚才我和她打招呼，也没看出来呀。"

"是真的。"法老王指指笑匠，"被最后到的这位慧眼识破了。"

"那真是太棒了！"

"什么太棒了？"

"有伴儿呀，我还以为要和一大屋子男人过一夜呢。她去哪儿了？我去找她玩。"

"在花园里。"曼哈顿博士咕哝着说，他似乎一直在生谁的闷气。

"还是别去了，看着要下雨……"

丝鬼没理会主人家的提醒，她从茶几上拿起另一块蛋糕，蹦蹦跳跳地跑出了阳台。

法老王略略露出无奈的神情，他转头面向笑匠。

"大家都好任性。"主人家苦笑说，"不好意思，说了半天还没带你到你的房间。"

笑匠听见外面呼呼的风声越来越大，他很认可"任性"这个评语。

4

走廊上铺着质地上乘的羊毛地毯，走在上面只能听见轻柔的足音。

两人所去的房间靠近走廊的尽头，面积有十几平方米，很宽敞，并且带一个小露台。笑匠把背包丢在床上，走到露台上张望。远处漆黑一片，似乎是山，因为吹来一阵急风时，能听到“沙沙”的树叶声。

“这个房间可以吗？”主人家整理了一下肩上的披风，走过来问，“这边能望山，晚上看不清，不过白天的景观很好。”

“其他人都住哪里？”笑匠轻描淡写地问。

“曼哈顿博士、兜帽判官、夜枭和你住在二楼，丝鬼、罗夏和我的房间在三楼。”

“房间是阁下事先安排的还是他们自己选的？”

“一半一半。不过，女孩子的房间我都安排在三楼，视野更好，而且也不受打扰。”

“真是周到呀！”笑匠打量着法老王，略带嘲讽地说，“但是对其他人怎么说明呢？看上去你早就知道罗夏是女孩子嘛。”

“就说是先到先选。”法老王嘴角微弯，一副若无其事的表情，“这是房间钥匙。”他将一把钥匙递给笑匠，“和酒店一样，门一关上就锁住了，所以记得把钥匙带在身上。”

“有备用钥匙吗？”笑匠把钥匙放在手中掂量，问道，“真忘带钥匙不就麻烦了？”

主人家微微一笑，用手拍了拍腰间：“当然，我有各个房间的钥匙。”

“那只能对你充分信任了。”笑匠不怀好意地笑道，“你不会对女孩子搞夜袭吧？”

天际划过一道闪电，紧接着身边传来炸裂般的雷声。主人家紫色的披风和冷峻的头箍在亮光里一闪而灭。

“没办法，这就是主人家的先天优势。”法老王面无表情地说，看不出是开玩笑还是无动于衷，“来，我再带你熟悉一下其他地方。”他转身离开露台，走出房间。

笑匠跟在主人家身后，后者领着他到三楼也走了一圈。了解各人房间的所在位置后，笑匠问：“没看到你的书房？”

听到这个问题，法老王看上去略微犹豫了一下：“我没书房。”

“怎么会呢？你平时不住在这里吗？”

主人家微笑说：“谁会住在郊外的别墅里？我偶尔过来度个假，还有就是邀请好朋友们聚会。”

“宴会是7点半开始吗？”笑匠问。

“哪来的宴会？你是说外卖什么时候送到吗？”

“是啊，听到丝鬼那么说，我也饿了。”

“应该快了，要不我催催？”

“不急，听你安排。”

两人回到二楼的走廊上，迎面看见夜枭走了过来。

“你是不是住在我隔壁？”夜枭温和地向笑匠打招呼。

笑匠笑道：“放心，我的呼噜声不会穿透墙壁。”

“罗夏呢？”法老王用关切的语调问。

“丝鬼把我们拆散了。”夜枭从猫头鹰头盔下面露出笑意。

“她们还在花园里？让她们早点回来吧。”

“不要紧吧，下雨了她们自然就回来了。”

法老王摇摇头：“风很大，我担心会刮断树枝什么的。”

正说着，楼下传来密集的脚步声和关门窗的声音。

三人从楼梯上向下望，看见罗夏和丝鬼前后脚从阳台上跑进客厅，曼哈顿博士则粗手粗脚地把落地玻璃门关上。

“下雨了？”三人回到一楼，主人家问。

“哗的一声下来了。”曼哈顿博士一脸雨水，连赤裸的胸肌都湿了，用水彩笔化的妆东一笔西一道的，额头标志性的蓝色圆圈几乎荡然无存。那模样让大伙儿忍俊不禁。

“去洗把脸吧。”法老王道。

一脸油彩的壮汉气呼呼地说：“洗完了我可不重新化哦。”

“呵呵，随便你。”

法老王领着客人去洗手间。夜枭问从花园回来的两个女子：“你们没淋湿吧？”

丝鬼甩了一下棕色的头发，从鼻子里微微哼了一声：“我没有，别人不知道。”说着，她来到笑匠身边，身体紧贴对方的手臂。

“饭怎么还不来？陪我去打两局球吧。”

而另一个女孩不搭话，兀自走向楼梯。夜枭追到她身边问她怎么了。

美丽的女英雄见状似乎生出无名火，她挽着笑匠的胳膊，把他拖到台球桌旁边。

“你打斯诺克还是九球？”丝鬼一边说，一边去拿球杆。虽然她嘴上问别人打什么，但自己则拿三角架摆好了斯诺克的球形。

笑匠看见夜枭和罗夏在楼梯角说话，问道：“你们两个人干什么了？”

“不知道，那个女人有毛病，无端发脾气。”丝鬼狠狠地说，“你到底打不打球？”

笑匠摸了摸胡子，接过丝鬼递来的台球杆，俯下身，猛烈地击打白球。白球以惊人的速度弹出和撞击，犹如狼扑入羊群，其他色球向四面八方散开，但是没有一个入袋。

丝鬼的眼神里飘出轻视。“到我了。”她摆开架势，抬起球杆。但她随即发现，白球停在台球桌的边缘，并且紧贴着黑色彩球。击球手围住桌子转了两圈，找不到下杆的位置。

“有一手呀。”丝鬼叉着腰说。

这时，夜枭一个人走了回来。

“罗夏回房间了。”

“先声明，我可没惹她。”丝鬼瞪着夜枭，对对方的语气感到不满，但她很快叹了口气，“也许是我不礼貌啦……我想偷偷把她的头罩摘下来。”

“啊？”客厅里的两个男人都皱起眉头。

“就是开个玩笑嘛。”女英雄嘟起嘴巴，“况且，既然是线下聚会，大家理应相互见个面！”

“聚会之前，法老王不是定下不卸妆的规则了吗？大家也都同意。”夜枭道。

“说起这件事，不正是罗夏提议的？”

“是这样吗？”

“你自己回想一下聊天记录，最早是罗夏提议，然后法老王点头的。当时大家觉得这个提议很符合罗夏的角色特点，所以没有异议。但是现在知道罗夏是女人扮的，这个提议就别有深意了。我的好奇心是强了点，但是她的反应也够呛吧，她差点把我推倒在地上！”

“每个人都有隐私——”身后传来主人家的声音，他和曼哈顿博士回到客厅里，“我们应该相互尊重。说好不卸妆，就都不卸妆吧。”

法老王一边说，一边望向曼哈顿博士。后者急忙把脸侧开，但是他这个动作反而引起了大家的注意。他本来说把脸上的妆洗掉的，但这时看上去虽然草草了事，但其实还是重新化了妆，起码额头上的蓝色圆圈恢复了原状。

笑匠看了那个壮汉一眼，心想这个人原来还会用自己的方式表示对别人的尊敬。

丝鬼不喜欢话题最后落在她的头上，于是岔开话题。

“群主，我快饿扁了。”她面向法老王撒娇。

“唉，实在不好意思。”这下子似乎抓住了主人家的软肋，法老王摊了摊手，“饭店说好 7 点半送到，可能因为下雨——”

笑匠突然打断了他的话。

“稍等一下，兜帽判官去哪里了？”

这个问题让大家面面相觑。

“是呀，说起来一直没看到他，也不知道他是不是回房间了。”法老王向四周看了一下，“我应该去敲一下门的。”

“好像不在。”夜枭说，“他房间在我隔壁，刚才上楼的时候，我敲过他的门了。”夜枭顿了顿，似乎想解释自己的动机，又补充道，“我想找他说个话，毕竟之前我的态度也不好——但是没人答应。”

“难道是出门了？曼哈顿博士看到过他吗？”

曼哈顿博士闷声说：“没注意，我也不知道他是上楼了还是出去了。那家伙是不是觉得自己太讨人厌，所以跑掉了？”

主人家望了一眼墙上的挂钟，刚过 7 点 40 分。

“算了，如果开饭还不见人就打他电话吧。”法老王拍板说。

话音刚落，门铃响了起来。

“饭到了！”丝鬼高兴地跳起来。

主人家也松了口气：“看来还算准时，大家都饿了吧？”

夜枭说：“我去喊一下罗夏。”说着走上楼梯。

法老王走出玄关，把防盗门打开。风雨一下子刮进来，主人家忙用手挡。

但是门外站着的是一身湿淋淋的兜帽判官。这时候他穿上了披风，水珠沿着那副悚人的高高立起的领子向下滴。

“呀！你真的出去了啊，快进……”

主人家没有把话说完，他看见兜帽判官身后还站着一个人。那个人，同样不是送餐的伙计，因为他和兜帽判官一样，头上戴着布袋做的面具。

“怎么回事……你……”

客厅里的人察觉到了门外的异常，笑匠警惕地移动，望向玄关的位置。

主人家倒退着走进客厅，然后是兜帽判官，最后面进来的是一个戴着面具的陌生人。

那个人的手里举着一把手枪。

第二幕 入侵者

1

“一个人都不准动！”

头戴布袋、手持武器的男人推了兜帽判官和法老王一把，让他们和其他人站在一起。

“妈的，突然就下这么大的雨。”男人粗声抱怨，随即又发出夸张的笑声，“不过也好，这样的夜晚，警察也不会来打扰吧？”

“搞什么鬼，兜帽判官，这个是你朋友吗？”曼哈顿博士大声质问。

兜帽判官摇摇头，他戴着头罩，看不见他脸上的表情，但是他的身体显得很僵硬。

“你是谁呀？我们的聚会没邀请你吧？”曼哈顿博士想走向前，法老王立刻拉住他。

“别激动，那把枪看上去是真家伙。”

“识货嘛。”那人露出狰狞的笑容，厉声说，“都蹲下。”他举起黑洞洞的手枪，向众人做出瞄准的动作。

没有人动，那个人朝着离他最近的笑匠踹了一脚，被踢中的人摔倒在地。

“耳朵木了吗，我说全部蹲下！”

丝鬼惊呼一声，率先蹲了下来。兜帽判官也连忙蹲下。曼哈顿博士凛然不惧地挺着胸脯，法老王扯着他，让他蹲下。

“喂，到底是怎么回事？”曼哈顿博士蹲下来，但口沫飞溅地朝兜帽判官吼。

“我怎么知道！”兜帽判官愠怒回击，“我出去散步，回来的时候就被人用枪顶着后背了。”

“你没事跑出去干什么，这个人是你的同伙吧？连头罩都是一款的！”

“这里又不是看守所，我出去还要打报告吗？”

“别吵了，先看看这个人要干什么。”法老王沉声说。他看了一眼笑匠，后者没有大碍。

“从现在开始，这里就是看守所。”拿枪的蒙面人嘻嘻发笑，“我不乐意的话，你们一个人也别想离开。”

这句话发挥了特殊的威慑力，那种被困在高墙之内，骤然失去人身自由的感觉，让所有人一时都说不出话来。

“你是谁，想要干什么？”主人家抬头问。

“你就是这栋房子的屋主吧，想活命就把值钱的东西拿出来。”蒙面人回答。

“原来如此。”法老王嘘了一口气，用镇定的声调说，“大家把身上带的钱都拿出来吧，这位兄弟只是求财而已。”说着又望向蒙面人：“可以让我们留着手机吗？也不值钱。”

“别消遣人，我可是冲着这栋大房子来的。”蒙面人用手枪指指头顶悬挂的水晶吊灯。

主人家呆了一下，连忙说明道：“这是度假用的房子，没放值钱的东西。这几位都是我的客人，身上也没带多少现金。房子你搬不走，至于外面停着的车，你可以开走我的那一辆。”

“哎哟，还挺爽快的。”

“兄弟，谁都有困难的时候——”

“闭嘴！”蒙面人用枪对准法老王，“你站起来！”

听到恐吓式的命令，主人家只得默然站起。

“现在，带我去开保险箱。”蒙面人拍拍对方的肩膀。

“抱歉，这里没有保险箱，这是度假的房子。”

“别装了，这是你的工作室，你一年有一大半的时间待在这里，王老板。”

法老王身体抖了一下：“你知道我姓王？”

“这片山头住了哪些老板，网上查查即可。”

“不可能，这套房子根本没有登记在我名下。”

“反正你长期住在这里就是了。你有两辆车：一辆越野车，周末用来跑山路；另一辆是轿车，平时回市区用。我没说错吧，如果不是长期居住此地，怎么会备着两辆车呢？”

蒙面人得意扬扬，但他的话引起了主人家更大的警觉。

“你怎么会知道……”法老王挺直身体，眼睛忽然转向蹲在地上的其他人，“我在群里说过这件事，是你们谁说出去了吗？”

此话一出，客人们无不露出惊愕的表情，相互对望，似乎要通过这个动作证明自己无辜。曼哈顿博士盯着兜帽判官：“是你干的吧？！”大家的视线又集中在被指控的那个人身上。

“不是我！”兜帽判官怒道，“你干吗老是针对我？”

“因为你的行为很可疑。”

蒙面人一步跨上去，朝两个吵架的人各扇了一巴掌。

“吵死了，忘记这里谁是老大了吗？”然后转向主人家：“赶紧迈步子，利索点把事情办完。”

法老王摇头，用尽量平静的语气说：“这里真的没有保险箱，拿了能拿的钱，你赶紧走吧。马上会有人过来，到时你会很麻烦。”

闻言，蒙面人发出轻蔑的笑声：“你是说送外卖的小哥吗？刚才我已经在半山腰拦住他，让他回去了。反正已经付过钱，他也没什么好抱怨的。”

众人再次面面相觑，他连订餐这件事都一清二楚，情况再明显不过了：他们之中有人和这名劫匪暗通款曲。

笑匠捂着肚子坐在地上，冷冷地说：“你上去翻箱倒柜，不怕我们趁机报警吗？”

蒙面人转头看他一眼，从鼻子里哼了一声：“这还用你说？把你们的手机都交出来，每个人。”说着，他从旁边拉过来一个垃圾桶。

“丢到里面。”

在黑洞洞枪口的威胁下，法老王、丝鬼、笑匠、兜帽判官、曼哈顿博士逐个将手机交出，放进垃圾桶里。劫匪把垃圾桶踢到一边，说：“没人带两部手机吧？”

他忽然转头望着丝鬼，用一种侵略性的目光在对方身上游走，咧开嘴：“我想我应该搜一下身。”

丝鬼脸色煞白，向后移动身体。

法老王沉声说：“如果你伤害我们中任何一个人，我会马上冲出去报警。到时候，除了抢劫以外，你还要加上更重的罪名。”

“我可以在你冲出去之前杀了你。”

虽然看不到蒙面人的样子，但从他的语气就能判断他正目露凶光。

“那我就会反击。”曼哈顿博士挺起强壮的胸膛，“即使你开枪，我也不怕。”

“我也会反击。”丝鬼说。看到大家为她挺身而出，她突然有了勇气。

“我也是。”兜帽判官也急忙附和。

劫匪似乎被人质们的气势惊住了，他说不出话，接着连续摇了几次头。

“你们不是第一次见面吗？有点团结过头了吧？好了，既然这样，我们就努力避免发生双方都不愿意见到的情况。现在，所有人都站起来。”

“你打算怎么做？”笑匠说。

劫匪恢复了扬扬得意的姿态，他把枪口扬起来：“我听说这里有个杂物间，谁给我带个路呢？”

众人的脸色都变了。

“你想干什么？”法老王眉头紧皱。

“紧张什么？你和我到楼上开派对，其他人在小房间里安静等待一下。是在那边吧？”蒙面人指了指靠近阳台旁边的低矮小门。

法老王急道：“那个房间锁不上，你想把我们关在里面也——”后半句话没说完，因为连他自己也看到了，那个房间的门锁上插着钥匙。对于不常用的房间，把门钥匙插在门锁上，是一种通常做法。

劫匪用力推了人质们一把，大家只得向那个小房间走过去。

在大家移动的过程中，曼哈顿博士凑近笑匠，在他耳边低语：“到阳台旁边的时候，帮我吸引那个人的注意力。”

“你别乱来。”笑匠嘴唇不动地说。

“放心，我不会和拿枪的人动手。”

劫匪转过头，两人急忙分开。

穿过客厅，劫匪向丝鬼发号施令：“兔女郎，你来开门。”

丝鬼扭动杂物房的钥匙，把门推开。劫匪往里看了一眼，露出满意的表情。那个杂物间面积有限，没有窗户，无处可逃也无处可藏，用来囚禁人质再适合不过了。

“钥匙给我。”蒙面人从丝鬼手里拿到钥匙，“现在都给我进去。”他用枪指着除了法老王以外的其他人，晃动枪口。

“我……我要上洗手间怎么办？”丝鬼带着哭腔说。

“只好委屈你忍一下了，我可没时间给你当保姆，你就祈求王老板不要磨磨蹭蹭吧。”

“事情结束后，你会把我们放出来吧？”兜帽判官也发出低吟。

劫匪说：“肯定不能放你们，不然我前脚走你们后脚报警我就惨了。”

法老王说：“你可以把我当人质带走，到安全的地方了再放了我。这里人迹罕至，你把我们锁起来，会出人命的。”

劫匪不耐烦地摆手：“这个到时候再说。”

“现在先说好，不然我们说什么都不会就范的。”

趁法老王和劫匪谈判之际，曼哈顿博士朝笑匠使眼色，偷偷向落地玻璃门靠近，但是笑匠没有望过来。考虑到机会稍纵即逝，曼哈顿博士准备冒险冲向玻璃门，但是他刚侧转身体，劫匪就发现了他的异常举动，枪口立刻转过来。

“喂，你干什么？！”

被致命的武器指着，曼哈顿博士也不敢再有其他动作。他沮丧地哼了一声，不说话。

“我问你刚才想干什么！”劫匪端着枪走向他。

法老王开口说：“告诉他吧。”

“什么？”曼哈顿博士愕然皱眉。

“瞒不住的，你忘了我们之中有叛徒吗？”主人家轻轻叹气，“那个人刚才就告诉了劫匪，我的保险箱藏在楼上。”

劫匪哈哈笑起来：“果然有保险箱嘛，那就快——”

“好了。”有人打断了劫匪的话。

“喂，你开什么口？”

“真是没救了。进门先清点人头是手册的第一条吧？刚才把手机给你的时候没看吗？那家伙想把玻璃门踢碎来示警，还有两个人在楼上呀。”

包括劫匪在内，众人都呆呆地望着说话的人。

笑匠一边摇头，一边从兜里掏出雪茄，咬在嘴角点燃。

“阿星，拜托你长点脑子行不行，我实在看不下去了。”

2

“哥，你会暴露的呀……”劫匪阿星有点不知所措。

“别说了！”笑匠从人质的中间走出来，站在劫匪的旁边，“你从一开始就犯了错，人质都还没全部集中，为什么不等我发指示就闯进来？”

阿星低下头，喃喃地说：“没办法呀，我在门口等着的时候，和那个人碰上了。”他伸手指着兜帽判官。

“那个人在外面干什么？”笑匠眯起眼。

“不知道呀，我在别墅外面等你的消息，那个人突然走了出来，我只好用枪指着他，让他去敲门。”

“算了，当务之急是解决还在楼上的人。”

“大哥，我去。”

“不，我们俩一起去，对方有两个人，而且很可能已经有防备了。”笑匠叼着烟，朝地上啐了一口。

“啊，他们发现了吗？”

“不知道房间的隔音效果怎么样，但刚才你们吵得够凶的。我一直留意楼上的动静，虽然没听到开门的声音，但那两个人这么长时间不下来，不排除他们已经察觉到异常。”

曼哈顿博士突然放声大喊：“夜枭、罗夏，你们别出来，楼下有劫匪！”

笑匠面向曼哈顿博士，露出洁白的牙齿：“刚才你想给楼上的人发警报，但又不敢让我兄弟知道楼上有人，所以很纠结吧？现在看来，你的纠结和努力都毫无意义。”

“快打电话报警！”丝鬼也高声叫喊。

“再叫我毙了你们！”阿星粗着脖子，向叫喊的人举起枪。

笑匠按下他伙伴的枪：“喂，别急着当杀人犯呀。”

“但是——”

“慌什么？他们打不了电话的。”笑匠冷笑说，“我早就把手机信号屏蔽掉了。”

“你在背包里装了信号屏蔽设备吗？”法老王开口问，“所以刚才你把背包放在房间里了。”

“正是如此。”笑匠嘻嘻笑道，“虽然功率不是很大，但是放在二楼的话，应该能把整栋别墅都覆盖。不然，我怎么会由着这个傻小子乱冲乱撞？”

“哈，真的吗？电话肯定打不出去？大哥你真行，我还以为只能撤场子了。”阿星大大松了口气，对他的同伴投以敬佩的眼神。

曼哈顿博士脸色铁青，喝道：“你他妈果然不是好人！法老王，都怪你，随便邀请一个外人进门，这下引狼入室了！”

法老王脸色很难看，但说话声音仍然保持着冷静：“你参加我们的聚会就是冲着抢劫来的吗？”

笑匠拿掉雪茄，从嘴里喷出烟圈：“你脑子反应还挺快的，刚才我说‘你上去翻箱倒柜，不怕我们趁机报警吗’，你马上就察觉我是在提示劫匪保险箱放在楼上。保险箱在三楼的书房没错吧？听到我问书房在哪里的时候，你言辞闪烁，所以，那个上了锁你不肯让我参观的房间就是书房吧？”

主人家没有回答，他沉声说：“你怎么会知道我的事？你明明不认识我们。”

笑匠望了他的同伴一眼，后者低下头。

“你自己说吧。”

阿星面带犹豫：“大哥，真的说吗？”

“笨蛋，既然被怀疑了，隐藏也没有用。他就是 V8，明白了吧？”

人质们全部呆住，说不出话来。

“你是网络上那个笑匠？”丝鬼捂住嘴巴，“太过分了，我们一直把你当作好朋友。”

兜帽判官双手抓头，连连摇晃：“妈的，被摆了一道。”

曼哈顿博士一脸困惑，看上去没想明白是怎么回事，只知道大声抗议：“你这个叛徒！”

“原来如此。”法老王点点头，面向阿星说，“你故意推托说有事，然后推荐一个外人代替你来参加聚会。这样一来，哪怕我们知道在聚会的人里面藏有内鬼，也不会怀疑到你的头上。”

笑匠作势摸胡子，咧着嘴说：“可不是？如果不是这小子不争气，本来是个天衣无缝的计策。”

阿星不自觉地摸自己的面具，惶然说：“大哥，我们都暴露了没问题吧？”

笑匠斥道：“怕什么？别露出脸来就行。他们都是网络上的鬼魂，谁比谁更怕见光？平时你都在网吧上网，他们也查不到你头上。”顿了一下，笑匠又面向法老王，从胡子下面露出狡诈的笑容，“何况，我猜想，这个人哪怕丢了什么宝贝，也不敢去报警。”

人质们疑惑地望向主人家，后者的脸色越来越难看。

“根据阿星提供的情报，我可是认真做了功课的。”笑匠冷笑着说，“王老板有好多生意都见不得光吧，尤其是在这栋房子里做的买卖。我监视了几天，可是见过做‘野货’的人出入哦。如果今天的派对开得顺利，说不定主人家还会拿些好东西出来给大家品尝呢。”

曼哈顿博士指着法老王的鼻子，怒声说：“喂，你是干什么的？”

“别听他瞎说！”法老王说，他的声量不大，但听上去咬牙切齿。

“所以我说你们都是网络上的鬼魂，一群大傻帽，没一个搞得清情况。”笑匠拍拍手，“好了，闲话家常就此打住，你们全部到杂物间蹲着，等我们先去抓完老鼠，再回来请主人家带我们开眼界。”

笑匠咬着烟，发出怪异的笑声，然后，从又粗又厚的腰带里拔出一个东西，那是一把截短了枪管的霰弹枪。

“你们不给我配，我就自己整了一把。笑匠手里怎么能没家伙呢？”说着，伸手探向法老王的腰间，法老王下意识地向后躲。笑匠将霰弹枪粗大且布满锯痕的枪口对着他的脸，法老王不敢再动，眼睁睁地看着笑匠从他披风下面拿走一串门钥匙。

“每个房间的钥匙都齐吧？说不定不用劳烦你，我自己都能去书房开保险箱了。”

笑匠将法老王推入杂物间，然后又把枪口对准其他人。

两把枪的威慑力成倍增加，每个人质都神情沮丧，鱼贯走进低矮的房门，靠着房间的角落坐下。三男一女，四个人质，把小小的杂物房挤满了。

“在事情全部落幕之前，谁也别想逃出这栋房子——这是哪部电影的台词来着？”

劫匪面向他的俘虏们，发出哈哈的笑声。

3

笑匠走到垃圾桶旁边，从里面拿回自己的手机。

劫匪阿星把杂物间的门关好，他的大哥向别墅门口的方向指了指：“把大门也锁上。”

阿星答应着跑到玄关，不知从哪里抽出一条手指粗的铁链，在别墅大门的把手上绕了两圈，然后扣上一把大码的保险锁。

阿星走回来，轻松道：“大哥，这下子没问题了，就像你说的，谁也逃不出去。”

但是笑匠的神情很严肃，他“呸”了一声：“不好说，谁知道这栋房子有没有地道让老鼠溜掉。”

“不会吧，你不是说楼上的房间无处可逃吗？”

“房间里有露台，如果那两个人跳下去就麻烦了。”

“呀，你不早说？！”阿星叫道。

笑匠冷哼道：“可能性不大啦，那个夜枭的房间，露台是对着山崖的；至于另一个女人的房间好像是面对花园，但是，是在三楼。无论从哪个房间纵身一跃，都需要玩命的勇气。而且，我一直没听见楼上有声响，那两个人八成是躲起来了。跟我来吧。”

笑匠把雪茄吐到地上，一脚踩灭。他上前领路，大步走上楼梯。他的小弟端着枪，神情紧张地紧随其后。

“把枪端稳点，别走火了。”笑匠回头提醒。后者连连点头，但是身体没有一点放松。

走到二楼的走廊上，笑匠说:“你守住楼梯，我去夜枭的房间看看。还有，听着点楼下人质有没有动静，我怕杂物间的门不牢靠。”

“是！”阿星大声答应。

笑匠盯了他小弟一眼，猫着腰穿过走廊，走到夜枭的房间门前。他贴在门上听了片刻，然后取出从法老王身上搜出来的门钥匙。钥匙上标了编号，笑匠发现门锁上也标了编号。

真是够方便的，笑匠心想。挑选出对应编号的钥匙，转动门锁，“嗒”的一声，门应声开启。

门一开，劫匪就闪到一旁，但是房间里悄无声息。他贴着墙，将门推开，钻了进去。房间里整整齐齐，没有人。笑匠又走出露台看了一眼，风还很大，四面八方都是“呜呜”的怪响，但雨已经变小了。正如他之前推断的，露台对着山崖，只有傻子才会从这里跳下去。

正当他准备退出房间时，走廊里传来“嘭”的一声巨响，他听见阿星发出了野兽般的吼叫声。

笑匠猎豹一般蹿出去，看见阿星和夜枭正扭打成一团，后者拼命抓住劫匪的手枪，眼看就要抢到手了。

“找死！”笑匠举起枪。

夜枭见势不对，侧移身体，躲在阿星身后，并且用手肘击打对方的脸颊。他身穿盔甲，但动作出人意料地灵敏，在另一个劫匪迅速靠近之前，他已经把阿星打倒在地，并且转身跑掉。笑匠以为夜枭会向楼下逃跑，但他选择跑上了三楼，一下子就不见了人影。

笑匠把自己的小弟扶起来。

“你搞什么鬼，连一只穿着戏服的老鼠都搞不定！”劫匪头子恼怒道。

阿星顿时涨红了脸，又羞又急，嚷道:“他们两个打一个，而且他的盔甲好硬，打人好痛。”

“两个人？那个女的也在？”

“刚才她和那个猫头鹰一起偷袭我，见势不对自己先跑了！”

“向哪儿跑了？”

“我拦住楼梯，她跑上三楼了。”

笑匠沉吟了一下，心想，难怪夜枭会跑向三楼。

“那跟着我一起上去，你对付那个女的，男的我来。”

笑匠带头向上走，阿星苦着脸说：“大哥……你走慢点。”

“干什么？”

“我的脚好像扭了一下……”

“妈的，要不要给你找一副拐杖？”

阿星红着脸，不敢说话。笑匠不再理他，端着枪向上走，小弟连忙一瘸一拐地跟着。

上了三楼，笑匠小心地贴着墙，向着罗夏的房间一步一步地移动。阿星在后面亦步亦趋。罗夏的房间在走廊左边倒数第二间，离楼梯口不远，最里面则是公用卫生间。一路无事到了门前，笑匠掏出钥匙，听见房间里传来了声响。他立刻俯身，将钥匙插进门锁，正要开门，一团黑影从旁边的卫生间冲出，举着长杆拖把向他打来。笑匠慌忙滚开，湿淋淋的拖把头打在跟在他后面的阿星脸上，阿星惨叫一声，捂脸倒地。

笑匠冲向前，拦腰抱住夜枭，把他掀翻在地。夜枭挥动手中的武器，笑匠也不躲闪，胸口吃了重重一击，夜枭想继续攻击，但是劫匪的枪已经横在他面前。

“阿星！”笑匠大声喊，看到小弟还没起来，他又大喊了一次，“起不来就爬过来，看着他！”

阿星手脚并用地爬过来，用枪对准夜枭。笑匠推开夜枭，站起身。

夜枭大叫道：“罗夏，快跑！”

笑匠向房门飞起一脚，房门应声破开。他跳进房间，却发现房间里面没有人。是躲在床底下还是衣柜里呢？笑匠正想着，瞥见露台上有人影闪了一下。他跑出去，看到罗夏从露台上翻到了隔壁房间。他立刻明白了对方的策略：把自己吸引到房间里，然后翻过露台，从另一个房间逃跑。

笑匠转身冲出房间，看到罗夏已经从隔壁房间跑了出来，正朝着楼梯口逃生。笑匠加速疾奔，眼看就要跑到楼梯口时，他向前一跃，抓住对方的脚。罗夏摔倒在地，劫匪扑上去，压在她身上。

女子迅速转过身体，手里举起一瓶胡椒喷雾。但劫匪的反应比她快，极其迅猛地抓住了她的手腕。

“放开我！”

罗夏不停地扭动身躯，她还是刚才的装束，一身黑衣、黑裤，头上戴着带墨迹的面罩。

笑匠叹气说：“别闹了，跟我到楼下去吧。”

正当劫匪准备把人质拉起来时，听到“啪”的一声，然后，眼前只剩下一片漆黑。

4

停电了。

眼睑剧痛，脸上也是一片火辣辣的，笑匠知道那是胡椒喷雾的威力。紧接着，咽喉位置也受到了重击。他滚到一边，勉强躲过被他压在身下的女子凌厉的反击。如果不是他反应快，恐怕下一个遭殃的部位就是双腿之间了。

笑匠勉强睁开眼，胡椒喷雾没有完全命中目标，有一半喷到了他脸上，但他还是什么都看不见。整栋别墅的灯全部熄灭。黑暗中，女子爬起来逃跑，他伸手去抓，但没有抓住。不远处传来阿星的叫声，不问便知，他的俘虏也发难了。

楼下传来“咚”的一声闷响。

“阿星，过来！”

笑匠大喝，他掏出手机按亮屏幕。周围有了亮光，但是远的地方反而更不清楚了。他尽力让眼睛适应黑暗，把守着楼梯口的位置。

一个人抓住他的手，他想反扭对方的手，那个人叫道：“大哥，是我！”

他把手机转过去，看见阿星怪模怪样的头罩。

“没事吧？”

“没，没事……那个猫头鹰好像跑了……出了什么事？”阿星大口喘气，紧张得说不出完整的话。

“别慌！”劫匪头子喝道，“肯定是楼下的人在捣鬼，你下去看看。”

“那你呢？”

“我在这里守住，楼上还有两个人，没人殿后很危险。打开手机，到楼下确定情况了喊我。”

“好，我去搞死他们。”阿星发狠说，然后一瘸一拐地沿着楼梯向下走。

“等一下。”笑匠叫住他的同伴，“用手机照路，你这样摸着下去，人都跑光了。”

“手机找不到了。”小弟闷声说。

“掉了？”

“不知道，刚才我就想拿出来，没找着……”

“妈的，你走路小心点，别摔死了！”

笑匠看着阿星下去，就把手机关了。别人在暗，自己在明，这样的做法太愚蠢了。他隐身在黑暗中，走廊不远处似乎有脚步声，但地毯的吸音效果太好，声音若有若无。他犹豫着要不要发难，楼下突然发出“轰”的巨响，像有人把门砸破了。

劫匪心里一惊，大声叫：“阿星！”

楼下传来混乱的叫声和碰撞声。

脚步声变大，但是分辨不清是逼近还是远离。笑匠端枪抵着墙，手抵在扳机上——他觉得自己把能做的事情都做了。

“砰！”

枪声响起。

脚步声更加混乱，笑匠把手机屏幕按亮，向楼下照去。一个人扑到他身上，手机掉在地上。他挥拳去打，但是落了个空。他和那个人都摔在地上了。那个人向前跑，笑匠端着枪追赶，突然有人从旁边扑了出来。手机被踩得粉碎，周围又陷入一片黑暗之中。笑匠将枪口举高，扣下扳机。

“砰！”

枪声从别的地方传来。

袭击他的人不见了。笑匠等了片刻，让眼睛适应黑暗，然后步步为营地沿着楼梯向下走。走到一半，看到楼梯下面有东西慢慢移动，他叫道：“阿星！”那个人却冲了上来。笑匠举枪，但被身后的人抱住了。劫匪尽力反击，但更多的人向他靠过来。下一秒，他手中的枪被抢走，然后身体被好几个人压住。

输了，笑匠心里想。

第三幕 惨剧

1

电闸打开，别墅里恢复明亮。

曼哈顿博士反手扣住劫匪，把他推搡到客厅中间。为了适应光亮，笑匠眯了一秒钟眼睛，睁开眼看见自己的同伴垂头丧气地坐在地板上。他的头罩被摘了下来，露出一张白净稚气的脸，嘴角有些红肿，像刚吃完夹了番茄酱的汉堡，还没来得及擦嘴。兜帽判官在旁边守着，手里拿着枪。丝鬼也站在旁边。

看到笑匠也被制伏，阿星眼角耷拉，几乎要哭出来。与他的神情相映成趣，兜帽判官还戴着头罩，他抬起枪，隔着布袋嗡嗡地笑："不好意思，这个叛徒被我缴械了。"

"大家都没事吧？"

法老王从玄关走进客厅，刚才他去把电闸打开了。

笑匠转头观察，看见客厅正中的挂钟像一个熟透的南瓜一样绽放开来。楼梯转角一幅油画上面有个大洞，只剩下一半挂在墙上。客厅里打翻了很多东西，地板上不知从何而来一摊水迹。他向前看，阳台的门半边开着，但是看上去风雨已经停了。

“敢乱动就把你的手废了。”曼哈顿博士恐吓道。

劫匪说：“你不打算揍我一顿吗？”

壮汉把对方推倒在地，但没用多大力气，笑匠一翻身就坐了起来。

“不用把我们两个人绑起来？”劫匪一脸痞气地说，“既然你们能够成功逃脱，我们一样会想办法。”

曼哈顿博士恼怒地转向法老王：“这里有没有绳子？”

主人家说：“算了，我们有这么多人，而且武器也在我们手上。”

阿星低下头，不知道是因为感到羞愧还是沮丧，一声不吭。

笑匠冷哼说：“确实干得不错。你们刚才做了什么？”

“电插座、电线这些东西，恰好杂物间里都有。”主人家回答道。虽然形势完全逆转，但是他仍旧不动声色。

“把电线插进插座里，让整栋房子断电吗？”

“是的。”

“真了不起！”

“只是运气好而已。”

“门是我撞开的！”曼哈顿博士叉着腰说。

“早知道应该把你们绑起来。”劫匪叹了口气，将双手伸向前，“怎么样，你们确定不吸取我们的教训？”

兜帽判官走过来：“这小子看来皮很痒……”

丝鬼开声道：“好了，赶紧报警吧！”

女英雄的语气有点激动，她头发蓬乱，看来刚才的事件让她身心都遭了不少罪。

“等一下。”法老王举起手，“我想先问他们一些事情。”

“有什么好问的？拿枪的劫匪还是让警察来处理吧。我受够了，我的手机在哪里？”

“稍微等一下，就问几个问题——”

兜帽判官冷笑说：“你是想和他们做交易吧？因为担心他们一旦被抓，会连你的秘密一起供出去。”

法老王冷漠地望着对方：“说这些话对你毫无好处吧？”

“那可不一定，我感兴趣的是——”

“垃圾桶去哪里了？”

丝鬼急切的叫声吸引了所有人的注意力。

“什么桶？”曼哈顿博士问。

“我们的手机不是被他们丢进垃圾桶里了吗？那个垃圾桶找不到了。”

大家转头盯着两个劫匪。

丝鬼跨到阿星面前，做出要打人耳光的姿势：“快把我们的手机还回来。”之前是阿星把大家的手机收走的。

阿星露出茫然的神情，机械地摇头，望向他的大哥。

看到大家望着他，笑匠往地上啐了一口。

“看我干什么，在那里就在那里，不在那里就不在那里，我还能把一堆手机揣口袋里到处跑吗？”

大家面面相觑，都觉得空气中有一股不祥的味道，就像泄漏的煤气一样钻进人的鼻子里。

兜帽判官尤其紧张，端着枪满屋子转了一圈，然后露出惊疑不定的神情。

“真的不见了。”他用枪对准两个劫匪，“你们两个别耍花样！”

“喂——”曼哈顿博士说，“你拿着枪小心点。”

法老王说：“夜枭和罗夏去哪里了？”

曼哈顿博士扭过头：“你忘啦？刚才我们把笑匠制伏以后，夜枭去找罗夏了。”

“我知道，我是说他们怎么还没回来。刚才我们就没看见罗夏吧？合力抓住笑匠的时候，她出现了吗？”

“不知道，黑乎乎的，谁看得清？”

“喂，先找手机好不好？”丝鬼抗议道。

“不，找人要紧，有点不对劲。”法老王说。

兜帽判官哂道：“你是故意拖延报警的时间吧？”

丝鬼烦躁不安地说：“还是先把大门上的铁链解开吧，我很讨厌被关起来的感觉。”

女英雄指着别墅的大门口，门把手上缠着铁链，并且挂着粗大的保险锁。

“是这两个人干的吧？把钥匙交出来。”兜帽判官面向劫匪说。

阿星扁着嘴，手伸向裤袋。

“你别动，”兜帽判官呵止他，“我来拿。”

“我上去找夜枭他们。”法老王转过身。

“放在哪个口袋？没有呀！”兜帽判官恼怒地推了阿星一把。

楼梯处传来急促的脚步声。

“不好了——”有人高喊。

大家的注意力被吸引过去，在众目睽睽之下，夜枭神色凝重地跑了出来。他气喘吁吁，停了一会儿才能开口。

“罗夏不见了！”

身穿猫头鹰服饰的男人不安地搓着手。

2

“怎么会呢？你确定都找过了？”

“我把楼上每个房间都找遍了，但是找不到罗夏……”

夜枭举了举手中的钥匙，用这个动作表示自己尽了最大的努力。那串钥匙是刚才从笑匠手里夺回的。

“地方也没多大，人能到哪里去呢？”主人家眉头紧拧。

曼哈顿博士闷声说：“你没看见她去哪里了吗？”

夜枭答道：“刚才情况太混乱，而且黑暗中什么都看不清。我隐约看见她挣脱了笑匠，后面就不知道了。”

大家又看向坐在地上的劫匪。

笑匠说：“猫头鹰都看不见，我怎么可能看见？反正那妮子生猛得很。”

他指了指自己因为受到胡椒喷雾攻击而发红的眼睛。虽然嘴上这么说，但他心里也极不舒服。事情有点古怪，这比沦为阶下囚更让他在意。

“对了，先别岔开话题！”兜帽判官嚷嚷，“你小子快点把钥匙拿出来。”他抓住阿星的衣领，把他拉起来。

“什么钥匙？”夜枭扭头问法老王。

“别墅的大门被他们用铁链锁起来了，还是先打开的好。”

阿星在众人的逼视下，毛毛躁躁地把全身的口袋都翻了一遍，然后惊疑不定地张口。

“不，不见了……”

“开什么玩笑，皮痒是不是？”

兜帽判官举起拳头要打人，法老王冷冷地说：“不要用暴力。”

劫匪阿星支支吾吾地说：“真的不见了，刚才还在口袋里……可能掉在哪里了……”

“到底怎么回事？”丝鬼尖声说，作为在场唯一的女士，她开始脸色发白，“罗夏失踪了，我们的手机找不到，现在连门也打不开吗？我们想离开也做不到吗？”

主人家安慰道：“别着急，哪怕没有钥匙，用工具说不定也可以把铁链剪断。”

“那就赶紧想办法呀。”

“等一等，当务之急是找到罗夏。我们再上去找找。”

夜枭脸色一变，说：“她会不会是受了伤，在哪里晕倒了？”

主人家说：“别担心，我们一起去找。”

曼哈顿博士说：“她会不会到一楼来了？”

“也有可能，但是这里也没多大。我和夜枭到楼上去看看，辛苦你和兜帽判官看住劫匪。丝鬼能帮忙在一楼找一下吗？”

“我不要，我要待在客厅里！”丝鬼拒绝了主人家。

“那我们先到楼上……”

“喂，我可以问个问题吗？”

大家循声看去，坐在地上的劫匪举起了手。

“你想干吗？”曼哈顿博士瞪视对方。

“阳台门是谁打开的呀？”笑匠用慢条斯理的口气说。

“什么？”

笑匠指了指客厅尽头通往阳台和花园的落地玻璃门。众人似乎此时才发现门被拉开了一半，刚好可以通过一个人，户外夹着雨水和泥土气息的风吹了进来。

“雨一停就开门，是哪位养成了这样的好习惯？”

客厅里的人相互对望，但是没有人承认是自己开的门。几分钟之前他们还是人质，好不容易从杂物间里破门而出，在黑暗中和劫匪缠斗在一起，怎么会有闲心去开阳台门呢？也就是说，阳台门被打开这件事，无论是谁干的都显得不寻常。

“水——”夜枭忽然开口，他指着地板上一片一片的水迹，“有人去外面，然后又回来……”大家望向水迹，虽然断断续续，但是如果仔细观察就能看出来，那是一条向着阳台延伸的路径。

法老王一言不发地走上前，把阳台门完全拉开。夜枭、兜帽判官和丝鬼跟着他，踏步走了出去。曼哈顿博士叫道：“不要都走呀，这里还有两个劫匪呢！”但是没有人理会他，本来他也想出去，这下只好在客厅里守着了。

法老王等人走进花园，打开花园里的照明灯。但照明的区域有限，而且花园很大，人一会儿就失去了踪影。曼哈顿博士翘首张望，看上去坐立不安。笑匠、阿星也伸直脖子，但只能看见晃动的人影。过了片刻，忽然有人跑动起来，气氛让人不安。

夜枭的声音传过来：“手机……在这里……”

“啊，这是怎么回事？”丝鬼惊呼。

“是谁干的？”兜帽判官发出怒吼声。

然后法老王的声音出现了。

“快来这里——这里！”

脚步声转移到花园的另一边，良久没有人声。

“喂，外面怎么了？”曼哈顿博士大喊道，但没有人答应。壮汉烦躁地站立，他看看两个劫匪，又看看阳台之外，犹豫着该采取什么行动。

这时候，丝鬼跌跌撞撞地跑了回来。她脸上毫无血色，差点把阳台旁边的花架碰翻。

“怎么了？”曼哈顿博士走近她。

“找，找到罗夏了……”

“在花园里？”

女英雄停顿了一下，再开口时声音就发抖了。

“她……好像死了……”

3

“你说什么？”

“我们在花园后面找到罗夏了，”丝鬼目光空洞地说，“她躺在地上，一动不动……”

“搞什么呀！”

曼哈顿博士像骡子一样原地转圈，他想出去看看情况，但又不知道应该怎么处置这两个劫匪。

“我们也出去吧。”笑匠站起身说。

“想得美，你想趁乱逃跑吗？”

“我们能跑到哪里去？”劫匪说，“大门锁上了，何况你还用枪指着我们的脊梁骨。”

壮汉愣了一秒钟，随即抬起从劫匪手中抢过来的霰弹枪。

“你们走前面。”

丝鬼在前面带路，其他三人一前一后跟着她走进花园。笑匠察看四周的状况，各个角落零星竖立着石龛造型的防水灯，发出昏黄的光芒。花园面积很大，从阳台到外墙围栏的距离少说也有 20 米。到处种满了花草，靠近围墙的地方有一座十分气派的假山。地面是水泥的，所以鞋子不会沾满污泥。一条用防水木板铺成的栈道跨越草地，远处还有一个圆形的游泳池。

游泳池旁一个塑料垃圾桶横着倒在地上。

“手机……”丝鬼向那边指，因为一边走一边说话，她的声音和指尖都在颤抖，“被人投进游泳池了……”

曼哈顿博士几乎要跳起来：“这是搞什么？”

“罗夏在这边。”

丝鬼绕到花园的后方，笑匠跑着跟过去。

“喂，你跑什么！”曼哈顿博士追过去。

笑匠停下脚步，他看见夜枭和兜帽判官站在别墅的屋檐下，法老王蹲在地上。在那三个人围成的圆圈中间，地上躺着一个人。因为角度的关系，他只看见那身黑衣、黑裤的装束。笑匠向前靠近，夜枭向他扑过来，抓住他的衣领。

“你干了什么？你杀死了她！”

“死了？怎么死的？”

笑匠反抗着，试图越过对方宽厚的盔甲查看受害者的情况，但兜帽判官也走过来。那个穿着刽子手衣服的男人从牙缝里挤出声音，语调既幸灾乐祸，又夹杂着一触即发的紧张。

“这回你死定了！”

“让我看看她怎么样了。”

“人都死了你还想干吗？”

“先别说话！”有人发出低沉的声音。

“呜，罗夏真的死了吗……”丝鬼捂住嘴，发出悲鸣声。

“把他绑起来！”兜帽判官向曼哈顿博士说，并且伸手推笑匠的背。

“等一下！”

阿星叫道：“大哥……”

“叫你们都别说话了！”

那个低沉的声音终于吸引了所有人的注意力。大家转过头，看见法老王仍旧蹲在罗夏身边。

“她……真的死了……”

“你要偿命！”夜枭悲愤地说，他俯身向前……

“闭嘴呀！”

所有人惊诧地再次望向发出怒吼的法老王。

“我说，她真的死了——是真的死了！”

所有人都呆住不动，分辨着这句话的含义。

法老王声调和身体都软了下去，他无力地坐倒在地。

“出事了……”

笑匠从法老王身后看见了倒在地上的女子，她的头罩被揭开，头发散乱，脸颊奇怪地侧向一旁——哪怕是不具备医学知识的人也能看出来，她的脖子被折断了。

第四幕 暗转

1

“真人秀节目？”

“我是这么理解的。”笑匠脸上露出风平浪静的表情，“可以不用枪对着我吗？”他看了一下手表，已经8点45分了。

“先把事情说清楚。”曼哈顿博士咕哝着，他的样子像一只用惰性气体吹胀的气球。

“对着我也没用，那只是一把玩具枪。我猜另外一把也是。”

“什么？但是刚才……那个被打烂的钟还有画是怎么回事？”

“这个最好等一下问屋主，房子是他的。”

“什么意思呀！你说——”曼哈顿博士抓住另一个劫匪阿星的肩膀，“你的枪也是假的？”

阿星连连点头：“当然，真枪我哪敢拿在手里？电视台的人说，如果确实有需要，扣动扳机也未尝不可，不过枪口得朝着挂钟的方向，而且只能用一次。”

“电视台？”丝鬼开口道。她语调惊诧，又带着点期待的意味。

“嗯，那些人是这么自我介绍的……报酬也给得不低。我本来就是个群众演员。”阿星说，“他们让我中场突然出现，扮演负责吓人的角色。至于具体怎么做，只要配合另外一个劫匪就可以了，我演他的小弟。”

“你不是我们网上认识的那个 V8 吗？”

“我不知道 V8 是谁，他们让我这么自称，我都是按剧本演的。”

“你也一样吗？”丝鬼扭头问笑匠。

“差不多。”饰演劫匪头子的人淡淡回答，“我是接到了电话，人没见过。另外还收到了一份包裹，包括这身行头在内的东西都在里面，还附了邀请函、说明信和剧本。邀请函和说明信的作用，估计是为了应对在聚会过程中可能会被其他人要求出示一类的场景吧。从节目表演的角度看，准备得挺周全。”

“那么，连台词也是预先准备好的吗？”女英雄立刻问道，“你和这个阿星，之前就对过戏吗？”

“没有，我也不认识他。”笑匠说，“剧情有个大纲，差不多的话自己发挥就好了。不过，倒是有个悬赏机制。我们饰演的劫匪，如果成功把全部人质制伏，并且最后拿到保险箱里的宝物，就可以获得额外的奖金。现在这个局面，自然算是我们输了。”

“这么说，这栋房子里面有摄像头？”

“应该是夜视型的针孔摄像头。楼上走廊、吊灯、挂画里都有，那台液晶电视就不用说了。所以，刚才我和阿星两个人哪怕是在黑暗中，也尽职尽责地表演了。”

笑匠指了几个方向，丝鬼和曼哈顿博士走近去找，两人很快不约而同地发出了惊呼声。

“房间和洗手间没装吧？”

女英雄扭了一下腰，虽然语气很生气，但是看起来不像那么一回事。

“不知道，我还没来得及细看。”

“果然如此。”一直沉默不语的兜帽判官冷笑起来。

“什么果然如此？”丝鬼问。

“我也发现摄像头了。”兜帽判官依旧戴着他的刽子手头罩，看不见表情，“在玄关入口的地方，别墅外墙也有几个。看样子从我们停好车走出来那一刻，录像就开始了。”

“哦，所以你才会跑到别墅外面吧？”曼哈顿博士恍然说。

兜帽判官冷哼说：“我当时就想，我们不会被人当成小丑了吧，难怪来参加聚会还发什么旅费。幸好我警觉，没把头罩摘下来！”

曼哈顿博士哂道：“你说人家罗夏因为相貌有缺陷，所以不敢露脸，我看你也差不多。是嘴角有刀疤还是没长头发呀？还是说，你有不为人知的特殊身份？”

“不关你的事！你喜欢开直播、跳脱衣舞是你的自由，我可没这嗜好。这件事是哪个电视台干的？我可不会让那些人鞠个躬就完事。况且，凭那点所谓的旅费就想把人打发了吗？”

“说到底，你就是想敲诈一笔钱。”

“你想直播打架的戏码？知道自己上电视兴奋过头了吧？”

正当两人剑拔弩张的时候，法老王和夜枭从楼上走了下来。刚才他们把罗夏抬到了楼上的房间。看到他们回来，客厅里的人注意力都集中到他们身上。

“罗夏……”女英雄双手握紧，站起来。

法老王面色沉重地摇头，他脸色严肃，但似乎已经恢复了冷静。旁边的夜枭摘下了猫头鹰面罩，他鼻子笔直，长着一张刚毅认真的脸，但现在显得无比沮丧。

“我和夜枭把尸体平放在床上了。”屋主的声音不含感情，或者说，是把感情剔除了。

“别说这个词好不好，你确定……没救了吗？”

“我是医生……”夜枭用干涩的声音说。他没有说更多的话，但也没必要说更多的话。

屋主说：“请大家不要随便去罗夏的房间，这件事还是等警察来处理吧。”

笑匠本来想说“我去看看”，但没有开口。事实上，刚才在花园里，他们每个人都已经看见那具失去生机的躯体了。那个女子仰躺在屋檐下面，衣服正面被打湿，画着墨迹图案的头罩则整个湿透，礼帽被远远丢在一旁。当那个毛袜子一样的头罩被摘下时，大家看到了她的脸：五官精致小巧，但是左边脸颊从颧骨一直延伸到下巴，有一块暗红色的疤痕，仿佛曾经受了黥刑。对于女孩子来说，这足以成为在陌生人面前遮掩面孔的理由。虽然自己的观点被证实，但兜帽判官当时也说不出话来。

夜枭不无伤感地说：“我到房间找罗夏的时候，她始终戴着面具，所以我也一直没有把自己的面具摘下，但是现在没有必要了。”

丝鬼轻声对笑匠说：“在网络上的时候，夜枭和罗夏的关系就很好。如果早知道罗夏是个女孩子，他们说不定能成一对。”

屋主轻叹一声：“大家都坐吧，面具什么的没必要再戴了。”说着自己把眼罩也摘了下来。

笑匠也摘下眼罩，撕掉假胡子。

法老王说：“你看上去很年轻，不会还在上学吧？”

笑匠冷冷地说：“和你无关。”

曼哈顿博士和丝鬼的着装没有头罩一类的东西，前者用手擦脸，但想到涂料一时半会儿也擦不掉，就此作罢。丝鬼把褐色的假发摘掉，露出一头干练的短发。唯有兜帽判官仍然戴着布袋样的头罩，不肯脱下。看到大家望向自己，兜帽判官闷声说：“先明确一件事：这到底是不是电视台的节目？”他盯着法老王。

闻言，大家也都看向法老王。他是发出邀请的那个人，又是屋主，由此可知，整场剧目的导演就是他。

法老王在沙发上坐下，缓缓点头，他的动作显得有点无力。

“可以这么说。”

“什么叫可以这么说？”

“我原来是个电视节目制作人。”

“原来？”

“因为一些原因，我被解雇了。”法老王抹了把脸，开口说，“为了找下一个东家，我想策划一档全新的电视节目。很抱歉利用了你们，但是在设计上说，这是一个很棒的节目，说不定能够打破收视纪录……”

大家听得目瞪口呆。

“节目名字也定好了，”电视节目制作人喃喃道，“叫作《假面山庄杀人事件》。”

2

“以聚会的名义把网络上结识的网友召集到这里，其实是为你的节目录制样板吗？”

笑匠“哈哈”笑了两声，但是脸上没有笑意。

“我们叫 DEMO，‘样板’这个词也没错。”法老王回答，“因为都是我个人支付的经费，也没办法广泛去找参与者。这栋别墅是我租来的。”

丝鬼大声说：“太过分了，枉我们天天喊你‘群主’，你是从一开始就把我们当作免费演员来利用吗？”

“唉，我是认识各位以后才有了这个设想。这个节目的设计思路，就是以网友的线下聚会作为出发点。一群既熟悉又陌生的男女聚在一栋房子里，原本以为是一般的聚会，结果发生了连锁事件，这样有足够的噱头和真实性。”

“但是你没有征得我们的同意呀！”

“既然是真人秀节目，参与者事先知情就没有意义了。就是因为考虑到个人隐私的问题，所以才请大家都穿上了道具服装。直到节目结束，再征求参与者的意见是不是可以披露各自的身份。所以节目的名字叫‘假面山庄’，很棒的设计对不对？”

“然后安排两个强盗闯入吗？”笑匠问。

“嗯，通过制造某种突发情况，把节目的娱乐性发挥到极致。”

“为什么会找我演劫匪？”

“因为‘卧底’这个角色需要一个对《守望者》这本书有所了解，但是和我们其他人又不相识的人来饰演。我见过你在‘雨果’上发表的文章，所以才会联系你。而且，你以前好像参加过法制节目……”

“不是那个叫 V8 的人介绍我来的吗？”

“不，是我找的你。V8 那个人不是很灵活，要饰演劫匪同伴的角色太勉强，我不打算邀请他来，刚好就拿他当托词了。”

“那我呢？”阿星走过来，“找我又是怎么一回事？”

法老王看了对方一眼，略暧昧地说：“坦白说，你没什么特别的。你当过群众演员，所以请你来顶替 V8，名单我是从电视台拿到的。”顿了顿，续道，“话说回来，两位愿意来帮忙，我真的很感谢。”

“还不是看在钱的分儿上？”笑匠冷冷地说，“那个自称是电视台给我打电话的人又是谁？不像你的声音。”

“是啊，来找我的是两个电视台的人，证件看着不像假的。”阿星附和道。

“当然不是假的，他们是我以前的助手。”

笑匠说：“那让他们来演劫匪不就得了，你不是经费不足吗？”

法老王尴尬地笑了笑：“人不在位置上话不顶用，他们愿意帮我扯个旗子就不错了。”

“是哪个电视台？”

“前东家的名字还是不提了吧，我不想牵连人家。”

笑匠还想往下问，曼哈顿博士抢了个先。

“总之，就是把我们所有人骗来这里，结果发生了意外，对吗？”

“我很抱歉——本来想邀请大家玩一个游戏，顺便拍成节目小样。我没想到事情会演变成目前的状态——”

“别说这些没意义的。”兜帽判官以按捺不住的语气打断他，“不停地说经费经费，言下之意，全是你自己一个人在折腾，电视台根本不会给钱喽？”

“是的。”法老王点头，“为了防范创意被抄袭，我没有找其他帮手。所以你不必担心身份曝光一类的问题。何况现在发生了这样的事故，这档节目也不可能播出了。”

“我是说钱的问题。”兜帽判官直截了当地说，“我不管你的节目上不上电视，也不管这钱叫出场费还是赔偿金，更不管钱由谁来出——但是，如果拿不到钱，我们就法院见。”

法老王略略愣了一下，随即平淡地回应：“请放心，我会给予大家经济补偿的。造成眼下的局面，都是我的过错。”

“怎么补偿？现在说清楚，否则出了这个门我们谁都不认识谁了。”

兜帽判官说着，将蒙面的布袋摘下。这个动作带着“认好你的债权人”的意思，算是给他摘下头罩找到了台阶。这个人长着一张圆脸，嘴厚眼眯，下巴上有一撮小胡子，看相貌倒不像个刁钻蛮横的家伙。

电视制作人说：“回头我和各位签订协议，这样可以吗？现在我们还是先说眼前的事情如何？”

兜帽判官的小眼睛转了两圈，看到其他人都望着他，哼了一声。

“最好如此——别忘了，我的手机也搭进去了。”

“对了，说到手机这件事，”丝鬼开声说，“难道非要把我们的手机全弄坏不可吗？其他先不论，这一点实在让人无法接受！虽然说可以重新买一部，但是手机里的照片该怎么办呢？”

法老王的眉头慢慢皱起，他望向笑匠：“是你把大家的手机丢进游泳池的吗？”

笑匠说：“没有。”

阿星立刻举起手：“我也没有，没有收到这样的指示呀。何况我哪有时间跑到花园去？”

法老王沉默了一会儿，沉声说：“这件事我正准备和大家说明。在我写的剧本里，确实有把大家的手机没收这一条，但是没有做销毁的安排。按照本来的计划，如果人质成功制伏了劫匪，手机会重新回到大家手里，但是无法对外拨打电话。”

“啊，为什么无法打电话？”丝鬼皱眉说。

“这栋房子里装了信号屏蔽设备——不是笑匠背包里那台，那是假货——我在房子外面装了功率更大的屏蔽机。”

“为什么要这么做？”曼哈顿博士问。

法老王脸上掠过一丝犹豫，含糊道：“因为如果太快打电话报警，节目就会中断……先不说这个，我想知道是谁把大家的手机丢进水里的。”

大家面面相觑，但是无人回答。

“这么说，打开阳台门和把大家手机丢进游泳池里的是同一个人了。因为这两件事都没有人承认自己做过。”法老王面无表情地说。

“什么意思？”丝鬼诧异道，“你是说在我们之中，有人故意弄坏了大家的手机吗？为什么要这么做呀？除了为了迎合你的节目需要，谁会这么无聊？”

大家都不说话。忽然，曼哈顿博士跳起来，以夸张的动作打破了沉默。

“别忘了还有一件事！我们的门还被铁链锁着呢，而且钥匙不见了。”

法老王恍然抬头，连忙说：“哦，这件事别担心，钥匙在我这里。刚才制伏阿星的时候，我把他的钥匙取走了。”说着，他从口袋里取出一把钥匙。

“啊？又是为了你的节目效果吗？吓死人了！”

“抱歉了。”

“赶紧把门打开吧。”丝鬼看上去松了口气。

法老王从沙发上起身，走出玄关。众人在客厅里等着，过了一会儿，法老王走了回来。

“铁链取下了吗？怎么没听见声音？”

电视节目制作人一言不发，大家发现他的脸色比刚才更难看了。

“怎么了？”丝鬼问。

“锁打不开。”

“什么？什么叫锁打不开？”

“保险锁被人破坏了。”法老王沉声回答，“钥匙插不进去。”

3

"钥匙孔里灌了超能胶。"曼哈顿博士泄气地说，"没有办法了，这种原子锁，哪怕是开锁师傅也搞不定。"

闻言，众人都惊愕失色，笑匠伸手扯了一下绑住门把手、指头粗细的铁链。

"有工具把铁链剪断吗？"

法老王缓缓摇头："这么粗的铁链，要用老虎钳才剪得断，这是租来的房子，哪里有这种工具？"

丝鬼尖声说："你刚才不是说有工具吗？"

电视节目制作人叹了口气："刚才不知道罗夏出事了，我是随口说的。"

兜帽判官气急道："这件事真的不是你安排的吗？"

"没有这个安排，我把阿星的钥匙取走，已经能起到在节目结束之前确保大家留在这栋房子里面的目的，没有必要把锁弄坏。"

"如果你没有说谎——"笑匠冷冷地说，"那就是有人在玩局中局的游戏。"

"你在说什么？"丝鬼脸色发白，她提高声量，"我搞不懂，事情不是结束了吗？我现在就要走……已经死了一个人了！"

法老王抬起手，做出安慰的手势："我们会想出办法把门打开的。"

笑匠问："除了这道门，就没有其他出口了吗？"

电视节目制作人说："刚才你在楼上也看见了，房间的阳台要么朝着山崖，要么朝着花园，跳窗户也不行。选在这栋房子里录制节目，就是为了制造一个封闭的环境，人质不能轻易逃出去。"

"有没有可能从花园那边爬出去？"

电视节目制作人轻轻摇头："没试过，不好说，但是花园外围有防盗的铁栏，带倒钩那种，估计不容易。"

曼哈顿博士跳起脚："赶紧打电话报警呀，警察来了还怕出不去吗？我们几个人的手机报废了，但是夜枭、罗夏以及那两个人都有手机呀！"他指向笑匠和阿星。

笑匠说："我的手机被人弄坏了。"

"啊？什么时候？"

"刚才你们反击的时候。我的手机掉在地上，有人把它踩碎了。"

"是谁干的？"

"看不清。我还以为是你呢，只用一脚就成功把它解体了。"

"我没干过这样的事！"曼哈顿博士大声嚷，然后又露出不敢确定的神情，"我没印象踩到东西呀……"

法老王摆摆手打断他，望向阿星："你的手机在吗？"

阿星瓮声说："我的手机不见了。"

"什么？"

这一次所有人都望了过来，与被人踩坏相比，手机不见了这件事更加让人紧张。

法老王皱眉问："确定你的手机不见了吗？怎么一回事？"

"呃……"可能是因为对方的神情太过严肃，作答人的语气反而犹豫起来，"我也不知道，反正停电的时候就没找到，可能掉在什么地方了。"

"真是够呛！你没有去找一下呀？"兜帽判官说。

"找了，没找到，我觉得有人把它捡走了。"阿星说着，眼睛紧盯兜帽判官。

“看我干什么？”

“我想起个事，刚才你们把我按住的时候，有人伸手到我口袋里。”

法老王说：“那是我把保险锁的钥匙拿走了。”

“不，你是后来才过来的，之前就有人伸手在我身上找东西。”阿星指着兜帽判官：“是你，我确定。”

“你神经病啊，你是个劫匪，我当然要看看你身上还有没有藏着其他武器！”兜帽判官呵斥道，“何况，你的手机不是刚停电时就找不到了吗，和我有什么关系？”

“那也有可能是你捡了我的手机藏起来，刚才法老王和夜枭把那个女的抬上楼的时候，你也跑上楼了。”

可能是因为被制伏时受到了侮辱，阿星变得不依不饶。

兜帽判官怒道：“我回一下自己房间有问题吗？”

“总之，你有机会捡走我的手机。”

“你这个人真是逻辑混乱，很多人都中途上过楼吧？”兜帽判官将目光投向曼哈顿博士。

曼哈顿博士扬起眉：“那就搜身好了！”

正剑拔弩张时，一个声音说道：“游泳池里有七部手机。”

众人转头，发现是一直默然坐在一角的夜枭开了口。

“你说什么？”

“水里有七部手机，虽然在泳池里捞不出来，但我数了。”

“七部？我们中只有四个人被收走手机吧？”可能是因为无法排遣内心的紧张，丝鬼摇着头，“我、法老王、曼哈顿博士和兜帽判官——你是说……”

女英雄捂住嘴。

“那位阿星的手机应该被丢到水里了。”夜枭没有表情地说，“我想，我和罗夏的也是。”

“什么？你和罗夏的手机也不见了？”

“嗯，和阿星一样，停电的时候我就发现手机找不着了。只是事情一件接着一件，我才没有和大家说。刚才把罗夏抬上楼，我检查了一下，她身上也没有手机。所以，现在事情已经很明显了。”

“什么事情很明显？”曼哈顿博士问。

“有人把我们囚禁在这里，并且要断开我们和外界的联系。”

众人齐刷刷地变了脸色，夜枭说出了他们早在心中打转却害怕说出的结论。

穿着猫头鹰服饰的医生望向法老王，脸上平静无波，但越是如此，越是让人感觉到他内心的激愤。

“群主，罗夏的死真的是一场意外吗？”

法老王冷冷反问：“你想说什么呢？”

“刚才你说，人质获胜以后，大家依然不能拨打电话和离开这栋房子。这是为什么呢？既然劫匪被制伏，节目不是应该完结了吗？难道还有下文吗？”

电视节目制作人没有说话，夜枭继续说。

“还有一件事我很在意，你说你要制作的节目名字叫什么来着？”

“《假面山庄》。”

“不，全名是《假面山庄杀人事件》。”医生纠正道，“请问‘杀人事件’是怎么回事？”

4

面对罗夏好友诘难的目光，电视节目制作人陷入了沉默，过了片刻淡淡开口。

“你说得没错，在我的剧本里的确有一场‘杀人事件’。”看到众人投来惊疑的目光，他补充道，“带了双引号的。我本想让罗夏躲藏起来，从而制造人员失踪的假象。”

“你让罗夏……”夜枭显然对这个“让”字感到十分困惑。

法老王轻叹了一声：“我和罗夏以前就见过面，我是指在这次聚会之前。事实上，让她扮成罗夏是我的建议。”

众人无不愕然，尤其是夜枭，眼睛里闪过某种茫然又失望的颜色。

“你是说，你和罗夏瞒着大家见过面？你们本来就……认识？”

“嗯，因为一些个人的事情，罗夏找过我帮忙，所以我们在线下就认识。”

笑匠说：“你果然早就知道罗夏是个女的，所以才会把她的房间安排在三楼。这么说，她也知道这是一场真人秀节目喽？”

法老王点头，用略带苦涩的声音说：“我们是很好的朋友——这次聚会，其实是我和她一起策划的。别看她是女孩，但是她在电子装置方面十分在行。你们可能想不到，这栋房子的隐蔽摄像头，还有在钟表和挂画后面安装遥控炸药包，都是她的杰作。我请她化装成罗夏，并且最后饰演‘死者’的角色，她也欣然答应了。‘杀人事件’是这档真人秀节目的高潮。”

“怎么扮演死者呢？”丝鬼问。

法老王从沙发上站起来，说：“请大家跟我来。”

“去哪里？”夜枭警惕地问。

“罗夏的房间。”

法老王带着众人上楼，一路走到三楼靠近走廊尽头的第二间房。刚才，扮演劫匪的两个演员，就是在这里和夜枭以及罗夏上演追追逃逃的戏码的。

走进房间，众人看见罗夏平躺在床上，身下铺着白色床单。大家都不由自主地放轻脚步，站立不动，丝鬼侧过脸去。法老王说：“我们别打扰她了，请到露台这边来。”

大家走到露台上，法老王靠着露台的栏杆，向外指了指。众人探头张望，从那个角度可以看到别墅的围栏，再远的方向就是山林了。外面黑乎乎的，没看见什么特别的东西。

“有什么吗？”

“看围墙外面的山坡。”法老王用手指进一步明确方位。

“那边吗？”

“嗯。”

“是什么呀，树吗……”

“啊，那里……”终于，丝鬼发出了惊呼声，“有一个人！”

这时众人都看见了，靠近别墅围栏的山坡上，一棵大樟树下面趴着一个人。那个人穿着黑衣、黑裤，所以一时间不好发现，但现在众人看得分明，那个人的衣着打扮和罗夏一模一样，不远处还有一顶礼帽。但是，那个人仰脸趴在地上，背上插着一把刀。

“那是谁？”夜枭睁大眼睛，瞪着法老王。

“放心吧，只是一个人体模型。”

“人体模型？”

“嗯，就是服装店用来做展示的假人。”法老王回答，“当然，在这个距离，大家是很难分辨真伪的。”

众人一时间都说不出话。过了片刻，兜帽判官用讥讽打破了沉默。

“原来如此，这就是所谓的‘杀人事件’。把我们困在高墙之内，然后隔远看见尸体，因为无法接近，所以也发现不了那只是一个人偶。先是劫匪闯入，然后是劫匪和人质之间的惊险搏斗，接着是杀人事件，真是个高潮迭起的节目呢！”

丝鬼露出恍然大悟的神情。

“原来罗夏在花园里是假装生我的气。她故意找个理由回房间里去，从而为后面的剧情做准备。就是因为考虑到这一点，所以你建议她扮成男装对吗？”

法老王淡淡地说：“罗夏根本不介意脸上有疤痕这件事，她是个很自信的孩子。请她女扮男装是为了营造一种角色的神秘感，你要说是为了剧情需要也可以。”

夜枭紧紧望着法老王：“在劫匪闯入之前，你让我上楼去找罗夏，也是为了你的节目剧情吗？”

电视制作人回答道：“是的，目的是给劫匪和人质之间的较量保留悬念。如果我们所有人都在客厅，一下子全部被劫匪控制住，事态也没法往下发展了。”

夜枭沉默了一会儿，点点头，说道：“难怪我到她房间找她，她一直借故不下楼。当发现楼下来了不速之客以后，她又很冷静地指引我如何去伏击劫匪。”他似乎想明白了事情的前因后果，身体也不再如之前一般僵硬。

雨后的夜晚空气清凉，甚至有半弯月亮从云层里透出。众人站在露台上，一阵静默不语。

笑匠开口说：“劫匪和人质在停电的黑暗和混乱中决出胜负，但是其中一个人质却不知所终，接着大家发现她俯尸荒野，并且背后中刀，是这样的设计吗？”

“大体如此。”电视节目制作人点头。

“要如何解释尸体的状态呢？是说她被人袭击，然后从露台推下去，所以摔到了围墙以外的山坡上吗？”

“差不多。不过，这个部分大家自由发挥就好了，毕竟我做的不是悬疑破案的节目。重要的是，在这样的局面下，被困在屋中的人会有什么反应——观众想看的也是这个。”

“死的是罗夏吗？按照正常的剧情，死的应该是我，然后由罗夏负责调查我死因的侦探角色吧？故意反转过来吗？”笑匠半开玩笑道。

节目制作人绷着脸，说：“就是为了制造一种意想不到的效果。”

“那么，你的剧本里肯定有一段大家四处找人的情节吧？罗夏原本打算藏身到什么地方呢？这栋别墅里有暗室吗？”

“你说得对。适合躲藏的暗室，房子里没有，但花园里有一个。”

“花园里？”

“花园里有一个配电房，藏在假山的山腹之中，如果我不加指引，大家还真找不到。我们原本打算让罗夏躲在那里，直到节目结束。”

“原来如此。”笑匠点头，“但是，罗夏要怎样才能从三楼的房间里悄无声息地转移到花园里呢？哪怕把停电以后的混乱因素加进来，要躲过所有人的耳目还是不容易吧？”

“你果然很敏锐。”法老王看了那个年轻人一眼，然后走到露台的另一端，向下指了指。大家走过去往下看，但是没看到东西。

“往里面一点看。”

众人再把头探进去一点，这下看到了一段折叠起来的楼梯。

“备用楼梯吗？”

“是的。”法老王回答，“只要把楼梯打开，就能一路爬到楼下的花园里。”

大家朝下望了一眼，发现下面刚好是花园。而且，如果把一个线锤放下去，会发现落点和刚才罗夏躺的地方十分接近。

笑匠望着夜枭，说：“罗夏的死因是什么？”

医生怔了一下，回答道：“我没有进行全身检查，何况手头也没有设备。只不过，致死的原因是颈椎骨折导致的窒息，这一点是明确的。另外，头部也有严重的碰撞伤，虽然表面看不出来，但是应该有颅内出血。”

听到这个结论，众人心里都飞快地旋转着各种念头。

笑匠拍了拍手：“好了，情况基本就是这些。现在，我们可以讨论一下罗夏是怎么死的了。”

曼哈顿博士立刻说：“很显然，她是从这里往下爬的时候，失足掉了下去。”

“意外坠落，然后摔断了脖子？”

“嗯，难道不是吗？”

“但是楼梯没有完全放下哦。你看，虽然看上去像打开了，但是还差一点点。”

大家探头去看，果然如笑匠所说，折叠的楼梯向下展开，但还有一点没有放完。在这样的状态下，楼梯没有完全固定，人是没法往下爬的。

“呃……那就是在放下楼梯的时候，不慎掉下去了。”

“我也是这么想的，只不过……开关是这个吧？”笑匠指了指露台外面的一根摇杆，法老王点了点头。笑匠伸手去摇，折叠的楼梯开始缓缓地继续放下。

“看上去很安全呀，虽然需要把身体探出露台，但是怎么也不至于掉下去吧。”

“你想说什么呢？”曼哈顿博士闷声闷气地说。

“我有点认可夜枭说的话。”

“我说什么了？”医生抬起头。

“罗夏的死真的是一场意外吗？”笑匠看着他，“有没有一种可能：她在放楼梯的时候，有人从后面推了她一把呢？”

众人都怔住了，不出声。

“被当时在三楼的某个人。”笑匠补充道。

第五幕 侦探

1

“你是说，在我们之中有个居心叵测的人？”

大家回到客厅里，围坐在沙发上，法老王开口问。

“居心叵测这一点倒是显而易见。”夜枭轻轻搓着手，“暗中把我们的手机毁坏，又把绑住大门的保险锁封死，把我们所有人困在这栋房子里。这样的行为，无法不被定义为另有所图。”他顿了顿，望向坐在他对面的笑匠，“但是，如果说这个人还杀害了罗夏，就未免太……离谱了。”

“那要怎么解释这个人把我们关起来的意图呢？”饰演笑匠小弟的阿星说。可能是某种惯性使然，他不自觉地站到了笑匠这一边。

兜帽判官晃着脑袋，插话道：“那你说意图是什么？把我们困起来以便于继续杀人吗？在这栋房子里，藏着一个打算实施连续杀人的狂人？”

“为什么不可能？”

“果然是群众演员的脑子。”

“你什么意思！”

“没什么，只是说你肯定参加过不少低级推理剧的拍摄工作。”

“你……”

“我说，现在是悠闲讨论的时候吗？我们应该先想办法出去呀，还有和外界联系。”丝鬼娇声说。

法老王说：“对这一点倒不用太担心。这栋房子我只租了一天，最迟到明天中午，物业管理中心的人就会上门清场。”

“到明天中午吗？”女英雄的声音仍然充满不安，“要整个晚上待在这栋房子里……和你们待在一起……”她眉头紧拧，用眼光扫描房子里的每个男人。虽然她没有说出口，但是质疑的意味已经很明显了：这里起码有一个人图谋不轨，而其他人是好还是坏，也搞不清楚。

阿星的脸色看上去也不好看，他突然站起来。

“我们还是从花园里爬出去吧！”

夜枭皱眉说：“爬围栏吗？刚才在花园里我看了一眼，铁栏有四五米高，顶部是倒挂的尖钩。先不说怎么攀上去，一不小心被挂住，那可不是开玩笑的。”

“不试试怎么知道？不就是栏杆吗？我们这么多人，总能找到翻出去的办法吧？”

“我觉得很危险，出了事谁负责？”

“反正不用你负责！我倒是觉得你故意不让我们离开！”

眼看两人要争吵，法老王轻咳了一声。

“我同意夜枭的话，现阶段没必要冒风险——”

大家都转头看他，电视节目制作人又咳了一下：“说不定很快就会有人来——我们拍的录像其实有人在远程监控。”

“什么？！”这话让所有人都瞠目结舌，阿星问：“你是说有人能看到这里发生的事情？”

“勉强来说，是的。”

“怎么回事呀？”

“大体算是职业习惯吧。”电视节目制作人自嘲地笑了笑，“录制电视节目的过程中，安排一个场外调度人员。譬如，录像设备有没有正常运作，会不会哪个摄像头突然出故障了，有没有什么特殊情况需要临时调整，我和罗夏要在现场当演员，这些事项难以兼顾，所以还需要其他人在场外把控。”

“那你找人看着了？”

“嗯，我让我侄子帮忙，他今年刚考上电视广播大学。”

“太好了！你侄子看到这里出了事，一定已经报警了！”

法老王说：“最理想的情况是这样的，不过我没法保证那个孩了会一直盯着屏幕看。”

“啊？”

“他在自己的出租屋里用台式电脑监控，这个年纪的男孩，对真人秀节目什么的大概提不起兴致吧？我想，他一边打网游，一边逛直播室，然后偶然点开小窗口看两眼就不错了。对了，他还说今天晚上他女朋友要去找他。”

“这也太不靠谱了吧！”曼哈顿博士大声道，“我们这边都死人了，那小子不会正在和女人滚床单吧？”

其他人盯着法老王，眼神里也是质疑的意味。

法老王苦笑了一下：“刚才我也说了，因为担心创意被抄袭，我没有另外找其他人参与。之所以找我侄子帮忙，就是因为他对我的节目毫无兴趣。不过我和他约定得很清楚，至少每隔一个小时要把每个摄像头的监控画面都看一遍。如果出现哪个摄像头有故障，场景没有录上的情况，他的零花钱就泡汤了。”

“一个小时看一遍，他看到了也未必知道我们这里发生了什么事呀。”丝鬼说。

“放心吧，我已经在安装在玄关的摄像头前方贴了一张白纸，上面写着‘发生事故，立刻报警’。最迟一两个小时，他总会看到的。”

法老王指了指玄关的方向，大家都看到了那张用来求救的白纸。

“他不会把那张纸当成节目的一部分吧？”兜帽判官哂道。

“那个孩子也不是不走脑子的人，他给我打电话无法打通，肯定会明白这里出了问题。所以请大家不用太担心，救援很快就会到的。”

听完电视节目制作人的解释，大家看上去都松了口气，脸上的表情轻松起来。从目前的情况来看，顶多再有一两个小时，事情就会落幕了。

“话说回来……”法老王沉默了一会儿，忽然说，“现在与其考虑脱困的问题，有一件事可能更加急迫。我想，赶在救援到达之前，我们应该先把这里的事情梳理清楚。”

“为什么？把事情交给警方就好了。”丝鬼说。

“如果对罗夏的死因搞不清楚，我们这里的每个人都会面临麻烦，我是指某种嫌疑——我想，这是大家都不愿意看到的局面。各位都有各自的生活和身份，是这样吧？”

“我同意。”穿着英雄服饰的医生响应道，“尤其刚才有人暗示我也是有嫌疑的。”他瞥了笑匠一眼，眼神里渐渐呈现某种冷漠，“我不想走出这间房子以后还被什么事情纠缠着。”

兜帽判官听到法老王和夜枭的话，看上去也有些紧张，他尖着嗓子说：“哪来什么嫌疑呢？刚才停电的时候，情况那么混乱，罗夏肯定是不小心从楼上摔下去了。要说责任的话，也是那两个扮演劫匪的人的责任。虽然说是演戏，但是我们其他人可是都被蒙在鼓里，那种饱受惊吓的精神状态可不是假的。在这种状态下发生意外，你说责任在谁身上？”他一边说，一边伸手指向笑匠，“尤其是这个人，简直投入过头了。罗夏在躲避他的过程中不慎坠楼，我看这就是结论。”

“原来如此。”笑匠点点头，“被暂时限制离开的自由，反而为大家统一口径制造了机会呢。是因为我在这里最年轻吗？”

“你说说你的看法。”法老王看着笑匠。

“如果罗夏和其他人一样对情况一无所知，我也许会认可意外一说，要我背黑锅我也无话可说。”饰演劫匪的人摸了摸鼻子，他脸白无须，看上去不过是个“社会初哥”，但是看他的眼神和举动不是这么回事。

“但是，当知道罗夏本身就是这个节目的策划人后，这个观点就站不住脚了。”笑匠对兜帽判官笑了笑，“你刚才说到点上了，因为被蒙在鼓里，所以才会饱受惊吓。但是对于节目策划人来说，情况尽在掌握之中，我看不出有什么值得慌张的。哪怕真的因为着急或者不小心引发了意外，要把责任扣在我头上也很牵强吧？”

兜帽判官愣了一下，可能觉得笑匠的话难以反驳，转而把矛头指向法老王：“那责任就全在这个电视台的家伙身上了！把我们当作小白鼠捉弄，本身就是违法行为，加上没有采取任何安全防护措施，结果发生了这样的事情。”

法老王冷冷地说：“我没想过要推卸责任。但是，反过来说，如果这里面还有其他人为因素，我可不会一声不吭地当冤大头。”

大家都听明白了他的话。这个前电视台节目制作人，之所以突然急于调查“真相”，说到底还是想找到能给他顶包的人。如果事情就这样进入司法流程，他肯定难逃重大的罪责。

丝鬼说：“这件事和我可没有半点关系，刚才笑匠也说了，有可能把罗夏推下楼的肯定是在楼上的人。我可是一直都在楼下待着的！”

兜帽判官急道：“我也是，我和丝鬼一直在楼下。”

“那可说不准。”夜枭暧昧地笑了一声，“停电的时候大家各自都干了什么，到目前为止都不是一清二楚的事情。别忘了，还有人偷偷把我们的手机丢到游泳池里，能做到这件事，不是身在楼下的人机会大得多吗？”

曼哈顿博士怒道：“别吵了！大家刚才做了什么，全部说出来不就结了？”

大伙儿闻言静默下来。法老王点点头："既然如此，就请各位详细说明一下停电的时候自己采取过的行动。"

他站起身，走到电视柜前面，取出一个笔记本和一支笔。

"我们把事情的经过还原一下。"

2

"门是我撞开的。"

曼哈顿博士率先陈述，法老王俯身在笔记本上做记录，形式就和录口供一样。看上去，他是故意借这个动作，让陈述的人不敢胡编乱造。

"撞开门以后——"

"稍等一下。"笑匠打断他，"停电以后，门是过了一会儿才被撞开的吧？为什么会有这个时间差？"

曼哈顿博士愣了一下，讪讪地说："停电后马上就撞了，但是第一下没撞开。太黑了，我没有把握好方向，半边身体撞到墙上……所以缓了一阵子，等眼睛适应黑暗以后，就一举成功了。这样清楚了吗？"

"接着说吧。"

"我们所有人从杂物房里跑出来——"

"所有人是指哪几个人？先后顺序呢？"

"妈的，这还用说吗？你是存心找碴儿吗？"

法老王摆摆手："笑匠这么问也有道理，还是尽量陈述得仔细一些好。"

曼哈顿博士吹胡子瞪眼，但还是依言一字一句地说："我先冲出去，然后法老王也跟着我出来了。兜帽判官和丝鬼在后面，他们谁先、谁后我看不清。外面黑成一团墨。这时我听见楼上有脚步声，心想是劫匪要下来了。法老王对我说，我们躲到沙发后面，伺机制伏劫匪。我就向沙发的方向摸去，但是周围实在太黑了，不一会儿我就不知道其他人去哪里了。我刚到沙发附近，然后就听到有人从楼梯上走下来的声音。"

曼哈顿博士指了指阿星。

"你确定下来的人是阿星吗？"笑匠问。

"不会搞错，因为下一秒钟我就把他按住了。"

笑匠心想，那时候阿星还没来得及摘下布袋头罩，曼哈顿博士会不会把他和兜帽判官弄混呢？但这个念头只是转了一下就被剔除了，因为这种可能性实在太小了。兜帽判官要在这种情形下搞鬼，也无从操作。

"然后呢？"

"考虑到这小子有枪，我就使劲和他抱在一起，不让他有机会掏枪。这时有人跑过来帮忙，最后抓住了枪。"

"那是我。"兜帽判官邀功道，他对着曼哈顿博士弯起嘴角，"你得感谢我救了你一命。"

"哼，那是玩具枪。而且，你起码慢了十秒钟才赶到。"

"当时谁也不知道那是玩具吧，而且他还开枪了！"

法老王说："曼哈顿博士先往下说。兜帽判官，你等等再说。"

曼哈顿博士指着阿星说："这小子是开枪了，我看到枪膛喷火，客厅的挂钟立刻掉了下来。我们都蒙了，这小子自己也蒙了，几乎拿不稳枪，兜帽判官就把他的枪抢走了。"

兜帽判官说："我是最镇定的那个，我给了这小子一记左勾拳。"

曼哈顿博士说："我承认那一下不错，然后我们就合力把劫匪制伏了。"

夜枭说："往下说吧，楼下还发生了什么事？法老王和丝鬼在哪里？”

丝鬼开口说：“我一个女孩子能做什么？我当时吓得不轻，逃出杂物间以后，我一直躲在吧台下面，尤其是听到有人在打斗，还有枪的响声，更是一动都不敢动。直到法老王喊我的名字，我才敢答应。然后我就和大家会合了。”

看到众人都望向他，法老王停下笔，他有一阵没有说话，似乎是在思考恰当的语句。

“我也不做隐瞒，我一直躲在沙发后面，观望着事态的发展。大家应该可以理解，作为这个节目的策划人，我是一个中立的角色，我不会给劫匪一方增加障碍，也没打算拖人质的后腿。”

阿星愤愤地说：“但是停电是你弄出来的，我们事前根本不知道有这么一出。”

法老王说：“是的，这对于劫匪一方来说是突发事件，同时给人质一方提供公平竞争的机会。突发性和公平性，是真人秀节目成败的关键。”他顿了顿，继续说，“所以直到曼哈顿博士和兜帽判官成功把阿星制伏了，我才靠近。考虑到劫匪一方可能要败下阵来，我便偷偷把阿星口袋里的保险锁钥匙拿走，然后呼喊丝鬼。”

阿星瞪着电视节目制作人，张了张嘴，笑匠抢在他前面说：“我知道你想说什么，还是先听完所有人的陈述再发表意见吧。”说着，他望向曼哈顿博士，示意他继续说。

曼哈顿博士说：“我和兜帽判官制伏劫匪以后，法老王和丝鬼靠了过来。因为枪在兜帽判官手里，所以我让他留在原地看住劫匪，丝鬼说她也留下来。然后，我和法老王一同到楼上去。”

夜枭狐疑地皱起眉头：“为什么不让有武器的人上楼，楼上还有一个持枪的劫匪呀。”

曼哈顿博士冷冷地说：“就是因为知道楼上的人有枪，更不能再让另一个带枪的人上去。你知道在一片漆黑之中交火会带来多大的危险吗？难怪别人都说，当医生的人其实对生命很忽视。”

夜枭顿时语塞，他眉间的神情，从温文尔雅渐渐变得冷漠，现在又从冷漠变得愤恨。

笑匠说：“阿星，情况是他们说的这个样子吗？法老王和丝鬼是什么时候会合的？”

阿星说：“枪被抢走以后，我就不敢反抗了，他们这么多人……法老王很快就靠了过来，然后喊丝鬼过来，中间都不过是十秒八秒的时间吧。”

笑匠说：“你从楼梯上下来，立刻受到曼哈顿博士的攻击。大概过了十秒钟，兜帽判官加入你们的搏斗。搏斗进行了二十秒，你开枪，接着枪被抢走，这样又过了十秒，然后你被制伏。五秒钟后，法老王靠过来，再过了十秒钟，丝鬼也靠过来。整个过程大概是一分钟，是这样吗？”

“嗯，差不多。”

笑匠又望向法老王等人，其他人也点点头。

“这个过程中，有人听见阳台门被打开吗？”

众人相继摇头。

“一点都没察觉吗？开门的声音或者风吹进来的感觉。”

法老王说：“起码曼哈顿博士和阿星的搏斗开始之前，我肯定没人打开过阳台门。那个时候很安静，如果有人偷偷开门，我一定能听见。但是搏斗开始以后，我的注意力都被吸引过去了，没留意阳台那边的情况。至于风，我蹲在沙发后面，真没有感觉到。”

丝鬼说：“我也是，我躲在吧台下面。那几个人打斗的时候动静可大了，哼哼哈哈的，我紧张得大气都不敢出。”

曼哈顿博士说：“我们几个打架的，肯定顾不上这件事了。”

笑匠略略沉吟，思考着这里面有没有人说谎，但是他渐渐觉得事情确实不好办……

“轮到楼上的说了吗？”夜枭冷冷发声。

笑匠回过神来，点点头：“请说，你说完我说。”

“停电前的事情要复述吗？”

“我来说明好了。”笑匠说，“我和阿星在三楼和夜枭相遇，最后在罗夏房间前面，阿星用枪控制住了夜枭。然后我去追罗夏，在楼梯附近追上她，随即就停电了。”

夜枭跟着说：“停电以后，我用脚踢开阿星，钻进了罗夏的房间。为了躲避劫匪，我从罗夏房间的露台翻到隔壁房间——”

笑匠打断他说：“你胆子够大的，这么黑也敢从露台上爬过来翻过去。如果不是因为落地的位置对不上，我都差点以为罗夏是在翻越露台时不慎坠楼了。”

“如果有人拿着枪在你身后，你的选择也不会比我的多。”夜枭冷冷地说，“何况，因为别墅外面有路灯，露台上反而有些亮光。”

“稍等一下，”丝鬼突然举起手，“你说你是凭借路灯的亮光翻过露台的？”

“有什么问题吗？”

“你的手机呢？这时候应该用手机照明吧？”丝鬼的语气有点兴奋，她似乎为自己抓住了某个关键点而兴奋。

夜枭说：“我的手机那时候就找不到了。”

“哦——那时候就找不到了？”

“其实我也不确定，我伸手到口袋里掏手机，但是没有找到。因为当时的情形很紧急，我也没有多想。确定手机不见了，是回到客厅以后的事情，但是到底是从什么时候开始不见的，这一点我想不起来。”夜枭停了一下，望向笑匠和阿星，“不排除是和他们两个人搏斗的时候，被顺手牵羊了。”

阿星嚷道：“胡说，如果是我们拿了，也没机会把手机丢进游泳池里吧？”

“也可能是你到楼下以后转移到了另一个人手上。”说话人的眼睛在兜帽判官身上游走，“你不是说他按住你的时候在你身上找东西吗？”

“你在含沙射影吗？”兜帽判官瞪着眼睛，“意思是我和他合谋？”

阿星也说：“你说的转移是什么意思？”

“没什么意思，只是说一种可能性。”

法老王伸出手，说：“请你先往下说。”

夜枭刻意挺直身体，晃动了一下下巴，才继续说：“我从露台上翻到隔壁房间以后，发现没有人追来，就从走廊上走出去。我看见楼梯的位置有手机的亮光，笑匠就蹲在那里。我想偷偷靠近，但是他很快把手机屏幕关闭了。我不敢轻举妄动，躲在楼梯转角的地方。突然，楼下传来砸破门的声响，笑匠大声叫他同伴，楼下又传来搏斗的声音。我猜到是法老王他们成功脱身了，正打算偷偷下楼，楼下却传来了枪声，这使我犹豫不决。这时候，我看见笑匠再次把手机按亮，紧接着，有人从我身边跑过去，冲向笑匠的方向。我看见那个人和笑匠扑在一起，但只是一眨眼的工夫，手机摔到一边，周围又暗下来。我听见那个人向走廊的方向跑，以及笑匠追赶的声音。笑匠经过我旁边时，我立刻把他拦了下来。我们缠斗了几秒钟，他开了枪，我只好挣脱，逃开。然后我就顺着楼梯跑下了楼。”

夜枭说完，目不转睛地望向笑匠。

“我想问一下，那个从你身边跑过去的人，是从哪边跑过来的？”笑匠问。

“从房间那边。”夜枭回答。这个答案让笑匠陷入了沉默。

法老王望向笑匠，说：“最后剩下你的部分了。”

笑匠说：“情况和夜枭说的大体一致。停电以后，罗夏挣脱了我的控制，跑开了。我让阿星到楼下去察看情况，然后先后受到两个人的袭击。这两波袭击结束以后，因为失去了用以照明的手机，我在黑暗中潜伏了一段时间，然后慢慢向楼下走。大概走到二楼的时候，我受到了好几个人的袭击，最后被你们制伏了。”

这时，兜帽判官突然击掌，大声说：“我已经搞明白了！”

大家都看着他，后者眯起小眼睛，显得得意扬扬。

3

“那个首先袭击笑匠然后向走廊方向跑走的人就是罗夏。”

兜帽判官竖起一根手指。

“只要综合夜枭和笑匠的陈述，就可以得到这个结论。罗夏挣脱笑匠的控制以后，一度跑向房间的方向，因为那时候夜枭从露台上翻到隔壁房间，所以没有在走廊里和她碰在一起。随后，她从房间的方向跑到楼梯口，在那里袭击了笑匠，然后重新跑回房间。”

夜枭点点头：“我也是这么判断的，虽然看不清样子，但我感觉从我身边跑过去的就是罗夏。”

“可是，为什么罗夏要跑回房间呢？”曼哈顿博士闷声说，“按照法老王的剧本，她应该抓紧时间到花园里躲藏起来呀。既然她已经回到房间，为什么还要折返？”

兜帽判官愣了一下，说：“这个……可能是还有事情没办完吧——反正不是关键问题，关键是只要明确那个人是罗夏，剩下的事情就好办了。”

“果然是半桶水的推理，还以为你有什么高见。”曼哈顿博士哂道。

“那你的高见呢？”兜帽判官瞪着他那双小眼睛。

“罗夏在楼上这一点显而易见呀，还需要你说吗？问题是谁能够既对她实施侵害同时又能把大家的手机丢进水里，我们要找的是这么一号人物吧？”

兜帽判官高声说：“谁告诉你必须是一个人的？”

大家都愣了一下，兜帽判官得意地说：“我说，各位不要误入歧途了，把楼上和楼下发生的事情分开来看待，问题就会迎刃而解。”

夜枭沉吟道：“你的意思是……有两个犯人？”

“正是！刚才你提醒我‘合谋’这件事了——当然了，这两个人可能是共犯，也可能各有各的企图。总之，从目前的情况来看，所有人都分身乏术，只有这样的解释最为合理。”

“而且最省事。”曼哈顿博士说，“请问：我们的手机是被谁丢进水里的？”

兜帽判官憋着气，那张圆脸像一只河豚，哼道：“这一点才是显而易见的，能做到这件事的只有法老王和丝鬼这两个人。我们和劫匪打斗的时候，他们中的某个人偷偷溜到花园里，把我们的手机丢进了游泳池。”

阿星立刻道：“我同意！这句话我刚才就想说了。”他伸手指向法老王，“整件事都是这个人自导自演的，什么门锁打不开、手机丢水里，根本就是他安排的一部分，这样的考虑不是最直接的吗？停电以后，他说他躲在暗处观察我们的行动，后来又偷走我的钥匙，单这两点就足够可疑了。”

法老王平静地说：“从导演的角度看，我觉得我的反应很合理。”

曼哈顿博士用略带无奈的声音说：“但是你确实有嫌疑，你一个人躲在暗处，意味着你也有时间去做其他事。”

“他没有时间。”

众人转头，发现说话的人是笑匠。

“刚才我们已经测算过。”笑匠指了指法老王做的笔记，“从曼哈顿博士开始和阿星搏斗，到法老王过来会合，只有五十秒左右，从时间上看来不及。”

兜帽判官反对道：“五十秒应该够了吧？不过是从花园跑个来回的事。”

“用跑的话也许够。”笑匠说，“但是别忘了，那可是漆黑的环境。我们不妨把灯关了做个实验，看看谁能在一分钟里跑个来回。”

大家都怔住，不说话。确实，在没有照明的前提下，别说跑，能够准确走近花园深处的游泳池都是个艰巨的任务。

“那丝鬼呢？她比法老王晚十秒钟会合。”夜枭问。

笑匠摇摇头：“多十秒钟根本于事无补。何况，丝鬼藏身在吧台后面，从阳台进入后得绕个大弯，从行进路线的角度看，比法老王更难及时返回。”笑匠问法老王：“你们呼喊丝鬼的时候，她确实是在吧台的位置答应的吧？”

“是的，然后她从吧台那边向我们靠过来。那时候我们已经制伏了阿星，不会搞错声音的方向。”

法老王说完，曼哈顿博士也点头确认了这一点。

女英雄朝笑匠送上甜甜一笑，但是后者脸上没有表情。

兜帽判官愤愤不平道：“那你是什么意思？没有人有时间把手机丢进游泳池，难不成是手机自己跳进去的吗？”

听到这个问题，笑匠沉默不语，丝鬼却突然直了直身体。

“啊，我想到了一个可能性！”

大家都看向她。

女英雄没有马上开口，她似乎需要时间整理自己突然迸发的灵感火花。过了片刻，她抬起头，脸上泛出红光。

“一切都说得通了！我和法老王不但不够时间，而且根本就没机会偷走夜枭、罗夏还有阿星的手机，对不对？”

大家想了想，确实如此。

“那又怎么样呢？你们的嫌疑已经排除了，问题是新的嫌疑人是谁。”曼哈顿博士说。

“到底是谁能够把所有人的手机都偷到手，而且有时间把手机丢进游泳池里呢？我们都忽略了一个人呀！”

“是谁？”夜枭问。

“就是罗夏呀！”

丝鬼大声说出她的结论，所有人都伫立不动。

“你在说什么，怎么可能——”

夜枭话说到一半就停下来，他很快也觉察到这个假设具有足够的合理性。

女英雄望着夜枭说：“之前你和罗夏一直待在楼上，她一定有机会把你的手机偷走吧？”

夜枭呆了一会儿，若有所思地点点头：“发现楼下有劫匪闯入的时候，我正在罗夏的房间里和她说话。现在回想起来，当时我的手机是放在桌子上的，后来情况急转直下，我根本忘了手机这件事，直到停电以后我想取出手机照明，才发现它没在身上……”

“也就是说，那时候罗夏偷偷把你的手机拿走是完全有可能的喽？”

“我想，是的。”

阿星开口道：“我上楼的时候被夜枭和罗夏偷袭了一回，我的手机可能是那时候被罗夏偷走的。”

“果然是这样！”丝鬼露出满意而雀跃的神情，“这么一来，手机就全部集中到罗夏手里了。停电以后，她摆脱了笑匠的控制，随即跑回房间，通过露台的备用楼梯，爬到了花园里——”

“她爬下去花园了？”曼哈顿博士疑惑地问。

“是的，她下去了。”女英雄肯定地回答，“她从花园绕到阳台，当我们和劫匪开始打斗时，她偷偷拉开门钻进客厅，先是到玄关把门锁破坏，退回去的时候，顺手拿走装着我们手机的垃圾桶。如果我没有记错，那个垃圾桶原来在沙发后面，离落地玻璃门不远。”

阿星说：“是的，我把垃圾桶踢到了一边。”

丝鬼继续说：“罗夏回到花园里，把我们的手机全部投进游泳池中，为了让事情看起来像某个不法之徒所为，她连同自己的手机也丢进水里。做完这些事，她通过紧急楼梯重新爬回三楼的房间……”

“又回去了？”曼哈顿博士额头上用水彩笔画的圆环因为皱眉而分成三截，“为什么要回去呢？”

“我猜想，罗夏决定把大家的手机全部销毁是临时起意的。”丝鬼舔了舔嘴唇，语气越发像个可靠的侦探，“可能是看到夜枭把手机落在房间里的时候才生出的念头，所以考虑得不是很周详。当她把手机丢进游泳池时，她突然发现漏掉了一台。”

“漏了一台？谁的？”阿星说，然后他“啊”了一声，望向他的搭档。

丝鬼也看着笑匠：“是的，还差笑匠的手机没有处理。”

夜枭轻敲了一下拳头：“所以她跑回楼上，袭击笑匠，目的是把他的手机也破坏掉。这么一来，她去而复返这件事也就解释得通了。”

“正是如此。”女英雄说，“可能她在第一次和笑匠近身接触时，就打算把对方的手机偷走，但是没有成功。后来她觉得不甘心，所以决定再试一次。”她望向法老王，“罗夏是不是一个说什么都不服输的女孩子？”

法老王说：“她的意志很坚定，这一点让人印象深刻。”

丝鬼用力点点头：“我就感觉她是，我看人很准的。”

“可是，她为什么要这么做呢？”曼哈顿博士说。

丝鬼看着电视节目制作人：“你说为了节目的需要，你们在房子外面安装了信号屏蔽装置，罗夏会不会觉得这样的安排不够保险，譬如担心下雨会导致设备失灵，所以自行加码了？把保险锁破坏也是基于同样的考量，如果不能顺利把阿星手中的钥匙偷回来，大家就可以轻易离开这栋房子了。群主，以你对罗夏的认识，她可能采取这样的行动吗？”

法老王沉默了片刻，然后轻轻呼出一口气：“有可能，她是个充满干劲的孩子。”

丝鬼做出胜利的手势，笑盈盈地面向大家。

法老王叹道：“真是很厉害的推理，现在，谜团都揭开了。”

兜帽判官也说：“确实说得在理，我收回两个犯人的假说。排除了销毁手机这件事的干扰因素，能对罗夏实施侵害的嫌疑人就呼之欲出了。”

曼哈顿博士似乎也想明白了其中的关键，他提高声量说：“罗夏回到楼上以后袭击了笑匠，然后返回房间……这期间，楼上除了她以外，只有一个人了！”

所有人的目光都集中在笑匠身上。

笑匠面无表情地说：“夜枭也在楼上吧？他和我纠缠了好一阵。”

夜枭回应：“你开枪以后我就躲开了，然后立刻下了楼。”

“这只是你自己的说法。”

“不。”曼哈顿博士开口道，“我上楼的时候和夜枭碰见了，大概在二楼的位置。”

法老王也开口：“我是和曼哈顿博士一起碰到夜枭的，就在枪响后不久。我们在二楼潜伏，过了一两分钟，笑匠才从楼上出现。”

“一两分钟，足够做很多事。”兜帽判官嘻嘻笑道，“我从一开始就说，只要明确罗夏的行动路径，剩下的事情就好办了。”

丝鬼用遗憾的眼神望着笑匠，轻声说：“其实罗夏跑了个来回，时间肯定很紧张，所以放下楼梯时会心急，说不定还会把身体探出去……这个时候，如果你在后面追赶她，或者不小心——”

夜枭举起手，打断丝鬼的话。他伸手拍拍笑匠的肩膀，露出一种暧昧的微笑。

“我们没说你把人推下去了。只不过，罗夏是怎么坠楼的，只有你一个人知道，和我们其他人无关。”

笑匠望向阿星。

他的小弟先是一脸苦相，但立刻镇定下来。

“我什么都不知道呀，我早就到楼下了——而且，我根本不认识你。”

第六幕 噩梦

1

“快 10 点了，我想，警察马上就会来。”

电视节目制作人看完表，揉了揉手腕。众人都大大舒了口气，然后又不约而同地把视线投射到坐在一旁的嫌疑人身上。他们都在想，这个人是不是已经做好了被警察带走的心理准备。

“就像做了一场噩梦，幸好事情都明朗了。”丝鬼举高双手，伸了个懒腰，把身体陷进沙发里。

“对他来说，噩梦才刚刚开始。”兜帽判官朝嫌疑人抬抬下巴。

曼哈顿博士说：“但是这个人到现在都没有承认是他把罗夏推下楼的。”

夜枭说：“不管他承不承认，事实摆在眼前。要么是他故意推的，要么是意外，但都和他脱不了关系，紧急楼梯没有完全打开就可以证明这一点。”

法老王说：“我再和他谈一下。”

但是没等电视节目制作人转身，嫌疑人自己已经抬起头来。虽然他坐在远处，但众人说的话，他一句也没有落下。

“你担心，如果事情被定性成意外，自己要负上责任吗？”

“咳……现在说这些也没有意义。警察来之前，还是请你把情况说明一下吧。”

“是啊，时间不多了呢……”笑匠抓了抓头发，“这么说吧——情况我一定会说明，但是在此之前，我有几个问题想问。”

“问谁？”

“先问你吧。”笑匠笑着望向法老王。

“什么问题？”

“为什么找阿星当我的劫匪搭档呢？”

阿星听到自己的名字，疑惑地抬起头。电视节目制作人看了阿星一眼，淡淡地说：“因为他是群众演员呀，我之前就说过了。至于你——”

“我没问为什么找我。”

“就是因为他当过群众演员呀，条件是适合的。”

“不不，我不是说适不适合的问题，我的意思是：为什么不直接请V8饰演劫匪的角色呢？”

“你说什么？”电视节目制作人呆了一下，有点反应不过来。

“你们的好网友V8。阿星是冒充他的身份吧？但是由他直接和我搭戏不就好了，这样更不容易在其他人面前露馅儿吧？而且，还可以省下一大笔雇用费——你不是经费很紧张吗？为什么要找人替代他呢？”

法老王忙道：“这一点我也解释过吧，因为V8这个人不适合当劫匪。”

“不适合吗？我还以为会选择扮成笑匠的人，同样有表演劫匪的天赋呢——找阿星就更合适吗？”

“我说过了，阿星至少当过群众演员，具备基本的表演素养。”

“考虑到角色的关键性，与其信任一个素未谋面的网友，还是找一个有戏剧经验的人比较妥当，对吧？”

“正是如此。”

“是这样子呀……”笑匠侧了侧脑袋，“那我真的很荣幸呢，因为我不但毫无戏剧经验，也没和阁下见过面。你之前说是看到我在网上发表的文章，所以才邀请我来的？”

此言一出，电视节目制作人瞠目不语，他知道自己掉进了对方的圈套。那个人表面在问为什么要找阿星代替 V8，其实目标却是另一件事。

他定了定神，说道：“说到底，你要问的还是你被叫到这里的原因，我也明白出了这样的事，你会质疑——”

“不是啦，我要讨论的还是叫阿星来的原因。”笑匠一边笑一边摆手，他的神态有些戏谑，好像变成了另外一个人。

“不过不要紧，反正我已经知道这个原因是什么了。”

“你到底在说什么？”法老王觉得自己越发跟不上对方的思路，那个人具有让人吃惊的逻辑思维能力。

“如果 V8 来参加聚会，全场就只有我一个外人了，这样未免太明显了，也就是说，阿星这个角色，能够起到降低我的警惕心的作用。”

一矢中的。法老王轻轻抿嘴，不再说话。

“只可惜借口没找好，”笑匠摊了摊手，“其实直接说没有 V8 这个人就好了，或者说 V8 和你是同一个人也可以。”

法老王冷冷地说：“还有其他问题吗？”

“我还想再聊聊 V8。”

“随便你。”

“不过这次的问题，我想问兜帽判官。”

被叫到名字的人迅速扭过头，脸上掠过惊疑不定的神色。

“问我什么？”

“V8 在网络上的时候到底是叫 V8 还是笑匠呀？”

“V8 呀，他在‘雨果’上的 ID 就是 V8。”

“不叫笑匠？哦，是了，是你们的群主组织这次聚会的时候，大家才选定了自己要扮演的角色吧？之前就听你这么说过。”

兜帽判官犹豫了一下，极力思考对方问这个问题的用意，但随即放弃。

“是啊，那又怎么样？”

“但是从聚会开始到现在，大家好像都用角色名字互相称呼，没听你们喊过网名哦。”

“哦，因为这是法老王定下的聚会规则，看着装叫人名。”

兜帽判官摇头晃脑，露出“还以为你要说什么”的表情。法老王也点头，对这件事表示确认。

“在网络上的时候不会这么叫？”

“废话，在网络上当然是叫网名。我们只是比较喜欢《守望者》这个故事而已，不见得非要用里面的人物命名吧。”

“我也是这么想的。”笑匠挠挠鼻尖，“但这就奇怪了——你怎么知道 V8 穿上笑匠的衣服会比我更相称呢？”

“你说什么？”

“‘原来你不是我们认识的笑匠，难怪那个豆芽身材和衣服完全配不上。’刚见到我的时候，你是这么说的吧？我当时就觉得挺奇怪，难道那个 V8 从前就向你们展示过他装扮成笑匠的模样？但是你和法老王都明确告诉我，选择自己要扮演的角色，是在开始组织聚会以后……”

“哎，我想起来了，V8 和其他人不一样。”兜帽判官改口道，“他本身就喜欢笑匠，以前他就经常说自己长得够凶狠，如果扮演笑匠一定会很像。”

“和其他人不一样吗？那好吧，这样的解释也可以。”笑匠轻叹了一下，“不过，有这类问题的可不只 V8 一个呢，罗夏也是。”

“罗夏？”兜帽判官眉头大皱，“罗夏又怎么了？”

“这次我要问的人是丝鬼。”

“我？”轮到女英雄茫然抬头。

“聚会时所有人都不卸妆，这个规则是罗夏提出的？”笑匠向故事中他的老情人笑了笑，“这是你告诉我的。”

“对啊，是她在群里提出来，法老王问大家意见，我们都说没问题，就是这样子。”

“‘当时大家觉得这个提议很符合罗夏的角色特点，所以没有异议。’你是这样说的吧？”

“嗯……大概是这个意思……有问题吗？”

“你不觉得这句话很奇怪吗？”

“怎么奇怪了？”

“在《守望者》里，罗夏以性格孤僻著称，哪怕是守望者的成员们，也从来没有见过他的真面目。所以，你们觉得这个提议很符合罗夏的性格特征，是这个逻辑吧？”

“对啊。”

丝鬼张口说，但她立刻愣了一下。很显然，她已经意识到其中的逻辑错误。

“这里向大家提出建议的是一个 ID 名字并不是罗夏的人吧，为什么大家却会得出这个提议符合罗夏性格特点的结论呢？这让我在心里产生了一个想法：你们从一开始就默认那个人是罗夏。这种矛盾之感，和 V8 如出一辙。”

丝鬼咬住嘴唇，似乎在思考如何辩驳，但对方没有给她机会，他已经转向了另一个人。

“阿星。”笑匠喊了一声。

“啊，在！”群众演员看上去在神游，突然被叫到名字，他整个人挺直了身体。

“你是怎么告诉大家你的手机什么时候不见了的？”

“啊，怎么告诉……就是说停电的时候找不到了……”

“嗯，你的原话是这样的：‘我也不知道，反正停电的时候就没找到，可能掉在什么地方了。'”

笑匠像复读机一般复述着，流畅得甚至让人无法质疑他有没有记错其中的一两个字。

“嗯嗯，是这样说的。”

“接着你和兜帽判官有了一场互动的对话。你质疑兜帽判官在把你按倒在地的时候，从你口袋里偷偷拿走了什么东西，兜帽判官则对此进行了反驳。”

“是呀……我是一时没反应过来，在下楼之前手机就已经找不到了，所以怀疑是兜帽判官下的手——但他一说我就想起来了。”

“是啊，你没记清楚，可是人家记得清清楚楚的。兜帽判官立刻指出：你的手机是刚停电时就找不到了。”

“哎呀，人都有记忆混乱的时候啦。”

“这话倒没错，问题是——”笑匠再次望向兜帽判官：“你又是怎么知道阿星在刚停电的时候就找不到手机的呢？”

兜帽判官飞快答道：“他不是说了吗，停电的时候找不到——”话到一半停了下来。

“对了，阿星只是说停电的时候找不到手机，没说刚停电就找不到吧？”

兜帽判官无言以对，对方则继续发起进攻。

“可别小看这个‘刚’字。停电的过程说长不长，说短也不短，何况阿星还有先在楼上，然后回到客厅这两个时间段。连阿星自己都出现了记忆混淆，但是你可以准确地判断他的手机是在楼上就找不到的——我想，这必定是一种神奇的心灵感应。”

阿星和兜帽判官都不说话，前者甚至垂下了头。

一路说个不停的人做了个舒展筋骨的动作，然后转头：“然后是医生。”

“叫我吗？”夜枭身子抖了一下，警惕地望过来，“怎么了？”

“你犯的错误就更明显了。”

“我犯了什么错误？”

“别墅的电力恢复以后，大家的手机找不到了，然后发现从阳台到客厅有一摊水迹。当时你是怎么说的？”

“谁记得呀……我怎么说的？”

“你说：‘有人去外面，然后又回来……’”

“这，有错吗？”

“当然——针对这种情况，一般的判断应该是有人从外面闯进来了吧？为什么你会认为是有人走出去了呢？”

“这……就是一瞬间的判断而已。人家也没觉得这种判断有什么不对嘛。”

“哎，大家当然不会觉得这个判断有不对的地方。”

“你什么意思？”

“算了，还有另一件事。法老王告诉大家节目是他策划的时候，你说了这么一句话对不对：‘在劫匪闯入之前，你让我上楼去找罗夏，也是为了你的节目剧情吗？’”

“是我说的，我需要确认这件事。”

“那我也来确认这件事——你去楼上找罗夏，确实是法老王让你去的吗？”

夜枭张了张嘴，但是没有说出话。

笑匠露出促狭的表情：“如果我的记忆无误，听到劫匪敲门以后，你是自己主动要求上楼找罗夏的吧？而法老王则径自去开门。”

夜枭望了一眼法老王，用赌气的声调说：“是我记错了……那是口误，说明不了什么。”

“唉，每个人都说自己搞错了，这样的说法未免太狡猾了。”

这时曼哈顿博士鼓起了腮帮。

“你在颠来倒去说些什么，我一点都听不明白！”

笑匠仔细地打量对面的壮汉，叹道：“反应迟缓也有反应迟缓的好，连演技都不需要了。”

曼哈顿博士骤然脸色通红：“你说谁反应迟缓……我是说，这些不咸不淡的，和我们眼前要解决的事情有什么关系？”

“其实也没什么关系，我只是想确认一下而已。”

“确认什么？”

“一开始就说了呀，确认一下 V8 到底存不存在。”

“怎么又扯到 V8 了？你怀疑 V8 是法老王本人吗？是他的……小号？”

“不不，你理解错我的意思了。我是说 V8 这个 ID 到底存不存在。”笑匠停顿了一下，眼神突然变得锐利，“或者说，你们口中的那个网络聊天群到底存不存在。”

除了他以外，所有人都沉默不语。

笑匠逐一看向在场的每个人。

“如果我没有猜错，你们早就认识吧？我是指在网络以外就认识。”

笑匠突然放松了身体，声音变得无奈而自嘲。

“今天晚上被邀请到这栋别墅里的客人，其实只有我一个。”

2

“10 点 15 分了，我还有多少时间？”

笑匠伸了伸脖子，问法老王。但是后者没有理他。

“别都绷着脸，那我问下一个问题可以吗？”笑匠又看着曼哈顿博士：“你刚才说到眼前要解决的问题，现在我们来聊聊手机的事情怎么样？”

“手机怎么了？”对方拉着脸说。

“到底是谁把大家的手机丢进游泳池的，这是今天晚上重要的谜题之一吧？”

“刚才不是说过了吗？能做到这件事的人只有罗夏。”丝鬼开口道，“难道我的推理不对吗？”

“总体来说无懈可击，唯有一个地方不大通顺。”

“哪里？”

“我想不明白，罗夏为什么要把自己的手机也丢进水里？”

“这一点我也分析过了，这么做是为了误导我们以为这件事是其他人干的。如果游泳池里唯独少了她的那部手机，大家不是很容易就怀疑到她头上吗？”

“这个说法看起来是成立的，但事实上毫无必要。”

“为什么没有必要？”

“因为她是死者呀，而且尸体还在别墅以外。”

“啊？你说什么？”

“根据节目剧本的安排，罗夏现在可不是安静地躺在三楼自己的房间里，而是背后中刀，趴在别墅围墙之外的山坡上。如果事情按照这个剧本发展，大家会认为游泳池里缺少罗夏的手机是一件不协调的事情吗？”

丝鬼愣住，不说话，夜枭在一旁开口。

“不会，因为大家接触不到别墅以外罗夏的身体，所以无法断定手机在不在她身上。”

“正是如此。”笑匠咧开嘴，冲夜枭露出赞许的笑容，“无论罗夏是否把手机丢进水里，都不会改变‘所有人的手机都无法使用’这个局面。既然如此，何必毁坏自己的手机呢？按照计划，罗夏本人需要在花园的假山里躲上整个夜晚，手里拿着手机会安心得多吧？”

分析者顿了顿，神情骤然严肃起来。

“反过来说，会将罗夏的手机丢进水里的人，其行为动机只有一个解释：他很清楚罗夏的尸体最后会在花园里，而非别墅之外——因此他必须把罗夏的手机也毁坏掉，才能完成‘所有人的手机都无法使用’这件事。”

“你的意思是，这件事是杀死罗夏的凶手干的？”夜枭睁大眼睛。

笑匠冷冷地看着对方，没有回答。

“但是没有人能做到这件事呀！”丝鬼紧绷身体说，“我们已经把事情的经过梳理了一遍，结论是，这里的每个人，都没有时间和机会能够偷走所有人的手机，并且丢进水里——除了行动自由的罗夏。”

“不，除了罗夏以外，还有人能做到这件事，而且轻而易举。”

“是谁？”

“其实现在回头想想，罗夏偷偷把装手机的垃圾桶拿出花园之外也就罢了，如果还要神不知鬼不觉地穿过客厅来到玄关，往铁链的保险锁里灌进超能胶，那可真是一项高难度的任务。所以还是考虑做这件事的另有其人比较合理。”

“你就说谁能做到吧！”

“你。”笑匠指了指和他对话的人。

“胡说，我怎么来得及——”

丝鬼匆匆申辩，但是她的话没有说完，笑匠已经把手指向了另一个人。

“你。”笑匠指着法老王，被他指住的人不说话。

“还有你和你。”他又指向兜帽判官和曼哈顿博士。曼哈顿博士叫道：“你在瞎扯什么？那时候我们正在和持枪的劫匪搏斗。”

“是啊，所以还有你。”

笑匠的手指最后落在阿星身上。

“啊，我？”

“对，你们五个人——只要是当时在楼下的人，随便哪一个都可以。”

“胡说八道！”兜帽判官大声叫道，但他的姿态毫无气势，“你自己也说过吧，我们每个人都没有足够的时间。”

“嗯，不过那是在某种前提下得出的结论。”

“什么前提？”

“你们五个人，每个人说的都是实话。”

听到这句话，丝鬼、曼哈顿博士、兜帽判官以及阿星都闭上了嘴巴。

法老王说道：“你是指我们之中有人在说谎吗？”

“不，一两个人说假话毫无意义，因为只要有矛盾之处，别人立刻就会反驳。”

“那你的意思是……”

“你们每个人都在说谎，这是唯一的可能性。”

“你是说我们串通一气？”

笑匠眼睛一眨不眨地盯着对方：“是的，你们五个人相互配合，编造了‘勇斗悍匪’的过程，从而让人得出谁都不可能摸黑从花园里穿梭来回的结论。事实上，你们几个人在一片漆黑的客厅里，说不定相互有说有笑，而且每个人手里都拿着一只手电筒。”

法老王颔首说：“原来如此，这样一来，我们这几个人，确实谁都可能轻松地在客厅和花园之间来来往往。”

笑匠望着说话人，嘻嘻笑道：“从分工合理性这一点来评估，负责把手机抱到花园里的人还是你吧？兜帽判官、曼哈顿博士和阿星，多少需要制造一些咚咚砰砰、哼哼哈哈的响声。至于丝鬼，要操持的事就更多了。”

阿星有点委屈地说："你是说我被他们收买了？"

笑匠歪着脑袋，露出一种"差不多就得了"的神情。突然，他扭头望向夜枭。

"你也一样，别以为我把你落下了。"

夜枭斜着眼睛，说："你想说什么？"

笑匠站起来，整理了一下衣服，环视着在场的每个人。

"看来我说得还不够清楚，那我再直白些好了。"他冷冷开口，"这位前电视节目制作人声称这是一个节目，而各位声称自己被蒙在鼓里，是节目中的游戏对象。而事实上，这是一个局中局。在这栋房子里发生的所有事情，都是在座各位戴着假面合作上演的一场戏。"

没有人说话。

笑匠微微摇头，笑道："在这场游戏里，只有一个真人玩家，那个人就是我。这就是你们邀请我来参加聚会的原因。为了避免我心生怀疑，你们设计了这个层层叠叠的局中局，并且安排了阿星这个角色，好让我以为自己不是现场唯一的'外人'。而事实上，阿星同样是你们的同伴。剧本是不错的，可惜你们的表演太过业余，几乎每个人都不同程度地露出了破绽。譬如你——"笑匠指着夜枭："明明是自己主动到楼上找罗夏，后来却指责是法老王的指示，在现实中可不会有这样的口误——仔细一想，根本就是表演和剧本脱节的结果嘛。更不要提兜帽判官和阿星之间神奇的心灵感应了。"

夜枭冷哼："看来你是疯了……你以为向所有人开炮，就能为自己脱罪吗？"

"你不承认吗？"

"你说楼下的人都是共犯，姑且可以解释把手机丢进水中的问题，但是，请问，侵害罗夏的人是谁呢？除了你之外，无论我们几个人怎么配合，也没办法对最后往走廊方向跑的罗夏下手呀。"

"可以的，因为你也说了谎。"

“哼，你是说我扑倒你以后跑向楼梯，然后和曼哈顿博士以及法老王会合的事情是假的吗？其实我是沿着走廊跑回房间，然后把罗夏推下了楼？”

“不，扑倒我的那个人最后是向楼梯方向跑。虽然在黑暗中，但是这一点我也可以证明。”

“那就是了，听脚步声就能分辨方位吧。”

“但是，那个人不是你。”笑匠冷冷地看着对方，“而跑回走廊那个人，也并不是罗夏。事实上，那时候罗夏早就已经死了。”

“你在说什么？”

“我的时间不多了吧，那我就抓紧一些。”笑匠微微抬头，缓缓说道，“下面，我们来揭开罗夏死亡之谜吧。”

3

“向走廊方向跑的人不是罗夏，而是你。”

笑匠指着夜枭。后者立刻大笑起来。

“你脑子有毛病吧？后来我可是和曼哈顿博士还有法老王一起袭击你的！”

笑匠笑起来：“你说对了。是袭击，一前一后。”

“什么？”

“你跑回房间里，随便找个什么地方躲起来就行了，因为那时候我根本就无暇到房间里去找人。”笑匠淡淡地说，“然后，等听到我向楼下走去，你偷偷跟在我身后，当我和曼哈顿博士以及法老王在二楼相遇时，你迅速加入了搏斗。这样一来，哪怕是我，也无法分辨你是从哪里冒出来的。”

“扯淡，我为什么要跑回房间呢？”

“这不是明摆着的事？为了营造一种罗夏还留在楼上的错觉呀。”

“你说罗夏不在楼上，那她去哪儿了？”

“她死了，躺在楼下花园的屋檐底下。”

“神经病……”夜枭低声骂着，随即他抓住一个事件点，“那你刚才说绊倒你然后向楼下跑的人又是谁呢？如果我没记错，当时在楼上的只有你、我以及罗夏三个人吧？难道你要说跑下楼的那个人是罗夏？”

“你还真记错了。我已经说了，那时候罗夏躺在花园里呢。”

“那么，那个人是谁？”

笑匠沉默了一秒钟，然后将手指向在场的一个人。

“是你。”

被指的那个人浑身颤抖了一下，然后用女性特有的尖声叫起来。

“你开什么玩笑，我一直都在楼下待着！”

“很遗憾，你几乎没有在楼下逗留过。所以我刚才说，你大体是没有精力负责把手机丢进游泳池这项工作的。虽然不是不行，但要是这样，你们的分工也太欺负女孩子了。顶替罗夏的角色可是很辛苦的。”

丝鬼终于忍无可忍地站起来：“你是说我是杀害罗夏的凶手吗？”

“我只是说你到楼上来了而已。”

“我到楼上去干什么呢？”

“说了呀，顶替罗夏和我演对手戏。”

“你是说，停电以后，我跑到楼上和夜枭联手袭击你吗？”

“不。”笑匠看着脸色和嘴唇一样红润的女英雄，“是在停电之前。”

“胡说，停电之前我们都被关在杂物间里！”

“我不是说过了吗，那只是演戏。阿星和你们是同伴，杂物间可以不上锁嘛。”笑匠侧头想了想，“对了，我想起来了，杂物间的钥匙是你递给阿星的，说不定那时你压根儿没把钥匙交出去。等我们上楼以后，你就用钥匙打开门跑出来了——至于后来把门撞开什么的，自然就是装装样子了。”

丝鬼脸上一阵红一阵白，想了半天说不出话来。

“稍等一下。”这时候，法老王缓缓开了口，“你刚才说，罗夏早就死了？”

“是的。”笑匠回答。

“你说丝鬼在停电之前就上了楼，并且袭击你。你是指在停电之前袭击你的罗夏，是丝鬼假扮的？”

“是的。”

“你是在暗示停电之前罗夏就死了吗？”

笑匠摇摇头：“不，更早的时候。”

“哈哈哈——”一旁的夜枭发出放肆的笑声，“说来说去，原来你还是认为是我杀了罗夏。更早的时候，是指我上楼找罗夏的时候喽？我要怎么做呢？敲开她房间的门，然后把她推下楼？”

“不，”笑匠再次否定，“在你上楼之前，罗夏就死了。”

“什么！你到底想说罗夏是什么时候死的？”

“从一开始。”

“什么叫从一开始？”

笑匠轻叹了口气：“就是字面的意思。从这场聚会一开始，也就是我踏进这栋房子的时候，罗夏就已经死了。”

4

宽敞明亮的客厅里弥漫着躁动的空气，所有人都站立起来。

“你再说一遍！”夜枭棱角分明的俊脸，从嘴角到耳根，都在微微抽动。

“不必重复了吧？”笑匠被剩下的人团团围住，但是他依旧好整以暇，“这场聚会，我是最后一个到达的。在我见到各位之前，罗夏就已经死了——如果真的存在罗夏这么一个人的话。”

“夜枭，你说得对，这个人完全疯了！”兜帽判官开火道，“如果罗夏一早就死了，你在这栋房子里见到的罗夏难道是鬼魂吗？”

“是的。”笑匠点点头，“通过某个魔术制造出来的鬼魂。”

“魔法，哈哈，这个人已经语无伦次了——警察到底什么时候才到呀，最好是精神病院也一同派人来。”

“是魔术，不是魔法。”笑匠笑了笑，“魔术是人设计出来的，这里面可没什么超自然或者神秘主义的元素，而且被拆穿了都不值一提。”

“什么鬼魔术？”

“六个人变成七个人的魔术。”笑匠说，“不算阿星，这次聚会是一个七人聚会吧，但是事实上，到场的只有六个人：法老王、夜枭、曼哈顿博士、兜帽判官、丝鬼，再加上我饰演的笑匠——至于第七个人罗夏，则是一个无中生有的人物。”

丝鬼说说：“这怎么可能做到，人怎么可能凭空增加呢？你也和罗夏说过话的吧？”

“从常理来看当然不可能，所以说这是个魔术。”魔术揭秘者笑嘻嘻地说，“通过你们五个人的通力协作，再加上适当的道具，其实很容易就能做到。”

“什么道具？”

“显而易见，面具。”笑匠指了指众人之前脱下，现在散放在茶几上的各式眼罩或者头套，“这就是这场不允许卸妆的假面聚会的真正用意——遮挡各自的容貌，从而方便各位从一个角色转变成另一个角色。”

看到所有人都缄默不语，揭秘者继续说道：“既然各位不作声，那就由我代为解释这场魔术的手法吧。”

笑匠翻开放在茶几上的笔记本，又拿起钢笔，在一页的上部写下“法老王、夜枭、曼哈顿博士、兜帽判官、丝鬼、笑匠”六个人的名字；在那页纸的下部，除了抄写上述六个人的名字以外，再加上罗夏的名字。

“我们来重温一下事情的经过，就一目了然了。”

笑匠一边在笔记本上写写画画，一边开讲。

“我大概 6 点半左右抵达这栋别墅，法老王把我请进门，这时候客厅里有四个人，分别是夜枭、兜帽判官、曼哈顿博士以及罗夏。随即，我发现罗夏是个女生，并且和她有了第一次对话。而事实上，那个戴着墨迹头罩、身穿黑色风衣但是显露女性曲线的人，是你。”

笑匠指向在场唯一的女性。他说着，将上部的“丝鬼”和下部的“罗夏”用带箭头的直线连在一起，并标记时间“6:30”。

女英雄娇声说：“不对，那时候我在房间里，后来你不是看到我从楼上走下来吗？”

“是的。”笑匠点头，“你下楼的时间大概是 6 点 50 分，所以你在 6 点 40 分左右找了个借口，跑到花园里去了。”笑匠望向兜帽判官，“那个时候，你故意对罗夏出言不逊，就是为了给她制造离席的借口。”

法老王道：“如果跑进花园的人是丝鬼，她又怎么能回到房间呢？”

“别开玩笑了，我可忘不了紧急楼梯那玩意儿。只要把楼梯放下来，花园和楼上的房间根本是连在一起的。丝鬼进入花园，沿着楼梯爬上楼，回到房间换上自己的衣服，然后施施然从楼上走下来，和我相见，就是这么一回事。”

笑匠说着，又将笔记本下部的“罗夏”和上部的“丝鬼”用另一条带着反向箭头的直线相连，标上时间：“6:50”。

夜枭说：“罗夏跑到花园以后，我也跟了出去和她说话。你要怎么解释？”

笑匠回答道：“没什么好解释的，你一个人在花园里演独角戏而已。其实当时我心里就生起了疑问：为什么你们走进花园却没有打开照明灯呢？现在想来，无非是不想让我看清花园里的情形而已。”

夜枭哼了一声，说：“那和丝鬼一起从花园回到客厅的罗夏又是谁？难道丝鬼还能分身成两个人吗？”

笑匠说：“怎么会，那自然是另外一个人扮演的了。”

“你说的是谁呢？”

笑匠朝站在他斜对面，长着一张圆脸、眼睛眯眯的男人抬了抬下巴：“他。当时客厅里不是有一个人不知去向了吗？”

兜帽判官的小眼睛瞪得圆圆的，但是没有说话。夜枭则叫起来。

“开玩笑，他和罗夏的身材也差太远了吧！罗夏可是个小巧的女孩子，你说丝鬼冒充她也就罢了，这个一身肥肉的男人怎么可能瞒得过别人的眼睛？”

笑匠斜斜看着兜帽判官，说：“你真的是一身肥肉吗？不会只是长了一张迷惑人的脸吧？何况，那件和外套差不多的特大号披风，也把你的身材包裹得看不出底细。”

兜帽判官闷声不说话，笑匠又说：“要不你把外套脱下来，让大家鉴赏一下你的身材？”

夜枭反驳道："聚会刚开始的时候他就没有穿披风呀，你又不是没看见，他的身形也就比曼哈顿博士略小一号而已。"

笑匠点点头："你说得对。只不过，我刚进门看见的兜帽判官并不是他啊。"

"你在说什么？怎么又多出来一个人？"

"没有多一个人呀，进门时我看到的兜帽判官其实是你。"

夜枭喉咙里咕哝的一声，似乎有话要说，又吞了回去。

笑匠笑着望向自称医生的人，嘻嘻笑道："长着一张俊俏的小白脸，但是把一身盔甲撑得满满当当，而且动作敏捷，一路上把我和阿星两个人打得满地打滚——你就是传说中那种穿衣显瘦、脱衣有肉的家伙吧。"

法老王开口说："你是说夜枭和兜帽判官对调了？"

"可不是？"笑匠说，"为了让我产生一种错觉，这个安排真的很花心思。"

"什么错觉？"

"你们几位男士都身材高大，绝无扮成女孩子的可能性。所以你们安排了一个看脸显瘦实际很强壮。另一个看脸显胖实际很小巧的两个人，进行角色互换。"

笑匠顿了顿，又对法老王说："你还记得吧，之前我就问过你一个问题：为什么聚会里会有兜帽判官这个角色，兜帽判官是'民兵'里的角色，而非守望者。虽然两者有某些渊源，但是兜帽判官出现在清一色守望者角色的聚会里，还是会显得格格不入吧？现在一想才明白，其实你们看中的是兜帽判官那件可以随时脱又随时穿、领子高竖的大披风，非常适合掩盖人的身形。"

揭秘者又望向夜枭。

"你的表演也非常用心。在整场戏中，你的性情和说话的语气一直发生着微妙而自然的演变。这样做的目的，我想，是让我忽略你的声音和开始时的差别吧？虽然我进门时也就听你俩说了几句话，但你还是周全地考虑到了。只不过，人策划的事情总是难以尽善尽美。一开始的夜枭穿着满身盔甲显得摇摇晃晃，连走路都费劲，但是后来在楼上却能上蹿下跳、大显身手，这个细节我可不会忽略不计。我想，这是因为这套盔甲制作太麻烦，没法为你们两个人分别量身定做，所以开始由这位小个子穿着，哪怕往里面塞棉团也难以合身。相比之下，兜帽判官的服装则好定做得多，可以做成两套。刚来的时候，我还就衣服廉价这一点取笑过兜帽判官呢。”

夜枭怔了半刻，最后叹了口气，似乎放弃了抵抗。

“你确实有一双洞若观火的眼睛。”

“那还需要我往下说吗？”

法老王淡淡地说：“你说下去吧。”

笑匠看了对方一眼，低头在笔记本上做了如下标记：上部的“夜枭”和下部的“兜帽判官”连线，时间是 7 点 20 分；上部的“夜枭”和下部的“罗夏”连线，时间是 7 点 10 分。然后，他继续陈述。

“夜枭——我是指最初的小个子夜枭——进入花园以后，脱下盔甲，穿上早就藏在花园里的另一套罗夏的服装和墨迹头罩，然后原地待命。兜帽判官则换上夜枭的盔甲，走到楼上和我以及法老王碰头。开始下雨的时候，已经换回丝鬼服装的女英雄和‘男版罗夏’并肩返回客厅。丝鬼故意拉我到活动室打台球，从而避免我过多和‘男版罗夏’接触。‘新夜枭’假装和‘男版罗夏’在一旁说话，然后走回来告诉我们罗夏上楼去了。其实，这时候‘男版罗夏’根本没有上楼，而是从我的视线死角溜出玄关，开门到了屋外。在屋外他换上另一套兜帽判官的服装，并且穿上高领披风，然后和阿星会合，以刚从外面回来的姿态重新进入别墅，将整场戏剧推进到下一幕。后面的事情就简单了，我和阿星把客厅里的人关进杂物间，但等我俩一上楼，丝鬼就溜了出来。她也许是通过位于花园的紧急楼梯，也或许直接走客厅的楼梯奔上三楼，因为有夜枭和阿星两个人牵制我的行动，她有充足的时间回到房间，重新换上罗夏的衣服。在三楼的时候，她再次在我面前出现，并且和我近身接触，目的是进一步强化罗夏这个角色的存在感。停电以后，她挣脱了我的控制，并在适当的时机和夜枭交换了藏身的方位。最后，由夜枭跑向走廊的方向，而她则跑向楼梯，下楼回到客厅，并换回丝鬼的服装——从而成功制造了一个‘罗夏始终在楼上’的假象。”

揭秘者略作停顿，在笔记本上多加了几条直线：下部“罗夏”和下部“兜帽判官”以反向的箭头连线，时间是 7 点 40 分；上部“丝鬼”和下部“罗夏”连线，时间是 8 点零 5 分……

他停下笔，似乎想起什么，又补充说：“对了，你们还有一个相当严谨的安排。停电以后，曼哈顿博士撞了第一次门，但是没有把门撞开，大概相隔一分钟，才进行了第二次撞门。什么黑暗中找不准方位自然是借口，这样做的目的其实是要营造一个局势，从而让我做出指派阿星下楼察看情况而自己则留在楼上的决定。因为如果门一开始就被撞开，我必然会选择和阿星一同下楼，那么你们在楼下的小把戏就玩不转了，而且杀害罗夏的嫌疑就没法落在我头上。”

说完，他低头画上最后一条线：“罗夏”和“丝鬼”反向连线，时间是 8 点 15 分。然后，他将笔记本向前展开，以结语的语气再次开口。

“你们六个人戴上面具，在这栋房子里进行了一场大变活人的魔术。这就是你们今天晚上的演出节目。”

客厅里的人都沉默着，笑匠在笔记本上敲了敲，突然像发现什么似的抬起头，望向曼哈顿博士。

“哎呀……”

“干什么？”壮汉声音有点紧张。

“你有点无所事事呢。”

“你说什么？”对方睁大牛眼。

“你看，在这场表演里面，每个人都有既定的任务。丝鬼是罗夏的主要扮演人，夜枭和兜帽判官需要调换身份，法老王负责全局的把控，就连阿星也需要和我演对手戏——唯独你没有工作任务呀。对了，你帮忙关了一下阳台门，还被淋了一脸雨。”

赤裸上身的壮汉怒发冲冠：“你是在小看我吗？”

“我只是说，这个表演完全可以精简演员数量，你实在没必要参加。”

曼哈顿博士还想叫唤，法老王抬起了手。

“你还没说完吧？”电视节目制作人看着他邀请来的客人，“你至今没有提及花园里的尸体呢。”

“哦，原来你要说这件事。”

“如果罗夏这个人并不存在，那么，请问，那个冰冷的死者是谁？”

“我不知道她是谁。”笑匠冷冷地和对方目光相接，“我只知道，那个人在我踏足这栋房子之前就已经死亡。而她的尸体，从一开始就被放置在花园的屋檐下面。”

“你是说花园里一直有一具尸体吗？”

“是的。来到这栋房子以后，我一度想走进花园看看，但是被你托词阻止了。毋庸置疑，你是不希望我看见不该看的东西。”

“那么，你是要指控我们几个人合谋杀死了一个女子，然后设计嫁祸于你喽？”

“剧本是这么编排的。”

“剧本吗？”

笑匠站直，毫不胆怯地与屋里的六个人对视。过了几秒钟，他突然笑了起来。

“我又不是没脑子的人。”他抓了抓自己涂满发胶的头发，哪怕弄乱了也无所谓，“只要警察到场，那具尸体的死亡时间不就一清二楚了？但是这场戏剧得策划多久呢？最快也要一整天吧？所以，无论计划得如何周密，如果目的是借此脱罪，那都是天方夜谭。”

蓦然，笑匠收回笑容，露出严肃的神情。

“但是尸体不是假的——现在轮到你们说明了，你们到底是什么人？”

5

“你不认为这是真人秀节目吗？”

自称电视节目制作人的人摊开手。

笑匠暧昧地笑了笑，指指沙发。

“我可以坐下来吗？”

“请便。”

“开始我也是这么猜想的呀。”笑匠一屁股坐在沙发上，肆无忌惮地伸了个懒腰，似乎刚才的讲解消耗了他大量的体力，“你们六个人是演职人员，而我是唯一的真人秀嘉宾。布满房子的摄像头，连接着千家万户的电视屏幕。全国各地的观众正嚼着爆米花，津津有味地观看我这个被陷害的可怜虫，要么抱头求饶，要么绝地反击。”

“为什么后来又觉得不是呢？”

法老王也坐下来，其他人也逐一坐下。

“因为你们演技太烂了呀，简直漏洞百出。”

“玩笑话就不说了吧？”

笑匠坐起身子，正色道：“我不知道哪个电视台会有这样的胆量和本事。如果我没有猜错，那具依然新鲜的女性尸体，是从停尸间的雪藏柜里运过来的。”

“那你认为我们是谁？”

“能做到这种事情的，要么是犯罪组织，”笑匠停了停，“要么就是政府特工。”

“又要开玩笑了，让你当笑匠果然没选错。”

脸色青白的年轻人嘻嘻笑着。他的下巴上没有一点胡须。

“你们是警察吧，各种行为举止都明显得很。但是警察找我有何贵干呢？”

饰演电视节目制作人的中年人露出温和的笑意。

“你刚才说我仅仅看到你的文章就邀请你来扮演劫匪很可疑，但你说漏了一点，我还说了我看过你参加的法制节目。”

笑匠歪了歪头：“有说过吗？就算有吧。”

“所以，警察找你是常有的事情吧？听说你和警察相当有渊源。”

“那是很久以前的事情。”

“但是我听说你向警队投过应聘申请。”

“那也是很久以前的事情，更何况你们也看不上我。”

曼哈顿博士哼了一声：“那是因为你风评太糟糕了。”

笑匠转头望着对方：“花了不少功夫嘛。”

“什么花了不少功夫？”

“调查我的事情，原来我这么重要。”

年轻人用手指轻轻弹了一下别在胸前的黄澄澄的笑脸图章。

扮演曼哈顿博士的壮汉恼怒发声：“我早就说这小子不适合，态度太轻浮了。”

“不适合？”

笑匠怔了一下，拧着眉头望向眼前的每个人。

“我叫孙明玉。”中年人淡淡地说，“隶属市公安局刑警支队第六中队。”刑警队长向其他人指了指，“他们都是我的同事。”

“我是姚盼。”扮演丝鬼的女刑警高兴地说，卸下伪装似乎让她感觉很轻松。

“你好，我叫温泉。”长着圆脸的兜帽判官露出和他的名字一样让人宽心的笑容。

“薄文星。”阿星灵活地眨了眨眼，他很年轻，语气也很谦虚，“给你添麻烦了。”

身穿铠甲制服的俊俏医生向笑匠伸出手。

“我是罗加，很高兴认识你。”

笑匠礼节性地和对方握手，但是脸上没多少热乎表情。

最后剩下一脸油彩的曼哈顿博士，他侧过脸去，说：“我没必要告诉他我的名字。”

笑匠松开刑警罗加的手，望向他的上司，说：“人脸和名字都记住了，然后呢？”

刑警队长浅笑了一下，“你觉得今天晚上的事算什么？”

“某种测试吧。”笑匠回答，“因为你既制造了一个所有人暂时无法脱身的局面，又制造了远程监控这么一出，意思无非要求我在规定的时间里破解谜题。你们打算给我的时间是多少？”

“原定是一个晚上，直到第二天中午。但你的精明让人印象深刻，所以我编了一个远程监控的借口，期望你在更短的时间里完成答卷。”

“那我算及格了？”

曼哈顿博士又哼了一声，“少得意，能破案的人不止你一个。”

笑匠微微愕然：“这果然是真实的案件吗？”

刑警队长说：“你也察觉到了。”

“但是你们不是来找我帮忙破案的。”

曼哈顿博士哂道：“谁要你帮忙？别自以为是了，这个案子早已告破。”

解谜者低头思考，心脏蓦然猛烈跳动了一下，他不禁吸了口气。

“难道是……无证之罪？”

听到这个词，曼哈顿博士的身体骤然挺直，脸上的不屑消失了，一种深沉却爬了上来。所有人也似乎受到了不同程度的震动，一时间都沉默不语。

孙明玉冷冷地问："你是猜到的吗？"

笑匠说："既然案子已经告破，但是你们始终耿耿于怀，那么只有一个解释：虽然案情得到破解，但是没有足够的证据指控凶手。"

"谁说我们耿耿于怀了？"

"起码有一点是显而易见的。你们说这是一场测试，但是公安局那种死板的地方绝不可能允许发生这么夸张的事情。也就是说，今天晚上的事情，是你们私底下的安排。"

刑警队长说："是的，这里发生的事情和官方无关。尸体也是我向相熟的验尸官借的。"

"警察干私活儿只有两种可能性：一种是中饱私囊，另外一种就是对某个已经完结的案子耿耿于怀了。"

所有人都露出震动至深的神情，孙明玉轻轻嘘了口气。

"你的敏锐确实让人惊叹，本来我们打算最后再说这件事的。"

笑匠说："关键是这般手法的案子我从来没见过哪里有报道，也就是说，这个手法并未得到官方的承认。"

刑警队长用询问的目光望向曼哈顿博士，但后者的眼睛流露出从未见过的失落，他沉默了一会儿，最后略略点头。

孙明玉也轻轻点头，然后他紧紧望着今天晚上成功破案的人的眼睛。

"你抓住了凶手的尾巴，但是我们失败了。"

6

“你刚才说，使用这个诡计无法实现脱罪的目的——但是在现实中，事情可没这么绝对。”

刑警队长淡淡陈述。

“大概半年前，市局接到报案，一群年轻人在开派对的中途遭遇了入室抢劫，劫匪被当场抓获。起初我们还奇怪，如果只是单纯的抢劫案，而且罪犯又已经被逮捕，交给派出所处理即可。后来才知道，原来现场还出了命案。死者是一个刚满 19 岁的女孩，死因是颅内大量出血，引起严重的脑水肿。从现场的情况来看，死者的致命伤毋庸置疑是从高处坠地造成的。

“当时，在开派对的别墅里除了两个劫匪，还有四男一女。根据现场每个人员的证词，得到这样的情节：包括死者在内，参加派对的人员有五男二女；派对进行到三个小时左右的时候，有一个持刀歹徒闯入，要求现场人员交出财物。随后，劫匪将当时身处客厅里的四男一女锁进杂物间，来到楼上打算翻找众人放在房间里的财物，结果在三楼遇到了另外一男一女。劫匪和这对男女展开追逐，接着发生了停电事件，整栋别墅陷入了黑暗。在黑暗中，被困杂物间的人质破门而出，和楼上的另一个男人会合，最终制伏了劫匪。但是，当电力和照明恢复以后，一个女子的尸体被发现躺在别墅的花园里。专案组很快形成了结论，这名女子在被劫匪追击的过程中，意外从房间的露台坠落死亡。虽然嫌疑犯坚称自己没有对那名女子实施侵害，在停电以后他压根儿没有见到对方，但是过失致人死亡的罪名毫无疑问还是落在了他的头上——哪怕现场留下了众多疑点，最终也没有推翻这个结论。”

“有哪些疑点？”笑匠将手肘支在膝盖上。

“我来说明吧。”扮演医生和铠甲英雄的年轻刑警说道，“第一是死者的情况。死者因坠楼而死这一点无法否认，但是除了后脑的致命伤，她的身上还有多处瘀青和抓伤，这些伤都不是因为从高处坠落造成的。一开始，在别墅里开派对的年轻人，声称死者和他们是朋友关系，但后来证实，死者以及在场的另一个女子都是外围女，也就是所谓的高级应召女郎。从死者的身份以及身上的伤痕推测，死者生前很可能受到了一定程度的虐待。另外，她还喝了很多酒，服用了迷幻药物——不过，这一点倒是支持了意外坠楼这个结论。”

罗加停顿了一下，继续往下说。

“第二个情况是，劫匪在被捕以后，供出了和他里应外合的同伙，也就是当时在别墅里参加派对的男子之一。那名劫匪是一名失业人员，有过偷窃的案底。他声称，案发当晚，他本来正在台球室打球，突然接到那名男子的电话，说有几个富家少爷在别墅里开派对，是个下手捞一笔的大好时机。劫匪和报信的人是表亲戚，也不怀疑他，加上他的表亲反复强调，那栋别墅里存放了大量现金，而里面的人已经喝得东倒西歪，完全没有反抗能力，是个轻轻松松稳赚不赔的买卖。劫匪几乎没有犹豫，在街边买了一把弹簧刀，就打车赶了过去。据送他到别墅的出租车司机证实，为了让司机答应大晚上跑郊外，他付了两倍的车费，由此可见，他对这单买卖抱有很高的期待。可惜结果和他的预期相差太大。他自己也很纳闷，事后不住地说，刚到达别墅的时候，那帮人明明都烂醉如泥，乖乖被关进杂物间里，怎么转眼就变得生龙活虎了。”

笑匠开口问：“他确定在楼上碰到的是另一个女子吗？”

“我们对案情产生怀疑以后，就这个问题曾经反复诘问过嫌疑人。

但是他无法肯定，更加无法否定。那天参加派对的男女，倒没戴什么面具，但是两个女郎都戴了假发，一个是戴的金色长发，另一个是棕色短发，而且穿的外套也不一样——而这两点恰恰是证词的关键。除了他的表亲，那个劫匪对现场所有人的相貌都很陌生，在当时的情形下也不允许他多看几眼。他只能承认，在别墅里，先后见过两个女人，留着不一样的头发，穿着不一样的衣服。而到了最后，棕色短发的那个女子活着，另一个女子倒毙在花园里，金色的假发和外套掉落一旁，事情不是显而易见吗——你要知道，为那些家伙辩护的律师团队可不是吃素的，他们对我们提出的毫无证据支持的猜想，根本嗤之以鼻。”

笑匠沉吟了一下，又问道：“从他接到电话到抵达郊外的别墅，花了多长时间？”

“大概一个半小时。”

笑匠说：“如果那个女子死了以后，别墅里的人立刻想出了这个脱罪之计，马上打电话诱骗那个劫匪来当替罪羊，那么死亡时间的差距也起码有一两个小时吧？这一点不能成为证据吗？”

刑警队长说：“你抓住了关键点。一如你之前说的，这个诡计的最大漏洞是死亡时间的差异。像今天晚上的安排，距离尸体的真实死亡时间太久，是无论如何也无法实现脱罪目的的。但是，如果相差的时间不长，在司法上就难以被认定为实证。”

“一两个小时算相差不多吗？这种死因状况的验尸，死亡时间应该很准确才对。”

“死亡时间相差不到半个小时！甚至更短……”

女刑警姚盼发声道，她的声音有些激动。

笑匠皱起眉：“怎么会这样？”但他很快就猜到了原因。

“那个女子坠楼以后，没有立即死亡。”姚盼语带义愤说道，“她手上有血迹，说明坠地后还有触碰后脑撞击伤口的动作。”

长着一张和善圆脸的刑警也低沉开声：“我们的推测是，死者从楼上摔下来以后，其实还有一口气，但是那帮浑小子不但没有施救，反而绞尽脑汁想把这件事嫁祸给别人。他们任由那个女孩奄奄一息地在草地上躺了一个多小时，直到断气。”

“不！”曼哈顿博士突然低吼了一声，“为了把责任推得一干二净，那些人很可能还下了毒手。”

笑匠点点头：“这种可能性很高，如果这个女孩最后被救活，事情就败露了。所以，那些人估摸着劫匪快到达的时间，通过某些方法加速了那个女孩的死亡。譬如对伤处进行二次伤害。”

年轻刑警薄文星“啊”了一声：“验尸报告里提到，死者后脑的撞击伤处有一些碎石，但是死者坠落的位置是草地附近，其实并没有太多石头。”他说着又叹息了一声，“可惜这些细微的证据也不足以翻案。”

“这是谋杀！”曼哈顿博士在茶几上重重一拳。

这句话让所有人都默不作声。

过了片刻，笑匠说道：“劫匪的那个表亲为什么会配合这件事？他作为同伙，应该也难逃罪责吧？”

刑警队长平淡地说：“相信你也发现了，那几个开派对的孩子可不是寻常人家的。但那个负责联络劫匪的孩子不在此列，他是为首一个富家公子的跟班，平时帮人家跑腿，也跟着吃吃喝喝。出了这样的事情，自然得出来给主子挡枪。”

笑匠说：“另外那名应召女郎呢，她也心甘情愿做伪证吗？她和死者不相识？”

孙明玉静默了一下，回答道：“我不知道她们实际上有多熟，她说和死者仅仅见过几次。只不过，在死者的指甲里发现了好几个人的皮肤组织，包括她的。相应地，死者身上的几处抓伤，上面残留了指甲油，也是属于她的。”

闻言，笑匠也默然不语，过了一会儿才说：“你是说她也是施虐者之一吗？她对此怎么解释呢？”

罗加切入，冷冷地说：“哪有什么解释，开派对大伙儿玩得比较疯嘛。那个女孩满身的瘀伤，不是也一样无须解释？”

笑匠说：“事情最后就这么了结了吗？”

阿星说：“是啊。那个替罪羊被按照入室抢劫和过失致人死亡两罪并罚，判了八年；给他报信的被判了一年，他们现在都蹲在牢房里。至于那几个富家公子，仍旧过着肆无忌惮的日子……”

罗加说：“这就是现实的世界。也许有人会疑惑，怎么会这样呢，这种程度的案子，不是应该几个小时就能解决吗？但是，智慧超群的侦探抓住一个逻辑漏洞，从而把凶手绳之以法，这样的情节只存在于推理故事中。故事里的凶手会主动承认错误，甚至在观众面前痛哭流涕，但在现实的世界里，凶手既不会主动认罪，也不会反省自身，他们会逍遥法外——而所谓程序正义的捍卫者，则会骑在最聪明的侦探头上，把他们打得落花流水。”

刑警说话时没有刻意望向谁，但言语显有所指。笑匠没有回应，他只是说：“死者的家人没有要求追查吗？”

刑警队长答道：“那个女孩没有家人。”

问问题的人怔了一下。

“或者说早已和父母亲人失去联系。”

说话人脸上的皱纹不深，却十分清晰，说话的时候总是微微抖动。

“朋友呢？”

孙明玉微微摇头：“她的尸体在停尸间里放了整整一周，一直没有人来认领。后来可能是某些方面施加了压力，来了一个小瘪三样子的，说是那个孩子经纪公司的人，签了个字把尸体领走了。”

他停了停，用沉静的目光看着笑匠。

“事实上，如果不是因为还有案由，无人认领的尸体三天就要被送到殡仪馆——就和现在楼上躺着的女孩一样。”

他邀请的客人眼睛微微睁大。

“她是……”

“无名尸体。”罗加开口道，“今天凌晨，一个夜钓的老人在城郊的水库旁边发现了她。她倒在水库堤坝的楼梯下面，可能是从路基爬下水库的时候失足摔下去了。她生前喝了很多酒，身上没有任何证明身份的资料。水库周围没有其他人的踪迹，从现场的情况来推断，只能认为是意外。”刑警停了停，“或者说……大半夜独自一人跑到水库去，本来就是……”

罗加没有继续说下去，但大家都明白了他的暗示。

刑警队长接口说：“你知道这座城市每年有多少无名尸体吗？”

笑匠摇头。

“大概 2000 具。他们静默无声地离开这个世界，不知道有谁知道他们的离开，也不知道有谁知道他们曾经来过。”

笑匠问：“如果身份不明，也没有人来认领，这些尸体会被怎么处理？”

“在殡仪馆里存放一段时间，过了防腐期，一般会被送到学校。”

“学校？”

“很多学校都需要尸体，尤其是医学院，做成标本，或者给学生练习解剖。”

笑匠冷冷地说：“所以你们把她当作测试的道具，也算物尽其用了。”

听到对方的诘问，几名刑警都呆了一下，就连他们老大脸上也露出不自在的表情。无论所持的初衷是什么，这件事终究是对死者的不尊重，所以他们都没有辩解。

笑匠轻叹了一声，放缓声调说：“我看那个女孩左边脸上有道伤疤，半年前死去的那位是不是也是？”

罗加点头说：“半年前那个女孩是右眼角有胎记，虽然没有这么明显，但看上去仍然像某种不幸的标记。当我和孙队看到这具尸体时，都有种命运轮回的恍惚感。”

姚盼不无哀伤地说：“对于女孩子来说，这种缺陷让人心疼。而且，那个女孩子之所以受到凌辱，我们猜想和这一点也有关系。那些浑蛋肯定以此作为口实，肆无忌惮地取笑她、欺侮她。”

刑警温泉叹息说：“这两个女孩最后都成了无人认领的冰冷尸体，人生对于她们来说，也许只是一场噩梦。”

笑匠冷冷道：“都是无名女子，又都是身有缺陷，而且死因接近，所以你们选择她作为还原案情的对象吗？”

众人都默然不答，算是默认了。

曼哈顿博士用低沉的声音说了一句：“那个女孩有名字，她叫龚菲——哪怕只是个假名……”

笑匠看了对方一眼，下巴略微抬起。他似乎想起了一件事，但是没有说出来。

他转而望向刑警队长。

“好了，现在可以告诉我让我来这里的原因了吗？”

孙明玉微微颔首，说：“你知道守望者的名字来历吗？”

“什么？你说故事里的人吗？”

“是的，我们今日扮演的那些故事里的超级英雄、他们的出身以及建立这个团体的初衷。”

被邀请而来的客人眉头皱了起来，一个火花在他心中跳动。

“你是说……义警？”

孙明玉点点头：“是的，守望者的前身被称为‘民兵’，最初的成员里就有警察。或者说，正是因为有一些包括警察在内的有志之士意识到，单单依靠机制内的力量难以整治所有的罪恶，所以缔结了这个编外团队。这个团队的每个成员都秉承着和警察一样的对正义的信念，但他们头戴面具，游走在暗夜的边缘，执行着以他们白日的身份无法执行的任务。”

罗加说："如果无条件地捍卫程序正义，只会让更多的杀人凶手逍遥法外，但我宁愿舍弃捍卫它的身份。如果法律和道德的戒尺对有些人无能为力，那么就必须在法律和道德之外制造更有力的戒尺和杖棒。"

"你们打算做类似的事情吗？"

刑警队长沉声问："你是不是觉得很荒谬？"

笑匠叹气说："原本是，但是你们煞费心机在我面前重现这个案子，我也无法不感同身受。"他停下来，自嘲地笑了笑。

"这么说，所谓的测试，不是警察局的入职考试喽？"

薄文星苦笑说："兄弟，你自己也说了，机制内会允许这么玩吗？上峰甚至不让我们重新调查！"

姚盼说："坦率地说，成为守望者一样的团队成员是我从小的梦想。虽然这个梦想很滑稽，但我也有自己的守则——我们想招募你一起参加。"

刑警队长望着他对面的年轻人，眼睛炯炯发光："你有兴趣继续当笑匠吗？"

笑匠叹气："笑匠可是个强盗哦。"随即，他的神情变得十分严肃，"为什么要找我？"

圆脸刑警趋前身体说："我们需要你的帮助——"

刑警队长举起手，把话茬儿接过来。

"我们自身的身份有很多限制，也需要更多来自民间的力量——我们需要你的力量，有人大力推荐了你。"

笑匠说："需要我做什么呢？"

姚盼快声说："那个为首的富家公子是一个在读大学生，他甚至是学校什么推理社团的负责人，不用问就可以知道，那个顶包的诡计是他动的歪脑筋！"

"他和我念的是同一所学校吗？"

"呃……是的，他肯定知道你，所以我们想……"

“果然如此。”笑匠哈哈大笑起来。

“你说什么……”

“说什么招募测试，说什么组建正义联盟，大话说得太好听了。说到底，只是我恰好适合当通风报信或者栽赃嫁祸的小老鼠而已。”

罗加忙道：“不是的，我们重视的是你的头脑和正义感。”

“因为有人大力推荐我吗？”

“当然——”

“没有这样的人，请把谎言收回去吧。”笑匠冷冷打断对方，“没有人会推荐我，这样的人早就不在了，你们不过是看过几份档案而已。”

几个刑警齐齐呆了一下，一时间无言以对。

刑警头子说：“那么，你的意思是你没有兴趣吗？”

笑匠肯定道：“没有兴趣。”

“连我们的计划也不想听？”

“我没兴趣当什么蒙面义警，也没有靠自己去维护正义的觉悟。”

几个刑警的脸都拉了下来，女刑警说：“哪怕知道有人平白无故地死去，凶手却没有受到一丝惩罚，你也觉得无所谓吗？”

“这和我没有关系。”

女刑警看向曼哈顿博士，说：“霍大哥，你说的一点都没错，他根本就不适合。”后者默然没有说话。

罗加也摇头说：“我们看错你了，我们以为你会更有责任感。”

笑匠冷笑着说：“把自己的失败归咎为规则的不完善，把抓住犯人的责任推给别人，你们不觉得可耻吗？”

面相温和的温泉眯起小眼睛，声音变得尖锐：“你这么说有点过分了。”

“惩戒有罪的人、保护弱小的人不是警察的责任吗？为什么要把责任和规则推给别人？”

年轻刑警薄文星跳了起来：“我们没有把责任推给别人，我们打算自己动手！”

笑匠说：“当你们舍弃警察的身份，就成了警察以外的人。舍弃规则的行为，无论把话编得多么好听，都只是一种逃避而已。”

“什么叫逃避！我们只是希望采取灵活的手段——”

“把一具陌生人的尸体拿来当道具，就是你们口中的灵活手段吗？既然你们有这样的决心，就该在规则之内把本职工作做得更好。”

“别说风凉话了——”

“算了！”

众人循声望去，看到打断他们争论的人是曼哈顿博士。

“嗯，算了。”罗加说，“就算没有这个人帮忙，我们一样可以做这件事——”

“我是说这件事算了……”

曼哈顿博士发出低沉而坚定的声音，他伸手指了指整晚和他唱对台戏的那个人。

“他说得没错，舍弃了规则，我们就什么都不是了。这只是逃避责任而已。”

众人都看着他，不说话。

那个画了一脸油彩，整个一粗汉子形象的刑警用手搓了搓脸，向着刑警队长露出苦笑。

“老孙，我们……我说我……怎么会认可这种事情呢？你说得对，这真够荒谬的。”

他看上去有点疲惫，但是眼神比任何时候都要认真。

笑匠看着那个姓霍的刑警，说了一声：“原来如此。”

7

“什么原来如此？”

刑警不满地回望，虽然他刚才认可了对方的话，但是心里的愤懑还在。

“我收回之前说过的话。”笑匠说，“我说你在今天晚上的表演里戏份最少，角色可有可无。这句话我收回。”

曼哈顿博士闷哼说：“我是不会戴着面具表演，我已经说了，整件事都很荒谬。”

“你的演技确实很糟糕，”笑匠用促狭的语气说，“我刚到的时候，你偷偷查看我的背包，我想，你是忍不住要确认我带来的霰弹枪是不是你们给我发的玩具吧？真够沉不住气呀。”

壮汉脸色涨红，但说不出反驳的话。

孙明玉叹道：“老霍比较谨慎……”

“可不是，他的言行太像一个警察了。说出不能带枪上楼，因为在黑暗中交火会很危险的话时，那凛然的气势真的很让人佩服。”

“你到这个时候还要嘲讽人吗？”女刑警姚盼疾声说，“我觉得霍大哥扮演得很好。你说我们每个人都犯了错误，被你抓住破绽，但是霍大哥一点错都没有出。”

笑匠摇头：“不，他犯了比你们都要大得多的错误。我最初猜测罗夏的尸体早就放置在花园里，就是因为他犯的错误。”

"他犯了什么错误？"

笑匠手指交叉，用拇指抵着下巴，望着曼哈顿博士。

"罗夏的尸体是你负责搬运的吧？这件事是你今天晚上负责的主要任务。"

姓霍的刑警脸色变化着，他直直盯着对方，但没有开口。

孙明玉说："为什么我们需要搬运罗夏的尸体？"

"因为不知道雨什么时候下、什么时候停。"解谜者淡淡地说，"你们必须今天安排这个聚会，但是天气预报有雨这件事是个需要解决的问题。因为如果提前把尸体放在露天的场所，一旦下雨会被打湿，而如果后来雨又停了的话，那么浑身湿透的尸体立刻就会暴露矛盾之处。所以，你们需要安排一个人，专门负责根据天气的变化对死者的尸体进行移动。"

孙明玉淡淡地说："是的，我们没有选择。虽然我找了相熟的验尸官帮忙，但是尸体最多只能征用两天。"他竖起两个手指头。

笑匠看着他，露出不怀好意的笑容。

"我想，今天的天气，反而让你觉得刚好吧？"

"我不明白你的意思。"

"不说这个了——总之，今天的雨就是这样下一阵停一阵。"笑匠转向曼哈顿博士，"开始下雨的时候，我看见你匆匆忙忙地关上阳台门，身上被雨水打湿了。其实你是刚跑到花园里，把罗夏的尸体搬到了雨水淋不到的地方。到了追逐战快结束时，你看到雨几乎停了，就连忙赶到花园，把尸体重新搬回露台的下方。但是这里有一个细节需要考虑，那就是，如果要模拟罗夏是从露台掉下楼的，那么她在露台上逗留的时候理应多少被雨打湿才对。所以，你往她身上浇了不多不少的水。我想，这个这么周密的安排，是孙队长给你的指示。"

孙明玉说："是我们一起商量的。"

笑匠浅笑了一下："可惜，霍警官没有严格执行这个指示。"

“什么意思？”

“仰躺在地上的罗夏，衣服只湿了前面的一半，但是毛织的头罩却整个湿透了。这一点很奇怪呢，按理来说，两者不是应该湿度差不多才对吗？”

“什么？这是……”

笑匠淡淡地说：“如果我没有猜错，霍警官往尸体上浇了水，然后摘下罗夏的头罩，单独把头罩弄湿，然后重新给死者戴上了。”

笑匠看着曼哈顿博士，后者抿住嘴唇，侧过脸去。

罗加皱眉说：“老霍，你干吗这么麻烦？”

“如果不能体会他的用心，你这个同伴当得不够称职呢。”

罗加呆了一下，然后哑言地张了张嘴。

孙明玉静默了一会儿，说：“是因为不忍心吗？”

“我想，这是唯一的解释。”笑匠说，“虽然面对的是一具无名的冰冷尸体，但是霍警官不忍心直接朝她的头和脸上泼水。尽管当时时间很紧张，但他还是选择先把蒙在死者头上的面具轻轻取下，浸湿，然后给她重新戴上。”

这些话在众人心里掀起了波澜，大家都不说话。隔了一会儿，曼哈顿博士冷冷地说：“你说这些干什么？”

笑匠诚恳地说：“你虽然态度恶劣，但是从来不会对人动粗，对待每个人，哪怕是已逝者，无一不心怀尊重。你是一个真正的警察。”

刑警哼道：“给我戴高帽也没有用，我当然是警察。”

“半年前那个案子是你经办的吧？”

霍姓刑警愕然而对，笑匠继续说：“这一点再明显不过了，你是对这个案件最耿耿于怀的那个。而他们——”他指了指剩下的五个刑警，“作为你的同伴和朋友，一直都很担心你的状态。”

“哎，你想说什么呀？”

“我想说的只是，如果漠视规则，就会带来新的痛苦。譬如，从停尸间取出一具陌生尸体当作道具，这么一件小事也会给真正的警察带来内心的挣扎。”

曼哈顿博士扬起眉毛想说什么，但他的话陡然卡在喉咙里了。他身体微抖，用惊愕的神情望向刑警队长，接着，他又逐一看向其他的刑警。

“难道说，你们……”

孙明玉看着笑匠，叹道：“这一点你又是什么时候发现的？”

“很早呀。说什么为了招募我，编一大段大话，甚至不惜偷偷运来一具尸体，怎么想都过于夸张了。我不认为这是刑警应有的表现，除非他们做这件事另有目的。当然，确认这件事是你们刚才围攻我的时候。”

孙明玉说：“你就不能不拆穿吗？这样做说不定会有反效果。”

“我想，不会啦，霍警官是明白人。”

曼哈顿博士脸上仍然爬满疑惑，瞪着眼睛。孙明玉歉然道：“老霍，不好意思啦。”

老霍默然半晌，似乎终于明白了一切，长长地嘘了一口气。

“原来你们一直在骗我。老孙说制订了一个周详的计划，并且找到适合的线人帮忙，其实是为了抢先一步，打消我动私刑的念头吧。”

姚盼说：“霍大哥，我们知道你不会乱来，只是觉得你一直很消沉——”

霍姓刑警摇头：“不，我确实有过动私刑的念头。这个案件的卷宗合上以后，很多人和我说，那些人皮烂心的浑小子以前还干过更过分的事情，还不是一样一笔勾销了？但是我无法做到一笔勾销。我去过那个小子的学校几次，看着他驾驶跑车在校道上呜呜开过，看着他在社团新生见面会上派发他自己写的书，把手放在女学生的腰间。我想，再过一段时间，他甚至会得意地把他的‘完全犯罪’写成侦探故事吧。他是一个年轻而有活力的生命，他应该为夺走另一个年轻而有活力的生命付出代价。”

孙明玉说："我们的心情和你的一样。这个计划不是假的，如果你点头，我们就一起去做，这一点没有变化。"

曼哈顿博士露出苦笑："别开玩笑了，虽然我的脑子转速比你们慢一些，但到这个份儿上还看不明白，以后就别当警察了。你让我负责搬运尸体的时候，我就应该想到……不，当你们向我提出这个计划时，我就应该想到，我也是昏了头。谢谢你们照顾我的自尊心。"

"抱歉……"罗加说，"你别多想。"

"别误会，我是真心感谢。"壮汉刑警认真地说，"老孙知道的，我是真的昏了头，我心里的天平已经摇摇欲坠。你们知道和我这种倔驴讲道理没有用，所以干脆顺着我的话来说，让我自己被自己的舌头绊住。这一招真的很精彩。对我这种人来说，要让他理解一件事情的荒谬，最好的办法是让他自己去做一次。"

他停了一下，脸上浮现出粗野形象之外的惆怅。

"我向那个女孩的身上浇了一瓢冷水，但当我准备浇下第二瓢的时候手却不听使唤了。我生出了恐慌。我想，如果我就这么朝那具冰冷的身躯照头淋下冰冷的水，我的心也会变得冰冷。一个内心冰冷的人，又有什么资格谈论公道呢？所以我伸手将那个女孩的头罩摘了下来……她很年轻，比半年前那个女孩还要年轻，她紧闭的眼睛和鲜明的伤疤，都安详得让人不安……我把头罩打湿，又重新给她戴上，但是一种更加巨大的恐慌抓住了我。我到底在干什么呢？如果向一具陌生尸体浇水这样的事情都能让我犹豫不决，我确定自己可以做到那些距离法规更远的事情吗……那个瞬间，我就在内心里放弃了——"刑警指了指饰演劫匪的人，"虽然不想承认，但是这小子说得不错，漠视规则只会带来新的痛苦。"他又转向他的同僚："你们苦心演了这一场戏，说到底就是要我明白这个道理。"

众人一阵沉默，曼哈顿博士突然"哈"了一声。

"搞什么——原来今天晚上的真人秀节目，我才是嘉宾！现在底细拆穿了，就此散了吧。"

8

“对这个案子不再管了吗？”刑警队长看着他的搭档。

曼哈顿博士沉默了一会儿，叹道：“暂时放一边吧，除非找到新证据——往后的日子里，我会准时上班打卡的。就像这小子说的，在规则之内把本职工作做好。”

他的同伴们默然不语，他们得到了他们想要的结果，但是怅然的气氛仍旧未散。

“如果我答应帮忙呢？”

笑匠突然发问，所有刑警都呆住了。

“你说什么？”

“我说，如果我答应加入你们，这件事要怎么收场呢？”

孙明玉想了想，说：“那我们就去做。”

曼哈顿博士皱眉道：“你还要开玩笑吗？”

“不是开玩笑。”刑警队长说，“这个案子需要一个句号。今天凌晨，我和罗加在停尸间看到这具女性尸体的时候，我就做了这个决定。在今天这场表演结束之时，如果老霍你解开了心结，事情到此为止；如果结果是另外一个，这位年轻人又同意相助，那我们就按计划执行。我们每个人都参加，一个都不落下。”

孙明玉语气坚决，他的其他同伴们也露出坚定的眼神。这让曼哈顿博士说不出话来。

笑匠对刑警队长说："你还有别的想法吧？"

孙明玉斜斜地看过来，不动声色，也没有答话。曼哈顿博士说："什么别的想法？"

揭秘人说："我还有一个猜想。这栋别墅和那宗案件的案发现场完全一样吗？"

姚盼说："是结构完全相同的房子。案发的别墅就在不远处，但那是私人住宅，我们自然无法征用。那栋别墅是其中一个富家子弟的家产。"

"那栋别墅现在还住人吗？"

"结案解封以后一直空着，我听说屋主想处理掉，但目前没有卖出去。你问这个干什么？你说的是什么猜想？"

"没有啦，我只是奇怪你们为什么要这么完整地还原案情，连案发场地都保持一致。"

罗加说："因为我们希望你能够介入这个案件，真切地体会受害者和替罪羊的心情。至于完整地模拟作案过程，则是想对你的判断能力进行测试。"

笑匠说："如果只是测试，主线吻合即可，有必要做得这么精细吗？"

"你认为我还有什么想法？"刑警队长看着对方。

"希望我从中发现能够翻案的新线索。"

薄文星不满地叫道："别自视过高了，我们对这个案件早就进行过反复的研究。你以为一个外行人单凭一次案件模拟就能发现一队警察都发现不了的漏洞？"

罗加的语气里也有一些不悦："你的洞察能力确实让人惊叹，但是别想多了。我刚才就说过，现实世界和推理小说是两回事。如果有过硬的证据，我们早就把那些浑小子丢进牢房里了。"

刑警队长摆了摆手，他这个动作的意思让他的部下都吃了一惊。

“不。”孙明玉说，“我确实对他抱有期待。”看到部下都张着嘴巴，刑警队长望向笑匠：“唉，你这个人太过骄傲，我们也有身为警察的自尊要维护，所以这个期待只是我个人的期待。你发现了什么吗？”

年轻人轻笑了一下，但随即敛去笑意，换上谨慎的语调。

“我也不能确定，关键要看你们对那宗案件的还原程度有多高。”

“能够模拟的我们都模拟了，包括现场的状态。”

“包括后备楼梯没有全部打开的状态吗？”

刑警队长愣了一下，眼睛里的光慢慢亮起。

“果然……那段楼梯有问题吗？”

“因为我没想明白你们把那段楼梯收起来一点点的用意何在。”

罗加说：“就是为了营造一种罗夏在放下楼梯的过程中被人推下楼的错觉。”

笑匠说：“嗯，一开始我也受到了误导。但是，从你们的整体安排来看，这个布置就有点画蛇添足了。只是为了嫁祸于我而已，有必要非要营造一个人被推下去的现场吗？而且，这里还有一个逻辑矛盾之处：当初你们声称罗夏在花园和三楼房间之间来回了两次，但是既然楼梯早已放下，时间又如此紧迫，罗夏何必把楼梯重新收起呢？这种矛盾的布置，无异于你们给自己找麻烦——所以我想，是不是因为在那宗案件里也是同样的情况，所以你们把情景照搬了过来。”

孙明玉说：“你说得对！在那个案件里，三楼房间露台直通花园的楼梯，差一点没有完全打开。对这一点我心里也有疑惑，但是得不出结论，所以把这个细节还原了。”

“在案件里，对这段半开的楼梯是怎么解释的呢？”

温泉开口说：“当事人当然每个都声称自己不知道，不过按照我们对案情的推断，只能理解为是那些浑小子在故意混淆调查方向。”

“让警方认为劫匪把人推下楼了？”

“嗯，因为虽然只是收起来了一点，但是楼梯没有卡紧，所以人就没法爬下去。”

“但是这样一来，不就和今天晚上的安排存在同样的逻辑问题了吗？”笑匠摊手说，“为什么要让警方认为人是被推下去的呢？制造一个清晰无疑的意外现场不是更好吗？从脱罪的角度来看，这种误导完全没有必要，反而会驱使警方深入调查，而且替罪羊的反抗也会更加激烈。”

孙明玉点头说：“我也有同感，所以觉得困惑。你觉得是怎么回事？”

笑匠说：“那段楼梯的状态不是那几个学生所为。”

“不是他们做的？”

“嗯，他们甚至没有意识到这件事。如果我没有猜错，那段楼梯本身是完全打开的。那几个学生原本想制造的现场应该是女孩因为被歹徒追击，从楼梯上往下爬的时候失足摔了下去。这样的局面最容易被警方定性为意外事故，顶罪的人也好摆平得多。”

温泉侧头说：“你说得有道理，但是楼梯——”

笑匠打断他：“我想问一件事：控制紧急楼梯的摇杆，是不是楼上和楼下各有一个？”

这个问题让刑警们面面相觑，孙明玉想了想，说：“应该有，这样才能方便放下和收起楼梯。譬如，从露台上爬下花园以后，可以在花园这边把楼梯收起来——为什么问这个？”

“我在想，也许方向反了。”

“方向反了？”

“楼梯不是没有完全放下，而是被人收了起来，从花园这边。”

“从花园这边收起来？被谁呢？”

“还能被谁呢？”

姚盼张了张嘴，然后捂住：“你是说……死者吗？”

曼哈顿博士变了脸色：“你说什么？龚菲把楼梯收起来，她……”

笑匠淡淡说："那个女孩叫作龚菲对吧？在劫匪到场时，也许她还没有断气。"

女刑警颤声说："你是指那些恶棍对她进行二次伤害以后吗？"

年轻的解密人点点头："她还有一口气。当那些侵害她的人离开以后，她从地上爬起，把头顶上方的后备楼梯收起了一些。"

"她……她为什么要这么做……"

"因为她知道那些人要将她的死伪造成意外，所以把楼梯收起——"笑匠略略垂下眼光，"这是她的死亡留言。"

曼哈顿博士旋即站起，大踏步走向花园外面。其他刑警也紧跟其后。他们绕到花园后方，果然在罗夏原来躺卧的位置附近，找到控制后备楼梯开合的摇杆。屋檐的正下方有条走廊，那个摇杆隐藏在一根柱子背后，如果没人提起这件事，谁也不会注意到。

刑警们望着那个摇杆，都一阵沉默。薄文星露出不敢置信的表情，他断断续续地说："这……一段距离，她……"

摇杆和死者躺卧的位置虽然离得不远，但是毕竟不是伸手就能够着的地方。如果那个濒临死亡的女孩真的做到了这一点，那几乎是一个奇迹。

"她是因为没有力气了，所以只把楼梯摇起了一点吗？"姚盼问。

"我想，不是这样的。"笑匠轻轻摇头，"那个女孩只把楼梯收起一点点，是不想让那些人发现她做了这件事。既然是指认凶手的留言，如果被凶手发现而清理掉就毫无意义了。证明这一点的是，她最后没有倒在摇杆下面，而是回到了原来躺的地方。"

"她……又回到原位置了吗？"

"是的，为了不让那些人察觉，她挣扎着回到了原地。"

罗加沉吟说："她只把楼梯收起来一点点，这样哪怕那些人事后发现，也只会以为是当初把楼梯放下来时没有放尽而已。"

孙明玉叹道："那个女孩临死之前留下了一条需要潜心思考才能抓

住的线索。这条线索，是给负责调查也就是作为警察的我们留下的。”

笑匠说：“因为她相信警察。”

姚盼说：“但是我们辜负了她，那是她向我们发出的呼喊！如果我们当时就发现……”

“也许现在还有机会。”

“现在还有机会？”

笑匠略略点头，但是他的表情很谨慎：“我已经说过了，我无法确认。罗警官说得对，我只是小说里头那种纸上谈兵的私人侦探，包括刚才说的一切都仅仅是揣测。”

罗加有点忸怩，但还是诚恳地说：“我言过其实了，请你接着说吧。”

笑匠说：“我已经说完了，我无法确认，但是你们可以，确认是警察的工作——那个女孩的手里不是沾了血吗？”

姚盼“啊”了一声：“她伸手摸了头上的伤口！这么说，摇杆上……”

笑匠说：“我不知道血迹算不算过硬的证据，不过，如果那个女孩真的对外做出了呼喊，我想，她会在摇杆上留下痕迹——那些血迹就是她的呼喊。”

薄文星霍然站直：“那栋别墅现在还空置着吗？解封以后有人进去过吗？”

孙明玉说：“我们的朋友已经说过了，确认是警察的工作。”

曼哈顿博士一言不发，转身向外走去。

笑匠说：“要走了吗？锁住门的铁链不是还在吗？”

薄文星说：“那个保险锁是个魔术道具，看上去锁孔被人灌了胶水，无法插入钥匙，其实只要拨动锁杆后面的小开关，就能把锁打开。”

众人离开花园，径直走到玄关。薄文星几下就把保险锁和铁链解了下来。别墅的大门被推开，户外清冽的空气流淌进来。

这座以假面为名的暴风雪别墅，现在已经解除了封锁。

众人走到房子外面，雨后的天空有一种静谧的蓝色，甚至有星光从薄云之中透射出来。

温泉拍了拍自己的圆脸，说："你们去吧，我在这里看着罗夏的尸体。"

薄文星手里举着那把已经解开的保险锁，对笑匠笑了笑，说："这个障眼法的小道具，最适合用来打造密室杀人什么的了——下次我们邀请你破解另一个谜题吧。"

姚盼也向年轻的客人眨了眨眼睛："我同意你是个纸上谈兵的家伙。你看，这个锁你也不检查一下，我们说打不开你就信了。罗夏的尸体有没有问题你也不多看两眼——还有，丢进游泳池里的手机都是假货啦，不然成本多高。"

笑匠看着她，微微一笑："因为我相信警察呀。"

女警官略略呆了一下，然后用肩膀轻撞对方："但是我把你的手机踩坏了……作为补偿，姐姐请你吃饭吧。"

罗加向客人伸手："我们必须向你道谢，剩下的请交给我们吧！后会有期！"

笑匠没有伸手，而是指了指别在胸前的黄澄澄的笑脸图章。

"别后会有期了。在守望者的故事里，从高楼坠下、死于非命的人可是我。我很高兴这个图章今天晚上没有染上血迹[①]，但不知道下次还会不会这么走运。我走啦，各位好梦。"

"稍等一下。"孙明玉叫住他，"为什么你会答应接受这个聚会的邀请？"

笑匠侧头想了想，怪声怪气地说："不知道呀，也许是最近在家闲得慌吧。"

"你没有工作吗？"

---

① 指电影《守望者》中的情节，笑匠遭谋杀坠楼，黄色笑脸图标上沾染鲜血。

“哎呀，还没着落。”

“你说，会推荐你的人早就不在了。”刑警队长定神看着他，“如果我来当这个推荐人呢？”

“啊？推荐我干什么？”

已经急匆匆走在前面的曼哈顿博士突然折返回来。

“我可没兴趣和这个小子共事！”那个身材魁梧的刑警朝他的头儿粗声说，“我霍鑫看着他烦——你要推荐的话，就推荐他到别的组。”

笑匠乐了，他故意向对方伸出手。

“霍警官，你好，我叫杜学弧，很高兴认识你。”

刑警霍鑫闷闷不乐地和他握手，说：“我可不高兴——你的名字我们早就知道。”

笑匠嘻嘻笑着，向黑漆漆的停车坪走去。

走了几步，他蓦然转身，伸手抓抓满头的发胶，然后戴上之前去掉的笑匠的眼罩。

“大晚上跑山路好像挺危险的，”那个没有胡子的白脸小子若无其事地说，“我还是跟各位警官一道走吧。”

真相

——极致的献身

第一章

上午 7 点 35 分，罗伊像平常一样跟随微光醒来。他用手指按压太阳穴，低声发出指令，灰蓝色的窗帘徐徐展开，上部比下部移动得快一些，像潮汐的波浪。罗伊喜欢这个设计。他买下这套公寓的时候，年轻的房产中介问他，靠街的墙壁喜欢落地窗还是整幅的全息屏：前者可以自由调整透明度，后者则任何时候都落英缤纷。罗伊回答说想装窗帘。生活与自然同步拉开序幕，罗伊觉得自己需要这样的仪式感。尤其在半睡半醒之时，他的灵魂总在叫喊：今天是什么日子？今天是生存的第几天？今天到底开始没有？

庞然大物跃入骤然明亮的房间。巨大的阴影顺着墙壁爬行，一大排类似暖气片的光栅，簌簌而过。那是晨班的公交车，每天 6 点 30 分首发，满座率大约是 2/3。罗伊走到窗边，掩着眼睛等待狭长的车厢消失在天边，然后望向陈旧的街区。街上的民房以改性塑料为主材，堆堆叠叠，排列得杂乱无章，仿佛是垃圾桶朝下一倒而成。天没透亮，卖早餐的店铺已经升起了白蒙蒙的炊烟，像着了火，肮脏简陋的菜市场熙熙攘攘，高悬的价格牌晃得像走马灯。这种喧闹会一直维持到黄昏。到了晚上，这些建筑物会堆成一坨，让人看不见来去的路。公寓在20楼，商住两用，罗伊一早就知道这里风景欠佳，而且距离公交车的高架轨道近，所以卖房子的小伙子建议他安装全息屏，一举两得。不过罗伊无所谓，只要隔音就行。下雨的夜晚，他独自坐在窗边，能看见一片千沟万壑的断层，闪闪发光。

像峡谷，罗伊每次都这么想。

"你说到点上了，将案件性质进行区分，已是刻不容缓之事！"

因为感知到脚步声，晨间新闻开始播报，两个政客在客厅里唇枪舌剑。罗伊从客厅中间穿过，将他们的头像摔在墙上。罗伊认得血脉偾张的那个议员——他叫杜楚尼，知道他们在说《城市综治法案》即将出台的事，就驻足看了一会儿。

"你在偷换概念，削减城市治安预算的初衷是还政于民，而不是转移到其他领域。"

"理想主义者！政府绝不应当弱化维持秩序的决心和力量，尤其是考虑到当前时局的严峻性，这份决心和力量更是半点不能弱化。"

"你不是说公民层面的命案发生率已经下降到二十年来的最低点了吗？缩短案件追诉期的议案也是由你口中提出的。"

"这正是进行案件分类的原因，要把有限的预算投到更紧迫的领域。尽快建立更为强大和独立的维稳队伍，才是忠于国家的举措！"

"同样是死人，因为死因不同就应该给予差别待遇吗……"

罗伊转身走进浴室，两个圆头圆脑的政客闭嘴消失了。

洗澡的时候，因为喷雾的声音太大，铃声响了三次罗伊才听见。还是应该选择皮下植入，罗伊一边想一边伸手，把胶圈贴在耳垂上，胶圈的边缘亮起红光。

"您有一条新消息。"

情景小姐看上去想现身，罗伊摆手制止了她，毕竟他赤裸着身体。

于是情景小姐变成一排橙色的音阶，在空中长长短短地闪耀、旋转。

她用甜美的语音说道:“速来，有命案。”

罗伊驾驶“工蚁”穿越城市的边缘。这种车只能贴地走，对付坑坑洼洼的地形有时会力有不逮。能飞天遁地的单人机和名牌轿车的售价差不多，天上也不少，但是一般职务的警员买不起。今天天气不是很好，离开居民区，天空中的飞行器就少了，路上跑的车都很脏。越过从天而降状如瀑布的防风带以后，更是黄沙滚滚，只能看见一排接一排的输送管，它们像管风琴般发出“呜呜”巨响。城市的边缘地带竖着高高的电网，把一大片区域团团围住，里面只有残墙断壁。那是城市暴乱的遗迹，被称为“国营乱葬岗”，官方的封锁年限是三十年。

沿着和输送管平行的公路行驶，不久，眼前出现白色的农场。它们的特征是采取全封闭管理，宇航服材质的棚壁宽大臃肿，像一群巨大的蚕虫，凭空出现在广袤的土地上。罗伊从驾驶舱里探头张望，估算着农场的规模，但虫群一直爬向尘雾深处，望不见尽头。有一个农场插满了花花绿绿的旗帜，像个武净，上空悬浮着巨大的“13”字样。

罗伊在距离农场两里外的林地停车，定位就在这里。下车后，他伸手压了压圆边帽子，心里有些奇怪，现场看上去比他想象的冷清。转过一片灌木，罗伊看见自己的同事三三两两地围着一间农房，但没有拉隔离带。反正无人围观，罗伊心想。武田从一棵树后面走出来，和他打招呼，这让罗伊愕然停步。

“你戳在这里干吗？”

“看来没我们啥事了。”他的搭档刚抽完烟，捏碎滤嘴后手插在裤袋里。

“不是命案吗？”

“死的不是人。”

两人并肩走进现场。那间木屋又小又旧，不知道建于什么年代，也不知道当初因何而建。木屋外墙有绿色颜料的痕迹，但里面的木头已经黑透，罗伊摸了一下，指尖都是粉末。墙上有几个洞，估计原本是窗。9点钟的阳光穿透云层、灰土和树叶，透过那些洞照进来，房间中间有一张靠背椅。一个人坐在椅子上，下巴抵着胸膛。

罗伊蹲下来观察。男性，头发一半脱落，一半披着，仿佛一碗面条淋在头顶。外露的皮肤干枯得像深秋的禾草，脸上皱如核桃，尤其是两颊深深塌陷，估计牙槽早就空空如也。一条灰色的绷带松垮垮地围着半张脸，一边从腮帮上垂落，一边挂在眉角上，上面有黑色发硬的污迹。那绷带欲盖弥彰，向里窥探，眼窝的部位剩下两个暗红色的洞——眼球不见踪影。那个躯体散发着浓重的臭味，很多地方开始腐败，露出玫红色黏糊糊的肌肉组织。

“不是人？”

罗伊用手支着膝盖，望向武田。

“是兔子。”

“能确定吗？”

“看一眼就知道，衰退得这么明显。你没见过到期的兔子？”

“见过。”警长罗伊平淡回答，“不过，过度化疗或者受到严重辐射也会变成这个样子。安排做鉴定了吗？”

武田不说话，罗伊再次望向他。搭档摊开手：“穿白大褂的人已经来过了，结果等几天吧。”

警长扭头向外望了一眼：“怎么发现的？”

“附近有一家人来露营，昨天看到一个衣衫破烂的人经过，并且蒙着眼摸摸索索地走进了树林。那家的小男孩因为好奇，今天一早跑进树林里察看，结果发现了这间木屋。”

“蒙着眼？那家人看见的是‘他’……”

“是这么指认的——兔子会自己走两步也没什么稀奇的。”

“我觉得有必要追。”

“肯定会挖。”搭档耸耸肩，“就算你不说，上尉也不会放过这个机会。”

警长说：“我没想机会不机会的。”

武田走到一边，看上去想尽快离开，因为空气里的气味令人欲呕，但最后他只走到窗户旁边，用指骨敲打窗框。

武田比他年轻几岁，罗伊想起几年前，他的搭档碰到案子也积极得像一条缉毒犬，后来遇到一宗连环杀人案，大伙儿热火朝天地围剿了两个月，在眼看要抓住人的紧要关头，综合治安纠察局却把案子连汤带肉全盘端走了，理由是嫌疑犯参加过 OOP 联盟的宣传集会。从那以后，包括武田在内的许多警队成员都有点消极怠工。他们的队长柯鲁奇上尉，也不止一次在多喝两杯以后拍桌子：他们想把警察描画成领空饷的废物，然后让警察自己申请下岗！

不过罗伊不管这些，他是个守旧的人，当下的世界已经够诡异了，尽忠职守是让灵魂保持完整的唯一办法。

警长扶着帽子，站起身，环顾四周。木屋里有饭桌、水壶，墙上有挂饰，虽然残破，但并没有到令人不忍直视的程度。

“有人在这里待过一段时间。”

武田闻言走过来：“确实有些疑点！”他看上去情绪高涨了一些，“你说谁会把兔子的眼睛挖走呢？又是为了什么？”

“不知道，不过我听说连黑市都有人掌握这种技术，费用也不高。”

搭档张大了嘴巴：“你是不是在想夸张的事情？但是据说成功率很低，而且兔子的保质期能多长？三年？四年？一心想续命的话，还不如把自己冰冻起来。”

“如果是被人胁迫的呢？”

年轻警员的眼睛骤然亮起来：“如果真是这样，那就是大案子了！”他走来走去，又说，“还有一种可能。”

罗伊打断他：“我们都别乱猜了，先查是不是从农场跑出来的。”

年轻警员点头：“已经在查了。”

两人走出木屋，一个警员迎面走来，没停步就开始汇报。

“农场说排查过，没有丢失克隆人。”

走进白色大棚以后，罗伊觉得用工环境比他想象中要好，而且克隆人劳动的姿态也没有他想象中的刻板。

13号农场的负责人望了他一眼：“警官是不是以为，在这里能看到一大群赤膊的黑奴排着队摘棉花的场景？”

农场负责人叫旺达斯，武田私下说这名字听着像小狗的。但看到其尊容才会发现他身材高大，蓄着大胡子，胡子纯白色，像抹了一脸剃须膏。负责人语气温和，所以虽然带有讽刺的意味，警长也没有动气。罗伊坦然说：“我第一次到农场。”

旺达斯说：“第一次来的人表情都一样，但我们一直信守人道主义。”

罗伊望向一望无际的田地，有些克隆人在检测样本，有些则操纵着各种机械设备。他们的动作灵活、娴熟，也自由，但是如果仔细观察，就会发现他们并无神情。罗伊听说这样的郊外农场有几十个，每日通过输送管道为周边的卫星城提供物资补给，包括食物和工业原料。

封闭的硕大白色空间里，飘荡起悠扬的钢琴曲。

武田问：“这是干吗？”

农场负责人回答：“到休息时间了。”

“兔子需要休息吗？”

“当然，”对方冷冷地白了他一眼，“他们不是机器。就连机器也要休息。”

警察不在意地耸耸肩：“设定程序不就好了，或者打个铃？”

外貌如圣诞老人的农场负责人脸色不悦，但没有反驳。

罗伊看见有些克隆人坐了下来，有些原地站着。一曲终了，他们又动作划一地重新投入工作。罗伊看了一下时间，钢琴曲时长五分钟。其实他心里认同搭档的话，设定程序就好了。

“他们的智力水平怎么样？”

“你说什么？”农场负责人皱皱眉。

“他们，”罗伊向形如机器的人群指了指，“能够说话吗？”

旺达斯吹了吹胡子：“基本不会。有一些工种能够对答，但都是程序的作用。”

“有过失控的情况吗？譬如自己乱跑？”

“有。”农场负责人开诚布公地说，“导航有时会不准，但是案例很少。”

“会跑到农场外面吗？”

“这种情况从没发生过。”农场负责人直视警察的眼睛，“没必要兜圈子，我明白你们想问什么。第一次来这里的人，心里都转着相同的念头，但实际情况和你们想的不一样。”

警长笑笑说：“我想问什么？”

“自主意识一类的问题，但这类问题最好由生产商和哲学家回答。”

大胡子停顿了一下，叹了口气：“你们警察都是不依不饶的人，一定要我承认也无所谓——他们只是人形的机器，只不过损坏时会流血，而不是崩了一个齿轮。”

武田哂道：“既然如此，何必让他们听音乐？”

农场负责人脸色有些涨红，这让他更像圣诞老人。他提高了声调：“他们虽然没有灵魂，但我们应该对上帝按照其外观创造的事物予以尊重！”

警长望着说话者：“克隆劳工从事的工作，不能全部用智能化的机器代替吗？”

负责人窒了一下，略略低下头：“有一些不行……而且机器比他们贵。”

罗伊点点头，望向广袤的白色田野和散布其中的人形机器。

旺达斯叹息说：“这里面还有股东和公众的需求。”

“股东和公众的需求？”

“我的商品是由人生产的，天然、安全、品质好，这样的商品价格更高。”

“原来如此，当有需要的时候，就把他们视为人吗？”

罗伊看见农场的负责人背驼起来，这显示他已经是一个上了岁数的老人。在他年轻的时候，这种事情一定尚未大行其道。罗伊想，这个老人让那些毫无知觉的肉身聆听乐声，心里一定带着某种愧疚吧。

“总之，你们农场没有克隆劳工失踪？”

听到警察这个问题，农场负责人迅速抬起头。

“是的，全部都登记在册，一个都没有少。”

离开农场，罗伊在上车前转身，问武田：“今天是几号？”

“3 月 10 日。”他的搭档回答。

第二章

三天后，基因实验室交来报告。根据农场附近发现的人形躯体端粒的长度，可以确定这具躯体是NIX-6型第四代克隆体。但其骨骼没有编码，所以这具躯体要么是曾在黑市流通而被抹去了记录，要么就是在非法实验室里生产出来的。另外，剜除眼球的位置有异体组织，鉴定结果是这具躯体曾进行过移植手术。也就是说，这具躯体的眼睛先是被换过，然后又被摘掉了。用来蒙眼的绷带上面残留了某种麻醉药物的成分，这种麻醉药物采用了私人配方，在特定区域的黑市医院流通。

现在的问题在于，是谁把一具克隆体如此折腾了一番。

看到报告以后，柯鲁奇上尉在办公室里走了几个圈后，随即下达进行基因序列对比的指示，并且把罗伊和武田召到跟前，语重心长地开口：

“这个案子，好好查。”

柯鲁奇是个话少的退役军人，但总能准确向他的下属传达意图。罗伊看上司的眼神，知道这个命令的实质是，赶在《城市综治法案》出台之前挖出些像样的东西来。

当晚，罗伊和武田带了四把枪，把车开进位于城中心 D8 区的夜市。一个线人告诉他们，狐狸寺附近有一家地下诊所，专门做摘除人体器官的生意，使用的正是同类麻药。

两人开了一辆正儿八经的四轮轿车，车是武田贷款买的。密闭的街道横七竖八，有些地方奇怪地环状重叠，像某种机器的设计图纸。路两旁都是巨大的霓虹灯招牌，比楼房还高的全息女郎在道路中间肆无忌惮地穿梭，她们的躯体如梦如幻，身材火辣。巨大的美人有时会弯下腰来，瞪着闪亮的眼睛，望着车厢里的人。

武田一边驾驶，一边说："你如果开两台'工蚁'到夜市，要么进不去，要么出不来。"

罗伊说："进去是进去了，就怕出来时车只剩下四个轮子。"

武田笑："带了枪就不会。这里的人都老派，和你一样。"

有几个衣衫褴褛的人从汽车前方横穿而过，其中一个踏进水坑，狠狠摔在了地上。后面追上来一群人，围住倒地的人挥拳如雨。

武田从旁边绕行，说："你都没法理解，各区的游民都喜欢跑到夜市来。但是在这里偷鸡摸狗被打死了也不会有人管。"

"或许他们觉得，被打也是一种证明自身存在的方式。"

"比无人问津要好？"

"或许。"

闻言，年轻警员耸耸肩，不再说话。

轿车在街市里缓缓行驶，一直开到靠山的狐狸寺。不知道当地人在过什么节，从半山到街口拉下来无数绳索，绳索上挂满红灯笼，远看像一片番茄田。到达绳索下方，罗伊抬头望，眼前全是晃动的红影，生出被无数眼睛窥探之感。把车停在角落，两人下车前行，看到一群小孩子穿着宽大的长袍在寺庙前面奔跑，衣袍的两襟上画着巨大的瞳孔。孩子们手中拿着羽扇状的荧光棒，一边跑一边挥舞，丝带般的光彩在夜空慢悠悠散去。

两个警察并肩而行，略分前后，说不准哪里会有冷枪，一前一后起码能防范背后的偷袭。两人越过烟熏火燎的寺庙，钻进其后方一座低矮的建筑物。墙上都是涂鸦，大多是抽象化的眼睛。几个戴着黑帽子的人在墙角抽烟。武田腆起肚子，把衣服后面枪的形状露出来。罗伊手扶帽子向那几个人致意。那几个人望着他们，其中一个年纪比较大的提了一下帽子，其他人就把目光收了回去。

往下走了几层，闻到了消毒水的气味，两个警官走进一条四面都贴了白瓷砖的走廊，走廊中间有几个残缺不全的人在打架，动作一闪一闪的，是已出故障的全息投影。四下寂静无声。某个房间传来“哐啷啷”的声音，听着像一大盘东西被打翻在地。两人走近，墙上掠过巨大的黑影。武田拔枪回头，那道黑影猛地压在他身上，手枪被甩出两米之外。罗伊看见那是一只高大得像矮种马的杜宾犬，他飞起一脚，踢中黑狗的肚子。黑狗呜了一声，向后跳了一步，又重新扑上来。武田躺在地上，慌忙伸手抵挡，罗伊立刻开了枪。枪声在封闭空间里回响。杜宾犬嘴角裂开，脸少了一半，从半空中坠落。脑浆溅到白墙上，顺着光滑的瓷砖流下来，像一幅哭泣的人面。

罗伊把武田从地上拉起来，他的搭档用一只手捂住耳朵：“你开枪了。”

“不然呢？”

“起码开消音呀！”

罗伊回答：“来不及了。”

武田捡起自己的枪，没好气地说：“那就赶紧吧。”

两人走进那个发出声响的房间，只见一个金属盆倒扣在地上，旁边散落着各种各样的工具，以手术刀和锯子为主。一个东西从罗伊鼻尖前方近距离飞过，警长扭头，看见一枚飞镖钉在他身后的靶盘上，镖叶还在抖动。飞镖落在 18 分的双倍区。

武田用手枪对准投镖的人。那个人穿着青色的手术袍，手指白皙修长，保留了两秒钟投镖的姿势。他坐在一张转椅上，没有戴口罩，屁股左右摇摆，显得很懒散。罗伊巡视了一圈，左边有一张固定的桌子，上面一溜摆开四只开肠破肚的动物，分别是青蛙、老鼠、兔子和一只猫。那四只动物还没有死透，肌肉不时地抽动。右边是一张标准的手术台，但是台面很低，现在上面没有人。

“德西？”

“嗯。”地下医生无精打采地答应。

“今天没客人吗？”

“最近都没，每天只做日训。”

“这些吗？”罗伊望了一眼桌子上的动物，把一把小刀捡起来，又丢回去。

“嗯，在呼吸停止前完整地切除肝脏。”

“够严格的。”

“嗯，但是今天没做完，德西那家伙把盘子打翻了，我懒得捡。”

“德西？”

“刚才被你们宰掉的那条狗，也叫德西。”

警长向地下医生走过去，在对方面前半米处停下。

“前几天，是不是有人来你这里做过眼球摘除手术？”

地下医生歪了歪头。武田把将一条脏兮兮的绷带丢过去，问：“不记得吗？”

“唉，如果你问的是截肢，或者是拿掉内脏，我都可以这么回答。”

“那就是记得喽？”

“嗯，听到他说要把眼睛挖掉，我都吓尿了。”

这句话让两个警察对望了一眼，年轻的那个皱眉问：“他是自己开口说的吗？”

医生说：“我这里不是屠宰场，来的人都是自愿的。”

罗伊从手袖里拉出“玻片”，把一个人像投影出来。

“来的是不是这个人？”

那个人五官端正，神情自然，是警方根据脸部特征计算出来的容貌，不然少了一双眼睛，也不好用来当画像。

医生看了一眼，问：“是还原照吗？”

“回答问题。”

“是这个人。”

“你确定？”

“警长，整容手术我这里也能做。”

罗伊明白对方的意思，当下的整容技术能够在几天之内让一个人改头换面，但是稍微懂行的人仍旧一眼辨明。当然了，核实人员身份另有更确切的方案。

武田有点急躁，他加快语速：“带他来的是什么人？”

“没人带他来，就他一个人。”

“他是一个人来的？”

年轻警员像猫一般弓起背，他和罗伊对望，两人的脸色都不好看。

“我没必要骗你们，来我这里的都是独行侠。做手术的时候，我不喜欢有人站在我背后。”

医生看见两个警察脸色越发阴沉，摊了摊手，以劝慰的口气说：“也许他是和其他人一起来的，只是我没看到。”

罗伊沉声说：“总之，这个人一直在和你说话？”

“是的，有什么问题吗？”

武田着急张口，罗伊本欲阻止，但没有来得及。

“他是个克隆人！”

闻言，德西医生骤然睁圆眼睛，因为说不出话，抬起手做了几个无意义的动作。他又低头思索，过了一会儿重新开口。

“那就是平移了，早知道和他多聊一会儿……或者抓起来。”

罗伊想了想，问："你肯定和你谈话不是预设的程序？"

医生连连摇头。

"不可能，移情再明显不过。他要求清醒的手术，整个过程精神高度紧张，后背湿得像泼了水，把床沿都抓弯了。"地下医生反复舔嘴唇，流露出专业人士特有的亢奋，"程序不可能模拟那种恐惧。话说回来，我也是第一次见到成功的平移案例。"

"平移——"警长问，"意识移植的技术是不是很困难？"

医生露出一嘴雪白的牙齿。

"成功的概率很小，只有脑子有毛病的人才做这种尝试，失败了一了百了，但是成功一半就好玩了。"

"会怎么样？"

"发狂、痴呆、瘫痪算好的，你能想象当一个意识清醒的植物人是什么感觉吗？"

武田问："如果完全成功呢？"

"那也没有意义，兔子的保质期就那么几年，哪怕成功了，无非是作为珍稀动物多活几年，然后在最后半年陷入自杀与否的煎熬。"

几个人都静默下来。医生拍了拍额头："那家伙是不是已经死了？"

罗伊考虑了一秒钟，觉得没必要隐瞒，回答说："是的。"

"你们一说我也想起来了，那个兔子身体快过期了。"医生点头说，"他不停地咳，像台散架的机器，头发也掉得差不多，头皮上全是坑坑洼洼的血痕，估计是自己用指甲抓的。我都怕他死在手术台上。"

武田警惕地问："你怎么知道他已经死了？"

德西狡黠地笑："如果他还活着，能说话，你们也没必要找上门了。"

警长盯着黑市医生："摘除的眼球你怎么处理了？"

对方笑容不变："那个人带走了。他把自己新鲜的眼球装进一个袋子里，挂在手上，然后哆哆嗦嗦地摸着黑走了。"

这句话描绘的场景让人起鸡皮疙瘩。罗伊吸了口气："我问你，那个人的眼球是不是移植过？"

"是的，"黑市医生点头，"眼眶有疤痕，肌肉、血管、神经移植过的痕迹很明显。"

"据我所知，移植别人的眼球是不可能的。"

"可不是？这一点你们警察比我清楚，只不过，凡事没有绝对。"

"怎么说？"

"我不知道，"德西医生笑起来，冲警察眨眼睛，"真的，这个问题过于专业，建议你们去咨询其他专家。"

罗伊盯视对方良久，转身迈步。

"警官，稍等一下，能不能帮个忙？"

警长回过头，看见说话的人坐在椅子上，继续投他的飞镖。

武田问："干什么？"

"德西，"黑市医生懒懒地说，"我是说那条狗，能不能帮我拖回来？太重了，我拖不动。"

医生拉起裤脚，他的小腿只有手杖粗细，跟大腿连在一起像一截带骨的烤肉。

"啧，退化症？"年轻警探蹙起眉头，"平时你怎么做手术？"

"我坐在德西身上，德西是我的腿。"

罗伊望了他一眼，走出那个房间。

两人驱车驶出夜市以后，武田扶着方向盘，脖子关节"咯"的一声。

"看来真让你猜中了。"

警长说："你是指平移这件事？"

"嗯，事情很明显，那只兔子到过夜市，而且能说会跳，脑袋里肯定有人类的灵魂寄居——当时看到那间木屋有住人的痕迹，你就想到这一点了。"

罗伊一阵沉默，武田看出了他的心思，视线投过来。

“你觉得这事太玄乎？还是怀疑找黑市医生挖眼的和我们发现的兔子未必是同一个人？”

“目前都不好说。”

武田点头：“嗯，不好说，但起码是个方向，眼球也是个方向。”

“你想到了什么？”

“我想的你肯定也想到了。刚才那个医生也提到，一个人是没法更换别人的眼球的，所以眼球才能作为身份甄别的一级凭证——但是那个兔子确确实实换过眼！”

“然后又挖走了。”

“对，然后又挖走了，因为那双眼不能留下来。”

罗伊说：“我听说过一种可能性。”

武田咧开嘴笑：“我也听说过，所以我说这是一个明显的方向——眼球的属主是谁？”

警长沉思片刻，然后点头：“我们去找人问问，找专家……”

当整个案件告终以后，罗伊时常想起和武田在车厢里的这段对话。眼球这一特殊事物的误导作用，从那时起就生效了，而且无可抵挡。罗伊想，他和武田，以及追查这个案件的其他伙计都没有抛弃过谨慎，但是哪怕给机会让他们重新考量，他们依然会陷入那个谜局。因为方向过于明显。而一旦当你选择向前走，则会无法避免地钻进胡同。

真是一场精彩的诡计。

但这是后话。在那个时候，他和他的搭档是另外一番心情。天空下着小雨，罗伊眼望前路迷蒙的光影拉扯变形，有些怅然。

他的搭档则发出略带兴奋的语音：“搞不好真的是命案！”

第三章

一具女性的躯体从牛奶状的溶液里升腾起来。罗伊产生一种错觉，刚呈现时，她的身体并不完整，滴滴答答的白色乳胶流过她的肩胛、手臂、乳房、小腹、胯骨，然后是下肢，最后组成整个身躯。她的肉身由流淌的水珠组成，像一朵缓缓绽放的花。

武田用手指敲击玻璃墙壁，饶有兴致地说："我还以为他们会像金鱼一样，养在水缸里。"

"培养的时候是在箱子里，这是最后的步骤，叫受洗。"

听到脚步声靠近，两个警探转过身，一个拄着手杖的矮小老人出现在他们面前。老人穿着整齐的西装，戴着礼帽，尽量把身体挺得笔直。他语气温和，彬彬有礼。

老人把手杖夹在腋下，用手比画了一个四四方方的形状。

"箱子大概是这个样子，和停尸间里放尸体的雪柜差不多。"

罗伊摘下帽子："宋明基博士，你好。"

博士也摘帽致意："两位警官好。"

“打扰了。”

“别这么说。有什么能为两位效劳的？”

罗伊转头望向那具从牛奶状溶液里打捞出来的女性身体，她无精打采地蜷缩成胎儿状，高悬在半空，给人一种古怪的矛盾感，仿佛是……神圣和罪恶的结合。

“这个步骤名字叫受洗？”

宋明基博士微微一笑：“表面上是增强组织活性，起保质的作用，就和给苹果涂上防腐剂差不多。”

“表面上？”

“只是做个样子，细胞生命周期如果能够这么简单地予以延长，那该多好。”

“那实际上是？”

“是一种仪式，祈求那具人造的躯体能够被赋予灵魂，所以叫受洗。”

两个警察有点愕然。那套“受洗”用的设备看上去十分昂贵，如果产量庞大的克隆体在出厂前必经的步骤纯粹是为了一种情怀上，那真是够任性的。只不过，眼前这个老头儿确实有任性的资格。

宋明基今年 63 岁，是受人尊崇的教父，由他之手，构建出了庞大的克隆产业帝国。在他之前，尽管用干细胞培育一个个器官的技术已经相当成熟，但要把整个身躯制造出来，却是空想。宋明基在 37 岁那年突破了这一点。根据他的理论培育出来的完整肉身，具有完美的神经系统，加上“义体及脑机接口”，也即所谓的电子脑技术，人们终于创造出能跑、能跳的器官集合体，进而创造出比机器更灵敏的生产工具。

只不过，凡事都难尽善尽美，这些人形的生产工具也有让人头疼的缺陷，那就是短命。

由于细胞线粒体端粒长度缩短的缘故，一具克隆体的保质期只有三到四年。尽管如此，随着技术普及和生产成本的有效控制，克隆体不久就成了新一代的塑料袋和餐巾纸——以抛弃型产品的姿态侵入各行各业，从而催生了整个产业的爆炸式发展。在此过程中，虽然政府频频高举管制大旗，但市场需求无法冷却。到后来，培育克隆体变成和种西瓜差不多的事情，连私人实验室也可以实现量产。只不过，持有政府许可牌照的合法产品能够优先占据市场，现在罗伊他们造访的就是一家名为“长青藤”的老牌克隆工厂。宋明基从这家公司的技术员做起，直到成为独立董事。长青藤生产的克隆体以体格强健、保质期长著称，服役周期最长超过四年。不用问就可知，这和宋明基亲自坐镇密不可分。虽然有人说宋明基的成就早在二十年前就达到巅峰，此后可谓无所建树，但这些评价显然无法动摇这位伟大人物的声望和地位。

“你们知道‘克隆’这个词用得不准确吧？”

老人双手拄着手杖，靠近实验室的玻璃。

“你是指……”

“早在百年之前，我们就已经可以自主地克隆活物，但是克隆人类一直被严令禁止，这个禁令直至今天依然屹立不倒。你们知道原因是什么吗？”

武田答道：“因为胎生的克隆人拥有意识，和人一样。”

博士微笑着说：“是啊，如果和人一样，事情就不好办了。毕竟科学研究的目的是发明创造能够造福种族的物资，而非为这个星球增加人口。”

罗伊说：“所以，目前的方案是延续器官培植的思路，通过干细胞的全能性，逐步分化、组成完整的个体。这个过程，无须人类的胚胎和子宫，在实验室的培养箱里就可以完成。”

博士惊讶道：“警长说得很准确。”

罗伊说：“来之前做了点功课，现学现卖了。”

博士点头：“你说得很对。我们的操作依法合规，大家只是克隆克隆的叫习惯了。从行业的角度上讲，我们更倾向于叫打印。”

“打印？”

“嗯，输入一组数据，然后辅以材料，最后照着形状打印出来。叫作复制也行。所以，它们只是一种材料的特定组合方式，切不可将之视作人类，这是基本守则。”

警长冷冷地说：“既然如此，为什么要进行这样的仪式？”

“无伤大雅啦，”老人露出孩童般调皮的笑容，“就算是满足我的个人兴趣。难道你不好奇，无论是从物理还是化学的层面看都完全一致的肉身，为何一个能产生意识，另一个却不能？所谓的灵魂到底是什么？它降临到我们的身体需要什么条件，又是在何时，以何种方式发生的？”

博士侧着头，露出科学家独有的对未知的神往。

武田说：“反正一定缺少了什么。”

宋明基转头看他，微笑着说：“对，一定是缺少了什么。”

博士的神情恢复了严谨，他转向罗伊：“抱歉，还没问两位的来意。”

罗伊说：“想请教博士几个问题，都很简单，但我们希望得到最权威的答案。”

“是什么问题？”

“其实和博士刚才的话题也相关。”

“哦，是吗？我们是找个地方坐下来聊，还是边走边说？”

“边走边说吧，不会打扰博士太久。”

三个人在克隆工厂的走廊里信步行走。透过透明的墙壁，罗伊看见一排排柜子，柜子上是一排排“抽屉”。一些穿白大褂的人有时会按动按钮，让“抽屉”滑出来，看上一眼，然后收回去。罗伊想起宋明基的话——和停尸间的雪柜差不多。原来无论是生还是死，需要的都不过咫尺之地。

“第一个问题是，”警长开口说，“克隆体的寿命最长能多长？”

“你是指按照目前的技术水平吗？”

“是的。”

“据我所知，最新型号的使用年限是五年，加速衰变期能缩短到一个月左右，但还没有正式投入市场。”

“是因为线粒体端粒短小吗？”

“具体的情况比较复杂，但笼统来说正是如此。我听说大家因此叫他们……‘短尾种’？”

“简称‘兔子’。”武田说。

博士称赞道：“真形象。”

罗伊望向博士：“有可能有人实现了技术突破，能够大幅延长克隆体的寿命吗？”

老人笑了笑，那个笑容看上去有些暧昧。

“当然不排除这种可能性，不过这项工作我持续攻坚三十年，依旧无法前进，有时甚至觉得这就是所谓上帝设置的限制器。总之，这不是一件容易的事。”

看见警察仍旧盯着自己，博士又笑着补充：“如果真有人跑到前头了，我想不出藏着的理由。”

“也许是基于商业利益的考虑，不愿意改变目前抛弃型的产业生态。”

宋明基答道：“你说得也有道理，商业的问题我不太懂。不过，如果这个问题涉及警长需要核查的事情的关键，我想，还是不要寄予过高的期望为好。”

罗伊看见宋明基的嘴角微微翘起，他点头，心想，哪怕再伟大的人物，也有维护自身权威的需要。

“对了，”老人继续道，“我建议对克隆体不要用‘寿命’这样的字眼，叫保质期或者有效期更好些。从本质上来说，他们没有生命。”

博士又自嘲地笑笑：“其实机器也有使用寿命一说，但是用在它们身上有些敏感。”

罗伊淡淡地说：“你说得对。”

“第二个问题呢？”

“第二个是关于器官移植的问题，我想知道移植克隆器官技术的成熟度。”

“嗯——”博士严肃地说，“那可谓相当成熟了，毕竟器官移植本来就是克隆技术的初衷。总体来说，绝大部分的克隆器官都可以和本体完美配型。只不过，如果移植了过多的克隆器官，会大大缩短器官的有效期。怎么说呢，相当于人体的原生线粒体被大量的克隆线粒体稀释了，所以，尽管器官移植能够解决大部分病理问题，但无法无限延长人的寿命。”

“除非关于克隆体保质期的技术取得突破？”

宋明基深深望了罗伊一眼，答道：“正是如此。”

“那么，眼球可以移植吗？”

博士转动手杖，微笑了一下，这次他的笑容又带了点调皮。

“我就猜到你会问这个。”

“因为眼球很特殊？”

“嗯，这是上帝设置的另一个限制器。”

“无法移植吗？”

博士用手杖敲了敲地板。

“搞不清是海量神经丛对接的问题无解，还是其他更本质的原因，总之，至今没有成功的案例——世上没有两只完全相同的眼球，也即所谓的‘强叶脉特征’，这一点警长你们可能也了解。”

罗伊点头：“哪怕是克隆体和其本体的眼球，包括虹膜在内的结缔组织也存在差异。所以，可以通过虹膜识别的方式确定具体人员的身份，包括识别克隆体的型号。”

“正是如此，移植自己的克隆眼球尚且无法成功，如果是两个不同个体之间移植眼球，则更无胜算。”

可能是觉得“胜算”的用词有点怪，老人不好意思地擦擦鼻尖，神情像个想到鬼点子的孩子。

“我是指挑战上帝的胜算。”

罗伊问：“绝无例外吗？

老人有点狡黠地望了对方一眼：“其实有——但不是一个常人会考虑的方案。”

武田着急地问：“什么方案？”

“反过来就行。”博士笑眯眯地说，“把原生的眼球移植给克隆体。”

武田“啊”了一声。尽管他早有耳闻，但从权威的口中证实，还是深感震撼。

罗伊确认道：“你是说，可以把本尊的眼睛移植给他的克隆体？”

“嗯，我见过这样的案例。”

“这是什么道理？”

“我们也搞不清。”博士坦然说，“和眼球的特殊性一样是个谜，也许眼球的端粒结构只能向下兼容。说不定，把这件事情弄明白，眼球移植、端粒效应等问题就都迎刃而解了，可惜实验样本太少。”

“这种案例很少？”

“几乎没有。这种操作完全是实验性质，临床上不会有这种选项。谁会把自己的眼睛放在只能用几年的器皿上呢？”

“哼，除非身体是别人的……”

说话的是武田，罗伊和宋明基都望向他，年轻警员脸上露出了得意的神色。

“如果是为了掩盖一些事情，也可能采取这样的操作。”

“掩盖一些事情？”博士面露困惑。

警长做了个手势，示意他的搭档打住。武田嘴角带笑，不再说话。

罗伊望向宋明基：“总之，有人能做到这件事。”

博士点头："嗯，技术上可行。"

罗伊在心里整理已知的情况：有一具具备人类意识的克隆体，先是换了眼球，然后又将移植的眼球挖掉，关键点是，移植的眼球必然为克隆体的本尊所有，所以眼球的主人已无疑问——那么，剩下另一个问题：在那具躯体里的意识是谁的？

警长停顿片刻，再次开口。

"你认识他吧？我是指懂得实施这种手术的人。"

"他？"

"你说过'我见过这样的案例'，说明手术不是你操的刀，但是你知道，或者参与过。"

宋明基轻轻笑："警长很敏锐。"他的语音和脚步都停顿下来，他拄着手杖抬起下巴，有些缅怀之意。

"坦白说，神经学不是我的专长，是我一个同行做的实验。不过，他只会写作文，不懂拿手术刀。"

"能告诉我他是谁吗？"

"你不会认识的，他很久以前就不在了。"

"不在了？"

博士脸上的神情没有变化，但是语气有点冷淡。

"暂时不说他如何，除非警长认定他和你们要核查的事情有关——如果你要问的是这种手术的难度，我的回答是一般，手艺好的私人医生都可以做到。"

警长把目光从对方脸上溜过去，没有再追问。

"那么，最后我再请教一下平移的问题。"

"平移？"

罗伊看到宋明基的手杖略微歪向一边，那是手上突然用力的缘故。他观察老人脸上的神情，老人保持着亲和的微笑。

"就是意识移植。"武田说，"把一个人的脑子搬到另一个身体里。"

博士缓缓摇头："这不是移植，是临摹。先扫描母体的大脑，然后按照纹理把载体的海马体烧刻一遍。"

警长说："和配钥匙一样？"

"对，和配钥匙一样，所以需要未经加工的钥匙坯，也就是空白的大脑。"

"那只能用克隆体当载体了。"

"可不是？和移植眼球的情况相同，所以没人会做这样的选择——哪怕侥幸成功也多活不了几年。"

武田说："叫移植也可以吧？被扫描过的大脑会坏死，所以到最后还是只剩下一个意识……或者还是叫平移。"

"嗯，也很形象。"博士笑道，"不能凭空增加灵魂的数量，可能上帝是这么考虑的。"

罗伊问："能够进行多次平移吗？这样寿命就可以继续延长。"

这个问题让宋明基陷入了片刻的静默。

"很难，这是上帝设下的第三个限制器。"

"我听说还没有过连续平移两次的成功案例。"

"嗯。"博士点头，"海马体临摹的成功率本来就很低，而且失败的后果相当可怕。但是一直以来，也有不少奋不顾身进行尝试的案例。一言以蔽之，就是因为人类对永生的渴求，既然克隆体的有效期没有实现突破，那么只能在不停换身体这件事上下功夫了。从这个层面看，后者甚至显得更加重要。可惜，正如警长所说，到目前为止，没有公开案例显示一个人能够连续两次进行意识转移。"

"是因为'失真'吗？"

"反正和钥匙多配两次就不灵光了差不多，"博士微微笑，"叫'失真''噪波''数据损耗'都可以，大家不过是挑些简明易懂的词语为复杂的系统问题代名，从而方便公众理解，譬如我就喜欢用配钥匙做类比。但实际上，这会不会是一个哲学问题都不可知。"

“总之，很难，对吧？”

“是啊，很难。”

“但是不排除可能性。”

“嗯？”

“你刚才说公开的案例。”罗伊说，“言下之意是，说不定已经有人取得了突破，只是没有公开——你在心里没有排除这种可能性。”

“警长，你真会咬字眼。”博士苦笑，眼睛半眯起来，“我是科学家，当然不会排除一切关于进步的可能性。而且，在这个领域我也不够权威。”

“海马体临摹技术也属于神经学吧？”

宋明基微微一窒：“不能称为属于，但是其核心技术的确属于神经科学。”

警长笑道：“博士已经两次提到自己在神经学方面不如他人了。”

“唉，老头子还是有自知之明的，我的专业是基因科学嘛。”

“博士那位通晓眼球移植手术的同行，会不会刚好也是意识平移方面的专家呢？”

宋明基望向罗伊，这次戴帽子的警察没有让步，甚至目光带了针。

“能告诉我那位专家的名字吗，以备不时之需？”

宋明基看上去并不喜欢“不时之需”这个词，他的唇齿向内收缩，然后又舒展开。

“告诉你也无妨，他是我很久以前的同事，名字叫金民。”

老教授说着，下巴又一次仰起，叹气声袅袅上飘。

“老实说，我也想知道他现在身在何方。”

回警队的路上，罗伊戴在耳垂上的胶圈亮了起来。罗伊接听，片刻后把一个人的影像投在挡风玻璃前面。武田在开车，扭头望了一眼，那个人的面容和报废的克隆体一致。

“干吗？”

“这是本尊，名字叫富场三。”

“哦——”年轻警探把声调拉长，“编号排出来了？”

“嗯，配型报告发了过来，同时在数据库里找到了对应的人。”

“很快嘛，上尉发话就是不一样。”

“已经是第三天了，克隆体的基因排序比想象中耗时。”

“因为这种事很少人干，兔子有事就去找本尊，人家不疯掉才怪。”武田给老轿车换挡，“但这次情况不一样——人还在吗？”

“2 月 27 日登记入住夜市附近的一家宾馆，房间一直没退，但是宾馆说已经很多天不见人回来了。”

“真的是在我们的地盘！活动记录怎么样？”

“活动范围主要集中在城中心，在凤凰城和奥斯卡都有消费记录，在凤凰城使用了手形支付；其他地方则保留了虹膜记录。监控录像也完整。”

“逛妓院和赌场，看样子是去潇洒的。”武田嘻嘻笑了两声。

“从监控里还发现一个情况。”

“什么？”

“他看上去行动很不灵便，赌场的人也举证他一只手萎缩得厉害，捡不起扑克牌。”

“那就没错了，是过期衰退！那人之后还出现过吗？”

警长挥动手掌，把人像收回。

“3 月 7 日以后就没有记录了。”

他的搭档打了一记响指。

“看样子上尉押中了。关系人呢？”

“零零散散，他原本不住在本市。”

武田蹙起眉头：“那就难搞了。”

“不过，”警长淡淡地说，“他有一个前妻，目前住在 D32 区。”

闻言，他的搭档兴奋地用力踩油门。

第四章

D32 区在城市的边缘，距离分割内城和郊外的“大瀑布”不远。这里保留着复古的风貌，民宅鳞次栉比，不时可以看见小型商店。河面上还横跨着古旧的双拱石桥，桥两端矗立着持盾狮子的青铜雕塑。因为门牌号不好找，罗伊和武田把车停在桥前，沿着小路步行。时间已过了晚间 8 点，武田看见灯火通明的“澡堂”字样的牌子，又看见抱着脸盆的老人错身而过，不禁惊讶得目瞪口呆。

“我喜欢老街。”

走到街口的电线杆下面，武田无由来地感慨了一句。罗伊知道武田是因为见过那些超越时光界限的事物，因而对故土生出怀念之情。

想到这里，罗伊故意驻足，指了指电线杆。

“你看，上面有路牌，看样子该往右边走。”

武田笑道：“你应该把人家的地址抄在便条纸上，然后掏出来对照。”

罗伊也笑，耳边传来导航的提示音。

“前方 100 米到达目的地，目的地为民宅。”

他低头看了一眼“玻片”，上面显示着民宅登记人的相貌和姓名：花静子。

警长说：“就在附近了。”

在面容乃至肢体都可以修改的时代，当下要准确界定一个人的身份，主要依靠两种方案：第一种是基于眼球“强叶脉特征”而采取的虹膜识别，第二种是基因检测。每个公民拥有辨识其身份的唯一编码，这个编码以遗传信息序列为基准。不用问便可知，这套编码系统只用于自然人，克隆体作为生产资料，信息登记是另一码事。一般来说，克隆体的问题极少牵扯到本尊身上。除了少数为有钱人量身打造的供养型克隆体，绝大多数劳动型克隆体来自基因库“图纸”。这些“图纸”类似于生产模具，由捐献或出售而来，从保护隐私的角度考量，提供者即本尊的个人信息自然不做公开。另外，由于不用考虑多样性的问题，根据一张“图纸”往往能制造出成千上万具克隆体，一些品质优秀的“图纸”使用年限甚至长达十几年。也就是说，当下正在生产的克隆体，可能源自某个人多年以前提供的基因样本；克隆体在服役，但本尊早已不在的情况也十分正常。总而言之，把克隆体和本尊合并起来考虑，并不是标准的侦查程序。

但是，这次的案件十分特殊。一方面，在郊野木屋发现的过期克隆体是典型的“私货”，无登记信息，出处成疑；另一方面，这个克隆体曾经进行过眼球移植手术，其后又摘除了眼球。这里面的关键问题是，眼球无法实施异体移植，即克隆体继承的必然是本尊的眼球。事实上，柯鲁奇上尉在立案之初即做出了预判，要求对过期克隆体的基因序列进行检测，并且在公民数据库予以匹配，目的是锁定本尊的身份，以便将其纳入侦查范围。不久，本尊在案发前的行踪得到确认，又在案发之后人间蒸发。结合这种种迹象，案件和本尊高度相关的推论再无人怀疑，疑似命案的判断也在侦查组迅速确立。在此基础上，对周边人员的排查也正式进入了工作程序。

根据市政数据库的记录，本尊富场三现年 43 岁，原本的住址在本市的卫星城 K 市，和前妻登记在一起。其前妻的名字叫花静子，现年 38 岁。四年前，富场三和花静子离婚，后者搬到本市居住，最初住在郊区，去年搬进城内，目前从事商店售货员的工作。最近几年富场三在多个城市游荡，没有固定住址和纳税记录，看上去过着某种边缘化的生活。由于这个人社会关系零散，侦查的主线无可避免地落在其前妻头上。

两名警察眼前出现旧式的公寓楼，灰色的墙壁上有好几个修补过的痕迹。楼层很低，亮着灯的房间也只有半数。

武田说："没想到是这种公寓，也不知道是奢侈还是落伍。"

罗伊明白搭档的意思，这类公寓户数少，从住户平均占地面积来看可谓奢侈，但生活设施跟不上时代的步伐。罗伊心想，商店售货员这种老旧的工作，薪水一定不高。

"204 号。"武田想从"玻片"上查看公寓的实时信息图，但没有搜找到，"看来没有监控，不知道人在不在。"

警长说："上去就知道了，偶尔也要用传统的侦查思路。"

武田笑道："老派，对你胃口。"

上了楼，罗伊和武田按响排查对象家的门铃。过了片刻，应答窗传来女子的声音。

"哪位？"

"警察，你是花静子小姐吗？"

罗伊将"玻片"放在应答窗上扫描，出示警察的身份证明。

"我是……请问，有什么事吗？"声音里有些不安。

"有事相询，请开门。"

二人等了两秒钟，门缓缓打开。门缝彼端，一个女子惊讶地仰望着他们两个人，眼睛乌黑发亮，让人印象深刻。她是一个脸蛋小巧的女人，乍一看不像三十多岁的年纪。但罗伊立刻发觉，她的鬓发带着白丝，脸上也无妆容，只爬满辛苦持家的沧桑。

“打扰了。”

两个警察走入屋内，妇人垂手退到一旁，大大的黑眼珠转来转去，神情游移不定。

“妈，是谁？”

罗伊看见一个男孩坐着助步器，从里屋滑了出来。男孩身材瘦小，八九岁的模样，和他妈妈乌黑的大眼睛相对应，他的两只眼睛只有混浊的灰白色。

“来了两个警察叔叔，你别出来。”

男孩的神情有些僵硬，但罗伊不知道他是本身就面无表情，还是因为听了他妈妈的话。男孩眨了眨无神的眼睛，依言移动助步器，消失在三人面前。

武田开口问：“是你的孩子吗，几岁了？”

“嗯……今年 10 岁。”

“是退化症？”

年轻妈妈迟疑了一下，点点头：“肌能型的。”

武田闻言抿住嘴，兀自点头。如果是退化症，那么移植义肢一类的疗法也无济于事。罗伊知道搭档生出了怜惜之情，他则在心里想，无论科学技术如何发展，人类始终躲不过生老病死—— 一如上帝设置的限制器。

“那真是打扰了。”

“不要紧，请坐。”

武田摆手说：“不麻烦了，我们就问几个问题——关于你的前夫。”

主妇的嘴巴惊愕地张开：“我的前夫……场三吗？”

“是的，富场三先生。”罗伊观察着对方的神情，“你知道他现在在哪里吗？”

花静子用力摇头，脸色看上去有些青白。

“不知道……”

“这几年你们完全没有联络过吗？”

“没有，我不知道他去了哪里……警官，你们有他的消息吗？”

罗伊觉得这句话有些特殊的意味，他郑重其事地望向对方。

“为什么这么问？”

花静子脸上呈现出一种惶然，她似乎调整了一下情绪，然后犹豫着开口。

“因为他……场三，那时候不辞而别……”

“不辞而别？”

“嗯，有一天突然不见了……”

武田愕然问：“不见了？失踪？你们不是离婚了吗？”

富场三的前妻微微摇头：“离婚协议书是几个月以后寄给我的，我以为他放弃了我和孩子……”

“几个月以后寄了信来？”

“嗯，我一直想联系他，但是无法联系到。”花静子的声音中带着一种急切，“警官，你们知道他现在的情况吗……都五年了。”

“五年？他是五年前不见的？”

“嗯，已经五年了。”

不约而同地，武田和罗伊对望了一眼，他们都知道对方心里想到了什么：如果运用最新的技术，克隆体的生命周期恰好是五年。

第五章

“我都要支持杜楚尼了！”

从会议室出来，武田走在后面，咂着嘴。

“你说什么？”罗伊扭头望向他的搭档。

“《城市综治法案》。”年轻警员夸张地比画了一下，“削减预算的部分当然是扯淡，但是缩短案件追诉期的议案很中听。”

罗伊明白武田在抱怨什么了。一周前，富场三失踪案正式立案，侦查的时间区间大幅扩展，其中的关键是最近五年富场三的去向。由于富场三并不是本地人，侦查组的警员疲于奔命，在各地收集情报，刚才的会议就是进行情况汇总。根据雪花般的信息显示，富场三在周边几个城市打过工，虽然时间都不长，但身份信息记录十分完整。侦查组对各种信息可能存在的疑点进行筛查，但结论十分模糊。侦查组渐渐被一种毫无意义的气氛所笼罩，因为从目前掌握的信息来看，某种推论可谓呼之欲出。那就是，如果富场三的身份在五年间一直被占用，再将克隆体和眼球移植等因素考虑进去，这种排查将成为无用功。但是柯鲁奇上尉生性严谨，在取得实证之前不愿轻下结论，要求侦查组将侦查工作继续进行下去。

“我们是习惯了办快案子。”警长浅笑一下，“但我听说旧日的悬案很多，一个案子十多年破不了也是常有的事。”

武田不置可否地撇嘴，隔了一会儿，问：“你说富场三在五年前就已经死了的概率有多大？”

“不好说，上尉说一切判断都应以实证为依据。”

“大家都在心里秘而不宣罢了，上尉也一样。”武田摊了摊手，“假设富场三没有死，那个兔子的身体捆绑着他自己的眼睛和灵魂喽？”

罗伊缓缓摇头：“可能性不大，富场三是个普通人，无论怎么想都不合情理。”

“如果是受到他人的胁迫呢？”

“也不像，他离家以后去过赌场，但是并没有欠债，之后的生活轨迹很随意，没有线索指向他曾遭受胁迫。”

“正是如此。”武田大大点头，“所以，只剩下冒名顶替这一个解释。连眼球都挖了去，本尊还活着的概率太小了。”

警长收拢下巴，若有所思：“我同意将之视作命案的判断，问题在于时间。”

“什么意思？”

“五年这个时间……我总觉得不舒服。”

武田愣了一下，随即吸了口气。

“你别吓我，难不成还要往前追溯？”

“我不知道……”

年轻警员叹气：“从上尉的角度考虑，案件倒是越久远越好。”

两人一路走回办公室，武田问罗伊接下来怎么干。警长思索了片刻，回答道：“花静子这条线你继续跟。”

“你还是怀疑那个主妇？”

罗伊没答话，轻轻敲击桌子。

武田抱起手臂：“她在离婚以后搬到了这里，这几年和富场三并无交集吧？”

“问题正在这里。花静子声称富场三在五年前失踪，但没有向警察报告，反而是远远搬走……”

“她在五年前把老公杀了，然后让人制造富场三还在世的假象？夸张了点吧？”

“我只是说她可能和富场三的失踪有关。”

武田歪着脑袋想了想，摇头说：“我觉得连不起来。事实上，花静子解释过没有报失踪的原因，她以为自己和残疾的儿了被抛弃了。这种事情可谓相当常见，站在妻子的角度，如果采取报警的措施才叫奇怪。而且，在富场三失踪以后，花静子四处找过他，后来实在找不到才搬了家。这部分证词也得到了周边人员的佐证。”

其实罗伊觉得搭档说得在理。在得知富场三五年前失踪的情况以后，侦查组专门派人员前往当地，对相关事实进行了核查。结果表明，五年前富场三确实在人前消失了一段时间，周边没有人知道他去了哪里；当他再次出现时，已经是在另一个城市。从表面上看，他似乎是在躲藏什么事情，所以离开了原本的居住地；但实际情况无人知晓。与此同时，其前妻花静子也确有找人的行动。从花静子几个密友口中得知，富场三离家以后，花静子曾焦虑地四处打听丈夫的行踪，大约半年以后，她收到富场三寄来的离婚协议书，这才死了心。此后，她情绪低落，不久选择了搬家离开。

“对了，”武田继续说道，“她也提到和富场三的婚姻状态不是很稳定，所以对老公提出离婚这件事虽然感到惊讶，但也不是全然没有心理准备。”

罗伊淡淡地说：“坦率说，这个部分也有些语焉不详。他们结婚多久了？”

“七八年吧，刚好是婚姻破裂的高发期——你还需要人家描述得多详细？”

“我感觉她还有话没有说出来，最好再和她谈谈。无论富场三出了什么事，花静子都有可能掌握着一些重要信息。”

武田看上去有点不情愿，但还是把任务领了下来。

“好吧，我再去和她谈一谈。”

罗伊明白武田心里同情那对单亲母子，当下也确实没有证据显示花静子和富场三的失踪案有关。虽说富场三曾出现在本市，但其活动范围几乎都在城中心的 D8 区，距离花静子家有半百公里，而且经过对周边的排查，也并无线索表明富场三曾经打探过其前妻的下落。警长想了想，最后还是提了一句。

“富场三在离家几年之后恰好现身前妻所在的城市，我觉得不能轻易抛弃其中的关联性。”

“当然。”武田努努嘴，并且习惯性地耸肩，“一定要推测的话，那就是因为身体快到期了，跑到大城市来享受一番，顺便到前妻身边看一眼。”

“你是指富场三还是另一个人？”

武田呆了一下，思索片刻道：“你怀疑得有道理——无论那个身体里的是富场三，还是另有其人，都得不出五年前的离家事件和花静子无关这个结论。”

罗伊说：“有人通过克隆体假冒另一个人，这件事本身就足够夸张。这里面一定有我们所不知道的缘由。”

“明白了。”搭档站起身，“我现在去 D32 区，把底子摸一摸。”

“嗯。”

“那你呢？”

“我想核查一下克隆体五年有效期的问题。”

“长青藤不是反馈过了吗？几年前他们曾受到黑客入侵，不排除有技术外流。”

罗伊从桌子上捡起圆边帽子，戴上。

“我再去请博士指点一二。”

“警长想问限制器的事？”

宋明基博士给罗伊倒了一杯绿色的饮料，罗伊端起喝了一口，尝不出是什么食材，但是口感很浓郁。他们坐在博士的办公室里说话，办公室有天蓝色的墙壁，除了办公用品，还摆放着趣味盎然的孩童风格的模型，显示这个老人有着年轻的心态和旺盛的好奇心。

“是的。”警长放下杯子，“因为太过专业，所以想请博士帮我梳理一下。”

宋明基博士穿着背带西装，闻言微笑着望了对方一眼，手插进裤袋里，缓缓走到落地玻璃窗旁边。他没有拿手杖，脚步有些蹒跚，但是腰杆挺得很直。他轻轻呼唤了一声，窗户渐渐变成透明，窗外有明媚的阳光和海景。

“上次我说上帝设置了三个限制器，分别是克隆体的有效期、意识复写的损耗以及眼球的唯一性。如果从上帝的意图来看，其实是两个限制。”

罗伊问：“是寿命和身份吗？”

博士转过身，叹道：“警长真厉害！”他搓搓手，继续说，“你说得对，概括来说就是寿命和身份。克隆体有效期和意识复写次数的限制，使得人类无法超脱生老病死，取得永生。而眼球这个限制，则像是上帝给予每个人的印记——或者说是生死簿上的名字。有了这个名字，就不至于把人认错了。我听说有些群体就把眼球作为崇拜的图腾……”

“还是有可能会认错的。”

“嗯？”

“如果有人把自己的意识平移到一具克隆体上，然后将这个克隆体本尊的眼球也移植过去，那么他就可以伪装成另一个人，起码是在一段时间里。”

博士偏头想了想，饶有兴致地说：“原来还有这种方法，人类真是狡猾呀。”

罗伊说：“博士研究的是科学问题，自然不会考虑人间的这些诡计。”

老人笑道：“就是，人类的诡计可以骗过人类，但是骗不过上帝。”

“博士和你的朋友，是不是一直致力于突破那几个限制？”

闻言，宋明基扭过头，眉头微微横亘。

“我的朋友？”

“就是那位多年前和你共事的朋友，现在不知所终的。”

“你是说金民？”

“嗯。”警长望着克隆体技术的学术权威，“宋博士主攻的是克隆体培育技术，也就是寿命限制器的问题吧？”

“可以这么说……”

“我猜想，那位备受你推崇的好朋友，则是专攻眼球移植也就是身份限制器的问题。”

宋明基定神望着警长，片刻后轻叹一口气：“原来警长要问的不是上帝的限制器，而是人。”

罗伊不以为然地说：“不知道我猜得对不对？”

“不太对。”

“不对？”

“身份什么的从来不是我们关注的焦点，也许从政府管理的角度来看是个要紧事，但对于科学研究来说就排在次要位置了。何况正如你说，身份作假也并非无计可施。”

“嗯，你说得有道理。所以你们研究的都是寿命这个问题？”

“是的，延长生命是人类千百年来的愿望，是科学的重要基石，我和金民都无法免俗。”学术权威淡淡地说，“你说对了一点，我们两人围绕不同的限制器各有专攻。我研究的是基因领域，致力于打造更高效、更长寿的克隆器官；金民则是神经学专家，一门心思扎进关于关于人类意识的神秘领域，目标是解决海马体信息束无损传递这个难题。也就是说，我们两个人，一人负责肉身，一人负责灵魂。”

“所以，金民研究的是意识的多次平移技术？”

“从应用的角度看，正是这种技术。”

罗伊抿嘴沉思，没有说话。

博士细看对方的表情，哑然失笑，叹道：“原来你刚才是故意猜错，从而套我的话，你也很狡猾。”

警长说：“抱歉，只是职业习惯。”

老人望向大海，罗伊从玻璃里看见他嘴唇微启，眼睛闪闪发光，露出缅怀的神情。

罗伊问：“博士和金民曾经是搭档吗？”

“我们是对手。”学术权威笑了笑，“虽然我所在部门的研究价值更显性些，但是他的研究代表着未来。”

“我们正在办一个案子，有一具克隆体被移植了眼球，同时可能平移了某个人的意识。”

博士惊讶道：“向外人披露案情好吗？”

“博士难道不想知道为什么我会对你的好友感兴趣吗？”

“嗯，请你继续说下去吧。”

“我们一直在思考动机的问题：为什么会有人采取这样的举措呢？是为了延续自己的寿命，所以跑到克隆的身体里吗？还是为了伪装成另一个人？但是，因为存在克隆体有效期的限制，这样做的结果是自己的生命只能残存四五年，可谓饮鸩止渴。所以我们百思不得其解，想不出这样做的人的目的。”

“警长这么说，看来是已经找到答案了。”

“答案说不上，只是一种可能性。说来是博士上次的一句话提醒了我。”

“哦，我说了什么？”

“你说，这种操作完全是实验性质，临床不会有这种选项。”

宋明基博士怔了怔，沉默不语，神情渐渐凝重起来。

罗伊兀自说：“一般情况下并非合理的举措，除非这是一种科学实验。”

博士仍旧不说话，警长则停顿一秒钟。

“事实上，如果有人能够突破多次平移的技术，上面提到的局限性问题自然就得到了解决。博士也是这么认为的吧？”

“认为什么？”

“如果是金民的话，说不定能做到这件事。既然能被博士视作对手，那一定是个厉害人物，他具备取得成功的实力，对吧？”

宋明基抬头说：“我无法否认。”

“那么，另一个问题则是，他会做出这样的事情吗？”警长迈步走到窗边，站在宋明基博士身旁，“以博士对他的了解，他是不是会为了科学研究而不惜犯罪的人？譬如，借用他人的身体进行实验。”

老人背着手，久久看海。罗伊侧面看着他，发觉他挺直的身姿渐渐有些佝偻，嘴唇发黏，几次欲张都没有成功。过了片刻，他似乎平静下来。警长以为他会避开这个问题，但博士最终开了口：

“这一点我也无法否认。”

“你觉得他有可能这么做？”罗伊有些意外。

“如果有需要。”学术权威神情严峻，但语气很镇定，“他是一个可以为科学献身的人。”

“献身？譬如，杀人吗？”

“世俗的标准对他来说没有意义。”

博士看上去对警察的嘲讽不为所动，但隔了一会儿还是喟然叹气。

“我承认，当年我们分道扬镳是因为他的思路比较激进……”

警长冷冷地说:“我明白了。”

“嗯?”

“他隐藏自己的行踪,一直秘密进行着激进的研究。”罗伊停顿一下,眼光飘到博士身上,“我大胆一猜,这是他和你的赌约。”

老人脸色黯然,静默了数秒钟,最后点了点头。

“是的,他发誓在意识复写领域取得超越我的成就,在此之前他不会再回来。”

警长听罢转身,走到模型展架前面,那里陈列着长长一排船模,从航母到民用舢板都有。罗伊俯身,定神观赏了一艘精致的小帆船好一会儿,然后重新站直身体。

“冒昧一问,博士这些年的最大成就是将克隆体的有效期延长到五年吗?”

宋明基也离开窗边,缓缓走过来。

“嗯,说起来对不住和金民的赌约,我的研究进展不大。”

“听说这个技术几年前曾遭到黑客的盗取。”

“是的,就在这项研究刚取得突破的时候,也就是五年前。”

“真巧,我们在查办的案子,很大概率也是发生在五年前。”

“是吗……”

“你说金民会不会把他的最新研究成果运用在博士的最新研究成果上?”

“你是指一种心态吗?可能吧,假如他的研究取得了重要突破。”

老教授略略停顿,又蓦然扬起头。

“其实,如果警长需要金民的资料,直接开口就行。”

“哦,可以吗?”

“他原本也是长青藤的职员,直至黑客入侵事件发生以后,我们才发现他原本的账户权限没有被注销。这是个管理漏洞……”

罗伊望着克隆科学的学术权威:“谢谢你的协助,博士。”

宋明基站直身体，但神色有些黯然。

“我是个搞科学的人，更喜欢直来直去一些。”

警长点头说：“今天先告辞了，说不定以后还要打扰，我先致歉。”

“别这么说，随时欢迎。”

罗伊和博士握手，告退离开。这时候，他耳垂上的胶圈发亮，耳边传来武田发来的语音信息。

“还在长青藤听课吗？我从花静子那里获得了重要的信息，关于她和富场三婚姻关系不稳定的原因……”

罗伊一边向办公室外走，一边听着搭档的汇报。当语音结束时，脚步刚迈过办公室的门，他骤然停住脚步，回过头。送客的主人站在他旁边，见状愣了一下。

“怎么了？”

“那是多少年前的事情？”

“多少年前？”

“金民离开，独自进行研究。”

博士侧头想了想，回答：“有十五年了。”

罗伊心头突突跳动，因为武田最后半句是这么说的：“每隔几年，她老公就像变了一个人。”

第六章

戴莉安今年 53 岁，她有着东欧人种的深邃五官，虽然头发银白，但由于仪容整洁，气质优雅，她看上去比实际年龄要年轻。戴莉安戴着古典眼镜，手指尤其修长，罗伊初见时就觉得她适合练习乐器，后来话说开了，听说她年轻时当过钢琴教师。

绿色的房子建在山坡下，距离城郊被称为“大瀑布”的防风带很远。山谷阻挡了黄沙，饮用水来自几里外的湖泊，坐在阳台上能看见遍地的黄花。刚才驾驶“工蚁”从山坡滑下来时，罗伊感觉心情畅快。他已经很久没见过这样的地方了。

“金民博士原本也住在这里吗？”

听到这个名字，女士脸上没有表情。其含义可以有多种解释，罗伊心想。

“不是的，这里原本是度假的地方。”

“金博士离家以后，你才一个人搬到这里？”

也许是“一个人”这样的字眼让女士感到不悦，她站起身，走近窗台给盆栽浇水。在窗明几净的客厅里，也种满了各种生机盎然的植物。阳光透进来，能看见叶子上的水珠在发光。

当罗伊以为对方不会回答他的问题时，钢琴老师背对着他发出声来。

“城市里太拥挤，一个人还是安静些好。”

搭档武田向前一步，问：“你丈夫这些年联系过你吗？”

“没有。”

“这么多年都没有？所以你也不知道他现在在哪里？”

“是的，我不知道他在何处。”

妇人声音冷淡，蕴含怨恨之情。丈夫躲起来搞自己的研究，十几年不见人影，她心里有情绪再正常不过了。但罗伊和武田都能听出，那位女士的语气带着微妙的不屑，似乎对丈夫还有另一层面的憎恶。

金民原本是长青藤神经科学部的首席研究员，在十五年前辞去职务，离开妻子戴莉安，从此下落不明，哪怕在联合数据库都搜不到其行踪。这自然是一件稀奇的事情，但并非无法做到。无论政府对个人信息的掌控达到何种高度，游离在管理体系之外的隐形人群在哪个时代都不会消失。庞大的黑市网络和各种带有运动色彩的民间组织，都能够为他们提供庇护和生活所需。还有一些人，甚至从来不需要正常的城市供给。

金民比宋明基年轻，虽然在学术界也曾享有声望，但并非无可替代的人物。他的失踪一度在学术界引起震动，但很快就失去了关注度。所有与金民相识的人，都指出他是一个性情固执的学究，其专攻的意识平移领域一直存在法规和伦理的灰色地带，尤其是考虑到平移成功率和克隆体有效期的限制，意识平移无异于自杀式实验。政府曾经多次试图出台禁止性法案，但由于太多权贵对求取长生抱有热切的期待而没有成功。面对这样的研究领域，有科学家基于个人的原因或者受到某些组织的委托，转入地下进行秘密实验，是见怪不怪之事。

戴莉安浇完花，走进和客厅相连的开放式厨房，剥开用塑料膜包裹着的黄色蔬菜，用开水清洗。罗伊留神注视，发现她撕开的塑料膜上贴着出品标签，正是来自他们造访过的郊外农场。罗伊想，原来那个农场会配给到这么远的地方。

“是包菜吗，看着很新鲜。”警长说。

戴莉安听到警察的话，侧头望了一眼丢弃的塑料膜，然后把目光收回。

“13 号农场每天早上会送来。”女士平静地说。

“是订购服务吗？”

“是的，订购服务。”

“真不错。”

妇人不再搭话，低头把洗干净的包菜切片。她一直保持着良好的涵养，没有说出逐客的话，但是她不冷不热的态度清晰传递着这个信号。

这时，武田发出声音。

“这个女孩是哪位？”

罗伊望过去，看见武田站在通往二楼的楼梯旁边，墙上有许多照片，他的搭档用手指着。警长走近抬头看，大多是生活照片，其中有好几张是戴莉安和一个小女孩的合影，场景有游乐场、生日派对以及海边沙滩。照片都呈淡黄色，而且照片上的女士看上去比现在年轻，说明那是很久以前的照片了。照片中的女孩五六岁的模样，小眼睛、扁鼻子，有一副东方人的面孔。

“是我的女儿。”

钢琴老师在水池旁抬了抬头，然后重新低下去。

“哦？是你和金民博士的女儿吗？”

罗伊望向女主人，又望了照片一眼，讶然发问。他是真的疑惑，一来这个信息他们之前并不曾掌握，二来那个女孩的长相与戴莉安并无相似之处。

戴莉安停了一会儿，似乎考虑到警察的盘问不会轻易结束，她轻轻地叹了一口气，关上哗哗的水流，用白毛巾把手擦干，然后向他们两人走过去。

“莲娜是我们收养的孩子。”

武田蹙眉问：“你们是不是没有办领养手续？”

“没有记录吗？”

“没有。”

妇人微微点头，声音变得冰冷：“那个人说已经做了登记，原来都是谎言。”

“那个人是指金民博士吗？”

“就是你们要找的人。”

戴莉安的情绪似乎突然变得很糟，她甚至不愿再说出丈夫的名字。两个警察都定神望着案件目标对象的妻子，罗伊问：“那个孩子现在怎么样了？”

“莲娜很早就不在了。”

“去世了吗？”两个警察对此没有惊讶，从墙上只挂着旧照片这一点就能说明名为莲娜的女孩早已离开了这个家。

“嗯，在她 7 岁的时候。”

照片投影的角度有点歪，戴莉安伸手扶正。罗伊观察着她的神色，真切地感觉到一位母亲对女儿的爱和追思，尽管那个女孩不是她亲生的。

“是病逝吗？”

那位母亲扭过头：“不是，肌能型的退化症不会致命！”她的语气变得愤恨。

“那是……”

优雅的钢琴老师沉默片刻，突然冷森森笑了一声。

“都告诉你们好了，反正莲娜的死和你们关心的事也有关系。”

“你是指和你丈夫有关？”

“那个人瞒着我给莲娜实施了海马体临摹手术，结果失败了。”

罗伊和武田面面相觑，心中既惊讶，又觉得早有所料。妇人怨恨的声音继续传来。

“这就是他没有给莲娜办理领养手续的原因，他把那个孩子当作实验的对象，他是一个疯狂的人！”

武田热血上涌，问：“在那之后，那个人就跑了吗？”

说出刚才的话，似乎耗尽了戴莉安全身的力气，她的神情只剩下忧伤和憔悴。

“是的。”她无助地挥挥手，“他去找其他实验对象了。”

罗伊和武田离开了绿色的房子，穿过金光闪闪的花田，各自走向停在田边的“工蚁”。年轻警员抱怨道：“我就说开轿车来，一人一台车，连说话都不方便。”

“轿车的越野能力为零。”罗伊说，“你有什么话要说吗？”

“啧，我以为你有话要说，表情都写在脸上了。”

“是吗？”

“算了，也没什么好说的，当务之急是把那个疯狂的科学家抓住。”

“你认为金民是个疯狂的人？”

“一个会把自己女儿当作实验品的人，还不够疯狂吗？”

警长沉默一会儿，说：“也许他只是为了救治他的女儿，那个孩子患了退化症。”

“孩子妈也说了，肌能型退化症又不至于没命。”

“如果是渐行性的退化，可能会导致大量器官衰竭，即便能勉强存活，那个孩子的人生也是一片灰暗吧。”

“因此冒天大的风险，给她换上一具只有几年寿命的身躯？”

面对搭档的质疑，罗伊没有回应，他默然开启“工蚁”的车门。

“喂，”武田喊了他一声，“你有什么话要说吗？”

“没什么，只是感觉那个妻子的态度不太明朗。”

“对这样的老公带有怨恨之情不是很正常吗？”

“我觉得不仅如此，她心里说不定还惦记着金民。”

“不至于吧，我可没在房子里看见关于那个人的回忆的痕迹。”

“照片最近更换过。”

“啊？”

“有些照片移动了位置，所以投影才会倾斜。”警长淡淡地说，“现在剩下的照片里，虽然看不到金民的身影，但是从场景来看，感觉孩子的父亲其实就在不远处，或者就是负责拍摄的那个人。”

武田鼓起腮帮：“你想多了吧？”

“这么多年来，戴莉安独自住在他们一家人用来度假的郊外小屋里，我想，她一直单身。”

“何以见得？”

警长回答：“墙上的照片，没有她和其他男性的合照。亲密的也好，普通的也好，一张都没有。”

“这……”武田呆住，无言以对。

罗伊望了一眼脚下的青草，一阵风把草絮扬起，带走。警长抬起头来。

“而且你不觉得，我们发现富场三克隆体的木屋摆设和刚才那个家很像吗？”

第七章

侦查组将长青藤前研究员金民列为富场三失踪案的重点嫌疑人以后，信息迅速积累起来。金民的行踪无法搜查，但是富场三的行踪则有迹可循。经过深入比对，侦察组发现两者存在一个隐蔽的重合点。

根据认识富场三的人所述，富场三性情内敛、沉默寡言，从来就是一个疏于交际的人。十三年前，富场三在K市和花静子结婚，此后一直没有正常工作，也就是所谓的“家里蹲”。在他离家失踪前的八年时间里，他的妻子花静子说，长期不出家门的富场三，每过几年却会独自外出旅行一趟，每次大约一周时间。这样的外出一共有三次，分别是婚后第一年、第四年和最后一年。事实上，在富场三最后一次出门回来不久，他就突然不辞而别了。对于富场三独自旅行的目的地，花静子称前夫从来不说，但是在婚后第四年富场三回来后，她曾发现对方的手腕上有一个能在荧光灯下反射淡淡光芒的摩天轮形状的印章，看着像某个游艺场的凭证。

根据花静子对印章的描述，侦查组调查了各地采用复古验票方式的游艺场，最终锁定 D 市一家名为风月国的成人主题乐园。这个乐园有一个红牌项目，是在摩天轮的小包厢里由美丽的兔子为客人提供服务。侦查组将风月国的入场印章展示给花静子看，后者点头表示正是这个。

这个信息让侦查组大为兴奋，因为根据同步对金民的行踪进行追查的另一个小队此前获得的信息，长青藤神经科学部的一个职员多年前到 D 市出差时，曾见过疑似金民的人。经过核实，那个职员出差的时间和富场三那次旅行的时间恰好吻合。如此一来，富场三和金民终于出现了地理位置上的交集。

这时候，长青藤的宋明基博士也向侦查组提供了一个有价值的线索。他认识一个曾经为 OOP 联盟效力的外科医生，具有眼球移植手术的经验，这个人的主要居住地刚好就在 D 市。由于涉及 OOP 联盟，政治上相当敏感，柯鲁奇上尉为了避免引起综合治安纠察局的注意，没有指派侦查组直接出面，几经周折，最终通过在 D 市的中间人获得了一个线索。这个线索让侦查组更加惊喜：根据那个外科医生的回忆，他曾经多次为"同一个人"进行眼球移植手术，手术的时间和富场三外出旅行的时间完全吻合。

"先把丑话说在前面，鉴于当事人身份特殊，他是不会出庭做证的。"

提供线索的中间人在电话里直言，柯鲁奇上尉迅速打消了对方的顾虑。

"明白，我们需要的只是确切的线索！"

"因为事情前所未见，所以当事人印象很深。"

"那位医生能指认去做手术的人是谁吗？"

"这不可能，哪怕是基于为客户保密的职业道德，人家也不会做这种指认。况且，根据那位医生所处的立场和提供的服务，难不成还有验证客户身份一说吗？上门的客户，也必定进行了某种程度的易容。"

"你说得有道理……"

“只不过，我的当事人说了一件事。”

“什么事？”在柯鲁奇上尉旁边的罗伊警长问道。

“同一个人这个问题。”中间人回答，“相貌是同一个人，但是言行举止不像。我的当事人因为好奇，曾旁敲侧击地询问前一次手术的感受，对方表现得支支吾吾。”

“那……他怎么看？”

“有什么怎么看的，意识平移术又没法重复——那些同一型号的克隆体自然平移过不同人的意识。”

一时间，接听电话的警官们都呆住，说不出话。隔了一秒钟，中间人再次补充。

“对了，除了你们提供的三个时间点，我的当事人表示相同的手术他还做过两次，也就是一共五次。”

“啊？另外两次是什么时候？”

“一次是十五年前，那是第一次。”中间人略微停顿，“另外一次则是最近。”

3 月 23 日，罗伊和搭档武田再次前往 D32 区，造访失踪者富场三的前妻花静子。主妇看到两人登门，尽管脸上还挂着不悦，但已经没了之前的惊讶，因为最近一段时间，侦查组派人员来过好几次。

进屋坐下后，罗伊再次环顾那套面积不大的公寓，问道：“今天不见令郎？”

“他出门买东西了。”单身妈妈端上来茶。

武田说：“真独立。”话说出口有点后悔，因为这样的说法隐含对那个残疾孩子的轻视，于是他忙说，“最近经常打扰，真是不好意思。”

“没什么。”

花静子放下茶，自己也坐下来，和她的声调一样，脸上没什么表情。

“我们想再问问你前夫的情况。”警长喝了一口茶，本来准备放下，但是因为觉得味道有点熟悉，又多喝了一口。

“你是指场三还在家时的情况吗？”

罗伊抬眼望了对方一下，点头：“是的，你说他有时会像变了一个人？”

“嗯……”

“虽然这个问题已经向你询问过很多次，但我们希望深入了解，你可以描述得更具体一些吗？”

“怎么具体呢……”主妇面露难色，“我真的不知道该怎么说……”

武田有些不忍，引导着问：“你是觉得你丈夫对待你的方式发生了变化，还是他的言行举止存在异常？”

“都有……”花静子咬咬嘴唇，艰难地选择着表述的词语，“各个方面都感觉不一样，生活的习惯、饮食的口味、喜欢看的电视节目……他突然喜欢在洗澡时唱歌，但是唱的歌我从来没听过……”

警长问：“还有吗？”

“他……忘记事情……”

“忘记事情？”

“主要是我们两个人之间的一些事，有时我和他说起来，他却答非所问。”

“两个人交往时的事情吗？会不会是时间太久，所以记不得了？”

花静子抿嘴想了想，叹了口气：“可能吧……都是一些日常小事。只是我自己以为他是个用心的人，他喜欢记日记——”

“稍等一下。”罗伊和武田不约而同地坐直身体，后者问，“你前夫记日记？”

“嗯，只是简单的语音日记，不过他一直坚持这个习惯——这一点倒是没有改变。”

“语音日记有保留吗？”

富场三的前妻摇摇头：“他离家以后我找过，但没有找到文件，我想，他全部拷走了。”

两个警察对望了几秒钟，都明白对方心里的想法。一个人写日记，是为了便于自己回想自己的过去，同样地，也便于另一个人获知他的过去。

罗伊脸色不变地说：“既然选择离开，把日记带走也合理。”

听到这话，花静子眼眶有些发红，警长细看她的脸，那并不是能装出来的神情。

“抱歉了。”武田说，“老是让你回忆不愉快的事，一个人带孩子一定很辛苦。”

“没什么。”花静子连忙用手掌按按眼角。

武田说：“最后问一个问题：你前夫的变化，是发生在每次独自旅行回来以后吗？”

“是的。”妇人点点头，“他第一次去旅行是我们新婚一年多的时候。他回来以后，虽然我对他的变化感到疑惑，但觉得可能是因为之前对他这个人了解还不够深入。人们都说，过了热恋期，两个人的关系就会发生改变，加上那时候儿子又出生了——”

罗伊打断她：“所以那时候你没往心里去？”

可能是因为对方语气生硬，花静子有点胆怯地眨着眼睛：“是的，事情后来过去了……”

“到了第四年，他又出了一次门，从那时候起你越发觉得不妥当，对吗？”

“嗯，毕竟已经一同生活了好几年……但是我不知道怎么办好……”

“这些事你没有告诉过别人？”

“没有，我不知道和谁说，也不知道怎么说。”

“五年前你前夫又出了一次门，那次回来以后变化更大吗？”

“嗯，我几乎觉得自己不再认识他了。”花静子略微停顿，“除了我们两人的事情，他连自己的事情都说记不清了……”

“所以他后来离家出走，并且提出离婚，你也没有太惊讶？”

“肯定惊讶，只是觉得事情也不是没有征兆。”

“为什么没有采取措施呢？”

“措施？”

“譬如报警一类的措施。”

“报警？”被询问者睁大眼睛，似乎吓了一跳，随即露出困惑的神情，“你是说场三离家出走，所以要报警？”

“一同生活多年的丈夫突然失踪了，不应该采取措施吗？”

妇人定了定神，答道：“刚开始我四处找场三，只是没能找到，但是对报警什么的没有考虑过，他只是躲开我而已。况且，他后来寄来了离婚协议书……”

“你不假思索就同意了？”

“没有不假思索！”花静子微微提高声量，“我考虑再三才同意的。”

“为什么会同意呢？”

“不同意也没有办法呀。”妇人紧咬嘴唇，好像情绪已到了崩溃的边缘，她静默了一秒钟，蓦然抬起头，“因为我很害怕！”

“害怕？”

“你们不是问他有什么不同吗？一切都不同了！连做那件事的方式都不同，一个人和你睡在一起，但是你不知道他是谁，这是一种很可怕的感觉！”

武田想打圆场，罗伊做了个制止的手势。警长望着被询问者的眼睛，等待对方平静下来，但是没有放弃攻击。

“虽然感觉不对，但是你还是没有想过报警。”

一阵苍白掠过花静子的脸颊，她的嘴唇颤抖了一下，但眼神突然坚定起来。

“没有想过，因为事情不是第一次发生。”妇人冷冷地说，“而且，我又没有证据。”

罗伊又看了对方几秒钟，点点头："你说得也是。"他举杯将茶水一饮而尽，站起身招呼搭档离开。

"抱歉，打扰了！"武田微微低头，两个警察走了出去。

走出公寓，武田不大痛快，问罗伊："你觉得花静子也有嫌疑？"

警长转动帽檐，苦笑一下："为什么用一个'也'字？"

"上次对待戴莉安还不是一样？"搭档耸耸肩，"你从来不放过任何一个相关人。"

"因为在情况不明朗的情况下排除任何一个人的嫌疑都容易出问题。"

"就知道你会说这种老派话，如果我再质疑，你一定会说老派的方法才保险。"

罗伊笑道："你知道就好。"他和武田已经搭档了很多年，双方默契度是足够的。哪怕在当下的案件里，罗伊也不认为武田和他存在思路上的分歧。只不过，他心里总有一种误入歧途的不适。这个案件头绪和疑点太多，缺乏串联起来的主线，现在线索的指向渐渐合拢，但是他又生出另一种担忧……

"你抓住花静子没有报警这件事不放，是真的觉得可疑还是试探？"

"只是试探。"警长坦承道，"我想看看她的反应。"

"结论呢？"

"不好说，也许有所隐瞒，她在听到'报警'二字时有一瞬间表现得很警惕。不过，富场三离家出走她没有报警这件事，在情理上确实说得通。哪怕觉得自己丈夫变了个人，会立刻采取报警举措的人也不多见。"

"我也这么觉得。我认同花静子的话，对这种捕风捉影的事情根本无从开口。市民突然被指责发生某件事应该报警而自己没有做到，会紧张也正常。或者，她只是关心前夫的下落。"

"就是这个地方有不和谐之处。"

“不和谐？”

“花静子一直没有询问富场三的情况。”

武田张了张嘴，没有发出声音。他在脑海里将之前的谈话回想了一遍，发觉确实如此。

“到了警察登门造访这个程度，任谁都能猜到自己前夫出事了，”警长说，“但是她除了第一次见面时浅浅地问了一句，其后再没有发问。”

武田思考片刻，说：“这确实是个疑点，看来五年前发生了什么事还得核查，我们是不是应该到K市走走？”

罗伊淡淡地说：“看看上尉的意见吧。”

两人并肩穿过公寓楼下的空地，武田突然停住脚，向左侧努努嘴。

“看。”

罗伊循向望去，看见一个身穿花格子衣裳的男孩坐在助步器上，刚从一家便利店离开。警长认出了那个男孩，他正是花静子患有退化症的儿子。

两个警察举步，走到那个男孩身边。男孩听见脚步声停在前面，抬起了灰白色的眼睛。

“哪位？”

“你好，你的衣服真好看。”武田温和地说，“我们是警察，之前去过你家，记得吗？”

男孩偏了偏头，但脸上神情漠然：“我记得你的声音，你来过几次了。”

“刚才我们又打扰了一番，真是抱歉。”

“抱歉的话应该和我妈说。”

“呃，对你妈妈也说了……你时常一个人来买东西？”

“我的眼睛不好，但是熟悉的商店还是到得了的。”

“哦……”

“现在还有事吗？”

武田感觉拉不下脸，望了望罗伊。警长开口问："你叫什么名字？"

"安璇。"

"富安璇吗？"

男孩迟疑了一下，对警察强调他的姓氏表现出反感，但还是答道："是。"

"能和我说说你的父亲吗？"

"没什么好说的，我已经很多年没见过他了。"

"他是离家出走？"

"我想，我妈已经告诉过你们了吧？"

"你的看法呢，对自己的父亲突然不辞而别这件事？"

"你们真的很奇怪！"

"奇怪？"

男孩低下头，虽然努力克制自己的情绪，但语气变得愤懑。

"我爸已经不见了五年，你们现在才突然跑来过问，不是很奇怪吗？当时你们在哪里，我妈到处寻找那个人的时候，天天以泪洗面的时候，你们都在哪里？"

武田蹙起眉头："你妈妈没有报警——"罗伊举手打断他。

"你爸爸离家以后，你妈妈很焦急吗？"

"焦急？"男孩吸了口气，冷冷回答，"能用的方法都用上了，除了求助你们。"

富安璇离开以后，年轻警员抱起胳膊。

"你觉得那个孩子像在撒谎吗？"

罗伊说："不像。"

"嗯，看来富场三五年前失踪和花静子没有关系——除非她在那时候就为演戏做足了准备，那我们可就有苦头吃了。"

闻言，警长转身望着他的搭档。

武田耸耸肩："如果她考虑得这么周详，那显然是个棘手的强敌。"

罗伊点点头，向前走。武田跟在他身后，做了一个伸展动作。

“是不是要到便利店走一圈？那个孩子说是个熟悉的商店。”

“嗯。”

穿过一头白色奶牛的悬浮广告，两个警察推门走进富安璇刚离开的那家便利店。商店的门口对着马路，在里面能望见花静子居住的公寓楼。

一个秃顶的中年男人正站在过道上整理商品，他手持“玻片”划拨，货架上各种五颜六色的包装袋随之变换位置，像在玩搬木箱的电子游戏。听到有人进来，男人抬头打招呼。

“需要什么？”

武田用“玻片”出示警官凭证。男人半眯眼睛，凑近身体看，然后“哦”了一声。

“需要什么？”他重复道。

“问几个问题。”

“关于我吗？”

“你认识刚才来买东西的那个男孩一家吗？”

“哦，”便利店老板慢腾腾地走到柜台旁，“要问什么？”

“你认识他们？”

“说不上认识，但他们母子俩时常光顾，能叫出名字。”

“他们是去年搬来这里的吗？”

“嗯，有半年了。”

“他们母子俩是怎样的人？”

中年男人怀疑地眯起眼睛：“他们犯什么事了吗？”

“你回答问题就行了。”

“就是普通的单亲家庭，日子过得也辛苦。”老板不冷不热地说，“那个花小姐在附近的百货商店当售货员，有时会和我就物价混乱的问题聊两句。”

“她很友善吗？”

“可以这么说，假日她会到监护站看望孩子，我想，她可以称得上友善。”

“监护站？”

老板探探身，朝对面街上指了指。两个警察跟随他的指向望去，看见一小片空地上坐落着一栋白色的建筑物，装潢十分朴素，看不见招牌，但楼顶有一圈彩色的廊桥投影，围绕着建筑物慢慢旋转。几个身穿灰色长袍的孩子在空地上走来走去，也有人蹲在地上捡东西。其中几个孩子显得特别年长，并非未成年的孩童。空地外围安装着高高的铁栏杆。

“叫‘彩虹之家’。”老板说。

武田好奇道：“是医院还是孤儿院？”

“都是。那些孩子是大龄孤儿，但是因为脑袋有问题，过了 16 岁就从福利院转到那里。”

警长开口问：“是退化症吗？”

“嗯，认知型的。离被送到高墙森严的精神病院还有一步之遥。”便利店老板停顿了一下，“其实和那个孩子一样。”

“哪个孩子？”

“就是你们问起的小安璇，花小姐的儿子。他是身体退化，那里的孩子是脑子退化。”老板突然神情严肃，“这都是惩罚。”

“惩罚？”

“难道你们没发现吗？自从什么克隆技术大行其道，各种古怪的病变也骤然出现，这是上帝对人类自我膨胀的惩罚。”

武田撇嘴说：“类似的病从前也有过。”

“但是发生率远没有现在高，而且病症也不一样吧？”

罗伊想打断这种无意义的话题，这时监护站那边传来骚乱声。三人望过去，看见几个护工在喝止企图往栏杆上爬的孩子，然后把他们赶进楼房。

秃头的老板叹了一声："那个监护站去年刚建起来，管理不完善，前阵子就有个孩子溜了出去，居然跑到了城中心。"

"城中心？"警长扭过头。

"嗯，一个年龄大的女孩，亏她能跑那么远。"

罗伊有些失神，武田喊了他一声，他望向搭档，从对方眼睛里读出"话题扯远了"的意思。警长收拢下巴，掏出"玻片"，将富场三的画像投影出来。

"你有没有见过这个人？"

"最近吗？"便利店老板问。

"嗯，最近。"

老板半眯眼看了一会儿，摇头："没见过。"

"你确定吗？没见过这个人，在附近出现？"

"没有，我的店每天都开，但我没见过这个人。"

"谢谢，打扰了。"

罗伊收起"玻片"，举步向便利店门口走。但是他的搭档扯了扯他的衣角，横着眉头看他。罗伊愣了一下，随即反应过来。

"抱歉，还有一个人你是否见过？"

"还有谁？"老板用指尖敲敲台面。

"这个人。"

警长重新打开"玻片"，把另一个人的画像投影出来：金民。

"见过吗？"武田问。

老板眯着眼睛，随即戴上眼镜，沉思不语。他的这个神情让两个警察骤然绷直了身体。

"见过这个人？"

"好像有印象，我想想。"

"请你仔细想想！"

对方“哦”了一声，摘下眼镜。

“想起来了，是附近的游民。”

“游民？”

“嗯，我见过他，从半年前起他就经常在这儿附近游荡。但因为他是灰头土脸的样子，我一时没想起来。”老板朝公路的尽头指去，“他就住在输送管下面。”

第八章

穿过平直的卸货平台，能看见白茫茫的亮光，和亮光相接的远方，呈现一片黑色的涌动的海浪。走近以后才能分辨，那是并排相连的巨大输送管，从郊外绵延数百公里至此。为了解决超长距离热胀冷缩的问题，输送管外壳有着蝉蜕般的纹理，如果跃上浪头观望，会看见黄色的大地被一种血肉和机械相混合的物质密密覆盖，在闷热的空气中蠕动。

罗伊和武田躲开各种机器吊臂，绕到卸货平台的后面亮光照耀不到的密封区域。在输送管下方，有密密麻麻的管道副线，架成很多隧道状的空间，靠近外围的部分早已陈旧，弃用，有一些人居住在那里。

排风机的轰鸣声震耳欲聋，两个警察踢开地上的杂物，隧道口呈现在他们眼前。

“刚才你在发什么呆？”武田问。

“嗯？”

“刚才向便利店老板问话的时候，你差点忘了把金民的照片给对方看。”

“只是一时忘了。”

“一点都不像你。”

罗伊本想予以否认，但话到嘴边滞了一下，最后他摇头：“我也不知道……”

搭档耸耸肩，不再说话。两个警察并肩走进隧道。

在隧道口附近，几个赤裸上身的男人围着一只铁桶烤火，铁桶中部围绕着一圈光带，无孔不入地滚动着某个商家的广告。看到有人走进来，那几个游民抬头望了一眼，当看清来的人没什么可敲诈的，又纷纷低下头去。那几个人，有的少了胳膊，有的小腿缺了一截，还有一个双眼通红，深深凹陷。

罗伊和武田继续向里走，看见管道副线堆积较少的地方，到处搭着简易的帐篷。粗大的架空柱上有很多涂鸦，有通红的眼球样的图案，也有歪歪斜斜的各种联盟的旗帜和标语。一些游民站在帐篷旁边，或者从帐篷后面探出头，他们衣衫褴褛，有些眼睛追随来客的脚步游移，有些则熟视无睹。罗伊看见几个人的脖子后面有 OOP 联盟的文身，他知道那只是唬人的，或者他们是组织的弃子。

一个身材魁梧的黑人在架空柱后面出现，身上的衣衫比较整齐，罗伊和武田向他走过去。两人走近才发现，那个游民戴着一副很小很细的眼镜。

黑人默默地看着两个警察走近，直到他跟前，然后开口。

“有药吗？”

警长问：“什么药？”

“次世代的加如太有没有？”

“自由基清除剂？”

“嗯，只要能拮抗兴奋性氨基酸的都行。”

武田哂道：“你还挺会挑，挑最贵的要。”

黑人说：“别的物资还好，但是管制药太难找了。”

罗伊四周看了一下："你们一般用药换什么？"

"我不交换，这里有人需要。"高大的黑人汉子朝隧道的深处指了指，"成年人就算了，但是成长中的孩子需要。"

警长打量对方，问："你是医生？"

戴眼镜的游民微笑了一下："你看我像吗？"

"是退化症吗？"

"嗯，有十来个孩子，你有多少？"

"你知道，哪怕是次世代的加如太，也只针对渐冻症有效吧？"

"我知道。"游民点头，"将退化症视作渐冻症的异变并没有根据，但是新药太贵了。老药多少能缓解疼痛，你知道，在密封的地方，小孩子的叫嚷声会让大家都睡不安稳。"

罗伊掏出"玻片"划拨了几下，然后对黑人说："我下了订单，明天你到D27区的塞拜酒吧拿，后门有个牛奶箱。你可以跨区走动吗？"

警长指指自己的眼睛，他知道游民大多没有合法的身份。

"可以的，我有无记名车票。你们要问什么？"

武田挑起嘴角："你还挺相信警察的。"

游民指了指罗伊："我相信你。"罗伊发现，他尽管身材强健，但右手缺了一根手指。也许这是他无法在城市里取得医务执照的原因之一。

警长用"玻片"投影出金民的人像。

"见过他吗？"

黑人医生观察和思考了一会儿，回答："应该来过。"

"来过是指住了一段时间？"

"是的。"

两个警察的眼睛都亮了起来，武田连忙问："现在还在吗？"

"最近没见到。"

"他是什么时候来，又是什么时候走的？"

"这个不知道。"游民抱起手，"这里每天都有人来，有人走。有些人在这里待了十多年，某一天就突然不见了。”他顿了顿，“不过，我想，他来了没多长时间。”

罗伊问：“他原来住在哪里？”

“不知道位置有没有被别人占用。”

“我们想去看看。”

“这边。”

黑人转身带路，罗、武两人跟在他身后。走到隧道三分之二的地方，光线已经微不可察，正当两个警察在心里暗暗提防时，隧道奇怪地弯向了一边。步入其中后，罗伊和武田惊奇地发现，原来隧道内侧另有一个扇形空间，几乎有两个篮球场大小，难怪可以容纳相当数量的人居住。空间顶端有环状旋转的光亮，仿佛是宗教启示里的圣光。但是，与此同时，耳中传来惊涛骇浪般的鸣响。罗伊和武田抬头上望，通过一口做工粗糙的竖井，看见巨大的风机扇叶正在忽忽转动，亮光从扇叶的狭缝中投射下来，明与暗快速交替。

“现在看来没人占用。”带路人朝空洞的角落指了指。

罗伊和武田举步走过去，看见几块改性塑料板拼成一个四方体，紧靠潮湿的土墙，头顶不时有水滴落下。两个警察都心想，难怪前任主人离开后，这个床位再无人使用。

武田找了个破的水桶，把“玻片”放在其上，明亮的光芒笼罩着那间简易的房屋。罗伊往手上喷了涂膜，弯腰钻进去，翻找里面所剩不多的东西。

片刻，警长从小屋里退出来，手中拿着一只脏兮兮的小布袋。搭档凑近去看，里面有一些破碎的膜状组织，黏糊糊的。

武田吁了一声，对照光源查看，过了几秒钟突然抬起头。

“像晶状体！”

他打开证物袋，警长稳稳地将东西投入其中。

“对了——”

两个警察闻声扭过头，为他们提供指引的游民扶了扶眼镜，开启唇齿。

“我最后见他的时候，他的眼睛蒙着绷带，走路需要扶着墙壁。”

武田闻言大点其头，但突然脸色一变，想到不对之处，眉头打起结来。

“你确定最后一次看到的人是他？”

警员把水桶上的“玻片”拾起，再次投影出金民的人像。

“是……”黑人答了一声，但语音在中途中断，他又回头观察，思索片刻道，“穿着相同的衣服，但是听你这么一说，样子又有点不像……不对……”

罗伊问：“什么不对？”

“有两个人。”

“两个人？”

“我想起来了，一开始住在这里的是这个人，后来似乎换了一个人。两人衣着打扮和行为举止一模一样，但是相貌有差别——老实说，我也不会盯着别人看。”

两个警察对望了一秒钟，罗伊从“玻片”里划出富场三的人像。

“是不是换成了这个人？”

黑人凝视人像，最后肯定点头：“没错，蒙着双眼的是这个人，他回来了一个晚上，之后就没见过他了。”

“记得是哪天的事吗？”

那个游民是一个尽责的人，他侧头努力回想。

“大约半个月前——是，刚好是两周前同一天。”

“两周前的星期三吗？”

“嗯，每周三管道会运送兔子，那天也是。”

武田问：“那就是 3 月 8 日喽？”

“对，3 月 8 日。”

两个警察再次对视，富场三的克隆体，是在 3 月 10 日被发现的。

第九章

“抱歉，我知道的只有这么多。”

行政服务部的专务主任八重野微微躬身。他和武田族裔相同，态度严谨有礼。不过，尽管他显示出了全力以赴的姿态，最终能够提供的关于富场三的信息却十分有限。

富场三在十六年前离开出生地，前往 K 市谋生，受雇于一家出租礼宾车的公司，担任预约司机。当年与他相识的同事绝大部分已离开公司，唯有担任后勤工作的八重野仍坚守岗位。面对来访的警察关于富场三任职期间相关情况的质询，这个身材矮小的男人显得局促且为难，不时用白手帕按压额头。

“场三先生我当然记得，他是个彬彬有礼的人，称为惜字如金也未尝不可。毕竟我们公司聘请的礼宾车司机本身就有‘少话’这一点要求。但其他情况我说不上来，我和他并不相熟。坦率地讲，预约司机的工作算不上稳定……”

“他干了四年就离职了吗？”

“是的……我印象中不到四年，最后半年他来得比较少。因为是按单计酬的预约服务，请假次数多了，公司给他安排的工作量自然会减少。我记得他是结婚之后离职的。”

“结婚对象是花静子吗？”

“好像是这个名字。”

“他和妻子的感情怎么样？”

“呃，不大清楚……我想，应该不错吧。对了，他刚结婚时还给我看过蜜月旅行的照片。”

专务主任掏出“玻片”，翻了一会儿，递给两个警察看。

罗伊看到一张富场三和花静子在海边的合影，丈夫穿着一件花格子图案的大衣，妻子则穿一条花格子的裙子，两个人笑得都很开心。

“不过……”八重野顿了顿，说，“他很少说自己家里的事，我都不知道他的孩子是男是女。他成家以后也很少来公司。”

“为什么结婚以后就不工作呢？”

“也不是马上不工作，只是订单越来越少……这个，怎么说呢，场三先生并非很勤勉的人……”

“十五年前，也就是在入职一年左右的时候，富场三是不是出现过异常情况？”

“异常情况？”

“就是不对劲儿的事，人发生了重大的变化。”

“我想，没有，我记得场三先生的父母很早就不在了——”

“不是变故，我是说性格突然发生变化，就像变了一个人。”

“哦，是这个样子，我想想……说起来确实有这种感觉。”

“人不同了？”

“有一段时间，场三先生的工作质量滑坡得厉害，投诉率变高——后来连出勤率也大大下降。”

“还有其他例子吗？”

“时间太久，想不起来……”

“开车的技术呢？技术有没有变生疏，驾驶风格是不是一样？”

“呵呵，其实我们公司的礼宾车是自动驾驶，司机不需要驾驶技巧，只要把手放在方向盘上即可。”

“啊？那要司机干什么？”

“主要是为客人开门和关门，彰显客人的尊贵身份。”

类似的谈话反复几次以后，罗伊和武田也渐渐感到厌烦。

K 市是罗伊他们城市的卫星城，穿越郊外的农场区，再朝北 200 公里就能到达。由于 K 市曾经是富场三的长期居住地，柯鲁奇上尉此前就指派侦查组的队员到当地收集过线索。当“长期实验”“多次平移”等推论相继冒出后，罗伊和武田也亲自跑了几次，目的是在更大跨度的时间区间开展取证工作。

由于通勤还算便利，两个警探往 K 市跑了几个来回，与了解富场三过往的各方人士谈过话。但由于时间久远，从各人口中获知的线索和八重野提供的相差无几。总体来看，富场三交际面很窄，是一个存在感微弱的人，也就是那种除了自家老婆，没人说得上来他穿了何种颜色的衣服、头发留的是板寸还是刘海儿、脸上有没有伤疤的类型。他的儿子富安璇从小双目失明，和父亲的关系也是疏之又疏。花静子告诉警方，有一次富场三摔了一跤，把门牙摔坏了，只得换上义齿；而在他少了一颗门牙的整整一周时间里，连他儿子在内，居然没有人发现这件事。从这个层面看，如果某个疯狂的科学家需要人体实验对象，富场三可谓最佳人选。这类人哪怕某天整个变了样，也没人有兴趣探究。

与此同时，罗伊和武田还去找过花静子的友人相询，希望从侧面了解花静子和富场三的婚姻情况。当被问及富场三发生变化的问题时，一些朋友说从未听花静子提起，另外一些则大大地点头，给出富场三变化很大的证言。

“完全变了个人！结婚没多久就不再愿意工作，过了几年又突然开始酗酒……对那件事则忽冷忽热……静子时常为此黯然神伤。”

尽管这些证词的指向不很明晰，但信息终究一点点积累起来。其中的关键是从游民区带回来的证物，对案件侦查工作的导向起到决定性的作用。

罗伊和武田在简易棚屋里找到的布袋里面有已经开始腐败的玻璃体组织：两只眼球。经过检验，眼球细胞线粒体端粒正常，正是侦查组一直在寻找的富场三本尊的眼球！而在布袋里残留的组织液细胞线粒体端粒短小，却是来自富场三的克隆体。根据罗伊和武田盘查过的黑市医生的证词，目标对象在眼球摘除手术完成后，将摘下的新鲜眼球放在一个布袋里带走了。很显然，罗伊和武田在游民的简易棚屋里找到的正是上述证物。由此推测，目标对象术后曾回到游民区的居住地，休息一晚后离开，并把摘除的眼球原地丢弃。

经过侦查组进一步搜查，在棚屋里发现了半截近乎干枯的萝卜，从萝卜里检验到了富场三克隆体的唾液和牙龈纤维，由此进一步证明，富场三的克隆体的确曾在游民区逗留。

与此同时，他们从萝卜表皮上发现了两个人的指纹：其中一个属于富场三，另一个则属于金民。

一种稳妥的推测是，富场三和金民曾先后在游民区居住，最初是金民，后来则换成富场三。但侦查组更倾向于另一种推论：住在那间简易棚屋里的并非先后两人，而是从头至尾只有一人！这种推论具有有力的证据，因为来自 D 市的信息表明，有人曾进行五次眼球移植手术，而最后一次是一个月前，正好是在金民和富场三居住在游民区的时间区间。

还有一个线索则是，在最近半年里，有人见过疑似金民的人在花静子的住所附近出现。侦查组为此询问了花静子，但后者表示从未见过金民，也没有听前夫说起过这号人物。尽管这条线索仍旧不足信，但无论结论如何，金民和富场三两个人终于紧密地捆绑在一起了。找到失踪者富场三和抓住嫌疑人金民，已变成二位一体之事。

3 月 25 日下午，罗伊和武田在 K 市警员的陪同下，正准备去找下一个相关人问话时，柯鲁奇上尉打来电话，让他们打道回府。

武田问："是不是查到兔子的来路了？"

警长点头："上个月从某个管道流入了 300 多台 NIX-6 型克隆体，其中一台采用的基因样本和富场三完全匹配。"

搭档惊喜道："黑市的兔子居然会有采样记录？"

"具体情况没来得及问。"罗伊答道，"昨天刚好有一个货头落网了，所以有了指向性的线索。"

"那真是运气好！"

罗伊明白武田为何感慨。大约在二十年前，富场三曾经出售过自己的基因样本。由于他是匿名出售，侦查组费了很大周章，才确定购买过这份"图纸"的若干渠道，从这些渠道出发进行流通情况的追查，发现在漫长的时间区间里使用该"图纸"生产的同型号的克隆体多达数万具，根本无从核查。在侦查组最近一次碰头会上，柯鲁奇上尉几乎要宣布此路不通，幸好在此时，得到了 D 市和游民区的线索。

根据线索的交叉关联，侦查组蓦然惊觉，眼球移植和意识平移的案例，原来在近期还有一宗。也就是说，此前一直认定"在木屋发现过期克隆体"这个判断可能并不准确，不排除这是嫌疑人刻意误导所致，即那具被遗弃在木屋中的克隆体，使用年限事实上并未届满，而是新近生产的躯体，只不过有人通过外部手段使其加速了衰变。

为此，侦查组向长青藤克隆工厂的宋明基博士求证，得到了肯定的答复：暴露在大剂量电离辐射中，或者服用过量的化疗药物，都会导致克隆体保质期急速缩减。而且，如果是 X 射线损伤，辐射元素不会在体内残留，而是通过自由基的间接作用破坏机体细胞结构，并引发一系列继发反应，这种情形从体表特征到病理层面，都和克隆体的衰变现象并无二致。以此为出发点，侦查组不久就查到了相关线报。半个月前，曾有人在深夜翻入一家造船厂的生产车间，一台用以检测磨具精确度的工业级 X 射线探伤机，有被人开启过的痕迹。

综合上述线索，侦查组立刻调整了追查路径。如果在木屋中发现的克隆体出厂时间并非数年之前而是最近，那么锁定其流通渠道就变得有的放矢多了！

罗伊和武田乘坐城际公交车，在傍晚时分赶回了警队本部。办公室里灯火通明，侦查组各队的警员齐聚一堂，各种图表和人像在空中翻滚。案情日渐清晰，显然大家的士气都很高昂。

柯鲁奇上尉在自己办公室里打电话，罗伊想到在 K 市没有得到确切的情况，也懒得去敲门汇报。他看见负责追查黑市克隆体的情报队正在投影一个人像，那个人滑头滑脑，镶着老气的金牙。罗伊举步走过去，情报队的队长凯特扭过头，朝他颔首致意。

“回来了？”

凯特有一头蓬松的金发，显得文质彬彬，从外貌上一点看不出他是长期和黑帮同桌共餐的狠角色。他一贯城府很深，但此时嘴角忍不住微微翘起。由于案件的时间跨度很大，柯鲁奇上尉对富场三失踪案异常看重，而找到富场三克隆体的来路则是个突破口。凯特哪怕面上不居功，心里也难免得意。

罗伊指了指飘浮在情报桌上方的人像：“是那个货头？”

“叫李光成。”凯特点头，神情里的凶狠气一闪而过，“是个中间商，什么活儿都敢接。综治局盯上他很久了，我们算是先下手为强。”

“怎么抓到的？”

“通过线报。”凯特瞥了其他队的负责人一眼，语气不冷不热，“对具体过程你有兴趣？”

武田走过来，耸了耸肩，问：“听说那些兔子打了商标？”

“那批货里头有定制型产品，为了方便客户验货，所以附了血液样本和检验证明。”

“真是服务周到啊，定制型兔子一般是当器官移植的供体用吧？”

“或者是满足某些特殊嗜好，所以客户比较挑剔。黑市也有黑市的信誉。”

“检验证明还留着？”

“当然连同货物一并交付了，但因为有编号，我们的人在对应的冷冻舱里进行了遗留毛发的取样。”

“原来如此，真是好运气！”

罗伊开口问：“确定是富场三的克隆体？”

“嗯，因为实验室有样本，下午已经出来结果了。”

“订货人叫什么？”

“这……稍等一下。”情报队长话音刚落，他的属下已经将信息调出，“啧，人名就叫 Location——估计是个随便改的代号。”

“货送到了哪里？”

“城郊一片无人区，根据指示把兔子丢进了一只木箱。那个区域只有沙砾和灌木丛，没有监控。”

武田问：“不用当面验货？收不到货怎么办？”

凯特轻飘飘地望了对方一眼：“我不是说了吗，地下市场比地上的更讲信誉。”

“但货款需要提前付清吧？”

“那是必须的。”

“货款能不能追到？”

情报队长摇头：“很难，交易和支付都通过暗网。”

“攻不破吗？”

“攻不破。哪怕暗网到现在用的还是上个世纪的框架，也没人攻得破——也没人愿意去攻。你们有句古话叫什么？水至清则无鱼。”

罗伊开口问：“李光成还提供了什么线索？我想，他运送富场三的定制型克隆体，这不是第一次。”

“老皇历的记录哪里还有？如果这次不是我们行动快，也一样难有收获。”情报队队长语气略带邀功，但很快恢复职业的谨慎，“不过，我们有内线提前把数据拷贝回来了。”

“订单的数据？”

“嗯，客户信息和送货地址都有，但是定制型兔子有5000多只，我们的人正在全力筛查。虽然不好说最终结果会怎样，但是现在先等等吧。”

“能给我看看吗？”

“5000多条数据？”

“嗯。”

金发警探不置可否，向旁边抬抬下巴。罗伊看见办公室左侧的几面墙壁上，投满了花花绿绿的数据，情报队的五六个警员正聚精会神地分别盯着一块，有的挥舞手腕，有的念念有词，有的敲打键盘，用各自的方式在数据条上镶嵌标记。

罗伊走过去，驻足看了一会儿。他掏出“玻片”，想叫情报队的警员把数据包丢过来，就在他准备开口的瞬间，视线突然被某个字段吸引，不禁喊了一声。

“倒回去！”

身旁的警员停住手，愕然望着他。

“倒回去，高亮刚才那条数据。”

“哪一条？”

“最末尾那条，客户的名字是L开头。”

“是这个吗？”

“嗯。”

武田和凯特都走过来，前者问：“发现了什么？”

墙壁上一条订单数据被亮条包裹，放大。NIX-4型克隆体，发货时间是八年前的12月27日，客户的名字叫Lifespan。

“八年前吗？”凯特抱起手，“富场三跑去K市的风月国游艺场是八年前吧，哪一天？”

他的组员闻言，迅速查找相关证言记录，几秒钟后抬头向上司汇报。

“具体日期证人想不起来，不过正是跨年前后。”

武田大声问：“那个职员呢？”

“职员？”

“长青藤的职员，说好多年前在D市碰见类似金民的人。那是什么时候的事？他是去D市出差，应该有确切的时间。”

情报队的警员再次低头翻找，片刻回答：“1月2日。”

“后一年的1月2日。”

“嗯，就是之后几天。”

“有意思。”武田笑起来，“时间匹配度很高了。”

凯特说：“只是时间靠得比较近而已，先作为重点数据保留吧。”情报队队长转向他的组员：“还有其他相近时间的数据吗？”

警员尚未回答，罗伊说：“不，就是这条数据。”

情报队长扭头看他：“为什么？”

“Lifespan。”罗伊说，“客户用的名字。”

“寿命吗？你说有关系也可以，但是未免——”

“不是含义的问题。Lifespan和Location两个单词，首尾字母都是LN。”

“LN？代表什么？”

“莲娜。”

听到这个名字，武田先是疑惑地侧头，然后“哦”了一声。但情报队长想不起来，蹙起眉头望着武田：“莲娜是谁？”

“金莲娜。”武田回答，“金民曾有一个养女，名字叫金莲娜。”

凯特横着眉毛，似乎在评估事情的关联性有多高。武田补充道：

“那个女孩死于十五年前，就在金民躲藏起来之前。”

情报队长金色的眉头跳动了一下，他沉吟了一秒钟，然后拍他组员的肩膀：“客户姓名首尾字母为LN，所有订单。”

情报队的警员飞快操作。

“一共有八十一条数据。”

“富场三是在哪几年单独出游？”

“分别是十二年前、八年前和五年前。”

“交叉比对一下。”

罗伊说：“再加上十五年前。”

警员敲击键盘，片刻工夫，数据剩下七条。

“有七个送货地址。”警员望向自己的队长。

凯特挥了挥手：“把地图投影出来。”

城市的卫星图投影在办公室上空，当七个地址在上面标记后，警察们发现比例尺取得过大了。卫星图像迅速扩大，城市的细节越加清晰，金光闪烁——七个亮点均集中在本市和卫星城K市之间荒无人烟的灌木区。

留在办公室的侦查组成员，目光不约而同地朝这边汇聚，也有人走近。不知什么时候，柯鲁奇上尉从人群后面现身。

“画个圈。”他指示道。

七个亮点逐一连线，组成不规则的形状——确实是一个圈。

柯鲁奇上尉走上前，指了指圆心。

“这是哪里，看着是建筑物？”

操作的情报员查看了一下，回答：“13号农场。”

第十章

“就是这里。”

13 号农场的负责人旺达斯在一间员工宿舍前止步，神情有些沮丧。他的身后有五六个警员，罗伊和武田走在前面。

“金民曾经住在这里？”武田上前问。

“我不知道他叫金民，他自称金路南。”

路南的缩写同为 LN，听到这个名字的时候，罗伊和武田都有了然于心的感觉。

“你已经说过了。”武田哂了一句，“反正你也不核查。”说着，他招手让检验组的警员进入房间。

白须红颜的高大老人侧过身，让负责取证的警员通行。他嘴唇紧闭，隔了一阵儿叹了口气，说：“世上不容易的人很多，他们只想有口饭吃。”

“你是指暴乱组织的人吗？”

老人怒道：“OOP 不是暴乱组织！”

“啧，单这句话就够你受的。”

“那就把我抓起来好了。”旺达斯吹着胡子，但声调弱了下去，他用手抚摩脸颊，“那些人都早已脱离了有关组织，但是无处容身。如果所有人都将其拒之于门外，他们只能成为游民。”

“你能确定他们的清白？”

“是的。”农场主严肃地说，“我信任他们，他们都是兄弟姐妹。”

“难怪那位路南兄弟可以在你眼皮底下做坏事。”

听到警察的嘲讽，“圣诞老人”涨红着脸，默然低头。

罗伊说：“这里有多少人没有核查身份？”

农场主不作声，警长望着他：“雇请黑工是重罪，足够让这个地方关门，更不要说走私非法克隆体的行为。”

“我们没有走私克隆体……”

“那需要看具体情况进行判定。”

旺达斯沉默了片刻，点点头：“我知道的都会告诉你们，关于金路南的情况。”

武田扬起嘴角，拍了拍老人宽阔的肩膀：“还是先确认了再说。”

3 月 26 日上午，根据柯鲁奇上尉的指示，罗伊带队前往 13 号农场调查。罗伊向农场主旺达斯问询，是否曾经通过地下渠道购买或者转运无登记编号的克隆体，后者摇头否认。但是当警官向他展示金民的画像后，农场负责人立刻面露惊愕之色。在警察的诘问下，农场主颓然承认，有一个多年在农场工作的后勤工相貌和画像一致，名字叫作金路南。由于他是农场主偷偷雇用的黑工，所以身份没有经过核实。这个人大约在十二年前进入 13 号农场，一直勤勉干活儿，但是在一个月前突然离职。旺达斯虽然心中存疑，但始终秉持对每位地下劳工的尊重：既不深究其背景，也没有追问去向。

获知这个情况，罗伊和武田又惊又喜。这个金路南十有八九就是金民，其实在案件发生当天，他们就造访过 13 号农场，没想到转了一大圈，要找的人原本近在眼前。武田不禁嘀咕了一声“回到原点了”。与此同时，一个问题随之跳出：在这十多年间，嫌疑人为什么要选择隐身在此？

13号农场坐落在本市和卫星城K市之间，距两者各200公里。直至五年之前，富场三和花静子一直生活在K市。假如富场三是金民的实验对象，为了紧密地监控实验对象的动态，不是应该直接在K市居住更为方便吗？尽管13号农场地处荒郊，而且有雇用黑工的先例，但是巨大的城市之中也不见得没有适合隐身的场所，也就是说，金民如果选择长期在13号农场工作，除了这里适合隐藏身份，他很可能还有其他层面的考虑。

在对农场主旺达斯进一步的质询中，一个重要线索浮出水面。化名金路南的男人，在农场担任的职务是“兔子牧师”。此处的“牧师”并非布道之人，而是负责将过期克隆体送往焚化场的管理员，也就是送兔子最后一程的人。

由于在郊区农场和工厂克隆劳工消耗量庞大，其附近往往设有若干集中回收站。克隆劳工报废后，农场和工厂指派人员运送过去，分门别类进行焚化、堆填或者原料再生等处理工序。根据政府法案的要求，销毁克隆体需要进行严格的登记管理，但是万事在执行层面都会走样。对于和生产垃圾并无本质区别的过期克隆体，大多回收站能够坚守的原则，仅仅是检验确认送过来加以销毁的是兔子，而非人类的躯体，而疏于核对其具体编号和数量。所以，如果负责运送的人员在报废清单上略加篡改，譬如，在其中加入一两只无名兔子，是轻而易举之事，而且几乎无迹可查。

一念及此，罗伊马上调阅农场最近的克隆体报废清单，并且责令旺达斯联系指定回收站进行核查。一个电话的来回，回收站那边回复：以前的记录无法核对，但是农场最近一次运送过去的报废克隆体，焚化操作员有印象，一共有十三具，而且其中一具克隆体缺少眼球。听到这个回复后，旺达斯脸色发灰，因为农场该批次登记在册的应报废克隆体仅有十二具，运送的时间恰好是一个月之前。

“那批也是路南负责运送，工作完成当天，他就离职了。”

旺达斯说完这话，抬起头望着一屋子的警察，沉声发言：“各位警官，我想，最好先确认路南是否是你们要找的人。”于是罗伊一行来到嫌疑人曾经居住的房间前。

罗伊和武田步入房间，四下观察。房间里空空荡荡，除了桌子、衣柜等必要的家具，只剩下四面白墙和整洁的床铺。搜查的警员使用手持设备在房间各个角落扫描，蓝莹莹的网状光芒在不大的空间里相互交错。武田高声问：“有发现了吗？”

一个警员站起，摇头：“尚未找到残留物。”

“一根头发都没有？”

“暂时没有。”

武田撇着嘴，转向农场主：“那个金路南离开以后，你们清理过他的房间吗？”

旺达斯回答：“只是简单打扫过，他房间本来就很整洁。他离开那天，虽然显得有点匆忙，但是把能带走的东西都带走了。”

罗伊问：“房间之后一直空置吗？”

“是的，我不确定他会不会回来，毕竟他工作了那么久……

武田望向罗伊：“看来那家伙不想留下证据。”

罗伊说：“再找找，不可能清理得一干二净，他在这里生活了十几年。”

话音刚落，负责检查衣柜的警员转身报告：“衣柜内侧有几个指纹。”边说边开始用终端机进行扫描。

武田对罗伊笑笑：“你说得对，肯定会有漏网之鱼。”

不到五秒钟，机器呈现绿光，并且发出轻柔的提示声：匹配。

武田转头看着旺达斯：“你说会知无不言，现在是时候了。”

农场主的脸色说不上好看，但是眼神没有动摇。他垂手站立，似乎做好了心理准备。

“你们想了解什么？我始终相信路南不是坏人。”

罗伊问：“他除了住在这里，也会时常外出吗？”

“当然，我们这里又不是监牢。”

“一走几天的情况也有？”

旺达斯想了想，点头：“他有时会请假，没有运送任务的时候，日程安排不算紧。”

“他自己有车吗？”

“没有私人的，但农场运送克隆体的货车他能开出去。”

“是普通的货车？”

“嗯，农场的车都差不多。”

罗伊心想，这也许是金民选择在农场工作的另一种便利。他再次环视那个空空荡荡的房间，心里想到另一个问题：除了居住之所，这个人理应还需要一个地方。而那个地方，显然不是这里。

“我们去看看车。”

罗伊转身向外走，但是在跨出门的时候，他停住了脚步。门的边缘，一些不同寻常的颜色吸引了他的注意。警长按住帽子，躬身观察，并用手指触碰。改性材料制造的门框上有一些陈旧的油漆痕迹，但是根据当下的装修工艺，修改目标色彩运用纳米技术即可，涂膜材料早已被弃用多年。那些油漆是绿色的。

罗伊的心脏猛然跳动。他心想，怎么反而忽略了那个地方呢？

他的搭档盯着他，因为默契和信任，不用对方开口，他的眼睛已经睁大。

“怎么样？”

“科学家都需要实验室吧？”

“嗯，我也觉得这里不像能偷偷摸摸做实验的地方。”

“我们还没有回到原点，这里还不是。”

“应该是哪里？”

“那间小木屋。”

一个多小时以后，大批警员集结在距离 13 号农场两公里的疏林区。疏林区的中部有一间废弃的小木屋，3 月 10 日，一具细胞衰败的克隆体在其中被发现。

罗伊和武田走到小木屋旁边，发霉的木头上长着褐色的苔藓和灰色的真菌。但是，如果仔细分辨，能看见木墙涂了颜料——绿色，因为年岁的侵蚀变得斑斑驳驳。

“估计是衣服蹭到了，回农场时又碰到宿舍的门框上了。”武田叉着腰说。

“应该不是。”警长伸手摸了一下木墙，在指尖搓揉，“你可以实验一下，蹭到身上只有黑乎乎的泥污，不可能再在别的地方留下漆痕。”

“那是怎么回事？”

“在开始的时候，不小心沾在身上了。”

“开始的时候？”

“给房子刷油漆的时候。”警长的目光沿着木屋外观游走，在脑海里构想房子初时的模样，“这座木屋是不是金民自己搭建的不好说，但我想他一定曾动手粉刷和布置——在十多年前。”

“嗯，有可能，宿舍门框上的油漆痕迹看上去也很久远。我对这种怀旧货搞不懂，不过应该是在油漆没干的时候才会沾到吧。”

“干透以后，则可能留下碎末。看来金民经常开着货车在木屋和农场之间往返。”

“理应如此，”搭档收拢下巴，跟随罗伊抬眼审视眼前的建筑，“原来疯狂科学家的老巢就在这里。”

罗伊和武田在农场宿舍的房门发现油漆痕迹以后，又对金民使用过的货车进行检查。那是一辆拖挂式的农用货车，如果不用运载大批量货物，则可以将二级货箱移除，变成普通货车。这辆车尽管不是悬浮车，但越野能力足够强。金民在离开农场之前，对货车进行了清洗。尽管如此，不久，检验组的警员还是在货车的轮毂、底盘还有货箱等地方，发现了类型相同的油漆痕迹，有一些则是已风化的碎末。

罗伊把在 13 号农场所获的线索向柯鲁奇上尉报告，指出有必要将富场三克隆体的发现现场视作重点区域，重新进行全面的搜查。柯鲁奇上尉当即增派警力赶往现场。

负责搜查的警员陆续进入木屋，另外一些则以木屋为圆心，逐步扩大搜索半径。这种架势看上去和案件初发之时并无差别。然而，在半个月前，案件最初仅仅被界定为黑市克隆体遗弃事件，随后才与本尊富场三失踪案挂钩，而且，克隆体的遗弃地点位于荒郊野岭，这些因素都让侦查组陷入“灯下黑”的误区。谁也不曾想到，看似用以“抛尸”的现场，说不定另有蹊跷。所以，尽管当下的搜查在形式上看起来与之前大同小异，但是搜查人员的心态和搜查的重点与之前极不相同。技术组甚至启动无人机，在疏林区四周进行地形探测。

罗伊和武田走进木屋，里面仍旧是一片乌黑。尽管霉烂腥臭的肉体早已被清理、带走，但空气中腐朽的气味并未淡去。一些细小的黑色蝇虫在木屋中央旋转飞舞，那个位置放着一张靠背凳，凳子和地板上还残留着组织液滴落的痕迹。

武田和几个警员一道，沿着墙壁敲敲打打，脚下的地板发出“咯吱咯吱”的响声。有警员在房屋中央放置大功率的描绘终端，对整座木屋进行结构扫描，蓝色的网格线沿着地板和墙壁延伸，房间笼罩在一种虚拟的幻境中。

罗伊走到凳子旁边，朝左右两头来回看。他的搭档看见他的举动，走了过来。

“布局和戴莉安的住所相像？”

“嗯，那个方向是厨房，操作台保留着；餐桌靠着墙，凳子事实上代替了沙发。”

“那么，沙发的对面是——”搭档停了停，歪着头将视线投向另一个方向，“挂有很多照片的墙，还有通往二楼的楼梯。”

“嗯，是的。”

“但是这里没有楼梯。”

“也没有二楼。”

武田点头，明白了罗伊的意思。他走到负责描绘木屋结构的警员旁边。

“画完了吗？”

“嗯，和上次一样。”

罗伊和武田凑近，看见描绘终端的上方呈现木屋的立体透视图。武田拨动透视图，让其朝各个方向旋转——无论从哪个角度看，木屋都只有一层。

事实上，第一次搜查的时候，侦查组按照标准程序，也对木屋全局进行过扫描，结果和现在没有差异。

武田扭头看罗伊，警长说：“也可能装了隔离层，这样能让透视失效。”

武田提脚踩踏了一下地板，发出了沉闷的声音。

“在地下装了隔离层？”

“墙壁里面也可能有，如果是装在木头和木头之间，扫描终端会受到误导。”

年轻探员皱起眉头：“那怎么办？”

“只能用传统的方法了。”

“拆开？”

“嗯。”

武田耸耸肩：“老派。”他扬手招呼了一个警员过来：“带切割机了吗？”

“大家伙没有，只有加压铲，手持式的。”

“铁锹呀？”警探叹了口气，“老派到家了。”

两个警员跑出去，片刻后取回了几根长条铁棍。铁棍的前端弯扁，分叉呈蛇芯子形。武田戴上手套，接过一根，在地板上选了个大致的位置，指挥几个警员准备动手。

“稍等一下。”罗伊叫住对方，“先拆那边。”他指了指另一个方向的墙壁，然后自己也戴上手套。

武田把手中的铁棍丢过去，警长稳稳接住。

罗伊走到右侧墙壁，旋转铁棍底部的开关。加压铲突突地振动，尖锐的前端发出刺目的亮光——这是最大功率状态。持棍人朝着墙壁的右下角奋力突刺，“咔嚓”声中，三四块已经朽化的木板断裂，铁棍穿透了。罗伊把铁棍拔出，再次突刺。这次，一个漆黑的破洞呈现在众人眼前。

武田走过来，摘下手套，问：“你怎么知道这里有料？”

罗伊也摘下手套，把铁棍递给负责搜查的警员。已经有人跑出去喊增援。

“戴莉安家的楼梯，从这个位置开始拾阶而上。”警长顿了顿，“而且，我听说以前的人都喜欢在大致的地方安装暗门。”

来增援的五六个警员挥动铁棍，不到一刻钟便将之前的破洞扩大到半人大。不用再往里拆，因为他们发现了隐藏的暗门，把门撬开，看到一条向下延伸的通道，带着狭窄的楼梯。被拆开的双层木板之间，果然夹有电离屏蔽材料。建造这座木屋的人，显然不愿让人轻易窥探到他的私密场所。

警察们先把小型无人机放下去，确认空气成分安全，然后四个身穿防爆服的武装警员先行，走下楼梯。罗伊和武田也拔出配枪，跟在后面。

隐藏的密道一路向下，直入地下 10 米以上。在这样的深度，如果不调整至大功率参数，地表的常规扫描设备根本无法探测到。

无人机提前投掷的照明点吸附在墙壁上，让通道亮如白昼。尽管楼梯狭窄，仅容一个人通行，但一行人走得并无障碍。楼梯只有一层，众人着地后，面前是一扇虚掩的门。也许屋主觉得，既然已经到达此处，再安装一扇带锁的门也无意义。无人机先行穿过门进行扫描，安全警报解除，众人推门，鱼贯而入。

在照明点柔和的光芒之中，众人看清了里面的全貌。这是一个不足100平方米的地下室，布置得冷冰冰的。左侧是宽大的工作台，上面摆放着各种科学器械、瓶瓶罐罐，警察们也叫不出名字，另外有一些手术刀具和一只便携式的器官冷冻箱。右侧是一排可移动的监测设备，排线纵横交错。正面靠墙的是陈列架和书柜。尽管当下已没有多少人阅读纸书，但罗伊知道大多怀旧的人还是喜欢翻厚厚的大部头查阅资料。

房间的正中间，并排放着两张手术床。床上绑着固定带，床头分别有一个网状的金属罩，底部有一支钢笔形状的激光枪，各种监测设备的排线与之相连。罗伊和武田对望了一眼，他们都听闻过海马体临摹器外观十分简约，一见之下，心想，确实如此。

武田开声说："应该有电。"

话音刚落，一个警员已经找到了开关。尽管是声控，但相当容易破解。片刻工夫，房间的天花板和墙壁亮起惨白的照明光。光线在各处都没有明暗差异，显得毫无感情。

照明点关闭，警员们陆续把枪收起。一个警员说："有发现。"

背面的墙壁上有几个灰色的把手，轻轻一拉其中之一，一个嵌入式的箱体翻转下来。箱体密封，前部有透明材料做的视窗。

罗伊和武田走过去，看着那个形如棺木的箱子。他们都见过这种样子的东西，那是用来存放克隆体的冷冻仓，当然，用来存放人体也可以。

警员们逐一拉动把手，把每个冷冻仓抽出，放下来，一共有五个。

其中四个空空如也，一个里面平躺着一具躯体。一个警员想将仓门打开，罗伊抬手阻止。他和武田走近，透过透明的视窗望进去，看见一张皱纹密布的人脸。尽管面容老朽，但这个人的样子在场的警察都很熟悉——嫌疑人金民。

“找到了。”武田叹了一声。

在场的警员有一瞬间都不作声。过了一会儿，一个警员打破沉默：“这里还有一扇门！”

众人聚集上前，在地下室的角落有一扇小门，由于造型和墙体几乎无差别，一时间不好分辨。门紧闭着。

“是磁锁。”武田说，然后让到一旁。

负责电子技术的警员趋身上前，将探针插入控制面板。半分钟后，小门滑动打开。门口通向另一条通道。

武田望着罗伊：“你说这次通向哪里？”

罗伊说：“既然带锁，可能是回到地上的后门。”

“也可能是通向地下的黑牢。”

罗伊不置可否，默默执枪。众人按照来时的顺序，无人机和武装警员再次打头阵，钻进通道。

这次的通道没有楼梯，以平缓的坡度向前延伸，而且比木屋内部的通道宽敞，可供三人并行。墙壁上装有通气孔，空气有点潮湿。

众人走了数百米的距离，空气质量渐渐变好，但墙壁上挂着水珠。又过了一会儿，众人明显感觉到有风。罗伊让警员把照明点暂时关闭，果然看到通道尽头有户外的光线。众人又走了几步，已无疑问，先行的无人机反馈情况，这条通道直通地面，走到尽头将重见阳光。

武田对罗伊说：“又被你押中了。”

通道尽头有一扇带栏杆的铁门，用铁链锁着，已经锈迹斑斑。栏杆镂空很大，无人机已经穿了出去。一个警员朝铁链开了一枪，用脚一蹬，铁门斜向一旁。罗伊等人穿过铁门，发现通道口掩藏在一个土堆后面，边缘被凸出的岩石包围，像一个天然的洞穴。估计在空中扫描的无人机也不容易捕捉到。

罗伊向前走出，眼前的景象让他驻足。在疏林区的边缘，有一大片灰褐色的沼泽区，水面迷蒙，漂浮着落叶和枯木。几只娇小的水鸟停在沼泽区中央的树枝上。沼泽的一头靠近疏林，另一头则伸向远方，消失在一片迷雾之中。这番景色说不上让人反感，但空气中弥漫着不祥的气氛。

警察们一字排开，蓦然一个警员向前指了指，然后用一根树枝捞起某件物品。罗伊和武田走过去看，发现那是一块红色的碎布，上面的字母模糊不清。

那是一件残缺不全的衣服。

随后，侦查组调来大量警力增援，蝗虫般的无人机在沼泽上方来回巡查，蓝茫茫的网格线笼罩着迷蒙的沼泽区，像投下了巨大的捕蝇器。不久柯鲁奇上尉也亲赴现场。到了下午，打捞队捞上来第一批残缺的人类骸骨，然后是第二批。

傍晚时分，有警员把一颗不完整的头骨送过来。柯鲁奇上尉、罗伊、武田等人都趋上前，警员说道："已经做了初步鉴定，是自然人的头骨，死者是富场三。"

"都找到了。"武田说。但是在场没有人感觉松了一口气。

夕阳渐渐低垂，罗伊站在岸边，看见沼泽四周亮起照明灯火。他向前眺望，穿越迷蒙的水汽，能看见林区之外落日余晖中的滚滚黄沙，更远处则是城市的边缘。城市变成橙黄色，看着如此细小，就像一具泡在水晶球里的模型。

又有警员过来报告，说："截至目前，已经发现了四具不同对象的骸骨……可能还有……"

柯鲁奇上尉面无表情："继续找，今天大家辛苦一下，通宵达旦也要把这片沼泽翻过来。"

武田走到罗伊身后，喟叹了一声。

“我收回我的话。”

“什么话？”

“我说‘都找到了’，这句话我收回。另外，我说‘你押中了’，这句话我也收回。”

“我没说对吗？”

“不，是我们都对。”武田说，“那条通道，既通向地上，也通向地下。”

第十一章

3 月 29 日，被命名为“拉撒路事件”的谋杀命案对外宣布告破，引起极大的震动。因为公民们已经有很多年没有从官方口中听说到“连环杀人”这种词语了。

这个案件和以往的连环杀人案相比，特别之处在于，无论是案件的命名还是定性，都确立得相当晚，几乎可以说是在案件告破前夕才有明确的依据。也就是说，当警方知道他们面对的是一宗什么样的案子时，案件也解决得差不多了。这样的说法也可以倒过来：直到最后关头，警察们都没搞明白自己在查什么。一些媒体就使用了这样的说法。

当然，了解内情的人不会抱有指责的态度，因为这个案件确实具有特殊性。初期的案由仅仅是找到一具被胡乱丢弃的过期克隆体，后来发现连克隆体的本尊也没了踪影，因而确立为人员失踪案。而当警方通过各种努力顺藤摸瓜，最终找到失踪者的时候，才发现案情比所有人的想象都严重得多……

失踪者富场三——准确来说是其骸骨——在一片沼泽地里被发现。

在那个被死亡笼罩的可怖深潭里，警方还打捞出了其他属主的骸骨，最后证实死者人数竟高达七人！那些死者的尸骨零零碎碎、残缺不全，有些仅能找到一两块。警方尽管仍旧在持续打捞，但是由于沼泽地宽广，下游又和河道相连，尸骨分散或者被水中生物吞噬的概率很大，无法抱持乐观的预期。事实上，由于尸骨残缺度太高，警方甚至有一个内部口径：不排除疑犯采取了分散抛尸的策略，也就是将尸体肢解以后，遗弃或者掩埋在多个地方，目前已无迹可循。

沼泽地多年受到附近河流的污染，含有酸腐物质。那些尸骨长期沉浸其中，腐蚀期已无法准确检测。但总体来看，不同属主的骸骨腐蚀分解的程度存在差别。譬如，最初的失踪者富场三的头骨还有另外几具尸骨已分解过半，推断其腐蚀期超过十年；另一些则相对完好。

幸运的是，七名死者的遇害时间另有线索可循。

残忍扼杀七条鲜活生命的命案嫌疑人官方叫作“拉撒路杀手”，民间流传的版本则叫“兔子杀人魔”。之所以案件及疑犯自身会被冠以“拉撒路”①之名，是因为作为与“沼泽坟场”二位一体而存在的“杀人魔窟”，是一个地下实验室。这个地下实验室距离发现死者遗骸的地方特别近，嫌疑人在那里进行了骇人听闻的人体实验，对实验的牺牲品如同对待废旧物品一般，丢弃在沼泽地里。这场持续了十多年的可怕实验，被嫌疑人称为“拉撒路计划”。嫌疑人甚至制作了学术报告，报告开篇如此写道：

“毋庸置疑，我已经取得了举世瞩目的学术成果。如果有人将我和上个世纪的罗伯特·考尼什②之流相提并论，他们现在可以闭嘴了。之所以刻意沿用这个名称，既是向所有抱持相同梦想的前人致敬，也是对

① 拉撒路，《圣经·约翰福音》中记载的人物，死后被耶稣施神迹，从坟墓里唤醒，复活。

② 20世纪30年代，美国加州大学研究员罗伯特·考尼什实施了一项使死尸复活的实验，也被命名为“拉撒路计划”。实验存异议。

这个梦想的重构和正名。我所独立完成的‘拉撒路计划’，是真正的起死回生之术，不，应称之为长生不老之术。

“直接揭示我的成果吧：海马体信息束无损传递的难题已攻克！我成功让一位志愿者的灵魂先后在五具躯体之间流转，强有力地证明多次意识转移的技术已无障碍，人类无限续命的技术已无障碍。拉撒路被上帝偏爱，但上帝仅仅装腔作势地赠予了一次。我却能赠予所有人，我能让每个人都成为拉撒路。从今往后，人类将不再需要吝啬的神明的施舍……”

报告的内容可谓振奋人心，但毫无价值。显而易见，它将永远不会得到学术界的认可，因为那是一场骗局！

嫌疑人的本名叫金民。这个人多年前曾经在长青藤公司的实验室谋过差事，接受过一定程度的专业技能训练。此人被辞退以后，在荒郊野外，依葫芦画瓢搭建了一间简陋的实验室，也就是前面说的“杀人魔窟”。在 2040 年到 2055 年的十五年间，他一共诱骗了七名受害者参加他的死亡实验。由于他的技术水平不足，最初两次实验以失败告终；中途又失败一次，导致三个灵魂无辜消逝。除此以外，他粗糙而碰巧地完成了四次海马体临摹手术，也就是将四名受害人的精神意识，先后平移到同一型号的克隆躯体之中。为了营造实验大获成功的假象，他驱使这四名受害者始终取缔某个人的社会身份，在 K 市里过着日常的生活。当实验进行到第三年，也就是 2042 年 8 月的时候，他甚至让实验对象和一个名为花静子的女性结婚，在此后八年的时间里，始终以丈夫的身份和那个女性生活在一起。

事实上，这个疯狂的科学家让他的实验对象取缔他人社会身份的手段，十分简单也十分残忍：将某个人本体的眼球，连续多次活生生地移植到克隆体上面。这种移植手术，与更换克隆躯体的时间和次数相匹配，分别是在 2040 年 1 月、2043 年 7 月、2047 年 12 月、2050 年 9 月、2055 年 3 月，一共进行了五次。

通过这样的诡计，再加上为人丈夫的身份掩饰，嫌疑人制造了对同一个实验对象进行过多次意识平移的骗局。他以某种利益为诱饵，接连让新的实验对象继承“前任”的社会身份，生活则尽量保持低调。多年间，无论是其妻子还是周边的友人，居然都没有识破在他们面前出现的并非同一个人。从这个层面看，前后与四个克隆人同床共枕的那位妻子，也是案件的受害者。为避免受害者受到外界的骚扰，警方对该女士的姓名进行了严格保密。

事情出现转机，是后来发生的实验对象逃跑事件。

原本，嫌疑人金民制订的“拉撒路计划”实验时长为十年。当完成第四次“换人”操作后，他打算对外发表他的“学术成果”。没想到，第四个实验对象拥有比他的三个“前任”更坚定的自我意志，使得这个疯狂的科学家的如意算盘落空。2050 年 9 月，不甘成为他人傀儡的“4 号实验体”，从“妻子”身边出逃。此后的五年间，他躲着这个疯狂的科学家，曾经在多个小城市旅居。尽管生活不算得意，但那毕竟是自由的人生——人类自主意志的可贵以及对自由的不懈追求，此例可见一斑。

到了 2055 年 2 月下旬，当自身躯体保质期行将届满之时，“4 号实验体”来到本市。他一方面希望在人生的最后时光体验一番大都市的繁华；另一方面，这名受害者的出生地正是本市，此举带有“落叶归根”之意味。可惜的是，他的行踪随即被嫌疑人发现，最后没能逃出“拉撒路杀手”的魔掌。原因在于。最近五年来，嫌疑人四处寻找“4 号实验体”，但更多的是时间潜伏在本市周边，因为实验对象的“妻子”就住在本市近郊。嫌疑人甚至时常在这名女子的住所附近进行跟踪和监控，可谓无所不用其极。

嫌疑人金民在找到“4 号实验体”后，将之绑架和软禁，目的是摘除其原生眼球，移植到另一具克隆躯体上。与此同时，嫌疑人开始寻找新的实验对象，但是仓促之间无法找到适合的人选。嫌疑人着急不已，因为“4 号实验体”的保质期已经届满，躯体机能开始急速衰退，如果任由其发展，连带原生眼球也会坏死。克隆体一旦被激活，哪怕放置在冷冻箱里也无法延缓衰老进程，而活体摘除眼球并进行冷藏，虽然能保留一段时间的活性，但时长也相当有限。无计可施之下，这个疯狂的科学家采取了另一个疯狂的决定——把自己的意识平移到新的克隆体上，由自己来继承实验对象的社会身份！嫌疑人拟定的策略是，一方面，谎称自己数年前已去世，然后以实验对象的名义进行“学术成果”的发表。如此一来可以确保事态发展的可控性，避免重蹈覆辙——实验体逃跑；另一方面，他可以现身说法，借着强调“参加实验的自愿性”，在取得各界赞誉的同时，规避道德层面的谴责。

当然，这个策略的代价是，这个嫌疑人自身只剩下最多五年的寿命。但疯狂之人自有疯狂的心态，这种做法相比他此前的行径反而显得合理，毕竟虚假的荣耀对他来说吸引力过于巨大。

然而，上帝的审判不期而至，疯狂者的下场只有疯狂地死亡。最后一次海马体临摹——嫌疑人平移自己意识的那一次——实验失败了！这并非不可预见之事，尽管这个疯的狂科学家信心满满，但这种信心不过是一个狂人的认知。海马体临摹手术的成功率本就是随机的，实施手术的过程中必须对大量数据进行实时监控，但嫌疑人在进行自我意识平移的时候只能独立操作，其风险可谓不言而喻。这次实验的结果是，嫌疑人呈现出类似于“阿尔茨海默病”，也就是渐进性失智症的症状，认知功能严重退化，记忆力、注意力、辨识力在数日之内迅速衰退。事实上，在完成海马体临摹手术以后，嫌疑人还曾潜往 D 市进行眼球移植，但在回程途中精神状态开始异变，甚至于无法顺利返回住处，而一度如阿尔茨海默病患者般在郊外游荡。在此不久前，金民因为某种原因曾在城市边缘的游民区暂住，基于习惯性的作用，他一头扎进那个地方，直到数日之后才想起回家的路。

意识到脑力的衰变已无法逆转，嫌疑人心生绝望。在最后阶段，他潜入本市一家造船厂，用一台X射线探伤机久久照射周身，然后到夜市找了一个黑市医生，将刚刚移植的眼球摘除，借此湮灭自身躯体上关于“拉撒路计划”的痕迹。做完这些事情以后，他筋疲力尽，在游民区又逗留了一宿。第二天，他把摘除的眼球丢弃在游民区的简陋棚屋里，跌跌撞撞地回到住处——一间建于地下实验室之上，用以掩人耳目的荒废木屋。他没有进入实验室，反而切断了电源，封闭了出入口，然后坐在黑暗的木屋中间，罪恶的生命就此终结。

恶魔的“拉撒路计划”伴随众多生命的消逝而落幕，这一切都记载在嫌疑人金民的研究手稿里。但是对死者的告慰和案件的后续工作仍在继续。十五年间，嫌疑人金民使用假名藏身在本市郊外的13号农场，利用职务的便利销毁实验留下的过期克隆体，而将实验对象的本体抛弃在沼泽地。

一如前述，基于对受害者的保护，警方没有对外披露遇难者以及相关人的身份。但其中另有原因。根据目前所知，七个被害者几乎都是社会的边缘人——包括第一个死者富场三。这个人父母早逝，没有兄弟姐妹，在十六年前来到K市，先后干过派件员、礼宾车门童等低端工作，由于年轻时出售过自身的基因样本而被这个疯狂的科学家相中。嫌疑人以厚利诱骗其参加“科学实验”，但是首次实验宣告失败。其后，嫌疑人将死者的原生眼球摘除，移植到“图纸”相同的克隆体上，从而让其他实验对象一直沿用他的社会身份。剩下的六个受害者中，两个因为实验失败而当场死亡，三个跟随克隆体过期而辞世，最后一个，也就是出逃的“4号实验体”，则被嫌疑人抓获而残忍地杀害了。

这六个人，和富场三一样，曾经拥有自己的姓名，但却被人世间遗忘已久，成为城市角落里无名的存在。嫌疑人金民接近那些身心残缺的人，仅仅许诺他们数年的正常人生，他们就同意了。金民在抓住“4号实验体”以后，为尽快找到适合的实验对象，曾经乔装改扮到游民区寄住，目的就是故技重施。

从沼泽地里打捞上来的富场三头骨牙槽完整，但是他的妻子告知警方，和她一同生活过八年的丈夫曾镶过假牙，由此可知，两者并非同一个人。当富场三失踪案告破的时候，人们才发现，失踪者原来早在十五年前就已经魂归天国。这些年来，一个接一个无名者相继持有失踪者的眼睛和身份，如同幽灵般存活于世间。但是，受害者们的灵魂始终在高呼，并最终借富场三的名义赢得了正义的审判。

4 月 3 日傍晚时分，罗伊坐在公寓的窗边，眺望城市的风景。

形如大峡谷的居民区在暮色中灯火闪烁，拥拥挤挤，虽然一如既往地显得卑微，但是也在全力以赴地发出声音——“我们在这里生存”。不时有长蛇状、通体红光的公交车从半空中的路轨上滑翔而过。太阳已降落到地平线以下，远处有柱状的探照灯光拔地而起，高耸入云，仿佛一群硕然无比的神明从天而降，插足人间。罗伊估计，住在城中心的某个富豪正在办宴会。

门铃响起来，情景小姐从两层橙色的光环里现身。

“是武田警官，您的好朋友。”

罗伊笑道：“你不用每次都强调。”

公寓门向旁边滑开，武田走进来，从情景小姐身体里穿过，顺手丢给罗伊一个东西。

警长伸手接住。一瓶圆柱状的啤酒，瓶壁光亮如镜，十分华美。

“在下午的酒会上顺了两瓶，口味不错。”武田自己开了一瓶。

罗伊也把酒瓶扭开，瓶口伸展成与嘴唇贴合的形状。

“我还以为给我颁了个奖。”

“是有这个打算，有些老板有意筹划一番。”

罗伊不说话，他的搭档继续说：“你从庆功宴上溜走，连上尉都黑脸了。”

“那是被镁光灯照黑的吧，而且今天准确来说是慈善酒会。”

搭档笑了笑，旋即收敛笑容：“不过上尉确实有点不高兴。”

“怎么了？”

“听凯特说，综治局又打算插手。”

“什么由头呢？”

“所谓为了保护花静子的隐私而对外保密全部死者的资料，其实只是个借口。”

罗伊愣了一下，沉吟问：“是政治因素的考虑吗？”

“嗯，好几个死者有组织背景。”

“都有吗？”

“当然不是，富场三没有，还有两个人也没有，人家的亲属甚至登过寻人启事。”

“另外四个是 OOP 的人？”

“不全是 OOP 的，其他组织的也有，而且仅仅是多年前有相关背景。话说回来，这有何稀奇呢？大多数游民都是类似的出身，尤其是那些缺胳膊少腿的。综治局只是找个插手的借口而已。”

警长默然不语，片刻才问：“上尉打算怎么办？”

“正在斡旋，这次说什么都不能拱手相让。不过哪怕那些蛀虫要揽功，这次也晚了一步，因为案子已经到了收尾部分。”

“有些情况还需要核查的。”

“你说得对，富场三和第二个受害者已经过了时效界限，但其他受害者的部分可以持续查。上尉对此很欣慰，因为这一点恰好狠狠打了那些呼吁缩短案件追诉期的政客的耳光。只不过，从目前的情况来看，这种久远的追查十之八九不会有结论。游民本来就是隐形的群体，能够确认其中两三人就算有交代了。”

罗伊再次沉默，但他的搭档没有停下。

“从这个层面看，综治局盯上的肯定是油水更大的部分。”

“你是指嫌疑人的生死吗？”

武田重重点头：“虽说在实验室里找到了详细的研究数据，并且金民在研究手稿里也详细记录了自己的心态，但不能排除这是某种金蝉脱壳的计策。也就是，他其实没死，只是躲起来了。估计综治局想在这块分一杯羹，毕竟金民也曾经和 OOP 联盟有联络。”

年轻警官停顿了一小会儿，又道：“不过，由得他们折腾也无所谓，我个人认为金民还活着的可能性微乎其微。第一，金民已经失去了本体的肉身，哪怕他留下一具克隆体掩人耳目，制造自己已经身死的假象，实则平移到另一具克隆体躲藏起来，也剩不了几年活头。第二，这样的做法毫无意义。如果他的目的是规避制裁，根本没有必要闹这一出。十多年来他一直隐身，何必多此一举自我暴露呢？第三，也是更重要的，如果金民成功平移到了另一具克隆体，他完全可以按原计划完成他的学术造假大计，终其余生享受鲜花和掌声，哪怕存在被拆穿的风险，但总比目前的下场好。换言之，嫌疑人作势假死的行为不具备合理性，剩下的只有死得透透的这一种可能了。”

武田说完见解，以征询的眼神瞥向罗伊，但后者保持缄默。武田问：“你不同意？”

“不是。”警长平淡地说，“嫌疑人为了藏匿而采取假死的策略，我也认为不合理。只不过，嫌疑人不合理的举动本来就很多，譬如临死前跑回实验室。”

武田望了罗伊一眼，他看出对方心里有很多话。

“我明白你的疑惑。金民故意自毁，目的是不想自己的躯体被发现后，导致‘拉撒路计划’曝光；但是最后他自己跑回木屋去等死，这种行为不能说不矛盾。不过，人的心理就是这么复杂，也不是全然无法理解。从金民的角度考虑，他十多年的心血付诸东流，一方面想将自己的失败和罪行就地掩埋，但心底里又渴望某一天有人能发现他所做的一切。那座木屋作为他的起点和归宿，并且在封闭的实验室里留下研究手稿，也算是‘真相全部在我脚下’的自白了。”

警长缓缓点头，没有应答。

搭档说："你对这个案子有不同的看法？话说回来，从破案至今，你的情绪都不怎么高。"

罗伊躲开他的视线，转头望向窗外，天幕的颜色已经从靛蓝变成深黑。

"没有，案子能破总是好事。"

"你刚才说金民还有其他不合理的行动？"

罗伊沉默了一会儿，似乎在斟酌下面的话该不该说出来。他心中有很多困惑，但另一方面，又不愿看到自己没有依据的推测会破坏整个侦查组辛苦取得的漂亮成绩。过了片刻，他选择说出来。

"我不明白嫌疑人为什么要分七次订购克隆体。"

"嗯？有什么奇怪的吗？当然是用一具买一具。"

"但是实验室里明明有五个冷冻仓，我觉得嫌疑人是做好了批量储备克隆体的准备的。一次购买多具克隆体，在有需要的时候进行激活，这样不是更有效率吗？"

"可能最初是这么打算的，后来觉得还是分次买比较灵活，毕竟计划随时有变嘛。而且，与批量订购相比，分次买也不容易被追查到。"

"这是另一个矛盾。"

"嗯？"

"既然担心被追查，为什么每次都选择同一个地下渠道呢？"

"呃？"

"十几年来，金民一直都是通过那个叫李光成的货头订购黑市克隆体吧，所以警方才能从那个货头手中获得完整的订购记录。"

"也不全是通过那个货头，李光成只是个下游中介。"

"但是渠道是同一个，这一点没错吧？如果从隐蔽性考虑，既然是分次购买，干脆通过不同的渠道购买不是更保险吗？"

"这……或许他确实没多想，怎么方便怎么来了。"

"没多考虑隐蔽的问题？"

“嗯，毕竟他也不是反侦查的专家。”

“是吧？但是他每次的送货地址又不相同，一共分成七个地址。这怎么看都像一种反侦查的伎俩吧？”

“可能他只考虑到这个环节……”

“可是，订购人姓名又偏偏都用‘LN’这同一个代号——我们也是因此筛查出了全部记录。”

“哪里是同一个？名字是因为被你的慧眼看穿了关联。”

“我奇怪的是嫌疑人为什么要在代号里加入某种统一的规则，既然考虑隐藏，何必留下隐患？”

“也没什么稀奇的，有些罪犯就喜欢玩这种游戏……”武田侧头思索片刻，“嗯，就算是有矛盾吧。你认为他这么做的原因是什么？”

“嫌疑人从没想过隐藏，正相反，他希望我们找到他，因此使用同一个订货渠道、同一个订货姓名以及七个送货地址。”

“啊？七个地址又怎么……”

“那七个地址都在郊外的无人区吧？但是如果将之围成一个圈，指向就清晰了。”

“你是说……”武田惊讶地张开嘴巴，“13 号农场？”

“或者说是那座木屋也可以，反正两者离得很近。”

武田大皱眉头：“你是说金民故意指路，好让我们找到他的老巢？”

“我想，是这样。”

“他为什么要这么做？”

“不知道，你不是也认为他希望有人能够发现他的实验室吗？”

“哎，这是另一回事，那是他临死前的心态……”

“或许必须让人最后找到实验室，他的计划才算完成。”

“完成计划？你是说他的‘拉撒路计划’吗？”

听到搭档提高音量，警长没有回答，他沉默了好一会儿，才蓦然开口。

“金民订购克隆体的记录，是一位线人从货头李光成那里偷回来的吧？”

“嗯，对的，问这个干吗？”

“你说，如果我问凯特要人，会不会有问题？”

武田骤然睁大眼睛：“你想干什么？”

警长摆摆手：“你别误会，我没别的意思，只是想找那个线人问问情况。”

“你怀疑那个线人提供的数据有问题？”

“嗯。”

武田紧紧盯着罗伊的眼睛，对方的眼神毫不退让。过了良久，武田叹了口气：“我不知道凯特会作何反应，不过，如果你打算挑战他的权威和成绩，最好有更充分的依据。”他顿了顿，又道，“你找到那个线人也没用，哪怕他有鬼，你拿他也没辙。”

罗伊点点头：“本来就是黑市的非法记录，我不认为能找到验证真伪的证据。”

“你知道就好。”

“那我说说其他吧。”

“其他疑点？还有吗？”

“嗯，我还有其他想不通的地方。”

武田喝了口酒，那是一种后劲极大的啤酒，热浪直冲他脑门。他甩了甩头，叹道：“你说。”

罗伊笑了笑，随即敛去笑容。

“我们在游民区的棚屋里是不是没有找到金民的生理痕迹？”

搭档应道：“怎么没有？找到了金民的指纹呀。”

“在一根萝卜干上？由于残留成分太少，只能辨认指纹，无法检测基因。”

“呃，那又怎么样……那个棚屋脏污不堪，而且住过很多人，检测组已经尽力了。”

“但是找到了其他游民的生理痕迹哦，譬如毛发、皮屑等，也包括富场三的。”

“哎，富场三是留下了眼球，金民又没有哪块肉能留下。”

“13 号农场也一样。”

“嗯？”

“13 号农场的宿舍，金民曾经多年隐居在那里吧？但是一样没有在那里找到毛发，而只有指纹。”

“那是因为金民在离开前进行了全面的清理。”

“连一根汗毛都清理得干干净净，唯独漏下了几个指纹？”

“不奇怪吧？指纹是最容易遗漏的痕迹。毛发可以用吸尘器吸个一干二净，但是边边角角的指纹就不容易擦个遍了。”

“我倒觉得指纹更容易处理一些。”警长扬了扬头，“就算 13 号农场宿舍的情况说得通吧，但游民区又怎么解释呢？难道金民在离开游民区时也进行了全面的清理吗？”

武田皱了皱眉：“刚才说过了，游民区的搜查难度太大。你打算让检测组返工吗？”

“暂时先这样吧。”

“你怀疑金民没有在游民区待过吗？但是有目击证人见过他在附近出没。”

“我不是怀疑这个。”罗伊摇头，“不过，话说回来，金民在游民区和花静子家附近一带出现，其实也是一个疑点。”

“你说说。”

“抛开寄居游民区这件事不说，嫌疑人最近半年曾多次出现在花静子住所附近，理由是进行监控——我觉得这个理由就不尽合理。”

“他考虑的应该是等‘4 号实验体’自投罗网，实验对象跑回来找‘前妻’的可能性还是有的。”

“对于之前的实验对象，这种动机也许存在。但是‘4号实验体’和花静子没当几天夫妻就逃跑了，他对花静子应该没什么感情才对。”

武田挠挠下巴：“这个不好说。从这个疯狂的科学家的角度来看，他只是穷尽一切寻人之法而已。”

“既然这么辛苦，为什么不另外找一个实验对象呢？”

“不行啊，富场三本尊的眼球还在‘4号实验体’身上。”

“那就重启实验好了，重新找一个本尊。”

“啊，另起炉灶？前面十年的积累全部抛弃？没人会做这种选择啦！”

“我只是觉得，按照金民的坚执，与其毫无保证地守株待兔，不如抓紧时间从头来过。”

“正是因为性格偏执，才要坚决把逃跑的实验对象抓回来。”

“你要这样解释我也无话可说。”

搭档耸耸肩：“第三点呢？”

“第三点是关于抛尸的问题。我不明白嫌疑人为什么要通过回收站销毁过期克隆体。”

“啧，这不是很好理解吗？往焚化炉一扔什么都没了，总不能放在实验室里发臭吧？或者存放在冷冻仓里当纪念品？”

“可是实验对象的本体却被丢弃在沼泽地里。”

“那是当然的，回收站管理再怎么不堪，也不至于把真人当作兔子烧掉吧。”

“你没明白我的意思。我是说，既然实验对象的尸体只能被丢进沼泽地，为什么对待克隆体不采取一样的处理方案呢？”

武田张口想回答，但话到嘴边突然停住。他发现自己找不到很好的解释。

警长继续说：“通过回收站销毁克隆体，看似一了百了，其实同样蕴含很大的风险，一旦被盘查就露馅儿了。而且，金民为了得到方便的职务，需要长期在农场当黑工，这种成本也不可谓不高。反正实验对象本体的抛尸风险是既有的，干脆连同克隆体一并抛掉，这样的处理方案不是更合理吗？”

武田思索了一会儿，举起双手：“我投降，我不知道那个科学家的脑子是怎么转的。不过，我也不觉得这个问题多重要。可能就是一种个人偏执，毕竟他是个狂人。”

罗伊默默点头，过了一会儿再次开口：“你觉得金民的学术造假能成功吗？”

“不好说，看上去相当疯狂、不靠谱。但是古往今来，针对公众的骗局差不多都是那么回事。被拆穿后人人都争着说，这也太粗糙了吧；但是在被拆穿之前，信奉和跟随者的数量多得匪夷所思。”

警长喝了口酒，因为酒劲儿的缘故眯起眼：“你说得也对，那我就不列举‘实验对象的妻子会察觉异常’一类的证据了。”

“嗯，这些问题大体都能用钱解决。”

“可是，哪怕是造假，实验数据也应该严谨一些吧？”

“实验数据？”

“我大致梳理了四次意识平移实验的载体和时间。”

警长掏出“玻片”划动，情景小姐现身，手中轻盈地托着一张图表。罗伊挥了挥手，情景小姐消失，只剩下那张图表飘浮在空中。

武田嘲笑说：“你天天和她谈恋爱吧？应该多出去走走。”

罗伊知道搭档有意缓解空气里的紧张气氛，但他没接茬儿，而是把图表拉得更大些。

“金民在 2039 年 10 月辞职隐居，其后一共实施了七次平移实验，时间分别为 2039 年 11 月、2039 年 12 月、2040 年 2 月，然后在 2043 年 6 月连续实施了两次，接着是 2047 年 12 月、2050 年 9 月，最后一次则是最近的 2055 年 3 月。其中 2039 年的第一次、第二次实验均告失败，直到 2040 年的第三次实验才取得成功；但是在 2043 年也失败了一次，所以会有连续两次实验。”

“是这几个时间，有什么问题？”

“表面上看没问题。由于有失败的前车之鉴，而且考虑到实验对象当时已经结婚，离家旅行的时间不能太长，嫌疑人在 2043 年那次实验里提前准备了替补对象，所以在首次实验失败后，能够迅速进行第二次实验。2047 年和 2050 年的两次实验，则因为操作经验日渐熟练，都做到了一次通关。2055 年最后那次，嫌疑人将自己作为实验对象，在没有人辅助的情况下强行操作，导致实验以失败告终。这些情况都能自圆其说。”

“嗯，那疑点在哪里？”

“我没明白闹钟是怎么设定的。”

“闹钟？”

“应该在什么时候进行下一次实验，这个时点怎么选择。”

“这个很明显吧，当然是克隆体到期了，然后进行更换。”

“嗯，我也这么觉得。我们来看看各次实验都用了什么型号的克隆体。”警长把表格里关于克隆体型号的信息展开，“2039 年和 2040 年的三次实验，使用的都是 NIX-3 型克隆体，保质期是三年。那个时候，市面上也只售这一型号的克隆体。2043 年那次，用了升级版的 NIX-4 型，保质期提高到四年。2047 年，用的还是 NIX-3 型。2050 年和 2055 年，则用的是最新的 NIX-6 型，常规保质期是四年，但如果加入长青藤研发的保密配方，则可以延长到五年。”

“嗯，从货头那里得到的记录是这样。”

“你觉得时间能对应上吗？”

武田盯着表格，默算了一下，答道：“总体差不多，个别稍微超期了一点。2040 年 2 月到 2043 年 6 月，是三年零四个月。2043 年 6 月到 2047 年 12 月，是四年零六个月。其他的都在有效期内。”

“问题就在这里。”

“保质期只是个概数，偶尔也可以超期服役的。”

“不，我的问题是为什么有些是在有效期内，有些则超期服役。进行实验的时机标准是什么？”

“这个……”

“从研究严谨性的角度考虑，不是应该每次实验的间隔时间都趋同更好吗？这样的数据更有说服力吧？”

“呃，这也没办法，毕竟新旧型号的兔子保质期不一样，要考虑与时俱进嘛。”

“那也应该按照型号克隆体的保质期来制订时间表吧，譬如统一在到期前三个月。考虑到衰变期的问题，实验体在最后阶段身体机能会急速下降，很容易被枕边人发现异常。所以我认为，只有提前实验，而无超期服役的道理。”

“估计是想尽量拉长实验周期吧，毕竟更换得越频繁，就越容易被发现造假。”

“既然如此，为什么2050年那次又要在保质期没到的时候急着更换呢？2047年12月到2050年9月，明明还有三个月保质期才届满。”

“啧……”

“哪怕是超期服役的两次，一次是超期四个月，一次是超期六个月，也毫无标准可言。”

“哎，可能就像你说的，金民后来意识到了超期服役的风险，所以还是在保质期内更换比较保险。”

警长缓缓摇头：“太不严谨了，就算金民是个造假的学者，也需要考虑研究数据的精准性吧？或者说，既然要造假，干脆把实验时间也调整妥当好了。这长一阵儿、短一阵儿的，让人难以理解。”

武田侧头沉思，过了一会儿，扬起眉毛：

“我知道了。”

“嗯？”

"因为那些实验对象都有自己的意志呀。虽然当初答应给金民当小白鼠，但是过了几年安逸日子以后，谁会甘心赴死呢？除非是身体已经出现衰退，自知死期难逃。但是，出现衰退的时间谁也说不准，所以实验周期也变得有长有短了。"

"那就需要严密监视实验对象的身体和心理变化喽？"

"嗯，虽然困难重重，但总会有办法……总之，金民无法完全控制他的实验对象的行动，所以也不能漠视他们的心态。你看，最后一个实验对象不是逃跑了吗？"

"根据金民手稿里的说法，是他许诺给那个游民一笔钱，结果那个人拿到钱以后就跑掉了。"

"嗯，只能说之前几个游民纯朴得可爱，觉得能够过上普通人的生活就满足了。而最后那个人是个普通人，有着普通人的欲求。你看他在人生的最后时光还不忘跑到大都市来享受一番。或者说，是那笔钱把人的欲望激发了出来，这是金民最大的失算。"

"是吗？"罗伊不置可否地应了一声，"我认同你说的话，那是普通人的欲望，而之前几个实验对象都纯朴得可爱。"

"所以呢？"

"真的能找到如此乖巧的实验对象吗？愿意用剩余的生命换取几年的正常生活？"

"对于无家可归、断手断脚的游民来说，那也许是个公平的交易。不过，这样的人当然不好找，所以最后一次金民无计可施，只能亲自上阵。"

罗伊叹了口气："实验的风险实在太高了，真的有人会实施这样的计划吗？"

武田望着他："说这个有什么用？现在就是有疯子这么干了，所以最后一败涂地。"

"好吧。"罗伊点点头，"关于实验时间的问题就当解释过去了。"

“还有问题？”

“嗯，还有一个奇怪的问题。你没发现吗？”

“在哪里？”

“还是在这张表格里。你刚才提到与时俱进，按照这样的思路考虑就会发现不对头。”

搭档蹙着眉盯着前方，突然张了张嘴。

“2047 年那次倒退了！”

“嗯，2039 年和 2040 年，使用的是 NIX-3 型，因为那时候只有这一型号。到了 2043 年，升级为 NIX-4 型。但是 2047 年，不知为何又用回了 NIX-3 的旧型号。这既没有遵从统一实验周期的原则，又和与时俱进的逻辑相违背，真是怪事。你看，到 2050 年，又使用了最新的 NIX-6 型——选择何种克隆体型号，总不至于和实验对象的身心状态有关系吧？”

武田沉吟说：“会不会是那时候黑市刚好断货……”

“这个理由太牵强了。”

“唉，我也承认这个部分不合理，你觉得是怎么回事？”

警长收回表格，站起身，把喝空的精致酒瓶递给他的搭档。

“你要不要拿回去收藏？”

“不要。你还没说是怎么回事。”

“我不知道，”罗伊走进客厅，把酒瓶投入废品回收管道，“但我相信其中一定有特殊含义。只有搞清楚这个含义，我们才能看见真相。”

“真相？你想说什么？”

“对了，我还想问个事。”

“还有什么问题？”

“富场三的牙医记录是不是找不到？”

“牙医记录？你是指他摔坏门牙的事？”

“嗯。”

“拜托，你以为是上个世纪？当下换个胳膊都是眨眨眼的工夫，换义齿找个街边摊就行，哪里会有什么记录。”

“嗯，那就只有花静子的孤证了。”

武田鼓起鼻翼，哼哼说：“你不至于到现在还怀疑不相干人员吧？”

“花静子是不相干人员吗？”

“你认为她在说谎？她为什么要说这样的谎？她说这样的谎有什么用？富场三早就死了。”

“如果问题就在这里呢，如果说谎的人不止一个呢？”

武田惊愕地望着他，过了良久，问：“你到底在怀疑什么？”

“坦率地讲，我也不知道。”罗伊叹了口气，在房间里踱步，他的姿势要多老派有多老派，和上个世纪的侦探相比，就差一个烟斗，“也许我们从一开始就找错了方向，犯了根本性的错误。因为嫌疑人把我们引进了一个自以为是的盲点。”

闻言，他的搭档眉头拧紧：“你自己也发现了吧？你刚才说的几件事或许算得上是疑点，但是什么也证明不了，更无法推翻这个案件的基本面。”

警长点点头：“我明白，所以我没有和其他人说过，包括柯鲁奇上尉。”

“告诉我就好了，虽然我也只能听听。”

“你觉得，证伪和验真，哪个更困难一点？”

“啊，你说什么？是数学问题吗？”

“嗯，数学问题。你知道证伪和验真吧？”

“大概知道意思。我想，应该是验真更难吧，证伪只需要找到一个反例即可，但是验真则要排除全部的错误可能。”

罗伊走到门廊，拿起挂在墙上的帽子。

“嗯，但凡事总有例外。譬如这个案子，证伪比验真更难。”

武田跟在他身后：“你准备去哪里？”

“你要跟我去吗？”

“当然。”

“那再到花静子家碰碰运气。”

警长收拢下巴，戴上帽子。

两人到达 D32 区时，已经过了晚上 9 点钟。武田问罗伊，这么晚造访一个单亲妈妈会不会不好。警长想了想说，先到附近看看，如果不方便就到游民区去摸摸。

“反正那里没有太晚了不接客一说。”

武田听罗伊这么说，知道对方心里其实也没有定计。

两人依旧在矗立着青铜狮子的石桥下停了车，信步向目的地走去。这个时间的旧城区已经行人稀疏，招牌古旧的小商铺有些挂着红彤彤的灯笼，在街道两旁摇荡，有一种肃穆的仪式感。

两人拐过两个弯，花静子所住的公寓就在马路的另一头。两个警察准备迈步穿过马路，突然一阵喧闹声让他们驻足回望。

左侧一栋白色的建筑物亮着灯，楼顶围绕着一圈五光十色的图像，像一道彩虹桥。两人想起这是一家去年刚设立的监护站，专门收容患有认知型退化症的孤儿。这时候，楼房里传来叫喊声和急促的脚步声，似乎有人在追逐。

武田抬头望了一眼，说：“孤儿院够吵的，还好是单间独户，不然住附近的人该有的受了。”

罗伊没有搭话，武田回过头，看见对方举步向监护站的方向走去。

“怎么了？要去看看吗？”

警长没有回答。武田知道当自己搭档生出了某种骤然的无由来的直觉时，就是这个样子。他急忙跟在搭档身后。

两人走到监护站门口，武田凑近白色的铁艺围栏向里张望，尽管楼房有灯光，但院子里黑灯瞎火的，什么都看不见。当他把手搭在围栏上，打算进一步靠近的时候，突然围栏被什么东西撞了一下，发出轰隆一声，然后一张人脸出现在他鼻尖前面。

年轻警员吓了一跳，向后退步，一秒钟后才看清那是一个身穿灰色长袍的女孩。那个女孩看上去已过20岁，她睁着又圆又大的黑眼睛，趴在围栏上瞪着外面的人看，神情又是警惕又是好奇。那个样子不像一个青春女子，倒像一只刚断奶的小动物。

两个警察也定神看着她。但这种对望只维持了几秒钟，院子里传来密集的脚步声，有人喊："她在这边。"又有人喊："李妮回来！"

那个女孩听到叫喊声，立刻有了动作，她抓住栏杆，摆动身体，似乎打算向上攀爬。但是栏杆又细又滑，她根本抓不住。那个女孩手脚并用胡乱蹬了一会儿，旋即放弃，噘起嘴巴露出生气的表情。几个护工跑过来，把她从栏杆上抱下来，拉回楼房里。一个圆胖的护工握住女孩的手，用吓唬的语气说："还跑，上次还没跑够吗？再走丢就不管你了，又碰见坏人看你怎么办！"那个女孩倒没有挣扎，歪着脑袋顺从地跟着走了。

武田叉着腰，说："看管这样的孩子也不容易。"他扭过头，看见岁伊仍然死死盯着那个女孩的身影，鼻翼一张一合，眼睛里闪动一种特殊的光芒。

一个女护工看见门外有人，欠了欠身，说一句"不好意思"，然后转身往回走。警长向前伸手，以急切的语气叫住对方。

"稍等一下！"

女护工止步回头，警长说："我问个事。"闻言，女护工走回栏杆旁边。

"有事吗？"

"刚才那个女孩，名叫李妮？"

"嗯。"

"她之前跑到外面了？去了哪里？"

女护工眼睛瞪得圆圆的，抱起手，弓着身子，神情也变得警惕起来。

“你们是什么人？”

武田本来想找些借口，但罗伊已经掏出了“玻片”，展示警官证。

女护工张了张嘴，一瞬间因为警察的出现而感到惊讶，但很快镇定下来。

“警官们好，刚才实在抱歉，我们会加强管理的。”

警长面无表情地说：“那个女孩逃跑过吗？”

“唉，说不上是逃跑。有一次我们带着孩子们到城中心参观，那个孩子一个人走丢了。是我们疏忽，但很快就把她找回来了。”

“是什么时候的事情？”

“一个多月前。说起来，还要感谢你们相助。”

“警察也去找了？”

“嗯，好几个巡查的警官帮了忙，而且调取了附近的监控录像。”

“后来在哪里找到了那个孩子？”

“在夜市附近，幸好如此，如果跑进坏人扎堆的地方就麻烦了。”

“那个孩子是不是遇到坏人了？”

女护工面露愕然之色，身体也不由得挺直了。她微启嘴唇，但没有回答。

警长说：“刚才听你的同事说了一句‘又碰见坏人看你怎么办’。”

“我也不清楚，只是那个孩子乱编而已……毕竟这里的孩子……”女护工思索着，用手指敲敲自己的太阳穴。

“她怎么说的呢？”

“我不清楚……”

“我们可以进来吗？”

“什……什么？”

“虽然这个时间多有打扰，但是有些事情我想具体问问。”

“具体问问？”

“我想和那个女孩谈一谈。”

“和小妮谈？现在吗？但是已经很晚了……”

“只需要几分钟。如果你坚持，我们可以明天再来。”警长用了“坚持”这样的字眼，从而表明自己的坚持。

女护工呆了一秒钟，最后伸手拉开铁门。两个警官迈步走进去，女护工低着头，在前面带路。

武田走在罗伊旁边，低声问：“你想干什么？”

“你没觉得那个女孩在哪里见过吗？”

搭档摇头：“我想不起来。”

罗伊一言不发，继续向前走。武田又问：“不去找花静子了？”

“先核实一些事，看情况再去找她。”

“核实和花静子是否有关系？”

“不，是核实是否应该告诉她。”

罗伊按了按圆边帽子，丢下发呆的搭档，走进那栋白色的小楼。

第十二章

4月5日是个晴朗的周末，花静子带了一盒手工烘焙的蛋糕，穿过马路，向白色小楼走去。本来她想叫上儿子富安璇一道去，犹豫了一下，觉得还是应该等事情确定下来再说。毕竟她也没有把握自己能把控场面。

其实早在一个多月前，花静子就已经下定决心，但是因为发生那宗事故，计划只好搁置。事故发生以后，那个男人叮嘱她，近期最好不要去看望小妮，等尘埃落定再去。花静子连连点头答应，甚至没有询问何种情况才叫尘埃落定。她信任那个男人，虽然只在二十多年前见过他一面，但是她深知，那个男人是个好人，不但具备超凡的能力，而且愿意向她和她的家人伸出援手。

事实证明，那个男人自始至终都值得信赖。事故发生大约半个月后，警察果然登门造访。尽管经历了短暂的慌张，但是因为那个男人有明确的指示，并且反复做过演练，花静子觉得自己还是较为镇定地完成了任务。而且正如那个男人所言，只需三言两语，警察的注意力就被转移到了另一个方向。事态的发展，也和那个男人预见的一模一样，就连对具体情况知之甚少的儿子富安璇也说，那个老教授看上去很厉害。

每次警察上门，花静子都只提供最低限度的情报。因为那个男人曾经强调，不必要的话尽量少说，警察们都喜欢自行推理，事情的关键不在于着力证明，而是让他们无法证明。有一个阶段，警察来得很频繁，而且有不同的组别，但是渐渐地都不再来了。连花静子都多少能够理解其中的原因：从她这里，警察无法取得更有效的证明。

花静子不知道那个人具体做了什么安排，但是她隐约能够猜到其用意，所以她自己在心里也做了一些衍生的设想。有一次，她被一个着装和行为都很老派的警探逼得有点急，禁不住在原定的剧本里加了额外的台词。她告诉警察自己对前夫富场三的变化感到害怕，并且编造了前夫曾经摔坏门牙的这件事。当时，花静子觉得自己在整件事情里贡献甚少，她一心希望尽量发挥自身的作用。事后回想，她才明白自己画蛇添足了，不禁吓出一身冷汗——那些话很有可能产生漏洞和隐患。首先，她说自己因为心生恐惧，所以没有拒绝和富场三离婚，这一点和富场三离家出走以后她曾焦急寻夫的事实存在不吻合之处。其次，编造“门牙事件”虽然有助于“证明”，但那毕竟是谎言，自然没有实证，反而容易让刨根问底的人生出怀疑。

那个人曾经告诉她，要使计划取得成功，谎言必不可少，但谎言的数量应该控制在最小范围内，必须说的时候则和真话相混合，这样才能取得难辨真假的效果。花静子一度很懊悔自己没有听从教导。从那之后，她每天都看新闻报道，紧张地关注事态的发展，幸好几天以后，事情就尘埃落定了。

当花静子从新闻里看到“拉撒路连环杀人案”告破的消息时，她明白了那个男人的一切安排。但是她从来不曾想到，那个男人为了帮助她和她的家人，竟然会做出如此大的自我牺牲。“冷血杀人魔”“疯狂科学家”“无耻而愚蠢的学术造假者”，这些字眼像钢针一样深深扎进花静子的心中。虽然她对那个人知道的不多，但她知道他拥有比常人更厚重的良知以及更坚定的信念。最重要的是，他是一个治学严谨的学者。难道要那个善良的老教授永远背负这样的骂名吗？而他现在又身在何方呢？

花静子无法想象这种献身多么沉重，她思来想去，自己唯一能够报答他的事情，就是倾尽一切保护和养育那个孩子，尽最大努力弥补自己多年缺位的爱。并且，她决心在未来的某一天告知她的孩子全部真相——哪怕那个孩子无法理解。她要面对她的孩子说出来，让他们知道自己母亲曾经犯的错，更重要的是铭记那个对他们恩情深重的人：那个人的名字叫金民，是一位优秀的科学家。

过了马路，花静子吸了口气，努力控制自己澎湃的心潮，一步步向监护站走去。她甚至挤出甜美的笑容，并且要求自己一直保持这个笑容。距离白色小楼的门口还有十米，突然有两个人从横向的巷口现身，拦在她面前。花静子愕然止步，下一秒钟，她脸上的笑容不禁僵住。

那两个人花静子都见过，是曾经登门的警察。从他们出现的位置和时机看，他们显然是在等她。会是什么事呢？事到如今，还有问题要盘问吗？不，不该抱着被盘问这种心虚的想法。可能他们只是还有未了事项需要询问，听说案件的后续工作还在进行。毕竟，警察和学者一样，都是些很执着的人。可是，他们为什么要在这里等她？

花静子努力表现得神色如常，重新堆起笑容。她想和警官们打招呼，但是她立刻认出两人里面的一个戴着黑色帽子，正是之前把她逼急的老派警探。一种强烈、不祥的预感掠过脊背，单亲妈妈说不出话，并且无法让脸色保持红润。

“嘿，早上好！”年轻一点的警察率先打了招呼。

“你们好……警官们好……”

“花小姐不记得我们的名字吧，不过知道我们是警察就没问题了。”

“记得的……”

单亲妈妈小声回答，她确实已经想起了他们的名字。年轻的那个叫武田，另一个资历老、戴着帽子的警长叫罗伊。他们来过好几次，估计是案件的主要经办人。

“最近没有人骚扰你吧？”

“呃？”

“就是搞新闻那类的人，虽然我们下了严令，但难保不会有不知好歹的家伙找上门。毕竟之前针对你前夫的失踪问题，我们进行过公开搜查。”

“暂时没有，谢谢你们……”

年轻警探耸耸肩：“没必要道谢，我们只是不想自己的行为显得前后矛盾，毕竟国家需要装腔作势的公信力。”

花静子睁大眼睛，露出愕然不解的神情。武田看见罗伊也横了他一眼，才意识到自己说多了。只不过，他确实有种不吐不快的冲动。

事实上，官方将“拉撒路事件”的死者身份予以保密，对外宣称的“避免相关人员受到骚扰”的理由相当站不住脚。因为富场三失踪案原本并未采取保密措施，哪怕在公报里使用假名，嗅觉敏锐之徒一样可以将线索串联起来。一旦花静子被推至公众视线内，除了富场三以外的其他死者身份，将有曝光的可能。如此一来，政治因素也势必被提及。所以，当局采取了严格的禁止措施，表面上是为花静子提供庇护，实际上是为了维护自己的脸面。

而这种庸俗的考虑，恰恰被嫌疑人利用，成为其计划中的一环。

话说回来，或许这也是一件好事。武田这么想着，望向罗伊。警长向前走了一步，凝望着单亲妈妈手中的蛋糕盒。

“花小姐准备去看望监护站里的孩子吗？”

“啊，是……”被询问者脸色数变，她犹豫片刻还是问出口，“你怎么会知道……”

“听说你经常去看望一个叫李妮的女孩。”

对方的瞳孔越来越大。

“我……好多孩子我都看望，没有特定的对象。”

“这个监护站叫彩虹之家吧？原本建在城郊，因为那里风沙太大，去年才搬到这里。”

“是的……我不知道他们搬迁的具体原因……”

“花静子小姐原来也是住在城郊，然后在去年搬到这里的吧？看上去就像跟着监护站搬家呢。”

“啊，这只是巧合……原本我住的地方也不在彩虹之家附近。”

“这么说，住在城郊的时候你就知道这家监护站喽？”

花静子哑然无言，她不敢再开口。但是两个警察紧紧盯着她的眼睛，让她心惊不已。她只得试图反击：“请问找我有什么事，你们不是说会尽量少打扰我吗？”

警长面无表情地说：“如果方便的话，想再占用花小姐一点时间。”

“现在吗？”

“嗯，十分钟就行。”

“但是我预约了看望孩子们的时间，不能迟到。”

看出花静子态度坚持，警长略略点头。然后他伸手掏出“玻片”，将一张图画展示出来。花静子看了一眼那张图画，骤然感到心脏剧烈跳动，几乎喘不过气来。

那是一张充满稚气的图画。背景是太阳、白云和草地，一个大眼睛的妇女居中站立，左右手分别牵着一个男孩和一个女孩。距离三人不远的地方，有一个面目狰狞的男人，咧开的嘴里布满三角形的牙齿。那个男人穿着一件花格子大衣，从肩膀到脚踝有一个红彤彤的“×”。画的人可能觉得力度不够，将那个“×”又描了几次。

“这是什么……为什么给我看这个……”尽管深感绝望，但单亲妈妈仍然试图躲开。

“这是那个女孩画的画，”罗伊说，“在她枕头底下找到的。”

花静子感到胸口被石锤猛击，一种巨大的内疚填满内心。那天深夜，金民博士突然造访，告知她这宗事故，但是没有详述经过。尽管她心中早有预感，但依然自我开解，也许真的是意外，纯粹巧合的意外。但是当她看到这幅图画时，事情已经再清楚不过：一切都是她的责任，因为她的过错，所有人都遭受了无法挽回的伤害。

眼泪和情绪几近决堤，她好不容易才忍住。花静子知道眼前的警察已经深深洞察了事因，自己再怎么否认也是徒劳。但是她也不愿就此崩溃，因为事到如今，她是唯一能够保护那个女孩的人。单亲妈妈拼尽全力调整自己的呼吸，低头说："就谈十分钟可以吗？我不想那个孩子久等。"

"嗯，十分钟就够了，也许不用。"

"就在这里谈吗？"

"可以跟我们走几步吗？"

花静子默默点头，她也不愿在彩虹之家门前停留。警长迈步走进小巷，单亲妈妈跟随在后。武田看见那个女子脚步蹒跚，心中禁不住升起巨大的不忍。

其实，她还远远没有了解事情全部的真相。

三人一前一后，穿过小巷，又越过一片空地，前方出现一道小斜坡。三人翻过斜坡，眼前豁然开朗，一条灰色的河川奔流向前，从繁华的城市中心一直延伸向黄沙滚滚的郊外。

三人走上河堤。堤坝沿河而建，有三四米宽，边缘是陡峭的断层，垂直向下十多米，直达河岸的滩涂地，河滩上碎石遍地。

罗伊在堤坝边停下脚步，回头说："从这里开始是城市监控的盲区。"

花静子眉头紧锁，但神情疑惑，看上去不明白两个警察为什么把她带到这里。听到对方的话，她机械地点了点头。

警长望着她："在夜市附近，也有一个相同的地方。"

这句话让花静子的身体颤抖了一下，然后她僵硬伫立，不发一言。

罗伊观察着对方的神情，沉默良久。武田垂手站在一旁，和另外两人拉开一点距离。

“有个问题想问花小姐。”警长开口说。

“嗯……”

“花小姐是不是对你的前夫抱有恨意？”

“我不懂你在说什么，那个人根本不是我的丈夫……”

“那个女孩的画指向了这一点。我看过你们夫妻结婚旅行时的合照，如果我没有记错，富场三先生有一件花格子大衣。花小姐也给那个女孩看过照片吧？”

这句话击中要害，花静子的眼里一瞬间噙满泪水，但她沉默不答。

“你曾经说过，之所以同意和富场三先生离婚，是因为对一个反复无常的丈夫感到害怕。但事实上是另有原因吧？”

“我说过了，那个人不是我的丈夫，我连他叫什么名字都不知道。”

武田在一旁听到这话，不禁摇头叹息。事情到了这个地步，没想到这个女子还在坚持，她的内心比表面更坚强，或者说，有一些事情需要她保持坚强。

警长说：“那我这么问，花小姐是不是对那个曾和你一同生活，然后在某一天离家不见的男人怀有恨意？”

“是的。”被询问者抬起头，似乎想到了某种理由，“抛开对那个人到底是谁的惧怕不说，一个被抛弃的女人，当然会对前夫抱有恨意，这很正常吧？”

“仅仅是因为这一点吗？”

“还有就是那个人哪怕还在家的时候，也没有履行过丈夫和父亲的责任，他是靠老婆养活的‘家里蹲’。而且，他完全不碰我，连洗澡都躲藏起来……当然现在我已经知道原因所在，他担心被我发现他是另一个人，但在当时我自然有怨恨。这样的回答你们满意了吗？”

“上次我们向你询问这个问题，你也是一样情绪激动呢。”

“我——”

“我相信你说的是真话，你的反应也证明了这一点。”

对方的话让花静子呆了一下，她以为事情有了转机，连忙吸了口气，让自己冷静下来。

“你相信就好，我承认我和小妮……就是那个女孩，说起过我前夫，所以她才会——”

“但是这些都不是最主要的原因。”

“什……什么……”

“在五年前，花小姐的银行账户有过一笔存款，但是在你前夫离家之前，那笔钱突然被人从账户里提走了。”

花静子像被人施展了定身术，骤然一动不动。

“钱是以现金形式提走的，当时，当下还会使用现金的场所可谓屈指可数。另外一条对应的线索是，不久以后富场三在邻市的地下赌场出现过，并且一掷千金。”警长停顿了一下，直视面前的女子，“那些钱是留给你的儿子治病的吧？但是那个人却将之挥霍一空，然后一走了之，我想，这才是你深深记恨他的原因吧。”

花静子依然僵立不动，她的脑子里轰隆隆地响。她心里想，一切都完了，原来警察连这一点都查出来了。金民博士曾经告诫她，无论如何都不能让警察知道富场三离家出走的真正缘由，因为这是整个计划的核心部分，一旦被推翻，谎言的链条势必逐一崩断。所以她以为，只要死守这一点，也许还有硬扛过去的机会……

警长看见对方迷茫的神情，突然觉得心里被什么东西击中了。

“金民是不是让你不要把这件事说出来？”

“呃……”

“他说这件事是谎言的基础，对吧？其实这件事没有这么重要。”

花静子感到毫无头绪，只能呆站着不说话。

“他声称自己给了实验对象一笔钱，结果引起了实验对象的背叛、逃跑。但是实验对象将妻子的私房钱偷走，在赌场输光以后干脆跑路，这样的剧本其实也未尝不可，反而有利于留下实证。既然如此，为什么将现成的证据弃而不用，反而叮嘱你保密呢？”

罗伊淡淡地做着注释，他不期待花静子能够理解其中的逻辑。只是刹那间，连他自己的心绪也激荡起伏。他想，最起码应该把这件事情说出来。

“唯一的解释是，追查这笔钱的来路，会对你本人造成负面影响。”

花静子微微颤抖，神情变得恐慌。

警长的脸上毫无表情：“我们在暗网里找到了你表演的视频……”他略微停顿，“不过，我们没有予以确认。”

单亲妈妈脸色煞白，身体摇摆，看上去几乎站立不稳。但只是一瞬间，她立刻挺直了身体：“你们去确认好了，事到如今，我根本不在乎。”

“你还没有意识到吗？”警长叹息，“正是因为知道你会持倔强的心态，金民才没有直白地告诉你弃用更佳方案的原因，而是用另一个理由让你保守秘密。他想保护你，包括你的名声和自尊。连这样的细节，他都想方设法考虑到了。”

感动和愧疚蔓延开来，这番话击垮了花静子最后的顽强。她蓦然捂住嘴，不让自己发出哭声。

“你会感谢他吧？”

“是的……”泪水从指间溢出，“我很感激金民博士，无以为报……”花静子跌坐在堤坝上，放弃了顽抗。

罗伊没有搀扶。他抬头仰望天空，沉思良久，十分钟的时间已经到了。警长将视线收回，扶了扶帽子，望着坐在地上的女子。

“我再问你一次：你是不是很恨你的前夫富场三？”

“是，那些钱是给安璇购买延缓病情的特效药的，这样说不定来得及动手术，说不定安璇能亲眼看看大海！但是那个人把我儿子的希望夺走了，所以我恨他，巴不得他死掉！”

罗伊默默点点头：“你有没有想过，为什么这个计划可以成功？”

“什么……”

“先不说执行层面的重重困难，单单是提出这样的计划就可谓非常人胆吧。难道你不觉得奇怪吗？”

花静子愕然抬头，她完全听不懂对方的话，但她已察觉那个答案必然超乎想象。突然之间，一阵巨大的恐惧感笼罩着她，让她手脚发冷，浑身起满鸡皮疙瘩。

“你……要说什么？”

罗伊叹了口气：“在这个计划里，献身者其实不止一个。”

花静子离开以后，罗伊和武田站在堤坝上吹风。武田捡起一块小石头，远远掷出。石头在空中划出弧线，坠落在河边的滩涂地上，和其他碎石混在了一起。

“花静子应该对那天晚上的情形一无所知。”

“嗯。”警长指了指河滩，“她对和案发现场一样的地方毫无反应。她看到那个女孩画的画时所表现出来的震惊，也表明她从来没有获知过详情。”

武田沉默了一会儿：“我一度以为你会全部说出来。”

“我想，我已经说了。”

“但是直到最后你都没有点破。”

“你认为我应该把详情全部说出来吗？”

“不，现在这样就好，剩下的让她自己体会吧。”

“你明白我是怎么想的？其实我差点忍不住。”

“大概能够理解。你不停地追问她是不是对富场三抱有恨意的时候，我就大概明白了。虽然我也听得又急又气，心里直跺脚，但是转念一想，正是因此，如果把事情的真相告诉她，她会受到很大的伤害，那她真的太可怜了。有时候，心怀恨意反而是一种保护。制订这个计划的人，一定是这么想的。”

罗伊点点头，没有说话。

武田又说：“察觉到金民对花静子全方位的保护，也让你更加于心不忍吧？”

“嗯，他们不但要保护那个女孩，也希望花静子得到保护。他们把她们保护得很好。”

“难得老派的铁面刑警，也会承认于心不忍。”

警长沉默不语，疾风把他的帽子吹得猎猎作响。他的搭档等了一会儿，“喂”了一声。

“说实在的，我至今对很多事情还没搞明白呢。”

“我想提一个苛刻的要求。”

“你早就已经提过了，走吧。”

“你知道我们要去哪里？”

“花静子对情况一无所知，当然要找了解情况的人问一问。”

罗伊按住帽子，转过身：“那真是心有灵犀了。”

武田耸耸肩：“也不想想我们搭档了多少年。”

第十三章

波涛拍岸的声音听着十分雄壮，武田开口说："真厉害，原来这里的窗户连隔音效果都能说调就调，是什么材料做的？"

闻言，站在窗边的矮小老人转过身来。他穿着整齐的背带西装，衬衣前露出金色的怀表链子，手杖杖头镶嵌一枚明黄色的琥珀。

"抱歉，是不是声音太大了，会影响我们谈话吗？"

"没有的事，是真心觉得厉害。"警探跷起脚。

老人微微颔首，抚摩手杖的琥珀。房间里的光线变得柔和，海浪的声音也渐渐退去。

"这样可以吗？"

"唉，都说不用麻烦了。"

"还是这样比较好。我想，两位警官今天来，是打算和老头子说说悄悄话的。"

这句话让气氛严肃起来，两个警察赶紧望向对面的老人。这位名叫宋明基的老人站得笔直，尽管身材瘦小，彬彬有礼，但具有赫赫的学术权威的威严，虽然受到两个警察目不转睛的注视，但他的身体也没有半丝摇晃。

武田扬起下巴：“为什么这么说？”

“只是一种感觉。我和柯鲁奇上尉是老朋友了，在他的部下来之前他会和我预约。”

老人的话语带了轻微的挑衅，武田把跷起的脚缓缓放下。

“咣”的一声，坐在沙发后面的罗伊放下茶杯，也许是故意为之，杯子和茶几碰击的声音吸引了他人的注意。

“博士的茶，味道还是一样特别。”

宋明基博士笑了笑：“算不上茶，是我自己培育的饮料。”

“难怪口感让人印象深刻。”

“真是见笑了，警长喜欢吗？”

“嗯，相当不错。我想，喜欢的人不止我一个。”

这句话让老人的神情僵了一下，他花了一秒钟的时间思考，然后问道：“是哪位？”

“我们刚去和她见了面。”

“到她家里吗？”

“不，河堤边上。”

宋明基博士闭了一会儿眼睛，身体微微有些摇晃。然后他重新睁开眼，轻叹了口气。

“我还以为她在家里给你们沏茶呢。”

“她给我们沏过，是在案件告破之前。你别责怪她，只是在茶壶里残留了少许味道，她肯定冲洗过。”

“唉，那只能怪我的东西味道太重了。”

“嗯，我想，是的。”

一种类似自责的神情掠过老人的面容，站立也似乎让他感到疲惫。老教授走到沙发旁边，在两个警察的对面坐下，但手杖还拄在手里。

“还没请教两位警官今天想问什么。”

“我先说明一点，博士刚才说得没有错，今天是非官方的谈话。”

博士讶然道：“警长这是先礼后兵吗，还是给老头子下套？”

“是真话，我们没有证据。”

“原来如此，所以我的话就是证据了。”

警长轻轻摇头：“那需要视情况而定。”

老人定定地看着罗伊，伸手揉了一下满布皱纹的脸颊，喟叹说：“那真是难办了，本来我还想着无论发生何种情况都一概否认到底的。”

“我先说一点见解可以吗？”

“嗯，当然。是你的推理，对吧？”

“是的，只是我的推理。”

“请你说吧。”

“金民没有学术造假，他的研究取得了成功。”

老人的身体猛地颤抖了一下，脸上的皱纹也骤然凝结。仅仅一秒钟，他就恢复了常态。

“警长真厉害！我设想过很多种开场白，比方说和推理剧一般的开场白：这一切，从从头至尾都是个骗局——但是没想到，你会第一击就命中红心。”

“案件的红心吗？”

“情感的红心，我的情感。你知道人心最柔软的部分在哪里，虽然加以利用，但本意是体恤。”

罗伊朝武田指了指：“是我搭档的建议。”武田耸了耸肩。

“真是失敬，两位的心意我都明白了，谢谢。”老人分别向两个警官低了低头，他神情不变，语气也平淡，但是眼睛里饱含了感情。

罗伊说：“这里只有我和我的朋友，博士可以告诉我们真相吗？”

“不可以。”老人摇摇头，“我不知道什么真相。”

“这样的话……”

"我只能和你们讲讲故事。"

"故事吗？"

"嗯，然后我们进入故事的角色进行对话，这样可以吗？"

罗伊看了武田一眼，后者点头。他转向被询问者："我明白了。"

"那么，从这一刻开始，我们就开始表演喽。"

"好的。"

老人的身体放松了，他扬手把手杖放在一边，脸上浮现孩童般的喜悦。罗伊一时间分辨不清那是一种苦中作乐，还是为能够把话说出来而感到释然。罗伊想，应该两者都有。

"故事里的警长先生，你可以提问了。"

警长调整了一下坐姿，手掌握在一起。

"金民博士的研究确实成功了？"

"是的，毋庸置疑。"

"所谓学术造假，才是真正的造假？"

"是的。为了完成那个计划，他毁灭了自己的成就，也毁灭了自己的名声。"

另一个博士的神情一瞬间有些激动，旋即变得忧伤，不自觉地面朝大海的方向眺望。

"但是这件事永远不会被世人所知，你们能知道就很好了。"

罗伊望着老教授，知道对方心里有很多话，但他并不愿多说。一个学者拼尽一生心力，终于取得成功，作为多年的好友和对手，心中一定同样火热；而对其毕生成果付之一炬的痛心，也必然感同身受。所以他才说刚才的话正中了他感情的红心。他渴盼为挚友正名，却无法做到，这又变成一种新的痛苦。罗伊想，这是一种何等的牺牲呢，包括他在内的外行人终其一生都无法知晓。唯一能够理解这种牺牲的巨大程度的人，也许只有眼前这个老人。

"我们谈谈那个计划吧。"

博士歪了歪脖子：“不谈学术研究了吗？”

“学术问题我们听不懂，知道研究取得了成功就够了。”

老人微笑了一下：“谢谢你。”他略作停顿，“不过，有两件涉及研究的事情，我想，你们还是有必要知晓。”

罗伊想了想，问道：“金博士真正的实验对象是谁？”

“你说呢？”

“他自己吗？”

宋明基博士点点头，为了郑重其事，他将手杖重新握在手中。

“金民是个执着的学者，唉，也可以说是偏执吧——但是他不会草菅人命，包括他自己的生命。我相信，他在把自己作为实验对象之前，一定有充足的信心。”

博士顿了顿，又笑起来：“他在伪造的研究手稿里怎么说的？最后一次海马体临摹实验，因为需要单独操作而造成失败？事实上，实验的困难点在前期，根本和中期无关。那家伙这么写是包藏祸心，他是在嘲讽不懂行的人呢！”

罗伊问：“他完成了几次实验？”

“据我所知，一共是五次。本来他打算完成四次就发布成果：两次使用三年保质期的 NIX-3 型克隆体，两次使用四年保质期的 NIX-4 型克隆体。他是个严谨的人，但是从实验时间、载体类型等维度进行交叉，四份样本就足够了。”

“他在实验时间的选取上也有讲究吗？”

“当然，实验时间也是样本分布的重要组成部分。他分别选取克隆体保质期届满点和衰变期起始点进行实验，以此证明他的临摹技术不会受到细胞衰变的影响。”

警长颔首说：“我明白了，有些事情也说得通了。”

“是吧，譬如呢？”

“金民曾多年在 13 号农场隐居，也曾寄居在游民区，但是我们在这两处，没有找到一丝毛发——那是因为他一直在使用克隆体生存！为了避免被警方识破这一点，他在离开的时候，进行了最彻底的清理。但是，为了让警方确认他曾在这两个地方逗留，他又刻意留下了少量指纹。”

“嗯，是一种严谨的做法。”

“还有他存放在实验室冷冻仓的本体身躯，其实早在十几年前就已弃用。为了让我们以为这具躯体是近期抛弃的，他进行了老化处理。但是他处理得稍微有点过头，他还没到60岁，但那具身躯皱纹很深。”

“这个可能是因为实验室中途断过电。你们直捣黄龙的时间，比他预计的略微晚了一些。只不过，年龄检测本来就不是精准的技术，每个人情况不一。”

警长看了老教授一眼，他能感觉到，对方打心底希望维护友人的严谨作风。

武田插嘴道：“为什么他后来又要进行第五次实验呢？”

宋明基博士略微犹豫，脸上浮现出复杂的神情：“因为我的原因。”

“宋博士的原因？”

“或者说是我们公司的原因。大概在四年前，黑市开始流传长青藤将发布超长保质期克隆体的传言，其实这是公司基于市场策略故意放出的消息，后来发布的无非是保质期略微延长的产品。但是金民听说这个消息以后，决定等新型克隆体上市后再进行一次实验。”

武田说：“金民是想对标博士的最新研究成果。”

老人轻轻摇头：“实际情况不是这样，他大可不必如此……”

“实际情况是？”

“这个后面再说吧，总会说到的。”

警长问：“你说有两件关于研究的事情要告诉我们，另外一件是什么？”

博士思索了一下，再说话时语气有些沉重。

“这件事也放在后面说，其实和刚才说到的情况是二位一体。”

罗伊定神看了对方一会儿，然后收回视线。

“那谈谈计划吧。”

宋明基抬起头，眨眨眼睛，有一会儿神情看上去有点狡猾。

“也就是案件喽？”

“嗯，可以这么说。”

“但是对于案件我是大外行，警长直接说你的见解就好。”

“你是指推理吗？”

“嗯，推理。你们一定早有结论，我想听听。”

罗伊知道，因为触及罪案的实质部分，老教授谨慎起来。他看了武田一眼，后者耸耸肩。警长沉默了一会儿，站起身，走到办公室侧边的展览架前，指指陈列其中的一排海航模型。

“可以拿起来看吗？”

“当然。”

罗伊拿起一只小帆船：“想请问博士，这只船能横渡海洋吗？”

“这个小模型吗？我猜想，应该不行吧。”

“能证明吗？”

“嗯？”

“要证明它能横渡海洋很容易，哪天如果真的漂过去就是板上钉钉的证据。但是要如何证明它不能呢？难道让它在每片海洋、每条航线上都漂一次吗？”

宋明基博士欠欠身：“原来如此，你在说证伪的问题。确实如此，很多时候，证伪的难度一点不亚于验真。只不过，你举帆船渡海的例子从数学的层面说不上准确。”

警长的嘴角扯了一下，但脸上没有笑意：“不好意思，班门弄斧了。”

“我明白你的意思，你要说的也不是数学问题。”

“是的，我要说的是富场三的谋杀案。金民的计划，其实是一个证伪问题。”

“哦？谋杀案是一个证伪问题吗？”

“这正是这个计划的高明之处。将一宗谋杀案设计成了一个无法证明的假说。”

“什么假说？”

罗伊将帆船模型放回原处，走回来，重新坐下。

“当然是尸体的假说。正常的谋杀案，或者说由失踪案演变而成的谋杀案，首先要证明的是人到底死了没有。这是一个验真的过程，但是在这个案件里，却是一个证伪的过程。”

博士皱起眉头：“我没听懂你的意思。”

一旁的武田也竖起耳朵。事实上，他对那个“计划”也是一知半解，罗伊事先没有全部告诉他。他发问道：“不对吧，我们不是一直在追查富场三死了没有吗？”

警长摇摇头：“不是的，我们不是在追查富场三死了没有。事实上，我们从一开始就朝着相反的方向去了。”

“相反的方向？”

“我们没有证明富场三已经死了，而是努力证明他并没有死，也就是证伪。但这是一个陷阱，因为这种证伪是一个不可能完成的任务。”

武田张了张嘴，似乎想要反驳，话到嘴边却无法说出。因为他意识到，罗伊说得半点不假。在整个富场三失踪案的侦查过程里，情形十分奇特，他们似乎一早就有富场三已死的假设，所有的侦查行动，也确实是在围绕证明这个假设的正确性而展开，但是推导方式其实和常规完全相反：他们试图推翻富场三活着的证据，从而证明富场三已死……

“稍等一下。”宋明基将手杖向上举了举，像个要提问的学生，“难道警长认为富场三先生并没有死？”

罗伊看着对方：“这个不是关键问题。”

“关键问题是什么？”

“死者的死亡时间。”

听到这句话，武田没有太大反应。关于死者死于何时的问题，他早已知道，现在他仍旧在思考侦查组是如何掉进陷阱的。但是宋明基博士则睁大眼睛，露出兴趣盎然的样子。

“伪造死亡时间的诡计吗？警长认为死者是什么时候死的？”

罗伊没有直接作答，他转向他的搭档。

“官方认定富场三的死亡时间是什么时候？”

武田抬起头，答道：“2039 年 11 月 23 日。”

“证据是什么？”

搭档想了想，竖起三根手指：“直接证据大体有三个：第一，是在沼泽地里发现的残缺骸骨；第二，是包括花静子在内的周边人员的证词；第三，是金民留在实验室里的研究手稿。”

“骸骨能准确验证死者的死亡时间吗？”

“只是对外的公报说得好听，实际上困难极大。那片沼泽地含有大量酸性物质，骸骨已经被腐蚀得不成样子。问题在于，谁也无法说得清那片沼泽地是何时受到污染、何时变成当下的成分状态的。所以，到最后只能从骸骨的完整程度上大致判定，得出‘已被抛弃在这里很多年’这个结论。毕竟尸体要完全骸骨化，本身就需要很长的时间。”

“也就是存在做假的空间？譬如，通过人工手段先把骸骨分离，然后通过化学药剂加快腐蚀进程。”

“不排除这种可能。”

警长望向宋明基，问：“博士觉得可行吗？”

博士沉吟后说：“技术上可行。水体受到污染，本来就是一种人工进程，谁说得清呢？”

“嗯。但是要处理大量的人类躯体毕竟麻烦，所以我们在沼泽地里只能找到极少量的骸骨，说是一鳞半爪也不为过。”

“只要能证明‘这里死了很多人’就够了，譬如，富场三只留了半个头骨。”

“正是如此。然后是花静子以及周边人员的证词。”

武田接口说：“花静子的证词指向性基本清晰：和她同床共枕的男人每隔几年就会有异常行为，其后像变了一个人。这是重要的证据，但其实是孤证。周边人员的证词则大多暧昧不清，尽管也有人明确表示感觉到富场三像变了个人，但不能排除是一种基于主观诱导而产生的偏离性陈述。”

闻言，宋明基博士轻轻抚摩手杖顶部的琥珀装饰。

“所以，剩下的证据就是金民撰写的研究手稿了。”

警长说：“没有人会想到，那份研究手稿的内容是编造的。”

“嗯，如果是假的，就太匪夷所思了。谁会毁掉一生的研究，并且给自己扣上疯狂、邪恶以及愚蠢的帽子呢？”

“是啊，没有动机。何况，世人本来就更偏信造假被拆穿的情节。”

“嗯，如果现在有人跳出来骂我是个骗子，估计大家也会有一大半抱持相信的态度。”

“人就是这样的动物。”

老教授微笑了一下：“研究手稿是板上钉钉的证据，再加上其他恰恰吻合的辅证，于是，死者死于十五年前的结论再无法撼动。”

武田说：“正是，毕竟辅证也很充足。除了刚才说的三项直接证据，还有一些间接证据。譬如，黑市克隆体的订购记录，OOP 联盟医生进行眼球移植手术的证词。”

罗伊望向宋明基：“这两项证据也是伪造的吧？”

“你问我吗？”老人不置可否地笑。

“向警方提供克隆体订购记录的那个线人，曾为长青藤所雇，在地下市场传播新品上市的消息。而我们之所以能找到那位 OOP 联盟的眼球手术专家，则是宋博士提供的线索。”

老教授笑眯眯地说：“你的意思是这些都是我的安排？可有证据？”

“没有，这一点我已经开门见山地说过。”警长说，“地下市场的记录、敏感组织的人证，这些都是无法查证也无法呈堂的证据，但是一点不影响人们将之作为支持的论据。这种安排非常聪明。”

停顿了一会儿，罗伊继续道：“而且，金民是一个高明的说谎者，他知道，要让一件事以假乱真，最好的办法是将谎言和真话混合在一起。如果我没有猜错，通过黑市订购克隆体，以及找 OOP 联盟的医生进行眼球移植，这些都是真有其事，只不过细节上有出入。”

“你不妨说说看。”

“订购克隆体不必多说，做实验自然需要克隆体。但是，很显然，金民博士订购的是他以自己为‘图纸’的克隆体，而不是富场三的。他在实验室里预留了多个冷藏仓，我想，他一定进行过批量订购，而不是订购记录所示的逐次购买。至于移植本体眼球这件事，是我的猜测。我想，金民博士为了彰显他的实验对于人类永续生存的价值，在每一次更换克隆体以后，也同步进行了眼球移植。因为具备本体眼球的克隆体，在外表特征上将与正常人毫无区别。”

宋明基沉默了一会儿，点点头。

“具备本体眼球是一种连续实验的证明。另外，那家伙做这件事，还有一个考虑：保留自己的身份。在发布学术成果的时候，他希望大声向世人宣告：‘请看我的眼睛，我是金民。’”

在旁的武田叹了一声：“真可惜。”

“嗯，真可惜。”老人说。

警长继续往下陈述：“金民在 2047 年年底曾经前往 D 市，确实是去找那个医生做手术。那次在 D 市，他恰好被长青藤的一个前同事碰见。我想，这个长青藤员工的证词是真的，而不是出自宋博士的指导。因为让那个员工做伪证，风险太高了。”

宋明基笑而不答。

“金民确实多次找那个医生实施眼球移植手术，只不过在那个医生的证词里，将具体的时间和次数进行了微调而已。正是通过真实和虚构的重叠，使得这些谎言变得难以核实。哪怕有人予以追查，也会因为发现各处都有些模糊的支持印证，而最终采信。”

罗伊说完这一段，眼光在另外两人身上停留片刻，再次以总结性的语气开口。

“总而言之，金民用一连串真假难辨的谎言构建了一个庞大而周密的骗局。但是，这个计划最完美的地方，还是前面提到的‘证伪’的圈套。”

武田说：“我还是没太明白……唉，听你一分析，侦查组对相关证据的查验，确实……太粗糙了。这是怎么回事呢，是因为先入为主的原因吗……”

罗伊摇摇头：“我想，说不上是先入为主。你回想一下，‘富场三早就死了’是一个根据众多线索指向逐步建立起来的假设，而且我们一直在认真求证。并且，对于各种证据，我们也并非没有按照程序进行查验，柯鲁奇上尉在这个方面比任何人都踏实。但是在这个案件里，我们每个人都犯了一个基本错误，而且都没有意识到。”

“什么错误？”

“就是把这个案件当成‘证伪’来办了。你想想，正常来说，当我们以验真的思路进行侦查的时候，对于一件真假难辨的证据，我们会怎么对待？”

“一般会予以排除。”

“是的，也就是疑证从无。譬如，我们想证明一个人已死，除非找到确切的实证，不然不会轻易下结论。但是在这个案件里不是这样。我们使用了‘证伪’的思路，每找到一项证据，我们开始‘证伪’，也即这个证据是不是一定是假的，如果不是，那就留下来。问题在于，一如前面所说，本案里的大多数证据无法绝对验真，但是也难以绝对‘证伪’。这些证据到最后，却一一保留了下来，变成疑证从有了。”

“为什么会出现这样的问题……”

“因为在这个案件里，我们莫名其妙地用上了反证法。而且，推导公式是这样的：无法证明‘富场三活着’的反假设为真，从而证明‘富场三死了’的原假设为真。结果，出现了重大的逻辑盲点。”

宋明基博士用手杖点了一下地板，叹了一声：“排中律用错了。”

“正是。无法证明‘富场三真的活着’，但是并不能排除‘富场三可能活着’，这是无法得到‘富场三真的死了’这个结论的。但是在这个案件的侦查过程中，我们确实就是如此思考的。我们会说，已经努力核查过每个证据了，不好说它一定没问题，但是谁敢说它是假的呢，也就是说无法证明富场三还活着喽，看来这小子是死定了。”

警长望向博士，笑了笑：“宋博士刚才说得对，小帆船渡海的表述从数学层面上看不准确。我们这帮警察都是门外汉，一个不小心就掉进数学陷阱了。”

武田说：“听你一说，确实如此。但是，问题的原点是什么呢？为什么这个案件会演变成‘证伪’的过程？”

罗伊反问对方：“你还没发现吗？这个案件的独特或言之古怪之处。”

“是什么？”

“人家明明还活着，却怀疑他是个假人。”

武田张了张嘴：“兔子吗？”

“还有眼球。我们一向很推崇由‘人类眼球独一性’而构建起来的身份识别机制，但是当发现存在‘克隆体 + 本尊眼球’的绕道之法后，又立刻掉进了一种集体否定的误区。我们对某个十几年间一直具备社会活动能力的人的身份产生了深深的怀疑，进而得到此人的本体实际上早已死去的假设。看着一个大活人蹦来跳去，却要证明他实际上已死，怎么能不以‘证伪’的方式来思考呢？”

武田眨着眼睛，哑然无语。警长继续说：“我们曾经认为，富场三是一个十分适合作为实验对象的人。因为他社会关系单薄，就像透明人一般不被关注，哪怕变成了另一个人也无人察觉。但事实上，这恰恰是整个骗局的基础。因为，反过来表述同样成立：富场三自始至终是同一个人，但却无人能够给出确定的证明。一旦对富场三在世与否采取‘证伪’的思路，就会完全陷入死胡同。嫌疑人利用富场三的特质，设下了逆向的陷阱。”

老教授叹道：“思维的误区一旦形成，就极难跳出来。做研究也是一样，起步的证法用错，后面将步步皆错，而自己却不自知。这果然是老学究制订的计划……”

武田也终于把思路整理清楚，沉吟后开口：“从废弃木屋发现没有了眼球的克隆体开始，我们就已经掉进陷阱了。接着是发现具有自我意识的兔子跑到黑市摘取眼球，随即又发现兔子的本尊离奇失踪，疯狂科学家躲起来搞意识平移实验……克隆体、本尊、眼球、意识平移……这些图像在强烈地指引，我们完全被金民一步步牵引着向前走，就像中了催眠术一般……”

罗伊点头说：“另一边，花静子的证词，则诱导我们将案件的追溯不断向更远的过去延伸。”他转向武田，“我和花静子说，金民对五年前富场三离家出走的原因进行重构并不重要，其实不对。这种重构是有意义的，隐藏丈夫偷走妻子私房钱的事实，能够使富场三的失踪更显扑朔迷离，从而促使警方将搜查的注意力集中在五年前，甚至是更久远的时间。”

似是为了强调，警长顿了顿：“从而远离真正关键的时间区域。”

“哦？”宋明基博士的眼光飘过来，“远离关键的时间吗？”

“嗯，这是你的好友实施整个计划的目的。”

“请问是什么关键时间？”

“刚才说过了，死者的死亡时间，也就是案发时间。”

“哦，对，说着说着都忘了。案发时间不是十五年前吗？”

“别开玩笑了，不是说了这是一个通过周密谎言构建的骗局嘛。”

“嗯，那是什么时候？”

“就在最近。”警长回答，“准确的时间是 2055 年 2 月 27 日晚上。”

宋明基侧头想了一下：“你们发现克隆体是三月初吧？”

“对，3 月 10 日。由于实施这个计划需要大量的准备工作，这期间花了十天。”

老教授扶着手杖，叹息说：“是啊，不容易，要凭空构造一个十几年的局。”

“实验室等硬件是现成的，主要是完成某一件事花费了不少时间，另外就是伪造各类资料。譬如，克隆体的订购记录，其中的订货时间，是指向富场三死于十五年前的重要证据。”

警长停了一下：“对了，金民为了把案件的时钟拨回到十五年前，在个别地方只能做了妥协性的处理。”

“妥协性的处理？”

“譬如，在订购记录和研究手稿里，必须牺牲一部分严谨性，包括选取克隆体型号、确定实验时间等问题。我想，对于金民博士这样的人来说，哪怕是编造，也一定深感为难。”

“是吗？”博士睁大眼睛，“怎么牺牲严谨了？”

“他依次使用了保质期为三年、四年、三年、五年、五年的克隆体，实验的时间也毫无标准可言，有时甚至允许克隆体超期服役。”

“那真是研究的灾难！他为什么要这么做？”

“为了和真实事件的时间对应上。第一个时间是 2047 年他在 D 市出现，被前同事碰见的时间；第二个时间是 2050 年富场三离家出走的时间。这两个时间都是具体确切的时间，所以伪造的实验时间需要以此为基础。这又涉及克隆体保质期的问题，我猜想，金民博士一定为怎么做排列头疼了半天。还有第三个时间，则是要将实验的起始时间安排在十五年前。”

武田插入道：“原来如此，总算明白为什么会出现倒退了。”

“倒退？”博士问。

“就是在第三次实验时突然用回旧型号的克隆体。因为 2047 年到 2050 年只有三年，所以只能选用三年保质期的克隆体。”

“哦，但是前两次实验也用三年期的克隆体不行吗，这样不就统一了？”

“不行，因为要凑够年限，在 2050 年之前的三次实验周期得凑够十年以上。三个三年期的克隆体，哪怕硬加上超期服役的时长，也只够用九年多。所以，必须加进一具四年保质期的 NIX-4 型克隆体。但是在第一次实验时，NIX-4 型产品还没有上市，而第三次实验的时间跨度又卡得死死的，故此，只好把 NIX-4 型安排在第二次实验里。这样一来，就出现‘3—4—3’的倒退现象了。”

“是这样……为什么要在 2050 年之前凑够十年？”

“这样截至现在才够十五年呀，富场三的死亡时间，才可以被推定为十五年前。”

宋明基博士兀自点头，罗伊看着他说：“往后也是相同的要求。2050 年那次实验，必须使用五年期的克隆体，不然他的‘4 号实验体’没法活到现在——哪怕那时候五年克隆体还仅仅是个传闻。”

“嗯？”老教授抬起头，略有疑惑，然后马上因为觉察到对方的意思而笑起来，“警长又要开始指证我了。”

“嗯，宋博士在整个计划里面也贡献了不少力量呢，很多引导性的线报都由阁下提供，包括五年克隆体这件事。刚才你也说到，大概四年前，市场上开始流传超长保质期克隆体的传言，而直到目前，五年保质期的 NIX-6 型克隆体都没正式上市。但是在五年前，金民就居然能够在黑市订购到五年期的克隆体，这真是一件超前的事情。所以，你为了帮他打补丁，就告诉我们五年前长青藤曾经受到黑客入侵，导致技术外流。其实这个谎不太高明，既然发生了技术外流，市场上也一度出现盗版货，但是在五年间都没有形成规模，也是相当不符合商业规律的。”

宋明基博士苦笑：“我很早就说过，撒谎和商业问题，都不是我的强项。”他停了停，“对了，为什么是十五年呢？”

“为什么要将富场三的死亡时间改写为十五年前？”

“嗯，听你们刚才所说，他似乎很执着于这一点，可谓穷尽手段来凑数。那家伙确实是十五年前开始隐居，但是据我所知，大概在一年以后，他在准备绝对充分的前提下才启动了实验。既然如此，为什么要把编造的实验时间进一步向前推移呢？”

警长点点头：“这是个好问题。”他望向他的搭档。

武田答道：“因为时效界限。”

博士呆了一下：“你是指……案件追诉期？”

“是的。虽然有政客时常提出要调整，但是按照当下的法案，命案的时效界限就是十五年。死者死于十五年前，命案时效已过，金民博士需要保护的人，就可以完全安心了。”

宋明基博士看来没有从金民口中得知这个初衷，闻言不禁深深动容。

“原来如此……太用心了……”

罗伊淡淡地说：“这也是金民博士不惜自毁声誉的原因所在。”

“嗯？”

“如果只是为了一定程度的转移视线，他完全可以将剧本编写为：实验对象只有富场三一个人，此前已成功进行了多次意识平移，但是在五年前因为某种意外事故导致了实验失败，新的实验对象则出现叛逃行为。这样的剧本，起码能在一定程度上保留研究成果。”

宋明基博士沉思了一会儿：“我明白了，这样一来，富场三就不是死于十五年前了。”

“嗯，当下判定一个人在世与否，看的是意识，而非躯体。所以在金民的计划里，必须让实验从一开始呈现失败，以此证明富场三的意识在那个时候已经幻灭。而如果实验后来又取得成功，则难免会让人怀疑。唯一保险的方案，是将自己的研究污蔑成彻头彻尾的造假。只有这样，世人才会不疑有他。”

因为被戳到心中最痛处，老教授脸上的皱纹微微抖动，他低头抚摩手杖，良久不发一言。两个警察识趣地停下来，等待对方恢复情绪。过了半分钟，老人重新抬头。

“要完成这个计划，还需要一些不可或缺的部件，这下子我也全明白了。”

“嗯，还需要额外的实验对象。”

“你刚才说的需要花费时间完成的事情，就是指这个吧？”

“是的。”

“你们不会以为他跑去杀害了几个人吧？”

“当然不会，幸好是造假，找几具尸体就够了。不，只需要若干骸骨即可。”

老人恢复了常态，他摸摸自己整洁的下巴，脸上又浮现出一种顽童般的得意神色。

警长说：“我猜想，在这件事上博士也提供了帮助。”

“我们现在还是在讲故事的吧？”

“当然。”

“嗯，我们实验室里有很多无名人士的人体标本，我拆了几根骨头给他。”

“标本缺失的骨头，就用克隆体补全对吧？”

“正是。”老教授笑眯眯地说，“这就是在克隆工厂上班的便利所在。”停了一下，博士又说，“拆骨头补骨头倒不麻烦，主要是要对骨头进行腐蚀处理——和处理富场三头骨的手法相同。另外，挑选对象费了不少功夫。”

“挑一些和暴乱组织相关的人吗？”

博士用手杖朝警长指了指：“命中红心。首先我得按照金民给我的时间清单，挑选死亡时间相近的标本，总体来说是从旧不从新，不然明明说这个人死于十年前，结果有人跳出来说九年前见过他，计划就露馅儿了。但是，最保险的办法还是让官方不要公布这些人的资料，如此，这些人的过去经历被核查到的概率将大大减小。所以，在其中加入一些政治因素变得很有必要。对了，你们知道实验室的人体标本从何而来吗？”

“游民、暴乱者、无名尸体。”

“嗯，当然还有其他渠道，但大多是这些。不过，说是无名人士，在基因检测技术如臂使指的当下，这种提法并不准确。这些可怜人都曾经有名有姓，但在某个阶段因为个人的原因，或是社会的动荡，造成资料的丢失和篡改，从此成为幽灵人。其中最多见的就是所谓暴乱组织的相关人，他们有些在各次暴乱中成为白骨，被丢在‘国营乱葬岗’；有些则逃出来成为游民，总之，生死成谜，下落不明。有时，政府会允许我们这样的公司回收一些残骸用作研究，但是连身份鉴别的工作都懒得做。所以，实验室的这部分标本，连基本来历都没有。估计你们也有所察觉，我以及金民，都和OOP联盟的人多少有些交情。我在挑选到适合的骸骨后，先进行身份鉴定，然后和OOP联盟进行核对，以确定是战乱后登记为失踪的人员。如此一来，这个计划就万无一失了。”

听宋明基博士陈述完，罗伊静默了片刻，然后问道：“博士一共提供了几个人的骸骨？”

“涉及暴乱组织的有四个人，另外还有……”

博士停止往下说，警长追问道：“另外有几个？”

宋明基博士半眯眼睛，定定地望着对面的警察，隔了一会儿，嘴角翘起：

“警长是明知故问吧？”

罗伊叹气说："博士真是谨慎，都说到这个份儿上了。"

老人缓缓摇头："受人所托，不敢辜负呀。"

警长点点头，没有追问，似乎在思考往下怎么说。这时，他的搭档接了棒。

"博士有没有听说过'旧江户川命案'？"

"呃？旧江户川？"

"嗯，发生在我们这座城市，或者说是这座城市的前身，发生在五十年前。"

"哦，五十年前啊，那时候我也就是个小屁孩。说实在的，革并前的事情我都记不清了……这个案件有什么特别的吗？"

"嗯，是个相当奇特的案件。据说，犯罪嫌疑人通过某种精妙的诡计，将死者的死亡时间延迟了一天，从而误导了警方的侦查方向，成功实现了脱罪的目的。"

"是吗，那后来案件告破了吗？"

"告破了，负责的警探恰好和我同宗。"

宋明基微笑着说："那是肯定的。"

"你不觉得这次的案件和那个案件异曲同工吗？"

"嗯？"

"在那个案件里，嫌疑人通过诡计，将死亡时间向后推迟了整整一天；而在这个案件里，嫌疑人则干脆将死亡时间向前倒推了十五年，直至追诉期限届满。同样是一场骗局，同样是争得了不在场的证明。十五年前，命案凶手甚至不认识富场三先生。"

"你这么一说，还真是有相似之处。"

"不只是这一个相似之处。"

"哦？"

"你知道在那个案件里嫌疑人的诡计是怎么实现的吗？"

"我是外行，想不出来。"

“嫌疑人使用了调包计，替换了死者的身份，死亡时间自然也随即改变。也就是说，在那个案件里，其实有两个死者。”

“你的意思是说，在本次案件里，也有两个死者吗？”

“既对也不对，形式相似，某些本质的东西截然相反。”

“噢……”老教授叹了一声，仰起头，唇齿轻轻张开。

罗伊在旁听着，不禁暗里击掌叫绝：这是一个精彩的切入点。

搭档向他看来，他微微颔首致意，然后再次开口。

“宋博士觉得，金民是怎么想到这个计划的？”

“嗯？”宋明基博士闻言，疑惑转头。

“凭空将一个活生生的人的生存证据抹杀。这个人明明昨天还在人前现身，他却要编造一个骗局，让所有人以为他早在十五年前已不复存在，制订这样的计划不是胆大妄为过头了吗？”

“嗯，那家伙的诡计确实让人吃惊。不过，正如警长的分析，他利用了死者社会关系简单这一因素，并且运用一种数学逻辑，把一个人‘已死’的验真过程转变成‘在生’的证伪过程，从而让世人得到错误的结论——”

“不不，我不是说他是怎么做到的，我是问他是怎么想到的。”

“我……没明白你的意思？”

“你不觉得这个计划有点从天而降的意味吗？关键在于，金民对富场三的过去理应一无所知吧？他凭什么确信富场三一直不被人关注，可以对此加以利用呢？我想知道金民博士设想这个计划的原点。”

“原点吗？我也不清楚……”

“我认为这个原点是，有人向他披露了足够丰富的信息——关于富场三的信息。”

“呃，了解富场三先生的人还是有的……”

“你是指花静子小姐吗？但是她仅仅和富场三一同生活了八年，最近五年富场三的踪迹她并不掌握，最初的两年她和富场三也是陌路人。”

警长刻意停顿了一下，“而且，我已经和花小姐谈过了，她对金民博士的整个计划其实知之甚少。”

宋明基博士舔舔嘴唇，抬起头：“我不知道。”

“既然富场三交际少，没有直系的亲属，也没有知交的友人，我想，对他的人生能称得上了如指掌的，就只有一个人了。”

老人叹了口气：“你说吧。”

“我的搭档说得对，这个案件和五十年前那宗旧案既像也不像，某些本质的东西截然相反。”警长淡淡地说，“那宗旧案有两个死者，本案则是有两个献身者。”

“呃，哪两个？”

“其一当然是金民博士。”罗伊前倾身体，手指交叉，“另一个是对富场三的人生了如指掌的人。我想，这个计划最早不是金民博士，而是他提出来的。”

“这个人是谁呢？”

“就是富场三自己。”

老教授沉默不语，他拄着手杖慢慢站起身，走到窗边凝望大海。每当他心情沉郁时，他就习惯向远方眺望，仿佛是一种追思。

罗伊走到他身边，说道：“博士不必自责，你没有辜负好友所托。这只是我个人的猜想。”

老人点点头：“请你往下说吧。”

“发生在 2 月 27 日晚上的那宗命案，死者不是富场三先生，而是另一个人。”

“嗯……”

“我们刚才阐述金民博士制订的整个计划，其实只说了一半。这个计划的核心目标，除了将一宗命案的发生时间倒推十五年，更重要的是隐藏命案真正的死者。”

“怎么做到呢？”

"凭借富场三的死亡。我们从头到尾都在追查富场三的失踪案，进而是富场三的命案，始终被富场三这个人吸引了全部的注意力。实际上，这个案件的遇害者另有其人，警方从一开始就被混淆了视线。富场三用他的死，把另一个人的死包裹起来，这就是他的献身。"

"真正的死者是谁？"

"就在沼泽地发现的死者名单里头。从沼泽地里打捞上来的是七份骸骨，其中一人是富场三，另外五份是宋博士提供的实验室标本，最后还有一个人，是命案真正的死者。这个人很容易推想出来。根据编造的研究手稿所载，他和富场三一样，都死于十五年前，也就是所谓的第二个实验对象。"

老教授的目光从窗外转而投到警长身上，脸上重新呈现出笑容，但略微苦涩。

"真厉害，你全部都知道了。"

武田也迈步走到近旁，问道："金民和富场三这么做，是为了转移我们对这个死者的注意力吗？"

"是的。"警长回答，"在这个庞大的骗局面前，此人的死似乎变成了微不足道的环节，就像一台巨大机器里的一枚小齿轮。哪怕按照侦查的程序，需要对每个死者的身份进行核查，分散投放的资源也相当有限，大体就是走个过场，何况，还有警队预算日益收缩的政治背景。"

"我想起一句话：要藏一棵树，就把它藏在森林里。"

"正是如此。为了把一棵树藏起来，金民和富场三合力栽种了一整片森林。这是整个计划最惊人的部分。"

"那个人也是个游民吧？"

"是的，所以身份核查工作本身就困难重重，警队也没有动用警力对这类人员进行深查。"

"既然如此，何必费如此大周章制造这个骗局呢？抛尸在沼泽地就好。"

警长微微摇头："我想，那个死者的大部分遗骸都不在沼泽地，要对整具躯体进行腐蚀处理难度很大。金民应该把尸体分散在各处了。"

"为什么要这么麻烦？"

"因为存在隐患。"

"什么隐患？"

"这个游民没有完全被世人遗忘。"

武田呆了一下，恍然应道："他的亲属登了寻人启事！"

"是的。我猜想，此人死后，金民曾把他的尸体带回实验室进行身份查验，随即发现此人有名有姓，是一个失踪人员，而且，就在近期还有人登出了针对他的寻人启事。"

"我记得是他的女儿登的启事。"

"嗯，说是父亲在她年幼时就离家出走了，女儿成年以后希望找到他。"

"而且就在邻近的城市。"

"对，所以说不定不久以后，那个女孩就会找到本市来。如果对这件事不加重视，事到临头就晚了——更致命的一点是，不能排除监控录像里存有重要信息。"

闻言，武田大大地"哦"了一声："难怪你在河边故意向花静子提到监控的问题——案发现场是夜市附近的河堤吧？"

"是的。堤坝的范围是城市监控的边缘，那上面发生了什么事无法得知；但是，有一条登上堤坝的斜坡在监控覆盖之中。那里的录像我已经调阅过：2 月 27 日晚上 11 点零 3 分，死者曾沿着斜坡爬上堤坝，过了半分钟，另外一个人沿相同的路径爬上了堤坝。"

"完全是前后脚呀。"

"嗯，那个人显然是跟随死者而至。"

"后来两个人还有出现在监控里吗？"

"死者再没有出现过。另外一个人，大约一个小时以后，满身泥污地在夜市的地界附近出现。”

年轻警探挠挠下巴，摇头晃脑地说：“一定是有人从监控的死角把他接走了吧，并且把尸体运走。我记得河堤边有土路。”

“嗯，负责善后的人对哪里有监控再了解不过了。”

“唉，即便如此，假如追查起来，还是躲不过去的。”

“是的。尽管死者是个游民，在城市里不会留下合法记录，但是如果有亲属坚持通过外貌比对的方法搜寻，说不定就会延伸到这份监控录像上。而且，刚好在那天晚上，夜市附近的监控录像被大范围调阅过。”

“由于同样是以寻人为目的，所以会被放在同类型的文档里！”

“嗯，很可能会优先调阅。还有一个问题，犯罪嫌疑人完全不具备对抗侦查的能力。一旦警方找上门，事情就无法挽救了。为了排除这个隐患，必须采取更彻底的隐藏手段。”

“唉，思来想去，只能执行这个计划了。”

“是的，为了保护那个人，他们做出了极大的牺牲。”

年轻警探深深吸了口气，到这一刻，案件的前后他已经全部串联起来。

“我想明白了，这个计划十分完美——在案件告破的那一刻，警方将很快比对上那份寻人启事。因为发现死者的骸骨以后，第一时间会排查失踪人口，警方把连环杀人的案情告知家属，本案就此了结。”

宋明基博士侧过头，接口说：“而且，案件的追诉时效也到了。”

罗伊点头确认：“你说得对，这才是金民他们试图把案发时间倒推到十五年前的真正原因。因为时效界限已到，案件的基本面又对应清晰，针对此人的部分即可结案归档，今后再没有人过问。若非如此，在连环杀人案中其他死者的追诉时效犹在的情况下，保不准哪天此人的行踪还会被核查，风险就不可控了。”

武田补充说：“这个计划，竭尽全力地把富场三之死伪造成十五年之前，其实要改写的并非富场三的死亡时间，而是这个真正死者的死亡时间。只要富场三死于十五年前这个结论成立，这个死者也死于十五年前这个结论，也就同步成立了。这也是富场三决心献身的原因。”

宋明基博士默默颔首，过了一会儿问道：“那个死者是什么时候变成失踪人员的？”

“十七年前。”

“嗯，那确实都对应上了。”

“金民和富场三为了确保万无一失，还做了更多细致的工作。他们不认识死者，只能大致推断他是一个游民。所以，他们分头在本市的各个游民区寄居，借此收集这个人的信息。最后他们找到了这个游民的居住地。”

武田说：“就是 D32 区输送管道下面那个游民区吧？”

“嗯，那个游民区的人曾提到，有人在那里住了十几年，然后某天说不见就不见了。这个人应该就是死者。”

“原来金民是因为这个原因住进游民区的，还有富场三。”

“嗯，为了详细又不着痕迹地打听死者的过去，并非一两次询问可以办到，所以他们干脆在游民区里住了十天八天，同时，趁机留下若干痕迹，以方便日后警察追查时有迹可循。还有就是，为了与编造的剧本相匹配，金民和富场三前后脚在那个游民区居住，从而为‘疯狂科学家最后将自身意识转移到实验对象躯体’提供佐证。”

“真是够周详的，能考虑的事情都考虑了。”

“嗯，但是哪怕完成了这些事情，他们还是不放心，所以，最后加上了政治因素这一条。”

“避免官方公布死者资料吗？”

“是的。尽管死者十多年间就是失踪人士，并且已确认其大部分时间居住在游民区，但由于时间跨度太大，不可测因素很多。如果官方公布此人的照片，说不定会有游民跑出来说认识他。虽然警方对游民证词的采纳程度很低，但是这种风险也不容忽视。所以，最安全的做法，是规避这个情况发生。”

武田撇撇嘴说：“这个时候，追诉时效届满的效用也很重要。只要案件结案封档了，哪怕有人举证，按照程序也没有警察会受理。”

“正是如此，同时促成追诉期届满和死者资料保密，由此形成合力，是双保险。”

警长说着，又望向宋明基博士。

“博士提供的骸骨里，也有一个人涉及寻人登记。这个安排也非常高明！此举能消除死者的特殊性因素，两宗寻人案同步处理，让需要隐藏的事情变得更加不显眼。”

老教授叹道：“我哪里有这样的心机？如果没有你们一五一十的分析，我根本想不到他们把事情考虑到这种程度。”

“是啊，他们把骗局策划到了极致，目的是让一个人不受一丝一毫的伤害。”

“唉，这个部分还要说吗？”

警长看着老教授说：“只有把这部分搞清楚，才能结案。”

老人和他对视，片刻后缓缓点头：“我明白了。我想先问问，你们是怎么发现这件事的？我觉得金民的计划几乎没有漏洞。”

“是的，但是我们碰见那个女孩了。”

“在彩虹之家？是因为花静子去探望她吗？”

“不是，花静子谨遵金民的指示，最近都没有去看望那个女孩，而且我们也没有监视花静子的理由。”警长平静地说，“是偶然碰见的，我认出了她。”

老教授讶然地张张嘴：“认出？”

“我知道她长得和花静子并不像，不过我见过她小时候的照片。”

“啊，是在戴莉安家里吗？唉，金民应该叮嘱她把所有的照片都藏起来的。”

“但是这样就无法烘托金民的残酷形象了。”

“唉，这倒是……那个孩子那时候只有六七岁吧？警长的眼力真是骇人！”

“其实大部分是靠直觉和运气。而且，那个女孩的名字刚好叫李妮，缩写就是LN。”

闻言，武田偷偷向罗伊做了个鬼脸。因为他完全没有认出来。

老教授喟叹：“是吧，也许这是天意。”

“花静子和那个女孩很亲近。”警长淡淡地说，“这个发现，使得花静子和金民博士有了交集。”

“嗯，他们其实在二十年前就认识。”

“是因为这个女孩吗？”

“是的。在二十年前，花静子打算抛弃这个孩子的时候，遇见了金民和戴莉安。金民夫妇最后收养了这个女孩，取名叫金莲娜。”

“那个孩子是花静子的女儿吗？但是长得和花静子一点都不像，若非如此，彩虹之家的人应该会有所察觉。”

“是代孕所生的孩子，但是因为她一出生就残缺有缺陷，委托人没要。”

罗伊和武田对望了一眼，都既惊讶又恍然。在河堤边的时候，他们没有追问花静子和那个女孩的真实关系，现在宋明基博士解答了他们心里的疑惑。

武田愤懑地说：“是哪里的委托人，怎么能说不要就不要？”

“地下代孕，委托人连酬金都没有支付，直接消失不见了。那时候，花静子才18岁。”

两个警察都明白过来。那个孩子从出生之日起就没有合法的身份，所以金民和戴莉安后来把她带回家中，也没有进行官方的领养登记。

罗伊问：“花静子因为无力抚养，所以想把那个孩子遗弃吧？”

“嗯，要说那个孩子是花静子的亲生骨肉也是勉为其难，何况，那时候花静子自己也还是个孩子。事实上，她独力将那个孩子抚养到快两岁，最后无以为继。有一天夜里，她把那个孩子丢在孤儿院门口，准备一走了之，结果被金民夫妇碰见了。至于收养那个残疾孩子的决定，我也不知道是金民还是戴莉安先提出的。”

“那个孩子天生就患有退化症？”

“嗯，从出生起肌肉就有萎缩现象，一只手几乎看不见。而且，退化症是渐进性的，花静子把她拉扯到两岁，我想，其中也有无限的辛苦。”

警长露出吃惊的神情：“但是，我们在戴莉安家里看到的照片，那个女孩看上去很健康。我听说退化症并无有效的治疗方案。”

“那个女孩，在5岁的时候接受了海马体临摹手术，意识转移到了克隆体里。”

这句话犹如惊雷，武田不禁失声叫了一声“什么？”。罗伊也惊讶不已，但是他心里隐约有些预感，所以没有失去理智。

警长冷冷地问：“那具克隆体，是宋博士打造的吧？”

宋明基博士脸上的皱纹颤抖，他紧紧拄着手杖来支撑身体，陷入对往事的深切愧疚。过了良久，他才沉重地点头，对警长的提问给予肯定的回复。

罗伊吸了口气：“我明白了，宋博士早就成功研制出超长保质期的克隆体了。”

老教授摇头叹息：“不，那是一个不成功的产品，但是那时候的我既自大又轻率。金民夫妇和我商量这件事的时候，我用力拍了拍胸脯。”

“为什么不成功呢？”

“首先有一个重大的限制，超长保质期的培育技术，只对生理年龄在5岁以下的克隆体有效。也就是说，克隆体基因样本的供体，必须是5周岁以下的孩子；而克隆体在成形的时候，也必须是幼童状态。”

武田惊讶道：“这是什么道理？”

“坦率地说，我也搞不清。也许是因为幼童状态的克隆体，在生长成熟的过程中，可以逐渐修复线粒体端粒的长度。但是细胞年龄过了某个临界点，这种修复能力就会丧失。”

博士抚摩着手杖上的琥珀，继续说：“你们可以想象，这样的技术虽说是个突破，但从市场价值的角度来看很有限。但是，那时候我信心满满，觉得一定能在短期内实现更大的飞跃，所以没有急于发布这个成果。结果，此后我花了二十年，依旧原地踏步。我搞不清其中的原因，只能归结为这是上帝的限制器。不过，幸好如此。”

“幸好如此？”

“幸好我没有发布这个成果……因为不久以后，那个孩子出现了另一个问题。”

看着博士沉重的神情，罗伊心中猛地跳动了一下。

“退化症又出现了？”

老教授望了对方一眼，露出苦涩的笑容：“但这次转变成认知型的退化。肉身完善了，但灵魂开始渐渐破碎……”

武田喃喃地说：“但是意识的问题似乎和克隆体本身无关吧。反倒是……”

宋明基博士苦笑说：“我明白你想说什么。你是说那个孩子出现认知型退化，会不会是因为海马体临摹手术没有成功。我只能说我不知道，我和金民都不知道。这个问题困扰了我们两个人二十年，也让我们自责了二十年。看着那个原本聪慧可爱的孩子行为日益异常，我无论如何做不出发布研究成果的决定；而金民则暗里向自己立下誓言，要穷其一生使海马体临摹手术实现完美化。”

罗伊说：“所以金民博士后来才会隐居起来开展研究，并且将自己作为实验体。他不是为了和宋博士你较劲，而是为了赎罪。”

老人苦笑：“其实也是较劲。我想，在他心里，对他自己和对我都怀有相同的恨意。他想搞明白到底是我还是他犯了错。”

“后来发生了什么事？”

“那个孩子失踪了。在她 7 岁那年，金民夫妇带她到郊外的木屋度假，她半夜从二楼的窗户爬了出去。后来，金民夫妇在好几公里以外的河边找到了她的一只鞋子。”

“是戴莉安现在住的房子吗？”

“嗯，就是那间绿色的木屋。金民离家以后，戴莉安一直住在那里。也许她在心里期盼着，有一天那个孩子会回来。那个孩子特别喜欢那间木屋，那天晚上她私自跑出去，也是因为兴奋过头了……”

“那件事以后，金民就决定隐居，进行实验？”

“嗯，愧疚在那时候到达了极点。他也无法面对戴莉安，因为二楼的窗户是他忘记锁上的。他离家隐居，既是自责，也是逃避。”

罗伊心里进一步明白了一点。由于那个孩子一开始没有合法身份，金民夫妇没有登记领养手续。后来他们决定为孩子施行躯体更换手术，就更加无法为其申请社会身份。所以直至那个女孩失踪，她自始至终没有在世间有过一个正式的姓名。

“这件事他们夫妇俩没有告诉花静子吗？”

“戴莉安本来想说，但金民没有同意。他对戴莉安说，请等他一下，给他一点时间，有一天他会自己去找花静子，在她面前请罪。”

“这一等就是十五年吧？”

“嗯，将自己作为实验体的实验一旦开始，那个傻瓜就无法回头了。直到时日不多，他才下定决心去找花静子。”

“时日不多？为什么？他的研究不是成功了吗？”

老教授再次苦笑：“这就是我前面说的，要告诉你们关于这个研究的另外一件事情。”

武田蹙起眉头：“不会还是失败了吧？”

宋明基博士叹道：“要看从哪个层面说，总之，我个人觉得他没有失败。起码，我和他都把手探进了上帝的限制器里面，摸到了另外一些事物。”

一种直觉又一次让老派警长心里震动了一下。

“难道是和宋博士的研究一样？”

“警长又命中红心了！”老教授凝望大海的尽头，那里似乎意味着希望，也意味着未知，“还是界限和反噬的问题。”

“到底是……”

“根据金民的测定，多次海马体临摹手术的界限年龄是 55 岁。”

“过了 55 岁就无法进行意识平移了？”

“可以，但是会引起克隆体的退化症，这次是肌能型的退化。也就是说，克隆体的保质期会急剧缩减。你们看，这不是和超长保质期克隆体的研究结果如出一辙吗？”

两个警察都不说话。科学的问题他们一窍不通，但是这种对应性实在太神奇了。他们无法不认同面前这位学术权威的话：那是上帝的领域。

罗伊想了想，问：“金民博士听说超长保质期克隆体要上市的传闻，是以为你终于要将研究成果发布了，对吧？所以他想等产品面世后再做一次实验，以验证二十年前对养女实施的手术到底哪里出了错。”

“嗯，其实那时候他心里是有理论预判的。他相信运用他的新海马体临摹技术，应该可以克服超长保质期克隆体的意识反噬问题。他想予以印证，然后据此决定是否发布自己的研究成果。但是后来他一直没有等到超长保质期克隆体上市的消息，长青藤最终发布的仅仅是五年保质期的 NIX-6 型克隆体，他就明白我永远不会发布那个技术了。因为他知道我这边的研究同样困在死胡同之中。那个时候，他也几乎要放弃发布自己的研究成果了。”

两个警察还在思考其中的逻辑，博士突然“哈哈”地笑了一声。

“哪怕把我和金民的研究相结合，也是徒劳无功！金民可以解决复多次意识转移的问题，但是对于即将老去的人无效。我可以解决克隆体长期使用的问题，但是只对年幼的孩子有效。所以，我们的研究始终无法解决人类长生的问题。而且，因为两项技术交集甚小，能够利用这两项技术解决的无法治愈的疾病也屈指可数。这分明是上帝对其子民的嘲笑！”

两个警察莫名地听得汗毛倒竖，似乎矮小老人说的事情比七条人命的连环杀人案还要惊心动魄，但是他们自己说不出原因。

宋明基博士呼了口气，他的神情变得沉静下来。

“不过，我想，金民心里得到了安慰。”

警长虚心地问：“是什么安慰？”他知道问题的答案隐藏在博士的论证里，但是他确实想不出来了。

“金民和我的研究相结合，对于身患重疾的年幼的孩子而言，是可行的解决方案。上帝呢，看来还是眷顾着孩子，因为他们还有漫长的人生和希望。”

刹那间，两个警察又感到无比动容。

武田说：“譬如，对于金莲娜这样的孩子来说。”

博士深深点头：“如果二十年前金民使用的是改进以后的海马体临摹技术，或许那个孩子可以健康地活下来。那个傻瓜十五年的研究没有白费，因为他得到了这个答案。”

罗伊说：“金民博士打算确认这个结论以后就去找花静子。”

“嗯，是我的原因延缓了他的脚步。那个基于商业需要的假传闻固然可恶，但是说白了还是我因为自身的犹豫不决。我想，金民到最后是在等我做决定，如果我发布二十年前的研究成果，那么他也随即发布。如果我决定不发布，他也采取缄默。那个傻瓜也是固执，这十五年间，他根本不愿和我说半句话，只是埋头等待，直到实在等不下去了。”

“他超龄了。”

“嗯，2053 年他就 55 岁了，而他的克隆体也只剩下不到两年的使用期。在 2054 年，也就是去年 7 月，当 NIX-6 型克隆体有了确切的发布消息，他知道不能再等，于是回到本市找花静子。那时候，花静子还住在城郊，他从对方口中得知了一个消息。”

“莲娜还在世。”

“是的。本来他是去向花静子请罪的，但是他把十五年前的事情说完后，花静子却猛地捂住了嘴巴。花静子告诉他，城郊有一个名为‘彩虹之家’的监护站，有一个女孩子长得很像莲娜，名字叫作李妮。”

“花静子也只见过莲娜小时候的样子吧？”

“嗯，而且没有当面见过。那时候花静子还很年轻，也没有勇气去见被自己遗弃的女儿。金民夫妇只给她寄过几次明信片，上面有莲娜的照片。”

“但是她还是注意到了那个叫李妮的女孩。”

“是啊，也许是基于一种血脉相连的能量。花静子偶然一次去‘彩虹之家’见到李妮，两人立刻就产生了亲近的感情。从那以后，她不时会到监护站探望李妮，两人渐渐无话不谈。直到金民和她说起往事，两人几乎是同时醒悟过来：李妮就是金莲娜。莲娜失踪的时候，身穿的衣服挂着小铭牌，上面印着‘LN’这个姓名简写。也不知道其中经过多少曲折，莲娜最后被‘彩虹之家’救助，名字变成了李妮。”

武田说：“后来‘彩虹之家’搬迁，所以花静子也跟着搬到了附近？”

“是的。当知道李妮是自己多年前抛弃的女儿以后，花静子也是满心愧疚。但是她独自一人，抚养着一个同样患有退化症，残疾、失明的儿子，一时间也下不了决心把女儿接回来。她唯一能做的，就是搬到女儿附近，隔三岔五地去看望她。这件事情监护站的人都不知晓，虽然看到花静子跟着搬家，也只道对方是个热心过头的人。”

武田嘀咕道：“因为她们母女俩长得一点都不像嘛。”

老人微笑了一下：“尽管相貌不像，基因也毫无关系，但是她们是血肉相连的母女，这一点毫无疑问。”

警长问：“金民也陪同吗？”

“可以这么说，以他自己的方式。他是一个隐身者，而且心中有愧，所以从来没有进入过‘彩虹之家’看望莲娜。但是他确实一直守护在莲娜身边。到了今年年初，他的克隆体已经超期服役。本来他没有打算再次更换躯体，但是为了多陪伴莲娜一段时间，他进行了最后一次海马体临摹手术。因为年龄已过 55 岁，肌能退化的反噬作用很快发生，他的身体渐渐虚弱，但他仍然在监护站附近守望——”

武田插口道：“便利店的老板，就是在那个阶段看到他的吧？”

宋明基博士疑惑：“便利店老板？”

警长代答道：“花静子家楼下便利店的老板，他曾经见过金民。因为金民后来曾在附近的游民区寄住，那个老板将两个时间阶段的记忆重叠了。那时候，金民虽然还住在 13 号农场，但是样子已经很落魄。”

老教授点点头，继续说：“莲娜还在世这件事，金民也告诉戴莉安了。”

武田问：“他们夫妻俩重新联系了吗？”

“嗯，在找到莲娜以后，金民回过一次家。夫妇俩抱在一起哭了许久。因为这次重逢，还为后来的事情留下了伏笔。这个等等再说吧。”

老人想了想，又说：“其实十多年来，金民一直以某种方式和他的妻子保持联系，或者说是告知戴莉安他的所在。”

罗伊问：“每天往那间木屋寄送 13 号农场的新鲜蔬菜吗？”

“原来警长连这件事都发现了！”

武田接口道：“金民夫妇也在犹豫要不要重新领养莲娜吧？”

“是的，他们两人同样没有下定决心。怎么说呢，心中有愧是一个方面，金民自身的情况是另一个方面，还有就是，他们都在等待花静子做决定。毕竟，那位才是莲娜的亲生母亲。这三个人一同守护和等待，后来又多了一个人。但是，当他出现的时候，那宗……事故也随即发生了。”

武田直了直身体。三个人一直站在窗边说话，身体都有些僵硬，但是没有人愿意移动，似乎坐回沙发的动作会打扰这个故事本身。

“是富场三回来了？”

“嗯……你们知道莲娜走丢这件事吧？”

警长点头：“已经从‘彩虹之家’听说了。”

“那就好……案件的部分我不知道怎么开口，可以辛苦警长继续进行推理吗？”

罗伊在心中苦笑，这个老头子，自始至终都保持着清醒的头脑，或者说，自始至终都坚守着好友的托付：全力以赴保护那个身世坎坷的女孩。

他微微清嗓，开口道：“我猜想，莲娜是错把那个游民认成富场三了。”

“哦，有证据吗？”

“也算得上有。我走访过夜市附近的小酒馆，有一家酒馆的酒保记得在 2 月 27 日晚上发生过一起游民偷衣事件。”

“哦……”

“有一个游民将客人挂在酒馆门口的大衣偷走了。那是一件花格子图案的大衣。意识到自己的衣服被偷，客人随即追出门去。那个客人手脚都有残疾，几乎拿不起酒杯，一只脚也一瘸一拐。后面的事情，我就只好推理了。”

宋明基博士呼了口气：“警长继续说吧。”感觉窗外的波涛声渐渐大起来。

“那个游民穿着偷来的大衣，一路跑到河边。他爬上堤坝，可能是为了休息，也可能是想吹吹风、抽根烟。这时，有人从他身后出现，狠狠推了他一把。”

罗伊抬起头，但是老教授没有看他。罗伊从窗户的玻璃里，看见老教授默默闭上了眼睛。罗伊想，其实这个老人心中对那个女孩的愧疚，一点都不少于故事里面的其他几个人。他说有四个人在守护着那个女孩，其实不止，他也是守护者之一。

他继续说下去。

“把他推下堤坝的人，就是莲娜。她从彩虹之家的参观队伍里走丢以后，在夜市附近乱逛。突然，她看见了一个仇人的身影。她跟随那个仇人来到河堤上，也没有什么可想的，既然他是仇人，当然要教训一下他。孩子嘛，最喜欢的就是推推搡搡的动作。但是她已经二十多岁，力气要比小孩子大得多……我想，她没有意识到自己犯了错误。回到彩虹之家，她甚至自豪地告诉那些照顾她的人：‘我遇到了坏蛋，然后我打败了他……’”

罗伊停下来，老人静默了好一会儿，最后嘴角展露苦笑。

“我想，彩虹之家那些护工姑娘听到这些话时吓坏了。”

“是啊，我到彩虹之家问话的时候，她们很是戒备。”

“那些都是好人。”

“嗯，那里是一个温暖的家庭。”

“如果这件事被揭露，莲娜就只能离开那个家了。”

“是的，严重的攻击性行为，甚至致人死亡，只能送到高墙矗立的白色医院里，金民夫妇也好，花静子也罢，都将永远失去把那个孩子接回家的机会。”

“你知道金民没有告诉花静子那个事故的经过吧？”

“嗯，花静子小姐对经过一无所知，他们把她保护得很好。我推测，金民博士是告诉她，莲娜因为受到一个人的恶意骚扰，在挣扎抵抗的时候，失手把那个人推下了堤坝。”

“我想，也是。如果知道莲娜失手杀人是一种故意的行为，而这种行为的根源是因为她曾多次和莲娜诉说自己对前夫的恨意，想必花静子会受到很大的伤害。不过，我想，花静子自己心里也隐约觉得不对劲。”

武田说：“如果是因为自卫而过失致人死亡，应该不至于被强制送到医院的，如此也没必要拼尽全力去隐瞒了。”

“嗯。”博士点头，“还有就是过于巧合了。”

警长说：“金民博士告诉花静子，莲娜错手杀害的人，刚好是她前夫。”

“是的。为了规避警方针对真正的受害者展开侦查，只能让富场三当那个替死的人。所以，才有了这个计划。”

博士停了停，目光又投至远方：“但是他们不能告诉花静子真相。”

警长说：“哪怕隐约猜到莲娜把别人推下堤坝是故意的，而那个人正是自己憎恨的人，花静子的内心或许只觉得这是因果循环，总比知道死者是一个无辜的人要好。但是，如果发现自己的憎恨其实并无落脚点，当事人势必会陷入万分痛苦的境地。所以，既不能让花静子知道死者另有其人，更不能让她知道富场三在其中的献身。如果得知实情，花静子绝不会同意富场三当替死鬼。”

老人叹息说：“你们可以理解这种痛苦吗？”

两个警察都深深点头。

武田说：“金民博士和富场三先生，不但希望保护那个孩子，也希望保护那个孩子的母亲，不惜牺牲一切！”他停顿下来，不禁抿住嘴，“但是，他的妻子自始至终都错怪了他。”

罗伊问：“富场三是不是一直在花静子面前伪装？”

博士反问：“你知道是什么原因吗？”

“如果我没有猜错，他自己也患上了退化症。”

老人低下头，再次喟叹：“都是天意……”

“但是他不敢把这件事告诉花静子。”

“可不是？另外那个人更是彻头彻尾的傻瓜。他不但完全不去接受治疗，甚至打算一直瞒着自己的妻子。为此，他躲在家里不去上班，也不让妻子碰他的身体，装出一副懒惰无能的模样，甚至通过假装酗酒来掩饰肌能的失调。他每日受尽妻子和儿子的白眼，自己则长期忍受身体渐渐衰变的疼痛。”

“为什么他要隐瞒？”

老人望向警察：“你觉得呢？”

罗伊想了想，回答道："我想，大体是两个方面的原因。一个是不想再增加家庭的负担，家里同时有两个退化症病人，治疗费用会把这个家拖垮的。另一个则是，他觉得愧对自己的儿子。他以为，一定是因为自己的基因存在缺陷，所以儿子才会患上退化症。"

宋明基博士点头，用低沉的声音缓慢陈述。

"小安璇不到一岁的时候，就被诊断出患有退化症。不久之后，富场三发现自己也存在肌能退化的问题。事实上，在和花静子结婚之前，他就出现过手足不灵光的状况，有时甚至会影响正常的工作。但是他没有在意，直到孩子的病被确诊，他才突然意识到这是病。那个时刻，他感到既恐慌又自责。看到儿子手足无法正常发育，视力开始模糊，还有妻子劳累麻木的面容，那个人无论如何也无法把那句话说出口：'我早就得了一样的病——'反而尽力隐藏。不过讽刺的是，他不知道，和他抱着相同想法的还有另一个人。"

"他的妻子吗？"

"是啊，花静子同样在怀疑，儿子患病的根源在她，因为她的第一个孩子同样患有退化症。"

武田问："退化症和遗传有关吗？莲娜在基因层面也算不上花静子的孩子。"

"其实没有定论，无论是肌能型还是认知型，退化症似乎是从天而降的一种病……"

博士微微仰起头，神情里有一种说不出的苦闷。罗伊想起在花静子家门前那个便利店老板说的话："自从克隆技术大行其道，各种古怪的病变也骤然出现，这是上帝对人类自我膨胀的惩罚……"

警长淡淡地说："但是，父母会盲目地把责任往自己身上揽，而且不说出来。"

"你说得对。花静子也不敢把这件事说出来，她没有告诉过丈夫年轻的时候自己曾经代孕生下一个残疾的女孩，事到那时，她更加说不出口。所以，夫妻俩各有心事，相互闪躲，从那时候起就有了隔阂。随着儿子渐渐长大，各种治疗的成本与日俱增，日子过得很艰辛。而这时候，富场三又天天窝在家里，一副懒洋洋的样子，既不出门赚钱，连家里的事也不帮忙。花静子心中的苦闷日积月累，慢慢转变为怨恨，后来富场三离家出走，这份怨恨激增，以致再也无法消除。话说回来，这份怨恨花静子很少向别人诉说。但是重遇莲娜以后，也说不清是一种怎样的心态，她面对那个懵懵懂懂的孩子，反而一遍又一遍地控诉着自己的丈夫。我猜想，她一定曾把富场三的照片指给莲娜看，口中说道：'就是这个人，这个人是个很坏很坏的大坏蛋！本来阿姨想带你回家，阿姨想你当我的女儿，但是因为这个人把阿姨的钱全部偷走了，所以阿姨现在没法带你回家，也没法当你的妈妈……'"

罗伊说："没想到这种错位的怨恨后来导致了更大的悲剧。"

老人摇头叹息，"都是天意……"

武田问："富场三为什么会把妻子的私房钱偷走，然后离家出走呢？"

"唉，这又是另一场错位。在安璇患病以后，花静子曾给金民写信求助。因为莲娜更换躯体以后有一段时期很健康，金民夫妇给花静子寄了明信片，告诉她莲娜一切安好的消息。这让花静子产生了退化症能够治愈的幻想。所以她给金民写信，咨询治疗的方法。但是那时候金民已经离家隐居，戴莉安收到信后感到不知所措。她犹豫良久，还是没下定决心告诉花静子实情，那时候她心里想着，也许金民不久就会回来，然后他们夫妻俩当面和花静子请罪比较好。所以在回信里，她含糊其词，没有提莲娜的事情，只婉转说明治疗退化症的难度很大，请她暂且另请高明。花静子收到回信，以为对方是不想她再过问莲娜的情况，也不愿再次施以援手。她虽然失望，但是也心里惭愧，觉得自己没有资格提更多的要求。她把信放进抽屉里，事情就此作罢。之后，她几乎没有再联系过金民夫妇。但是几年以后，这封信却被她丈夫无意间看到了。"

“哦……结果又轮到富场三生出了希望？”

“是的。他以为妻子已经找到了治疗的方案，没有告诉他是出于对他的不信任。对此他倒没有怨言，但是他瞒着妻子，直接去找了戴莉安。”

罗伊问：“戴莉安见过富场三？”

“嗯，富场三直接登门造访。他看完那封信，心里有一种朴素的思维方式——对方不愿提供治疗的理由再明显不过，因为那需要花钱。他跑到戴莉安家里，也就是郊外木屋，直截了当地问治疗的费用是多少。”

罗伊心里又明白了一点。原来五年前富场三在离家出走之前，确实偷偷出过一次门，这和花静子向警方提供的证词相辅相成。他不由得再次慨叹那个计划的周全。

武田问道：“戴莉安是怎么回答的呢？”

“戴莉安看到自称花静子丈夫的人不请而来，看上去又像一副兴师问罪的模样，心里也不免发虚。当听到对方反复询问治疗退化症要多少钱时，她被逼急了，随口说了一个大额的数字。她知道这个数字对于基层家庭来说无法承担，希望借此打消对方的念头。果然，富场三听罢这个数字，就打道回府了。但是，戴莉安没有得知后来的事情。”

警长说：“富场三回到家，遍寻家里的资产，所以发现了妻子隐藏的积蓄。”

“唉，是的。而且找到那笔钱后，他很快明白过来这些钱从何而来。”

武田握了握拳头：“他猜到自己妻子去提供色情服务……”

“原本他也不是完全一无所觉，毕竟他每天都在家里，妻子的异常他是觉察得到的。何况，对于他们那个阶层的人来说，能来钱的渠道并无太多选择。”

“他感到出奇愤怒吗？”

“不不，与其说是愤怒，不如说是羞愧和痛苦。他把那些钱全部取出来，喝了很多酒，然后一路跑到邻市的赌场……”老教授停顿了一下，脸上挂着苦笑，“不知道你们能不能理解他的心态，其实那时候，他心里想的不是要把这些羞辱的钱花掉，而是要将之洗白……”

警长静默了一下，略微点头：“他不想用这笔钱给儿子治疗，出于男人的自尊不允许他这么做。而且，他也不想在儿子接受昂贵的治疗以后，周边的人投来怀疑的目光。他不想妻子提供色情服务的事情曝光，既是基于自身的尊严，我想，更重要的是，他希望保护他既倔强又柔弱的妻子。所以，他想制造一种假象，那些钱是他从赌场赢回来的。”

“警长对人心看得很准。但是当他步入赌场，迷迷糊糊之间就脱离了自己的初衷……毕竟，那笔钱其实不足以支付戴莉安随口一说的那个金额……某个瞬间，他生出要把给儿子治病的钱凑够的幻想，结果无法自拔……”

警长点头：“我明白的。”

武田用力甩甩头：“那是个幻灭人心和希望的地方！”

罗伊补充说：“几乎把钱全部输光以后，他才顿然清醒，但是这个时候已经追悔莫及。他无法带着这样的事实回家，所以只能离家远走了……我想，可能在那个时候，他的退化症也已经到了瞒不下去的地步。”

老人叹道：“是这样的，他的退化症渐进得比较慢，但是那时他的一只手已经几乎不听使唤，行走能力也受到影响。他原本就有偷偷离家的打算，所以才会突然生出孤注一掷的冲动。他离家以后，退化症发展得更加迅速，他知道自己再也没有希望，所以给花静子寄了一份离婚协议书。在信里他什么都没有解释，只说了一句话：‘别原谅我。’”

“花静子也同意了。”

“嗯，带着深深的怨恨，花静子签下了离婚协议书。在丈夫突然失踪以后，那位妻子焦急地四处寻找。她没有报警，也没有告诉周边友人实情，因为她猜到是富场三偷走了她的钱。但是她心里还抱有某种侥幸，也许事情并非如她所想呢。但是当富场三的离婚协议书寄到她手中时，这种侥幸就粉碎了。她确定富场三偷走了她出卖身体赚来的为儿子治病的钱，确定富场三把这些钱尽数撒在纸醉金迷的场所，再也没有什么能够抚平她的怨恨。不久以后，她带着残疾的儿子搬离了伤心地，她再也不想见到那个人。”

“富场三来到本市，是想再见妻子和儿子一面吗？”

“嗯，其实富场三一直知道花静子住在哪里。虽然五年间，他颠沛流离，但是并没有走远。他会偷偷到花静子身边看一眼。花静子每次搬家，总会在门口的信息板上留下新的地址，并且恳请新的业主一年之内不要删除。她对别人说，担心有些老朋友找不到她，这样做比较有礼。或许在她心里，想的是富场三。她口上决绝，却始终给富场三留了门。”

武田说：“我明白了，所以富场三来到本市以后，并没有找人打听花静子住在哪里。因为他早就知道地址。但是他犹豫应不应该登门。”

“嗯，他知道自己的身体已经快撑不住，他想再到妻儿的身边看一眼，或者是见上一面。不过，其实他也没有犹豫多久，因为他刚到的那天晚上就发生了那宗事故。”

武田说：“对，富场三是2月27日到本市的，命案就发生在当晚。”

听到“命案”二字，老教授又默然片刻。但他很快继续往下说。

“富场三在酒馆发现自己的大衣被偷，于是连忙追赶，但是他腿脚不便，落在了后面。当他赶到河边时，刚好看见莲娜把那个游民推下堤坝。”

武田吁了口气：“他应该是从另一条路到达河边的，所以斜坡那段的监控里没有出现他的身影。”

“嗯……就在他吓得愣住的时候，金民也到了。”

两个警察对望了一眼，但随即明白过来。金民一直守护在莲娜身旁，那天彩虹之家带孩子们到市中心游玩，他可能就在附近。发现莲娜走丢以后，他也加入了寻找的队列，并且比其他人更快地找到了那个孩子。那两个各自拼尽所能献身的男人，就是在这样的情形下相遇，并同时和那宗命案发生交集。而在那个时候，他们两个人也同样伤病交加，无论心灵还是身躯……

老教授淡淡地说："是金民首先认出了富场三。"

罗伊问："是因为花静子和他提起过富场三吗？"

"不是的，花静子对别人从来不提富场三的名字，重遇金民后也只字未提。金民是从戴莉安那里知道富场三的。"

"啊，就是金民回家的时候，戴莉安和他说起了富场三。"

"是的，这就是我前面说到的伏笔。富场三来找戴莉安以后，戴莉安一直为自己说了不负责的话而惴惴不安，但是她已经多年没有和花静子联系，也提不起勇气再回头解释。金民回家时，戴莉安和丈夫说了这件事。富场三来找她的时候，为了证明身份，便将他和花静子的结婚证照递给了戴莉安——他就是这么质朴的男人。所以，金民认得富场三。而富场三其实也见过金民。他在找到花静子收在抽屉里戴莉安给她的信件时，同时看到了那张明信片。上面是金民夫妇和莲娜幸福的合照。命运就是如此神奇，不愧是上帝他老人家拟订的计划。"

宋明基博士停了一下，转而面向两个警察。

"后面的事情，两位警官也都知晓了。那两个男人当即就决定要保护莲娜，富场三负责把莲娜带回市区，让她坐在一个距离'彩虹之家'寻人队伍不远的地方等待。而金民则负责善后，用货车把死者的尸体运走。随后他们俩再碰头，一同制订出那个既宏大又悲怜的计划。"

"金民告诉花静子，死者是富场三。"

"嗯，他拍下一张富场三假死的照片，出示给花静子看。那个女子当场晕倒在地。不过，这也是无可奈何的事情，毕竟在整个计划的执行过程中，花静子的证词是必不可少的。事实上，那个女子有时还会觉得自己做得不足，尤其是当她发现他人的付出以后……"

警长说："在这个计划里，宋博士和戴莉安也有付出。戴莉安深爱金民，而且深知丈夫自始至终做着崇高的事情，但是面对警察的问话，却要极力对丈夫进行污蔑。因为她需要对外灌输一个印象：金民是一个冷酷而疯狂的人，从而引导警方持续追查，并最终使'拉撒路杀人魔'

的形象自洽。在这个过程中，戴莉安一定承受了巨大的痛苦，宋博士也一样。”

老人缓缓摆手：“我们做的算什么，何况，我和戴莉安都是责任人……”

罗伊明白对方的意思。宋明基、金民、戴莉安、花静子、富场三，他们五个人的人生都和名为金莲娜的女孩紧紧纠缠，他们每个人都犯过错，所以在他们心里，始终对这个苦命的孩子负有罪责，负有义务。

老教授扭过头去，望向拍岸的汹涌海浪。

“真正做出莫大牺牲的，只有金民和富场三。唉，你要说这是因为他们两个人都行将就木也可以。他们希望用自己有限的余生，让年轻的生命存续，并且过得幸福……其实，他们两个人只是歉疚最深……”

两个警察都不说话。过了一会儿，武田问：“我有一个疑问，金民知道富场三曾经找过戴莉安，寻求儿子的治疗之法，为什么他没有把这件事告诉花静子？”

博士说：“是因为富场三有过交代。富场三在离家以后，曾经致电戴莉安，请求她一定不要把他去过的事告诉花静子。这个请求，戴莉安也向金民转述了。我想，金民能够理解富场三不希望被妻子原谅的心态。”

“唉，这男人也是铁了心……”

老人说：“这是一个不成熟的考虑。但是他决定献身以后，坚持让金民对花静子保密是对的。他知道错已铸成，无法挽回。妻子心中对他的恨意，反而变成了厚重的保护。对这一点，金民也深深理解。所以他曾反复叮嘱我，无论如何要保守这个秘密。”

武田抓抓下巴：“这两个人也算是最后的知己。”

博士说：“你这么说我都要忌妒了。”

“咳，我不是这个意思……”

“开个玩笑。”老人笑了一下，“金民和富场三的对答应该很有意思，我来编一下。”

“嗯？”

“金民问富场三：‘嘿，兄弟，你真的愿意让自己的人生终止于十五年前吗？’富场三说：‘你还不是一样，你都愿意，我有什么不愿意？反正，我的人生本来就和没有生存过一样。’金民说：‘我需要你的一些骨头，不，要头骨，这样一来，只能给你留一副克隆身体，但是用不了几年。’富场三说：‘正好，我现在上完厕所都站不起身，换一具身体能活蹦乱跳几年，很值了。’金民说：‘但是眼球也得挖掉哦。’富场三可能会略微犹豫，然后回答：‘无所谓啦，反正我也不读书看报……’”

博士故作轻松的话，让两个警察越发感到心中堵得慌。武田沉吟道：“一定要摘除眼球吗？”

“嗯，为了制造让警方误入歧途的线索，需要进行摘除眼球的手术。”

警长说：“因此他们到夜市找地下医生，那里有迹可循。”

老教授说：“其实金民和富场三有过意见分歧，关于由谁来接受这个手术。原本金民提出的方案是他去，也就是他换上富场三的克隆体，然后去摘除眼球。他的理由是，反正他以前就接受过眼球移植手术，轻车熟路。但是富场三不同意，他说这种粗活儿还是让他来。他不愿由别人承受挖眼和失明的痛苦，而且也不想金民再次更换身体。”

武田问：“因为再次更换身体会进一步加速反噬作用吗？”

“这是一个方面，频繁进行海马体临摹，风险本身就极高。”

罗伊心中一动，说：“富场三希望金民余下的时间能够继续使用属于自己的身体。”

宋明基博士深深地看了警长一眼，眼神里有某种意味。过了一会儿他才点点头，继续往下说。

“事实证明，富场三的决定是对的。在地下医生的小黑房里摘除眼球，和在相关领域专家的私人诊所里移植眼球，根本是云泥之别。而且，手术结束以后要马上撤离，所以只能进行局部麻醉。我不怀疑金民的意志力，但是他毕竟年事已高，哪怕换上较为年轻的身躯，也要面临剧烈的退化性反噬，我真不知道他能不能活着离开手术台。”

罗伊想起那个名叫德西的地下医生说的话，全程清醒接受手术的那个人，后背湿得像泼了水，把床沿都抓弯了；手术结束以后，他用一个破袋子装着自己的眼球，提在手里，然后哆哆嗦嗦摸着黑离开……罗伊在脑海里想象着这一幕幕场景，心绪翻滚，再次感叹金民和富场三两个人付出了何等巨大的牺牲……

武田问：“富场三先生去摘取眼球时，看似躯体衰变的模样只是伪装的效果吧？”

“嗯，那时候他的躯体是新换的。”

“那还好。”武田微微吁了口气，“我记得那个地下医生说，来做手术的人看上去正在经历剧烈的衰变，把头皮抓出一道道血痕……”

博士淡淡地说：“那是真的伤痕，用自己的指甲抓的。如果仅仅依靠化装，会被动手术的医生看出来。”

年轻警探张了张嘴，但是说不出话来。

罗伊又问：“先以本尊的躯体摘取眼球，再把意识平移到克隆体，这样的做法不行吗？这样起码能继续使用克隆体的眼睛，而不致失明。”

“粗略看来可以，但是和计划的某个小细节相冲突。”

罗伊思索一会儿，答道：“我明白了。在计划的剧本里，最后富场三的克隆体经历了先移植本尊眼球，而后再摘除的两个阶段。但是本尊的躯体模拟不了这种效果。”

“答对了，因为人类的躯体无法进行眼球移植，只有克隆体才可以。”

“也就是说，富场三先生在更换克隆体后，经历了连续的眼球手术。”

“对啊，并且需要让地下医生看出来，形成相匹配的情报况。”

警长不禁叹气：“有必要做到这样极致吗？”

“可不是？问题在于，金民就是这样认真的人，富场三则无怨无悔。”

武田神色恻然地问："准备事项完成后，金民博士没有为富场三先生重换一具身体吗？"

老教授缓缓摇头："我说过了，尽管金民掌握了复数次海马体临摹的技术，但是频繁地施行手术，风险仍旧极高。海马体经过"烧刻"以后，起码要过一段时间才能修复。而现在，金民的实验室早已被警方封闭。要重置那些设备，并非一朝一夕能做到的。而且，富场三那个傻瓜说，他想过一段失去光明的日子，以便体会他儿子的人生。"

宋明基博士停了停，哼了一声："不过呢，金民那家伙也算够意思。在摘掉人家的眼睛之前，他掏钱请他的难友在城中心最豪华的地方享受了一番。当然了，这也是为了让他的大骗局更为周圆，就当作项目差旅费了。"

罗伊淡淡地问："最后在木屋里放置的过期克隆体不是富场三吧？"

宋明基博士的神情稍微舒展了一些，他的嘴角露出一点久违的笑意。

"这个倒是不需要本人亲自上阵，那具就是普通的克隆体，不过同样采取了移植眼球再摘取的手术——眼球随便找一个就行，反正不需要真的能看见，最后，再对躯体进行强制性的衰退处理。"

"嗯，只是为了形成对应关系。"

老教授笑道："是啊，只要能够迷惑你们就够了。对了，本人还需要在疏林区附近装模作样地走动一下，以便尽快让人发现。"

警长点点头，最后叹了一声："是个精彩的骗局。"

说到这里，似乎该问的事情都已问完。罗伊的目光也透过玻璃窗，投向海岸线。这时候，他才察觉为什么浪声渐大，因为已经开始涨潮。夕阳慢慢靠近极远处海天相交的地方，海上波光粼粼。

警长的视线又越过海岸，看见靠近山边的海滩被金黄的光芒照射，那里聚集了很多机械设备和建筑工人，似乎在实施某个工程。工地的中心，有一间依山而建的别墅。其实罗伊很早就留意到了那个地方，只是因为一直在讨论案情，无暇关心。他之所以会留意，是因为那片工地的外围竖着光彩流动的指示牌，上面有七条藤蔓相互缠绕围成一圈的图案。那是长青藤克隆工厂的标志。

宋明基博士注意到罗伊的视线所向，用手杖轻敲了一下窗户，嘴角微扬。

“那是我住的地方。”

“呃？”罗伊愕然转头，“那栋别墅吗？”

“是的，很多年前建的，那时候金民也在。关于房子的设计他还出过主意。”

武田眨眨眼睛：“真气派，现在是打算扩建吗？”

“还没想好，估计会全部拆掉，毕竟用途不一样，原本的结构也不好调整。”

“嗯？不去住了？”

“住，不过可能要住很多人。”

两个警察都疑惑地望着宋明基，老教授淡淡地说道：“我成立了一个基金组织，主要领域是为都市和城郊的游民提供庇护所，还有就是帮助他们重新拾回社会身份。”

两个警察睁大眼睛，武田指着别墅的方向问：“博士的房子要改建成庇护站吗？”

博士露出顽皮的笑容：“反正是我自己的房子，想怎么改就怎么改。不过，长青藤说，为了感谢我多年来为公司做出的贡献，施工的费用由他们出。你看他们那个到处插旗的架势，分明是想借此打广告。话说回来，我也乐于有人赞助啦。”

罗伊沉默了片刻，问道：“博士这样做，是给命案的死者补偿吗？”

“警长在说什么呢？我可不知道什么命案。成立这个基金组织，只是为了让我这个老头子退休以后有个职务可挂。”

“博士要退休了？”

“老了就退呗，有什么稀奇的？”

老教授静默了一会儿，说道：“对于已死的人，哪有什么补偿之说。”

两个警察都不说话。这时，他们看见工地的建筑工人排着整齐的队伍，起步向海岸边走去。

罗伊扭头问宋明基博士：“那些也是克隆劳工吗？”

闻言，老教授把身体挺直，脸上的神情十分坚定。

“当然，我是一个科学家，绝对不会阻碍技术向前迈进。”

警长微叹一声，但最后沉沉点头。

这时候，那些克隆劳工已经走到海边，居然集体脱下上衣，“扑通扑通”跳进水里。

武田张嘴惊讶道：“他们在干什么？”

老教授瞄了一眼，不以为意地回答：“下班了，他们也有权利放松。”

两个警察惊讶地望着在海里笨拙扑腾的克隆人，原本他们在岸上的时候动作整齐划一，但是到了海里，却有的划有的蹬，各有各的姿态，有一些甚至有意无意地迎着海浪，做出前扑的动作。

武田禁不住又问：“这是预设的程序还是什么？”

“程序只安排他们走到海边，脱去衣物；后面的行动，由他们自主决定。”

“你是说，他们会自己往海里跳，并且会自己游泳？”

“嗯，是的。”

“不会淹死吗？”

博士笑了笑：“我建议别用‘死’这个字——但是不会，他们似乎天然就会在海里游。”

两个警察震惊无言。

老人又补充了一句：“那就是生命的力量，只要能够回到母亲的怀里。”

警长低下头，说：“花静子已经决定领养莲娜，不，是接回来。”

“那真是太好了。”

“她说，有一天，她会把全部的真相告诉她的两个孩子。”

“是吧，可惜他们父亲的名字不会出现在这个真相里。”

罗伊说：“我想，花静子心里多多少少能猜到。”

“警长不会把这件事告诉花静子了吧？”

“只说了一半，剩下的一半让她自己体会。恨意是保护的盔甲，也是沉重的包袱。那个女子，是两个孩子的母亲。”

“唉，警长真是苛刻。不过你说得对……”博士把目光投向大海，看着海浪承载着那些懵懂的生命起起伏伏，“母亲不能懵懂，而且应当宽容。受教了！”

罗伊也望着海里的生命，说：“我想起了 13 号农场，那里的农场主，会在克隆劳工休息的时候给他们播放音乐。”

“哦，你说大胡子旺达斯吗？”

“嗯，博士和他也是旧识吧？金民博士十多年来一直隐身在那里。”

“算是吧，你又要怀疑是我搭的线？这次真不是，金民隐居以后，从来没有联系过我，直到执行这个计划需要我的协助。那家伙真是功利……”

“我不明白金民为什么要隐居在 13 号农场。”

“不是要处理克隆体吗？”

“遗弃在实验室旁边的沼泽地不行吗？”

博士准备回答的时候，武田抢先了一步。

“老大，这会儿是你犯糊涂了。那时候的金民，还不是‘拉撒路杀手’，而是‘兔子牧师’！”

警长张了张嘴：“他是……以示对克隆体的尊重吗？”

“当然，何况那是由他的基因孕育而来的躯体，既是他自己，也是他的孩子。”

罗伊愣了一秒钟，叹道：“你们都是怪人。”

宋明基博士哈哈一笑，拍了年轻警探的肩膀一下，两人似乎都为将了一副圣人脸孔的老派警长一军而感到高兴。

博士正色道："说起这件事，金民说过，他觉得整个计划里，有一个人他感到愧对。"

警长问："旺达斯？"

"嗯，他是个好人。"

"我明白你的意思了。只是雇用黑工，罚不了多少钱。"

"那真是太感谢了。"

有一瞬间，三个人都沉默下来。罗伊停了一下，望向宋明基博士。

"博士的故事都说完了吗？"

老人身体略略僵硬，但如军人般挺直腰，沉稳点头。

"嗯，故事说完了，我要交代的话也交代完了。"

隔了一秒钟，他又补充："对了，鄙公司的商标有七条藤蔓，本来想说刚刚好，但这话还是不说了。"

"什么刚刚好？"

"沼泽地里有七具尸体，我们也刚好是七个人。去世的人和仍在世的人，一同守护新的生命，以达至长青。我和金民，都已经决定不发布自己的研究了。"

警长望向他的搭档，目光中有一种艰难。年轻警员没有回避，他思索了片刻，淡淡开口：

"很抱歉，我们的职责是守护所有的生命，生命并无新旧、轻重之分。"

罗伊点点头："还有一个人的权利我们无法视而不见。"

老人脸色一阵煞白，他闭上眼睛，足足有半分钟，然后重新张开。

"你们现在去找她吗？"

警长回答："是的。这个故事，她比我们更有权力听。"

"我跟你们走。"

"可以吗？"

"嗯，请稍等我一下。"

宋明基博士转过身，一步步走到办公桌旁边，从抽屉里拿出一个小本子，然后走回来。他开始脚步有点蹒跚，但把小本子握在手中以后，步履就变得稳健起来。

两个警察看见小本子的封面，写着一个人的姓名：蔡雪生。

那是死者的名字。

“这是……”武田问。

“虽然内容不多，而且主要是零碎的片段和推测，但是金民和富场三尽最大的努力找到了死者过去十七年的人生经历，我加以整理，记录了下来。”

罗伊问：“你打算交给死者的女儿吗？”

老人点点头：“这是她父亲的一生，是他的遗产。”

三人走出办公室，但宋明基博士没有向工厂的门口走，而是转向另一个方向。

“请先跟我来，我打个招呼。”

罗伊和武田定定地望向矮小的老人，刹那间内心翻腾。他们没有问话，但老人整整衣服，银白的发鬓向下微微点了一下。

三人一前一后，穿过克隆工厂的走廊，看见一具具雪白的躯体从雪白的溶液里升腾而起。在走廊的尽头，有一个小房间。四下无人。

宋明基博士轻轻敲门，里面有人回答：“请进。”雪白的房门向旁边开启。

两个警察看见献身者坐在床沿上，转过身来。他失去了自己原本的肉身，双目也空洞无物，尽管他失去了灵魂之窗，但是谁能说他没有灵魂呢?

“是宋博士吗？有事？”

老教授想回答，警长向他轻轻摆手。老教授说：“今天天气很好，花朵也开得很好。”

献身者咧嘴笑了一下，露出不怎么好看的牙齿：“是吧，那就好。”

三人离开那个房间，武田问：“还有五年吗？”

“嗯，差不多。”

“可以再续吧？”

“他本人拒绝。另一个人，也不知道够不够时间重启他的实验。”

“现在暂时……”武田低了低头，说，“你可以不告诉我们另一个人。”

“不要紧。”老人说，“我不说警长也早已猜到。你们说他剩下的时间需要自己的身体，事实正是如此。”

罗伊淡淡地问：“那间绿色的木屋吗？”

“嗯，他回家了，回到他妻子身边了。”

“还剩多少时间？”

“谁知道呢？看某个人的安排。”

博士眼睛望着两个警察，但手指向上指了指。

老人随即又苦笑，诚恳地说：“两位不要误会，我没有左右你们决定的意思。”

罗伊说：“我们明白。”

三人走出长青藤克隆工厂，七条藤蔓的公司标志矗立在广场中央，熠熠生辉。阳光斜斜照射在宽阔的台阶上，向前延伸。

宋明基博士再次整理衣装，说：“等一会儿，请让我来说故事吧。”

罗伊摇摇头：“不，我们来说。”

老人讶然地张了张嘴，警察道：“我们会告诉死者的女儿，生命并无新旧，也无轻重之分。”

宋明基博士抿住嘴，默然点头：“我们走吧。”

“但我们也会把博士的那句话告诉她。”罗伊说。

老教授苦笑着问：“哪句话？是我说要建立基金组织吗？”

警长没有回答，他低下头整理老派的帽子，迈步走入落日的余晖中。

他的搭档走到科学权威身旁，代为回答：“上帝眷顾孩子，因为他们还有漫长的人生和希望。”

（完）